Kate Breslin

Der Leutnant und das Mädchen

KATE BRESLIN

Der Leutnant und das Mädchen

Aus dem amerikanischen Englisch
von Siglinde Denzel und Susanne Naumann

SCM
Hänssler

SCM

Stiftung Christliche Medien

SCM Hänssler ist ein Imprint der SCM Verlagsgruppe, die zur Stiftung Christliche Medien gehört, einer gemeinnützigen Stiftung, die sich für die Förderung und Verbreitung christlicher Bücher, Zeitschriften, Filme und Musik einsetzt.

MIX
Papier aus verantwortungsvollen Quellen
FSC® C014496
FSC www.fsc.org

SCM Hänssler in der SCM Verlagsgruppe GmbH
Max-Eyth-Straße 41 · 71088 Holzgerlingen
Internet: www.scm-haenssler.de · E-Mail: info@scm-haenssler.de

Übersetzung: Susanne Naumann (SuNSiDe)
Umschlaggestaltung: Jan Henkel, www.janhenkel.com
Titelbild: Frau: © Anetlanda/shutterstock, Eifelturm: © S. Borisov/shutterstock
Satz: Satz & Medien Wieser, Aachen
Druck und Bindung: GGP Media GmbH, Pößneck
Gedruckt in Deutschland
ISBN 978-3-7751-5976-0
Bestell-Nr. 395.976

In liebevoller Erinnerung an Kenneth Swinney:
graue Augen, starke Hände, leise Rede, weiser Rat –
mein Vater.

Für Cher Ami, G.I. Joe und alle Brieftauben der beiden Weltkriege:
Mögen diese unbesungenen Helden, die im Angesicht des
Todes zahllose Leben gerettet haben, unvergessen bleiben.

Nähme ich die Flügel der Morgenröte oder wohnte am äußersten Meer, würde deine Hand mich auch dort führen und dein starker Arm mich halten.

Psalm 139,9-10

1

Hastings, England, 9. April 1918

Er erstickte. Eingeschlossen unter einem Meter tonnenschwerem Erdreich, versuchte er, sich mit bloßen Händen durch Schutt und Geröll zu graben und zum blauen Himmel durchzudringen. Seine Lungen drohten zu platzen. Sie gierten nach Luft. Aus dem offenen Fleisch unter seinen abgebrochenen Fingernägeln sickerte Blut in die Erde, während er sich nach oben wühlte. Die Qual in seiner Brust wurde unerträglich, doch noch immer verschlang ihn die Finsternis, blieb der Himmel über ihm unerreichbar. Das Gefühl der Sinnlosigkeit überwältigte ihn. Er würde sterben, elendiglich, hier, an diesem Ort. Lebendig begraben …

Colin erwachte mit einem Ruck. Er atmete schwer. Schweißgebadet wie er war, überlief ihn ein unwillkürlicher Schauder. Es war immer der gleiche Albtraum, der ihn quälte: Obwohl er sich mit beiden Händen verzweifelt abmühte, gelang es ihm nie, zur Bläue des Himmels über sich vorzustoßen, wo Licht und Luft waren.

Von der Tür her erklang ein scharfes Klopfen. Das graue Licht der Morgendämmerung fiel durch das Schlafzimmerfenster seiner winzigen Mietwohnung an der britischen Küste. Er drehte sich zu seinem Nachtischchen und knipste die Lampe an. Blinzelnd ob der plötzlichen Helligkeit starrte er auf den Wecker. Es war fünf Uhr dreißig. Das nächste Klopfen wurde von einer männlichen Stimme begleitet, die zaghaft fragte: »Leutnant Mabry?«

Es war sein Untergebener, Unteroffizier Albert Goodfellow. »Einen Augenblick bitte.« Colin richtete sich auf, setzte sich auf die Bettkante und stellte seine nackten Füße auf den Teppich, der den

Dielenboden bedeckte. Mit dem Laken trocknete er sich notdürftig den Schweiß ab, dann angelte er nach der mit Hosenträgern versehenen Reithose, die über dem stummen Diener am Fußende des Bettes hing. Er schlüpfte in die Hose und wollte antworten. Dann unterbrach er sich jedoch noch einmal, griff nach der Wollsocke auf dem Nachttischchen und streifte sie über den Stumpf seines linken Arms. »Herein.«

Ein großer, spindeldürrer junger Soldat in Uniform stieß die Tür auf, blieb jedoch auf der Türschwelle stehen. Unteroffizier Goodfellow nahm seine Mütze ab. Ein dichter Schopf kurzer roter Haare kam zum Vorschein. Der junge Bursche lächelte verlegen. »Guten Morgen, Leutnant. Habe ich Sie aufgeweckt, Sir?«

Colin warf ihm einen säuerlichen Blick zu. »Unteroffizier, was wollen Sie hier zu dieser unchristlich frühen Stunde?« Er ging quer durchs Zimmer zum Schrank und nahm ein sauberes Unterhemd heraus. Als sein Besucher nichts sagte, drehte er sich um. »Nun?«

Albert Goodfellows Blick hing wie gebannt an dem stummen Diener neben dem Bett und dem Prothesenschaft, der dort auf seine Verwendung wartete. Jetzt sah er Colin an. »Das Taubenhaus hat einen Haufen Botschaften erhalten, um die Sie sich kümmern müssen, Sir. Sie sind als dringend gekennzeichnet, deshalb hat der Oberst mich geschickt. Sie sollen so schnell wie möglich ins Büro kommen. Es wird ein ganz schön heftiger Tag werden, Sir.«

Colin presste die Lippen zusammen, als er an die nächsten Stunden dachte. Jetzt würde er den ganzen Tag damit zubringen, verschlüsselte Nachrichten von der Front zu decodieren. Leider hielten die britische Armee und der Geheimdienst alles für »dringend«, auch die täglichen Berichte, die Nachschubforderungen und die Wettervorhersage für Frankreich.

Mit etwas Mühe schob er seinen Arm durch das ärmellose Unterhemd und streifte es sich über den Kopf. »Sagen Sie dem Oberst, dass ich sofort bei ihm bin.«

Wieder schwieg Goodfellow. Colin griff nach einem gebügelten Uniformhemd im Schrank. Er quälte sich in das kakifarbene Hemd.

Dann drehte er sich abermals um und sah den Unteroffizier irritiert an. Goodfellow hatte sich nicht von der Stelle gerührt. »Ist noch etwas, Soldat?«

»Ich habe Befehl zu warten, Sir.« Der Unteroffizier trat unbehaglich von einem Fuß auf den anderen. »Kann ich Ihnen irgendwie helfen?«

»Sie meinen, mich zur Eile antreiben?«, raunzte Colin. Hatte der Oberst ihm Goodfellow als Kindermädchen geschickt? »Ich ziehe mich allein an, seit ich drei bin, Unteroffizier. Das schaffe ich immer noch selbst, danke.«

»Verzeihung, Sir, ich meinte nur …« Der Unteroffizier war rot geworden. »Gut. Ich warte dann am Pier beim Jeep.«

Sein Bursche salutierte kurz und zog sich rasch zurück. Colin starrte voller Zorn und Scham auf die geschlossene Tür. Dann fiel sein Blick auf sein offenes Hemd und er dachte an die Aufgabe, die ihm bevorstand. Elende Knöpfe! Vor fast einem Jahr waren sie zum Fluch seines Lebens geworden.

Er beschloss, sich wenigstens noch kurz zu rasieren und mit einem nassen Kamm durchs Haar zu fahren, ehe er sich an die lästige Pflicht machte. Danach legte er beide Kanten seines Hemds mit der rechten Hand dicht aneinander und machte sich an die mühevolle Aufgabe, die winzigen Knöpfe durch die entsprechenden Knopflöcher zu schieben, die ganze vordere Hemdseite hinunter. Das Hemd saß sehr eng, was ihn wieder einmal daran erinnerte, dass er sich neue Hemden kaufen musste. Die Monate nach seiner Entlassung aus dem Lazarett hatte er zur Erholung von seiner Verletzung auf der Farm seines Onkels in Dublin verbracht. Dort hatte er tüchtig bei der Arbeit geholfen und dabei ordentlich Muskeln aufgebaut.

Das Zuknöpfen war erledigt. Er schlang eine braunseidene Halsbinde um seinen hochgestellten Kragen, knüpfte einhändig einen einfachen Knoten und rückte ihn zurecht. Dann steckte er das Hemd in die Hose, streifte sich die baumwollenen Hosenträger über die Schultern und trat zu dem stummen Diener, an dem der Prothesenschaft hing. Er schob das Ding, das ihn zu verhöhnen schien, fest über das linke Handgelenk und schnallte die Armspange daran fest. Zum Schluss rückte er den Schultergurt zurecht, schlang den langen Riemen um seinen Rücken und schloss ihn vorn auf der Brust.

Als er sich schließlich noch in seine Uniformjacke und die Lederreitstiefel gezwängt hatte, glänzte seine Stirn feucht von Schweiß. Er fuhr sich mit dem Ärmel über das Gesicht, setzte die Mütze auf, schnallte sein Lederhalfter mit dem Colt .455-Revolver um und griff nach dem Baumwollbeutel, der noch an dem stummen Diener hing.

Er schüttete den Inhalt des Beutels aufs Bett und starrte auf das bunte Sammelsurium: zwei Stahlhaken, ein Stahlpickel, eine Holzhand in einem Handschuh und eine Gabel zum Essen. Sämtliche Teile waren mit einem Metallstiel versehen, der auf den Schaft an seinem Handgelenk passte. Aus Gewohnheit wählte Colin die behandschuhte Hand. Dann steckte er alles andere wieder in den Beutel und schob sich den Riemen über die Schulter. Ganz zum Schluss musterte er sich noch kurz in dem hohen Standspiegel.

Ein vorschriftsmäßig gekleideter britischer Offizier starrte ihn an, doch die haselnussbraunen Augen unter der Uniformmütze blickten gehetzt und freudlos und ganz und gar nicht wie die Augen eines einundzwanzigjährigen Mannes. Er dachte an die Albträume, mit denen er jetzt seit neun Monaten, seit seiner Rückkehr von der Front, kämpfte. Der Krieg hatte ihn um Jahre altern lassen.

Herr, bitte, schenke mir einen neuen Geist. Sein kritischer Blick ruhte noch einen Moment auf seinem Spiegelbild, dann wandte er sich ab. Er ging noch rasch in seine winzige Küche, nahm sich ein paar Kekse aus der Blechdose im Schrank und verließ die Wohnung.

Der scharfe Aprilwind vom Meer biss in seine frisch rasierte Haut. Rasch ging er die Uferstraße entlang zum Hastings Pier, wo Goodfellow auf ihn wartete. Er verlangsamte den Schritt, atmete tief die nach Seetang riechende salzige Luft ein und ein Gefühl der Erleichterung, wieder draußen zu sein, durchströmte ihn.

Am Horizont zeigte sich bereits die Sonne. Der Morgen dämmerte. Die Küstenstadt schlief noch und er genoss die Stille, die nur von den Schreien hungriger Möwen und dem Geräusch der Wellen unterbrochen wurde. Noch wirkte alles friedlich, aber damit würde es schnell vorbei sein, wenn erst die Sonne am Himmel stand.

Der Unteroffizier wartete neben dem Jeep. Wenige Minuten später fuhren sie den Hügel hinauf zu dem unauffälligen Gebäude, das die Büros des MI 8 in Hastings beherbergte. Das zweistöckige Holzhaus lag etwa fünfzig Meter entfernt vom Home Defense Pidgeon Service, einem stationären Taubenhaus, das ein paar Hundert Brieftauben beherbergte.

»Ich setze gleich den Kessel auf, ja?«, fragte Goodfellow, während er parkte.

»Großartige Idee.« Colins Laune hob sich. Die Albträume raubten im viel erholsamen Schlaf. Eine Tasse Tee war da genau das Richtige.

Goodfellow verschwand rasch im Innern des Gebäudes, Colin folgte ihm langsamer. An der Treppe zum Eingang hob er den Kopf und sah eine grauweiße Taube im Anflug auf die Einflugöffnungen im steilen Dach des Taubenhauses.

Colin wusste wenig über diese Vögel. Er kannte sie nur von der Front, wo er gesehen hatte, wie sie von den Schützengräben aufstiegen, um Nachrichten an die Hauptquartiere zu überbringen. Seine Aufgabe beim MI 8 war es, diese Nachrichten, die meist vom MI 5 oder dem Hauptquartier der britischen Armee in Montreuil, im nordfranzösischen Pas-de-Calais, kamen, zu entschlüsseln und sie dann per Kurier an seinen Vorgesetzten in der Admiralität in London weiterzuleiten.

In dem Moment, in dem er dem Vogel nachblickte, stieg am Horizont die Sonne auf. Sie tauchte den Flügelschlag der Taube in strahlendes Licht und ließ ihre Federn golden aufleuchten. Aus irgendeinem Grund fiel ihm dabei die Geschichte von Noah aus der Bibel ein. Er stellte sich vor, wie der weiße Vogel mit einem Ölzweig im Schnabel zur Arche zurückkehrte. Er brachte das Zeichen für das Ende der Sintflut, ein Symbol des Friedens.

Das Bild verblasste. Die Vögel, die er hier sah, überbrachten nur Botschaften von Krieg und Unruhe, von der drohenden deutschen Invasion oder hin und wieder einen Dienstplan von der Front. Er sah auf die leblose behandschuhte Hand hinunter. Ungeachtet all seiner Gebete hatte ein Jahr des Kampfs ihn gelehrt, dass der Friede lediglich ein naives Ideal war, eine unhaltbare optimistische Vorstellung, die den Leidenden Trost bot. Er blieb ein ferner, unerreichbarer Traum.

Colin trat ins Haus und stieg hinauf in den zweiten Stock, in sein enges, kleines Büro. An der Wand neben seinem kompakten Schreibtisch hing ein glasgerahmtes Bild, das vor zwei Jahren aufgenommen worden war. Darauf war er in nigelnagelneuer Reitmontur auf seinem Rotfuchs Wyatt zu sehen. An der gegenüberliegenden Wand fiel das Morgenlicht durch ein hohes, vergittertes Fenster. Es traf auf triste grüne Wände.

»Der Oberst hat vorhin diese Nachrichten aus dem Hauptquartier in Frankreich herübergebracht.« Unteroffizier Goodfellow stand mitten im Büro und entnahm einem Lederbeutel mindestens ein Dutzend winziger, dünner Papierrollen, jede etwa zweieinhalb Zentimeter lang und vom Durchmesser einer Zigarette. Eine Rolle konnte bis zu fünfzig zu entschlüsselnder Botschaften enthalten.

Colin starrte den Berg mit zusammengepressten Lippen an. Der Unteroffizier schien zu ahnen, wie ihm zumute war. »Ich hole den Tee, Sir.«

Als er fort war, setzte Colin sich hin und nahm das hübsche Nadelkissen aus der Schreibtischschublade, das seine Schwester Grace für ihn angefertigt hatte, als er die Stellung in Hastings antrat. Lächelnd las er die in unbeholfener Gobelin-Stickerei gemachten, leicht schief geratenen Buchstaben: *Die mit Tränen säen, werden mit Jubel ernten.* Die Worte aus dem 126. Psalm waren ihm vertraut. Sie verhießen Lohn für Mühe und gaben den Verzweifelten Hoffnung. Sein Lächeln erlosch. Würde er Freude und Hoffnung, wie er sie aus der Zeit vor dem Krieg kannte, je wieder empfinden? Der Krieg hatte ihn verändert, und zwar nicht nur äußerlich. Er betete täglich darum, wieder zu sich selbst zu finden. Er wollte wieder imstande sein, den Weg, auf den er sein Leben ausgerichtet hatte, fortzusetzen.

Er blickte auf die behandschuhte Hand, die leblos auf dem Schreibtisch lag. Wenn er schon nicht den alten Weg fortsetzen konnte, hätte er wenigstens gern den neuen gekannt, den Gott für ihn vorgesehen hatte. Es musste schließlich einen Grund dafür geben, warum er Colin Mabry am Leben gelassen hatte.

Er legte das Nadelkissen behutsam auf die Schreibtischplatte. Seine Zwillingsschwester würde nie eine gute Näherin werden. Colin liebte sie jedoch umso mehr dafür, dass sie sich seinetwillen solche Mühe gegeben hatte. Grace würde in einem knappen Monat einen Angehörigen des britischen Hochadels heiraten und er freute sich von ganzem Herzen für sie. Irgendwie empfand er es als tröstlich, dass es noch immer Liebe und Hoffnung auf der Welt gab, zumindest für seine Schwester.

Er griff nach der ersten der winzigen Papierrollen und breitete sie mit Hilfe von Daumen und Zeigefinger flach auf dem Stück Karton aus, das auf seinem Schreibtisch lag. Dann hielt er das Papier mit seine Prothese fest und pinnte es mit Nadeln aus dem Kissen auf den Karton.

Zum Schluss legte er sein Codebuch und ein Blatt Papier bereit und wollte sich gerade an die Arbeit machen, als Goodfellow mit dem Tee zurückkam. »Ah, danke, Goodfellow.« Colin sog den einladenden Duft des Darjeeling ein. »Irgendwelche Nachrichten aus London?«

»Ja, Sir, von der Admiralität. Ich habe schon etwa ein Dutzend verschlüsselt und wenn Sie sie auf Fehler überprüft haben, bringe ich sie nach nebenan, damit sie nach Frankreich geschickt werden können.«

Colin seufzte und griff nach der Tasse. Es würde wirklich ein langer Tag werden. »Ich bin ganz sicher, dass Ihre Arbeit einwandfrei ist.«

Von der anderen Seite des Kanals vernahmen sie plötzlich ein lautes Donnern, das beide erschreckte. Klirrend stellte Colin seine Tasse ab.

»Klingt, als ob sie wieder Paris bombardieren, Sir.«

»Ja, sieht so aus.« Um sein Unbehagen zu verbergen, griff er erneut nach der Tasse, doch bevor er sie an die Lippen führen konnte, ertönte bereits der nächste Donner. Er umklammerte den Griff der Tasse, um nichts von der heißen Flüssigkeit zu verschütten. »Sie können wieder an die Arbeit gehen, Unteroffizier.« Colin bekam kaum mit, wie der andere das Zimmer verließ. Er setzte die Tasse wieder ab und sah auf seine zitternde Hand. Er ballte sie zur Faust. *Gott, bitte hilf mir.*

Er schloss die Augen und versuchte, seine Angst niederzuhalten, da ertönte ein weiterer Schlag. Er knirschte mit den Zähnen. Wie viel von Paris hatten die Deutschen bereits zerstört? Vor ein paar Wochen erst hatte die deutsche Frühjahrsoffensive begonnen. Jetzt wurde die französische Hauptstadt mit einem neuen Typ von Artillerie-Geschützen mit großer Reichweite beschossen. Die täglichen Explosionen, so fern sie stattfanden, erinnerten ihn dennoch ständig daran, dass ihn nur gut fünfzig Kilometer Wasser vom Schauplatz des Krieges trennten. Warum hatte er sich nur breitschlagen lassen, diesen Posten in Hastings anzunehmen?

Als wollten sie ihn verspotten, schwiegen die Geschütze plötzlich. Es wurde wieder still und Colin konnte in Ruhe seinen Tee trinken. Nach ein paar Minuten hatte er sich so weit gefasst, dass er wieder an die Arbeit gehen konnte.

Er kannte das Codebuch größtenteils auswendig, deshalb dauerte es nicht lange, die ewig gleichen Forderungen nach Verpflegungsnachschub und die immer gleich lautenden Truppenberichte zu übersetzen, damit sie an das Londoner Kriegsministerium weitergeleitet werden konnten. Daneben wurden mehr Brieftauben angefordert, da der Vorrat in Montreuil knapp wurde. Colin hatte gelernt, dass die Vögel nur einen Weg flogen, zurück in ihre Behausungen. Von Hastings mussten also Tauben nach Frankreich geschickt werden, damit diese wiederum wichtige Nachrichten nach England überbringen konnten.

Den Kopf über den Schreibtisch gebeugt, arbeitete Colin bis zum Mittag. Als seine Schicht sich dem Ende zuneigte, war er hungrig und seine Schultern schmerzten. Er dechiffrierte gerade die letzte Botschaft des Tages, gekennzeichnet mit *»nach London weiterleiten«*, als sein Telefon klingelte. Erleichtert über die Ablenkung, griff er nach dem Hörer. »Leutnant Mabry am Apparat.«

»Colin, wie läuft es in Hastings?«

Er straffte sich unwillkürlich beim Klang der metallischen männlichen Stimme. »Lord Walenford.«

»Nicht doch! Jack oder Benningham genügt völlig. Schließlich sind wir bald Brüder.« Jack Benninghams Stimme wurde wärmer. »Apropos, ich wollte fragen, ob du heute Abend mit mir essen möchtest. Mein Diener kann dich an der Victoria Station abholen und zum Stadthaus bringen.«

Zum Stadthaus? Colin hatte sich immer noch nicht an die Vorstellung gewöhnt, dass seine Schwester einen Viscount, den künftigen Grafen von Stonebrooke, heiraten würde, den Mann, der Colins Vorgesetzter war. Das bedeutete, dass er, obwohl er nicht die geringste Lust dazu hatte, heute Abend nach London zu fahren, seinem Chef und künftigen Schwager kaum absagen konnte. »Ich kann von Hastings aus den Zug nehmen.«

»Großartig. Ich erwarte dich dann um acht. Mrs Riley macht ihren Rationierungseintopf.«

Colin starrte blind auf die unvollendete Arbeit auf seinem Schreibtisch. Er wunderte sich noch immer über die Einladung. »Sehr gut, Lord, äh, Jack. Ich freue mich.«

»Ausgezeichnet. Bis heute Abend dann. Wir essen in meinem Arbeitszimmer. Wenn du Nachrichten für die Admiralität hast, kannst du sie gleich mitbringen.«

»Natürlich.« Während Colin auflegte, fiel sein Blick auf die letzte Nachricht, an der er gearbeitet hatte, und er registrierte zum ersten

Mal die Buchstaben, die er bereits dechiffriert hatte. L, T, C, O, L, I

Er fuhr fort, die Geheimzahlen zu entschlüsseln. Sein Herz hämmerte, während sich langsam die Worte herausbildeten: *Lt. Colin Mabry, britische Armee, c/o Swan's Tea Room, London: Dringend. Denk an dein Liebesversprechen. Wir treffen uns im Café de la Paix, Paris. 10. April, 15 Uhr. Du bist meine letzte Hoffnung. J. R.*

J. R.! Der Schock, den ihm die Nachricht versetzte, ließ seinen Pulsschlag förmlich explodieren. Jewel Reyer lebte!

Er hatte im letzten Jahr oft an sie gedacht: an ihr schönes Gesicht und ihr Lachen. Ihr Name entsprach ihrem Aussehen. Jewel hatte leuchtende Haut, goldschimmerndes Haar und sanfte blaue Augen, die strahlten, wenn sie sang. Und sie hatte ihn geküsst.

Wieder hörte man jenseits des Kanals eine Explosion. Colin zuckte zusammen und starrte auf die Nachricht. Jewel lebte. Sie war in Paris.

Schweiß trat ihm auf die Stirn. Besonders eine Erinnerung löste fast übermächtige Gefühle in ihm aus. Ja, er hatte ihr versprochen zurückzukommen.

2

Kensington, London

»Wie war die Fahrt von Hastings nach London?« Lord Walenfords dunkelblaue Augen sahen ihn über den kleinen, mit feinem Leinen eingedeckten Tisch hinweg an.

»Ganz gut, … Jack.« Colin setzte sich auf den Stuhl gegenüber seinem blonden Arbeitgeber. Knowles, der langjährige Butler, hatte ihn ins Arbeitszimmer geführt. Jetzt ließ er unauffällig seinen Blick durch das Zimmer schweifen. Der holzgetäfelte Raum in dem eleganten viktorianischen Backsteinhaus in der Holland Street war größer als seine ganze Wohnung in Hastings.

Er griff nach seiner weißen Leinenserviette, bevor Knowles sie ihm reichen konnte, schüttelte sie, um sie zu entfalten, und legte sie sich auf seinen Schoß. Als er wieder aufblickte, bemerkte er erstmals Jacks hellen Leinenanzug und die locker gebundene rote Halsbinde. Jack sah seinen Blick und lächelte. »Ich kleide mich zum Essen nur sehr selten so leger.«

Colin war dankbar, dass er keinen formellen Abendanzug hatte anziehen müssen. Das Militär hatte die Vorschriften über das Tragen von Ausgehuniformen während des Kriegs ausgesetzt. Zwar waren sein Smoking und die weiße Halsbinde im Londoner Haus seiner Familie in Knightsbridge verblieben, doch bis er endlich alle erforderlichen Knöpfe und Manschettenknöpfe geschlossen gehabt hätte, wäre Jack am Verhungern gewesen. »Zwanglose Dinnereinladungen kommen mir sehr entgegen und die Uniform erspart mir viel Kopfzerbrechen.«

»Noch ein Vorteil, wenn man beim Militär ist.« Jack griff grinsend nach seinem Weinglas. »Wie auch immer. Angesichts der neuen Rationierungen sind die Mahlzeiten heutzutage sowieso eher schlicht.« Er lehnte sich zurück. Seine Augen funkelten. »Wenn du Mrs Riley sagst, dass ich das gesagt habe, werde ich es abstreiten. Immerhin macht sie aus den schlichtesten Zutaten noch ein geschmackvolles Essen.«

Er trank einen Schluck Rotwein, dann sah er Colin an. »Und – wie gefällt es dir in dem malerischen Küstenstädtchen?«

»Hastings ist auf jeden Fall besser, als hier in der Stadt wohnen zu müssen.« Colin erinnerte sich an seine Angst, als er vor zwei Monaten von der Farm seines Onkels in London eingetroffen war. »Mit weniger Menschen komme ich besser zurecht. Ich bin dir sehr dankbar, dass du mir die Stelle verschafft hast.«

»Gern geschehen.« Als Jack lächelte, kräuselte sich die vernarbte Haut um seine Augen. Der Krieg hatte auch ihm seine Opfer abverlangt. »Aber ich kann gut nachvollziehen, dass du, seit Kaiser Wilhelm letzten Monat mit seiner Frühjahrsoffensive begonnen hat, ganz schön unter dem Lärm von der anderen Kanalseite zu leiden hast. Manchmal hören wir die Geschütze sogar bis hierher nach London.«

Colin griff nach seinem Wasserglas aus Kristall und starrte es einen Moment lang an, dann stellte er es wieder hin. »Das Geräusch ist – verstörend, aber nicht unerträglich.« Als er aufblickte, sah er das Mitgefühl in Jacks attraktivem Gesicht.

»Jedes Mal wenn ein deutsches Flugzeug unsere Abwehr durchbricht und ein oder zwei Bomben über London fallen lässt, erschrecke ich zu Tode.« Er schwieg und spielte mit dem Stiel seines Glases. »Grace hat mich gebeten, dir zu sagen, dass dein Vater sich noch immer wünscht, dass du zurückkommst und in sein Geschäft eintrittst. Wenn deine Schwester und ich verheiratet sind, wird sie ihre Stellung als Geschäftsführerin im Teehaus aufgeben. Patrick möchte, dass du die Leitung übernimmst und das Teegeschäft von der Pike auf lernst.«

Colin presste die Lippen zusammen. Das Schuldgefühl, das er empfand, war wie ein Stich. Seit ihre Mutter vor zwei Jahren an Tuberkulose gestorben war, standen er und seine Schwester sich näher denn je. Grace besuchte ihn sogar hin und wieder in Hastings.

Er hingegen war nur ein seltener Gast im Haus der Familie Mabry in Knightsbridge. Es fiel ihm schwer, die traurigen Blicke zu ertragen, die Grace zu verbergen suchte, wenn sie zusah, wie er aß oder seinen Mantel zuknöpfte. Auch dem Mitleid seines Vaters, der es geflissentlich vermied, seine Prothese anzusehen, und verzweifelt bemüht war, seinem Sohn alle schwierigeren Handgriffe abzunehmen, wollte er sich möglichst selten aussetzen. Noch schlimmer aber waren die ständigen Versuche seines Vaters, Colin zu bewegen, ins Familiengeschäft einzusteigen.

»Du weißt doch, dass ich nicht bei Swans arbeiten kann. So in der Öffentlichkeit zu stehen …« Er schob seinen Arm mit der hölzernen Hand noch etwas weiter unter den Tisch.

Jack seufzte. »Ich habe es ihr gesagt. Ich habe Monate damit verbracht, mich nach der Explosion vor der Gesellschaft zu verstecken, weil ich wusste, wie sehr ich die Dorfbewohner erschrecken würde.« Er berührte seine vernarbte Braue. »Blind, wie ich war, wollte ich einfach nur unsichtbar sein.«

Colin nickte nur.

Es klopfte. Ein älterer Diener – er hinkte leicht – betrat das Arbeitszimmer. Er trug ein Tablett mit einer weißen Suppenterrine. Unter dem wachsamen Blick von Knowles schöpfte er Mrs Rileys dampfend heißen Rationierungseintopf auf die Teller.

Colin war erleichtert gewesen, als er gehört hatte, dass Eintopf auf dem Speiseplan stand. Er griff nach seinem Löffel, sog den Duft nach Fleischbrühe und Thymian ein und dachte, dass das frische Gemüse wahrscheinlich von Jacks Anwesen in Kent stammte, wo Colins Schwester den Erben von Stonebrooke kennengelernt hatte, als sie auf seinem Gut mit ein paar Frauen aus dem Women's Forage Corps bei der Heuernte half.

Die beiden Männer widmeten sich dem Essen. Colin schmeckte

kleine Fleischstückchen wie die in den Dosen mit Rinderpastete, welche die Soldaten an der Front erhielten, heraus.

»Da du schon mal hier bist, würde ich dich gern um einen Gefallen bitten.« Jack sah von seinem Teller auf. »Ich brauche deine Hilfe bei der Hochzeit.«

Colin hielt inne, den Löffel auf halbem Weg zum Mund. Neugier kämpfte mit Skepsis. »Inwiefern?«

»Ich hätte dich gern als Trauzeugen.«

»Mich?« Colins Magen zog sich schmerzhaft zusammen, sein Löffel fiel zurück auf den Teller. »Aber ... ich dachte, du hast schon einen Trauzeugen, Hauptmann Weatherford.«

Jack wurde ernst. »Ja, ich hatte eigentlich an Marcus gedacht, doch er hat London vor ein paar Wochen im Auftrag der Krone verlassen und seither haben wir nichts mehr von ihm gehört.« Sein Stirnrunzeln vertiefte sich. »Nicht einmal sein Abteilungsleiter besitzt irgendwelche Informationen über ihn.«

Colin war Hauptmann Weatherford zweimal begegnet, seit er nach London zurückgekehrt war. Er wusste, dass der Mann für den MI 6 bei der Admiralität arbeitete und dass er und Jack Benningham enge Freunde waren. Der Tag der Hochzeit rückte unaufhaltsam näher. Warum hatte er Jack nicht längst kontaktiert? Die Möglichkeit, dass der Hauptmann auf ein falsches Spiel hereingefallen war, wollte Colin lieber nicht in Erwägung ziehen.

Der kalte Schweiß brach ihm aus, als er sich vorstellte, wie er neben Jack in einer Kirche voller Mitglieder der vornehmsten Adelsfamilien Englands stand. Und alle, alle würden auf die Braut und den Bräutigam – und Colins Prothese starren.

»Vielleicht kommt Hauptmann Weatherford ja noch rechtzeitig zur Hochzeit zurück.« Seiner Stimme war die Verzweiflung anzumerken, während er unbehaglich den Kopf hin und her drehte, weil sein Kragen sich auf einmal viel zu eng anfühlte.

»Ich verspreche dir, wenn Marcus bis dahin auftauchen sollte, bist du von deiner Aufgabe entbunden.« Jack beugte sich vor, den Löffel in der Hand. »Colin, ich weiß, wie dir zumute ist, wenn du dich in der Öffentlichkeit präsentierst, aber ich will auf keinen Fall Grace' Hochzeit ruinieren, nur weil ich keinen Trauzeugen habe.« Er lächelte. »Und wen außer Marcus könnte ich darum bitten, wenn nicht meinen künftigen Schwager?«

Colin sah ihn an. Er verdankte Jack unendlich viel. Sein Gastgeber hatte sehr viel mehr für ihn getan, als ihm lediglich einen Posten zu besorgen, auf dem er sich in diesem Krieg noch immer nützlich machen konnte. Außerdem musste er dabei nicht in London leben, wo ihn so viele Menschen voller Neugier oder auch Mitleid angafften. Jack Benningham hatte ihm das Leben gerettet.

Er blickte auf die Prothese in seinem Schoß und dachte daran, dass sein Leben zwar nie mehr dasselbe sein würde, dass er jedoch – durch Gottes Gnade – überlebt hatte. Jack war über den Kanal an die Front gereist und hatte dank seines schon fast unheimlichen Orientierungssinns den eingebrochenen Tunnel aufgespürt, in dem Colin und mehrere andere Soldaten lebendig begraben gewesen waren. Er hatte es natürlich für Grace getan, doch Colin war trotzdem dankbar, der Nutznießer dieses Liebesdienstes gewesen zu sein. Als sein Trauzeuge zu fungieren, war wirklich das Mindeste, was er für ihn tun konnte.

Er schluckte und sah seinem künftigen Schwager in die Augen. »Es wird mir eine Ehre sein, bei der Hochzeit an deiner Seite zu stehen.«

»Wunderbar!« Jack lächelte erleichtert und schob sich einen großen Löffel Eintopf in den Mund.

Colin starrte auf sein Essen hinunter. Auf der Zugfahrt von Hastings nach London hatte er überlegt, wie er Jewels Nachricht ansprechen sollte.

Doch Colin selbst war der lebendige Beweis, dass sein künftiger Schwager ein mutiger und ehrenhafter Mann war. Ganz bestimmt würde Jack verstehen, warum er der Frau, der er so viel verdankte, helfen wollte. »Ich würde gerne auch noch etwas mit dir besprechen.«

Jack blickte auf. »Und das wäre?«

Colins Herz schlug schneller, als er an die täglichen Bombardements jenseits des Kanals dachte. »Vor der Hochzeit muss ich noch nach Paris fahren.«

»Wann?«

»Morgen.«

Jack legte seinen Löffel hin und griff nach seiner Serviette. »Willst du es mir erklären?«

»Ich ... ich muss mich dort mit jemandem treffen.«

»Ich verstehe.« Jack blickte zu dem älteren Butler hinüber, der an der Tür stand. »Das ist alles, Knowles. Ich läute, wenn ich Sie brauche.«

Als der Butler das Zimmer verlassen hatte, wandte Jack seine Aufmerksamkeit wieder Colin zu. »Dieser Jemand muss dir aber sehr wichtig sein, wenn du bereit bist, in eine Stadt zu reisen, die im Moment vom Feind bombardiert wird.«

»Ich habe ein Versprechen gegeben, das ich halten muss.« Colin legte seine Hand flach auf den Tisch. »Vor einem Jahr habe ich in der britischen Aufklärungseinheit der Zweiten Kavalleriedivision in Arras gekämpft. Ein Teil von uns ritt in östliche Richtung. Dabei haben wir die Orientierung verloren. Plötzlich regnete es Granaten auf uns nieder. Eine landete dicht vor uns. Als ich aufwachte, sah ich die anderen tot daliegen. Dabei habe ich auch mein Pferd Wyatt verloren.« Er knüllte das Ende des weißen Tischtuchs mit seiner Faust zusammen. »Ich rappelte mich hoch und ging los. Irgendwann hatte ich mich restlos verirrt. Es war schon dunkel, als ich endlich einen einsamen Hof etwas außerhalb des französischen Dörfchens Havrincourt erreichte.«

»Havrincourt!« Jack kniff die Augen zusammen. »Da hat es damals von Deutschen nur so gewimmelt.«

Colin nickte. »Ich glaube, Gott war mit mir, denn ich sah eine junge Frau aus einer Scheune kommen. Sie trug etwas in ihrer Schürze – Kartoffeln, glaube ich. Ich grüßte sie auf Französisch und erzählte ihr, was geschehen war. Sie nahm mich mit und versteckte mich in einem Keller unter der Scheune.«

Jack pfiff leise durch die Zähne. »Das nenne ich Fügung.«

»Ich hatte einen Schrapnellsplitter im rechten Bein. Jewel und ihre Tante haben mich verarztet. Obwohl sie selbst während der Besatzung fast verhungerten, haben sie die wenigen Rationen, die sie vom Feind bekamen, mit mir geteilt. Jewel hatte eine außergewöhnliche Stimme. Sie lernte ein paar deutsche Lieder, die sie in der Stadthalle von Havrincourt für den Kommandanten und seine Offiziere vortrug, und teilte auch das mit mir, was sie dafür bekam.« Er löste seine Faust. »Ich war einen Monat dort, wir haben viel Zeit miteinander verbracht.«

»Ah, so ist das.«

Als er Jacks wissendes Grinsen sah, wurde Colin rot. Er würde ihm nicht sagen, dass Jewel die erste Frau war, die ihn geküsst hatte.

Er räusperte sich. »Irgendwann konnte ich fliehen.« Colin starrte auf die getäfelte Wand hinter Jacks Schulter und dachte an die letzten rührenden Momente. »Sie bat mich, sie mitzunehmen. Sogar ihre Tante versuchte, mich zu überreden, ihre einzige Nichte vor den *Boches*, den Deutschen, zu retten.«

Colin sah seinen Gastgeber an. »Jewels Vater kämpfte in der französischen Armee. Die beiden Frauen waren ganz allein auf dem Hof. Trotzdem habe ich ihre Bitte abgeschlagen. Ich konnte nicht riskieren, sie mit auf die Flucht durch das Niemandsland zu nehmen, durch das ich mich auf dem Rückweg zu meinem Regiment durchkämpfen musste. Sie hätte getötet werden können – oder Schlimmeres.«

»Natürlich.« Jacks Lächeln war erloschen. »Ich war auch dort, aber nur kurz. Es war absolut kein Ort für Zivilisten, schon gar nicht für weibliche.«

»Ich sagte Jewel, es sei sicherer, wenn sie im Dorf bliebe, jedenfalls solange sie in dem Kommandanten, für den sie sang, einen Beschützer hatte. Und ich versprach ihr, nach dem Krieg zurückzukommen.«

Wieder schnürten die Schuldgefühle ihm die Brust zusammen.

»Ich bin also zu meinem Regiment zurückgekehrt. Die Kampfhandlungen zogen sich noch wochenlang hin. Es war schrecklich. Ich habe nichts mehr von ihr gehört. Nicht, dass ich damit gerechnet hätte, schließlich war die Gegend vom Feind besetzt. Kurz darauf wurde ich nach Passchendaele versetzt, wo ich bei den Tunneln mitarbeiten sollte.« Er sah Jack dankbar an. »Was dann geschah, weißt du ja.«

Jack nickte.

»Letztes Jahr im Dezember, als ich noch in Dublin bei dem Seelenklempner in Behandlung war, habe ich mitbekommen, dass unsere Panzer in Frankreich hinter die Hindenburg-Linie durchgestoßen waren, und zwar in Cambrai, ganz in der Nähe von Jewels Dorf. Die Deutschen fingen an, sich zurückzuziehen, doch nach ihrem Artilleriefeuer war Havrincourt fast ganz zerstört. Die meisten Einwohner waren tot oder vermisst.« Colin starrte auf den Tisch. »Ich habe in der Hoffnung, etwas über Jewel und ihre Tante zu erfahren, an das Rote Kreuz geschrieben, doch sie besaßen keine Informationen. Daraufhin nahm ich an, dass sie beide tot seien.«

»Deshalb bist du Weihnachten nicht nach Hause gekommen.«

»Es war einer der Gründe.« Für seine Schwester und seinen Vater war es ein Schlag gewesen, doch er hatte es schlicht und einfach nicht fertiggebracht, nach Hause zu fahren und fröhliche Feierstimmung zu verbreiten. »Ich hielt es für das Beste.«

»Und diese Miss …?«

»Reyer. Ihr Name ist Jewel Bernadette Reyer.«

»Reyer, sagst du?« Jack schürzte nachdenklich die Lippen. »Deine Miss Reyer ist also offenbar noch am Leben?«

Colin erzählte ihm von der verschlüsselten Nachricht, die er heute erhalten hatte. »Das Treffen in dem Café in Paris ist für morgen angesetzt, den Zehnten. Ihre Bitte klang sehr dringend.«

»Reyer …« Jack stand auf. »Entschuldige mich einen Moment.«

Colin sah ihm nach, wie er quer durch das Zimmer zu dem Eichenschreibtisch neben dem Kamin ging. Er durchsuchte einen Papierstapel, zog eine Akte heraus und kam zurück zum Tisch.

»Den Namen habe ich schon mal irgendwo gehört.« Er setzte sich, schlug die Akte auf und begann, aufmerksam die Seiten zu überfliegen. »Du glaubst, Jewel arbeitet für die Deutschen?«

Er musste beinahe lachen, bis Jacks ernster Blick seinen Zorn weckte. »Das ist doch lächerlich! Bei allem, was sie in dem besetzten Land erdulden musste! Jewel würde Frankreich niemals verraten.«

»Bist du da so sicher?« Jack sprach ganz ruhig. »Vielleicht hatte sie keine Wahl. Du hast doch erwähnt, dass sie die Gunst des Kommandanten besaß.«

»Aber doch nicht so!« Colin warf seine Serviette hin und stand auf. Erinnerungen holten ihn ein: Jewel, wie sie leise sang, während sie ihn verband, und dann ihr letztes Stück Brot mit ihm teilte. Wie sie ihn zum Lachen brachte, indem sie den deutschen Kommandanten nachmachte und über den Kellerboden stolzierte, sinnlose deutsche Wörter plapperte und das Ende eines imaginären Schnurrbarts zwirbelte, bis sie Colin lachend zu Füßen fiel.

»Niemals.« Er starrte Jack an, die Lippen fest zusammengepresst. »Reyer ist ein häufiger Name in Frankreich und der Buchstabe J kann außer für Jewel genauso gut für Jean oder Joseph oder hundert andere Namen stehen.«

Als Jack ihn nur ansah, stieß Colin den Atem aus. »Ich habe dir doch gerade gesagt, was sie für mich getan hat, was sie für meine Sicherheit geopfert hat. Du weißt ja nicht, wie es für sie war. Was es bedeutete, mich in diesen Wochen vor dem Feind zu verstecken. Welche Risiken sie auf sich genommen hat, als sie mir zu essen gab und mich versorgt hat und alles.«

Colin erinnerte sich an den warmen Druck ihrer Lippen und die Liebe, die aus ihren sanften blauen Augen geleuchtet hatte. »Bitte, Jack, ich muss zu ihr.« *Umso mehr, als die Alliierten sie verdächtigen, für den Feind zu spionieren!*

Es schien eine Ewigkeit, bis Jack sprach. »Du hast recht. Es stehen Tausende Namen auf dieser Liste und es ist durchaus möglich, dass J. Reyer jemand völlig anderes ist.« Er tippte sich an die Schläfe. »Dieser Unteroffizier in Hastings, mit dem du zusammenarbeitest,

Goodfellow, nicht wahr, könnte er während deiner Abwesenheit die Stellung halten?«

»Selbstverständlich.« Colin unterdrückte seine nervöse Aufregung und setzte sich wieder hin.

Jack zögerte, dann legte er die Akte beiseite. »Gut. Ich genehmige dir einen Flug von Kenley morgen früh. Wann kommst du zurück?«

»In zwei, höchstens drei Tagen.« Der Gedanke, Jewel nach fast einem Jahr wiederzusehen, ließ sein Herz höher schlagen.

Jack sah ihn streng an. »Es versteht sich zwar von selbst, aber ich sage es dennoch: Der Feind steht vor den Toren von Paris und in der Hauptstadt wimmelt es von Spionen, also sieh dich vor! Du bist ein erfahrener Soldat, Colin, und du hast eine Geheimdienstausbildung, deshalb weiß ich, dass du auf dich aufpassen kannst. Doch bis du Genaueres über Miss Reyers Situation weißt, nimm dich in Acht.«

»Natürlich.« Colins Herz schlug noch schneller. Morgen um diese Zeit wäre er in Paris. *Die Belagerungsgeschütze…*

»Schaust du vorher noch bei Grace vorbei?«

Er dachte stirnrunzelnd nach. Seine Schwester würde die Nachricht ganz und gar nicht gut aufnehmen.

Jack las seine Gedanken. »Da du nur kurz fort sein wirst, sage ich es ihr einfach, wenn du weg bist. Aber tu mir einen Gefallen und melde dich beim britischen MI-6-Büro in Paris, damit sie wissen, dass du da bist.« Er lächelte ironisch. »Dann kann ich ruhiger schlafen.«

Colin lächelte dankbar. »Das mache ich. Danke, Jack.«

»Schon gut. Jetzt lass uns aber essen.«

Die beiden Männer aßen weiter. Colin dachte darüber nach, was Jack gesagt hatte. Was, wenn Jewel doch die J. Reyer auf der Liste der Alliierten war? Das würde immerhin ihre dringende Botschaft erklären. Und obwohl er ihr ein so abscheuliches Verbrechen wie Spionage niemals zutrauen würde, konnte Jack doch recht damit haben, dass sie keine andere Wahl gehabt hatte. Wenn es so war, dann steckte sie ganz bestimmt in ernsten Schwierigkeiten.

Den Rest des Essens über schweiften Colins Gedanken immer wieder zu Jewel ab. Als Lord Walenfords Chauffeur ihn später zum Haus seiner Familie nach Knightsbridge fuhr, versuchte er sich einzureden, dass das Ganze pure Einbildung war und Jewel ihn nach der langen Zeit einfach gern wiedersehen wollte. Oder steckte doch mehr dahinter?

3

Paris, Frankreich, 10. April

Vielleicht hatte man ihn ja doch in eine Falle gelockt. Colin saß an einem Fenstertisch in dem Café und blickte nun schon zum dritten Mal auf seine Uhr.

Heute Morgen hatte er den Kanal überquert und dabei sein Leben aufs Spiel gesetzt. Das Doppeldecker-Jagdflugzeug, in dem er mit dem Piloten gesessen hatte, hätte leicht zur Beute des deutschen Luftwaffengeschwaders werden können, das ständig über der französischen Küstenlinie patrouillierte. Nach seiner Ankunft in Paris hatte er zuerst das Pariser MI-6-Büro aufgesucht, wie Jack ihn gebeten hatte, danach hatte er sich ein Zimmer im Grand Hôtel an der Place de l'Opéra genommen. Nun wartete er im Café de la Paix auf seinen Kaffee. Die Minuten verstrichen, doch Jewel kam nicht. Seine Vorfreude verwandelte sich langsam in Sorge.

Hier in diesem Café, im hellen Tageslicht, kam ihm Jacks Warnung fast unangebracht vor. Wieder einmal dachte er an Jewels einladendes Lächeln, an ihren herzförmigen Mund, der sich sanft auf seine Lippen gelegt hatte. Der Kuss hatte ihn überrascht, doch er hatte sich darüber gefreut. Dann fielen ihm die Opfer ein, die sie und ihre Tante gebracht hatten, um ihn vor dem Feind zu verstecken. Bei diesen letzten Gedanken hatte er das Gefühl, dass sein Kopf wieder klar wurde. Ganz bestimmt war seine erste Vermutung richtig: Der Name *Reyer* auf der Liste der feindlichen Spione musste ein Zufall sein.

Und warum kommt sie dann nicht, Mabry? Jacks andere Warnung fiel ihm ein, dass es in der Stadt von Spionen nur so wimmle. Der Chef des MI 6 in Paris hatte das bestätigt. Er hatte ihm erzählt, dass der Feind häufig hübsche junge Französinnen rekrutierte, die den Grünschnäbeln, die hier stationiert waren, Informationen entlocken sollten. Colin sollte schlicht und einfach keinem Menschen trauen.

Er mochte zwar jung sein, doch als Grünschnabel bezeichnet zu werden, gefiel ihm überhaupt nicht. Er hatte sich in den letzten beiden Jahren sehr verändert und war nicht mehr der idealistische Rekrut, der losziehen und den Hunnenkönig schlagen wollte. Er hatte keine Schuldgefühle, weil er seinem Land diente. Im Gegenteil, er war stolz darauf, in seinem Kavallerieregiment für England gekämpft zu haben, aber der Krieg war keineswegs so, wie er ihn sich vorgestellt hatte. Obwohl er als Entschädigung für den Verlust seiner Hand und seines Seelenfriedens befördert und ihm mehrere Medaillen verliehen worden waren, musste er dennoch jeden Tag aufs Neue dagegen ankämpfen, zu verbittern.

Hinter ihm brach eine männliche Stimme in lautes Lachen aus. Colin drehte sich um und sah zu den übermütigen alliierten Soldaten an der Bar hinüber, die alle die Ausgehuniformen ihrer Heimatländer trugen. Auch draußen, an den Tischen auf dem Gehsteig, saßen Dutzende Soldaten und Franzosen. Das Café, das Jewel vorgeschlagen hatte, schien ein sehr beliebter Treffpunkt in der Stadt zu sein.

War es wirklich Jewel gewesen, die ihn kontaktiert hatte, oder war es ein deutscher Spion gewesen, der ihn nach Paris hatte locken wollen? Kidnapping kam in diesem Metier zwar nur sehr selten vor, doch Colin war über die Möglichkeit informiert worden. Sein Vater war äußerst wohlhabend und Grace würde bald dem britischen Adel angehören.

Dann dachte er darüber nach, dass sie noch immer keine Nachrichten von Hauptmann Weatherford hatten, der schon vor mehreren Wochen abgereist war. Beide, Colin und der Hauptmann, hatten mit Jack Benningham zu tun. Verrannte er sich jetzt in ein Hirngespinst oder war hier wirklich etwas faul?

Er widerstand dem Drang, erneut auf die Uhr zu sehen, und schaute aus dem Fenster. Hinter den voll besetzten Tischen draußen sah er ältere Männer in leinenen Geschäftsanzügen und breitkrempigen Strohhüten oder Melonen vorüberhasten. Manche hatten Spazierstöcke in der Hand, andere trugen Ledermappen unter dem Arm. Alle bewegten sich sehr zielbewusst, als seien sie unterwegs zu einem Treffen oder eilten nach einem späten Mittagessen zurück ins Büro.

Andere, meist jüngere Männer, wirkten wie Soldaten auf Heimaturlaub. Auf der Taxifahrt ins Hotel waren Colin ausgemusterte Soldaten in geflickten Armeeuniformen aufgefallen, welche die Menschen auf den Straßen um ein paar Münzen anbettelten. Welch ein Unterschied zu den gestärkten, sauber gebürsteten Uniformröcken der Männer an der Bar!

Eine kleine Gruppe Soldaten stand vor dem Opernhaus. Nach ihren Uniformen zu urteilen waren es Amerikaner. Sie bewunderten das prachtvolle Palais Garnier. Im Weitergehen zogen sie die Mützen vor zwei Blumenfrauen, die sie zu sich winkten. Sie boten blaue Schwertlilien, rosa Rosen und Narzissen an. Die Blumenverkäuferinnen standen am Rand eines belebten Marktes. Dort machten Frauen, die meisten in Trauerkleidung, mit Weidenkörben am Arm ihre Einkäufe.

Nachdem Colin sich die Damen an den Außentischen des Cafés angeschaut hatte, nahm er die Frauen auf dem Markt in Augenschein und versuchte, ihre Gesichter zu erkennen. Ein Jahr war vergangen, seit er Jewel zuletzt gesehen hatte. Hatte sie sich so sehr verändert, dass er sie nicht mehr erkannte?

Sein Blick kehrte zurück zum anderen Ende des Platzes und fiel auf die entkernte Hülle, die von einem mehrstöckigen Wohnhaus übrig geblieben war. Er hatte das Gebäude bereits bei seiner Ankunft im Hotel gesehen. Eine Wand stand noch, schief, wie betrunken, neben einem riesigen Schuttberg. In den Fensterlöchern bauschten sich zerrissene Vorhänge in der sanften Frühlingsbrise. Angesichts des ganz normalen Lebens nur wenige Meter entfernt wirkte diese

Erinnerung an den Krieg bizarr. Er sollte sich von der Szene vor sich nicht täuschen lassen. Auch während er hier im Café saß, gingen praktisch ohne Pause Granaten auf die Stadt nieder.

Colin schlug das Herz bis zum Hals. Er war kaum eine Stunde in Paris gewesen, als er sich bereits bei einer ohrenbetäubenden Explosion über der Stadt flach auf den Boden seines Taxis gepresst hatte. Bis jetzt hatte er noch keinen direkten Angriff erlebt, doch die ständige Erwartung war ebenso nervenaufreibend wie die drohende Explosion selbst.

»Ein Geschenk von den dreckigen *Boches* und ihren Geschützen, Leutnant.«

Sein Kopf fuhr zu dem Kellner herum, der einen dampfend heißen *Café au Lait* vor ihn auf den Tisch stellte. Der drahtige, dunkelhaarige Mann in gestärktem weißem Hemd mit schwarzer Fliege nickte zu dem Haus hinüber.

»Wann ist das passiert?«

»Vor zwei Wochen, als die Bombardierung begann.« Er zog finster die Brauen zusammen. »Diese großen Geschütze und die Gotha-Bomber haben das Gesicht meiner wunderschönen Stadt mit Narben übersät.«

Er sah Colin an. »Ihre Liebe – kommt sie nicht?«

Colin blinzelte. »Wer hat etwas von …«

»Warum sonst sollte ein gut aussehender junger Soldat hier ganz allein sitzen und aus dem Fenster gucken und alle paar Minuten auf die Uhr sehen?« Sein Lachen gab den Blick auf eine Reihe schiefer Zähne unter dem schmalen Schnurrbart frei. »Ich bin Franzose, Leutnant. Ich kenne mich mit so etwas aus.«

Ohne auf eine Antwort zu warten, drehte er sich mit seinem leeren Tablett um und ging zurück zu der lärmenden Gruppe an der Bar. Colin schaute ihm nach, dann sah er abermals auf die Uhr: fünfzehn Uhr dreißig. Dreißig Minuten nach der ausgemachten Zeit.

Das Brummen eines Motors direkt vor dem Café erregte seine Aufmerksamkeit. Ein Motorrad mit Seitenwagen hielt am Straßenrand. Der Fahrer im Ledermantel, mit einer passenden Lederhaube auf dem Kopf, schwang den Fuß mit dem schweren Stiefel über die Maschine. Behandschuhte Hände nahmen erst die Motorradbrille, dann die Haube ab. Colin starrte auf die lange Strähne blonden Haars, die auf den hochgestellten Kragen des Mantels fiel.

Mit klopfendem Herzen blickte er auf den zerzausten Knoten goldenen Haars, der auf ihrem Oberkopf festgesteckt war. *Jewel!* Plötzlich drehte sie sich um und blickte zum Fenster herüber. Ihr Gesicht war bis auf den Bereich, den die Motorradbrille geschützt hatte, von Staub und Schlamm verdreckt. Doch durch das Fensterglas sahen ihn nicht Jewels hellblaue, sondern ein Paar tief liegende, lapislazulifarbene Augen an.

Es war nicht Jewel. Doch seine Enttäuschung mischte sich mit Neugier, als die Frau sich abrupt umdrehte und ging. Er stand auf und blickte ihr nach, presste beinahe sein Gesicht ans Fenster, um sie zwischen den Menschen vor dem Café ausfindig zu machen. Sie war verschwunden.

Er betrachtete das Motorrad. Dass die feminine Jewel eine solche Maschine fahren würde, konnte er sich kaum vorstellen, aber auch er selbst hatte keine Erfahrung damit. Er bevorzugte ein gutes Pferd, wenn er irgendwohin wollte, kein benzinfressendes Gefährt.

Plötzlich vernahm er trotz der lauten Gespräche der Gäste die Glocke über Tür des Cafés und als er sich umdrehte, sah er die geheimnisvolle Frau eintreten. Sie ging quer durch das Café. Dabei öffnete sich ihr schlammbespritzter Ledermantel ganz leicht und er erschrak beinahe, als er sah, dass sie dunkle Reithosen und eine Uniformjacke zu den Stiefeln trug.

War sie ein Kurier? Er hatte in London schon gehört, dass es Frauen gab, die Männerkleidung trugen und als Kuriere für die Marine und die Luftwaffe arbeiteten. Er hatte allerdings noch keine dieser Frauen kennengelernt. Nachdenklich setzte er sich wieder auf seinen Stuhl.

Die Frau betrachtete prüfend die Gesichter der Soldaten an der Bar, dann schob sie sich durch die Gäste. Dabei wich sie gelegentlich einem betrunkenen Rüpel aus, der versuchte, sie zu begrapschen. Als die Männer anfingen zu pfeifen und zu johlen, zog sie ihren Mantel enger zusammen. Colin spürte, wie Zorn in ihm aufstieg. Betrunkene Trottel!

Sie schlüpfte an ihnen vorbei, zog die Handschuhe aus und betrachtete dabei prüfend die übrigen Gäste des Cafés. Als ihr Blick schließlich auf ihn fiel, trat sie entschlossen auf ihn zu. *»Êtes-vous Leutnant Colin Mabry?«*

Ihr Französisch wirkte seltsam. Colin stand auf und antwortete auf Französisch: »Ich bin Leutnant Mabry. Und wer sind Sie?«

Statt zu antworten, legte sie den Kopf schief – und für einen Augenblick riefen die gerade Nase und die hohen Wangenknochen eine Erinnerung in ihm wach. Sie lächelte zögernd. »Ich bin die Frau, derentwegen Sie gekommen sind.«

»Wie bitte?« Er sah sie argwöhnisch an. »Sie müssen sich irren.«

Sie trat unbehaglich von einem gestiefelten Fuß auf den anderen. »Aber ... Sie haben doch meine Botschaft erhalten, *n'est-ce pas?* Dass Sie sich an Ihr Liebesversprechen erinnern sollen?«

Die Härchen in seinem Nacken richteten sich auf. Diese Frau hatte ihm die Botschaft geschickt? Glaubte sie wirklich, sie könnte ihm weismachen, dass sie Jewel war? Er verzog den Mund, während er sie anstarrte, die Warnung aus dem Büro in Paris noch frisch im Kopf. Er würde sich von keiner französischen Mata Hari reinlegen lassen. »Sie lügen.«

Sie blinzelte und trat einen Schritt zurück. Die großen blauen Augen sprühten Funken. »Und sie sind ein unhöflicher Klotz, mein Herr! Ganz offensichtlich hat man Ihnen keinerlei Manieren beigebracht.«

Jetzt war ihr irischer Akzent nicht mehr zu überhören. Er beugte sich vor und sah sie mit seinem furchterregendsten Blick an. »Ich weiß, wie Jewel Reyer aussieht, Miss, wer immer Sie sind. Sie sind nicht Jewel. Vielleicht sind Sie eine der Frauen, die für die Deutschen spionieren?«

»Habe ich gesagt, dass ich Jewel bin?« Sie stemmte beide Hände in die Hüften und schob das Kinn vor. »Und wie kommen Sie auf die Idee, ich könnte mich dazu hergeben, für die Deutschen zu spionieren?«

Natürlich bestritt sie, eine Spionin zu sein. Sein Puls stieg sprunghaft an, als ihm eine andere, sehr viel schlimmere Möglichkeit einfiel. »Wo ist Jewel?« Er trat einen Schritt näher, jeden Muskel angespannt. »Was haben Sie mit ihr gemacht? Sie bat mich zu kommen und hat ihre Botschaft mit ihren Initialen unterschrieben.«

»J und R«, unterbrach sie ihn. »Ja, ich weiß. Das sind zufällig auch meine Initialen. Mein Name ist Johanna Reyer, Leutnant. Ich bin Jewels Schwester.«

Er starrte sie mit offenem Mund an. Jewel hatte nie eine Schwester erwähnt.

Zu seinem Erstaunen lächelte sie plötzlich wieder und nickte ihm mitfühlend zu, wobei ihr Haarknoten noch ein wenig mehr zur Seite rutschte.

»Jetzt verstehe ich Ihre Überraschung. Sie dachten, Jewel hätte Ihnen geschrieben.« Sie beugte sich vor und sagte leise: »Meine Schwester steckt in großen Schwierigkeiten, Leutnant Mabry. Sie braucht Ihre Hilfe.«

Sie sah zu dem hochgewachsenen Mann auf und wagte kaum zu atmen, während sie auf seine Reaktion wartete. Maßlos erleichtert, dass er tatsächlich Colin Mabry war und dass sie ihm endlich gegenüberstand. Sie hatte sich nun schon monatelang den Kopf darüber zerbrochen, wie sie ihn dazu bewegen könnte, nach Paris zu kommen. Deshalb versuchte sie, seine Feindseligkeit zu ignorieren und nur daran zu denken, wie wichtig ihr Plan war. Würde er ihr helfen oder würde er sich einfach umdrehen und fortgehen?

Sie dachte an ihre Bemerkung über seine fehlenden Manieren und ärgerte sich über sich selbst. Das war bestimmt nicht der richtige Weg, ihn zum Bleiben zu bewegen, und außerdem hatte sie sich noch nicht einmal dafür entschuldigt, dass sie so spät gekommen war.

»Zeigen Sie mir Ihren Ausweis!«

Bei seinem Ton zuckte sie zusammen, aber eigentlich konnte sie ihm keine Vorwürfe wegen seines Misstrauens machen. Sie selbst besaß wenigstens eine Beschreibung von ihm, doch der Leutnant hatte natürlich keine Ahnung, wer sie war und ob sie die Wahrheit sagte.

Sie holte ihren Ausweis aus der Tasche der Uniformjacke. Dabei war sie wieder einmal froh, dass sie beschlossen hatte, den Namen ihres Vaters anzunehmen. Als sie ihm das Dokument gab, bemerkte sie zum ersten Mal die behandschuhte Hand auf seiner linken Seite. Sie war etwas größer als seine rechte Hand und steifer als echtes Fleisch. War er deshalb nach England zurückgeschickt worden?

Sie beobachtete ihn, während er den Ausweis prüfte. Er war ganz anders, als sie erwartet hatte. Der Leutnant war in Wirklichkeit sehr viel imponierender als in Jewels Tagebucheinträgen. Seine breiten Schultern, sein kohlrabenschwarzes Haar und die klaren, haselnussbraunen Augen entsprachen natürlich der Beschreibung ihrer Schwester, doch er sah älter aus, als sie gedacht hatte. Vielleicht lag das aber auch daran, dass er so lebensmüde wirkte. Nach dem, was Jewel vor einem Jahr geschrieben hatte, musste Colin jetzt einundzwanzig sein, ein paar Monate älter als ihre Schwester und zwei Jahre älter als sie selbst.

Als er ihr das Dokument zurückgab, schien seine Feindseligkeit sich ein wenig gelegt zu haben. »Was für Schwierigkeiten?«

»Nicht hier, das ist zu öffentlich.« Instinktiv schaute sie sich im Café um. Dabei fiel ihr Blick auf ihr Ebenbild in dem großen Spiegel an der gegenüberliegenden Wand. Oh nein! Sie sah aus wie ein Dachs. Beim Anblick der Schlammstreifen auf ihrem Gesicht fiel ihr die Pfütze auf dem Weg in die Stadt ein. Sie war so groß wie ein See gewesen und sie hatte sie erst gesehen, als es zu spät war.

Auch ihr Haar sah schrecklich aus. Der sauber aufgesteckte Knoten war auf eine Seite gerutscht, mehrere Strähnen hatten sich gelöst und lagen auf ihrem Mantelkragen. Sie versuchte, den schiefen Knoten geradezurichten, dann drehte sie sich wieder zu ihm um. »Die *Boches* haben ihre Ohren überall in der Stadt.«

Sie hielt inne. Grinste er etwa? Sie richtete sich auf. »Wir sollten das an einem privateren Ort besprechen.«

Das Licht in seinen haselnussbraunen Augen trübte sich. »Wo?«

»Mein Büro ist nicht weit von hier. Es ist sicher.«

Wieder kräuselte sich seine Oberlippe, als er sie ansah. Überlegte er, ob sie die Wahrheit sagte?

Die Angst zerrte an ihrer Geduld. Durch ein Wunder, das sie nicht verdient hatte, hatte sie den Retter ihrer Schwester gefunden. Jetzt konnte sie aus Paris fliehen und mithilfe des Leutnants Jewel – und ihren Vater – finden, bevor es zu spät war.

»Ich bin keine Spionin, Leutnant, ganz bestimmt nicht. Meine Schwester ist in großer Not und jede Minute, die wir hier stehen, gerät ihr Leben in größere Gefahr.«

4

»Rein mit Ihnen, wir müssen los.«

Colin betrachtete den Ledersitz des Seitenwagens. Er rührte sich nicht.

»Haben Sie etwas gegen das Motorrad, Leutnant, oder gegen die Fahrerin?«

Sie hockte, Mütze und Motorradbrille wieder aufgesetzt, rittlings auf der Triumph und rief ihm die Frage über den tuckernden Lärm des Motors hinweg zu. Dann reichte sie ihm mit leicht spöttischem Lächeln ebenfalls eine Motorradbrille.

Wieder sträubten sich ihm die Nackenhaare. Diese Miss Johanna Reyer behauptete, Jewels Schwester zu sein. Er hatte zwar ein paar Ähnlichkeiten entdecken können, doch es blieb die Tatsache, dass Jewel ihm gegenüber nie von einer Schwester gesprochen hatte.

Wie hatte diese Frau seinen Aufenthaltsort herausgefunden? Offenbar hatte sie ihn absichtlich unter falschen Vorzeichen nach Paris gelockt. Außerdem behauptete sie, Jewel sei am Leben und in ernsten Schwierigkeiten, ohne ihm vorläufig mehr sagen zu wollen.

Ihr Ausweis schien echt zu sein, allerdings konnte es sich auch um eine gute Fälschung handeln. Sie hatte einen ausgeprägt irischen Akzent, was ihren Geburtsort – im Ausweis war Paris angegeben – verdächtig machte. Auf jeden Fall wusste Colin nichts von einer zweiten Miss Reyer, wenn sie denn Miss Reyer war. Mit zusammengepressten Lippen betrachtete er den Seitenwagen. Nur ein Narr würde sie ohne weitere Erklärungen wegfahren lassen.

Urplötzlich erschütterte eine Explosion die Luft und den Boden unter ihnen. Colin warf sich auf den Bürgersteig. Sein Herz hämmerte. Das Pfeifen in seinen Ohren machte ihn taub für die Rufe und Schreie der Gäste vor dem Café. Erde füllte seinen Mund, drang in seine Nase, seine Lungen drohten zu platzen. Er bekam keine Luft. Er saß in der Falle. Er hustete krampfhaft, dann öffnete er die Augen und sah, wo er sich befand. *Nicht im Tunnel.*

Vom nächsten Häuserblock stieg eine dicke, schwarze Rauchsäule in den Himmel. Er setzte sich langsam auf und suchte in dem Meer verängstigter Gesichter nach Miss Reyer. Sie saß noch immer auf dem Motorrad, dicht über den Lenker gebeugt. Dunkelblaue Augen sahen ihn an, riesig hinter der Brille, ihre Brust hob und senkte sich schnell.

»Wo ist Ihr Büro?« Seine Stimme klang barsch.

Sie richtete sich auf, ihr Mund war noch immer leicht geöffnet. »In … in Vernon. Ungefähr zwei Stunden Fahrt Richtung Westen.«

Weg von dem Beschuss. Er nahm die Brille, die sie ihm entgegenstreckte, kletterte – aufgrund seiner Größe nicht ohne Mühe – in den vibrierenden Seitenwagen. »Fahren Sie.«

Das ließ sie sich nicht zweimal sagen. Sie legte den Gang ein, ließ die Kupplung los, gab Gas und fuhr an. Colin betrachtete im Vorbeifahren das ausgebrannte Gebäude und atmete auf, als sie die Trümmer hinter sich gelassen hatten. Ganz gleich, was ihre Motive waren und wo sie ihn hinbringen mochte, alles war besser, als hierzubleiben und zur Zielscheibe der deutschen Geschütze zu werden.

Sie fuhren die belebte Avenue de Friedland entlang Richtung Westen. Colin fielen die vielen Baumstümpfe zwischen den Kastanienbäumen auf, die gerade das erste Grün zeigten. Wahrscheinlich waren die Bäume abgeholzt worden, weil die Leute Feuerholz brauchten, denn durch den Krieg war in ganz Europa die Kohle knapp. Ihm wurde bewusst, dass die Pariser ebenso verzweifelt Brennstoff benötigten wie seine Landsleute in England.

Als sie den Arc de Triomphe de l'Étoile passierten, sah er, dass Sandsäcke das Bauwerk gegen Angriffe schützten. Sie fuhren weiter in Richtung Nanterre und Poissy. Irgendwann hatten sie Paris mit seinen beschädigten Ausläufern hinter sich gelassen. Vor ihnen erstreckten sich nun grüne Felder, gesprenkelt mit weißen Gänseblümchen und rotem Mohn. Zwischen dem Grün standen weiß getünchte Häuschen mit orangefarbenen Dächern aus Terrakottaziegeln. Weiter hinten, inmitten der sanften Hügel, sah man hin und wieder ein Schloss. Die Zufahrtswege zu diesen Schlössern bildeten schmale, unbefestigte Straßen, die von großen Eichen und Ahornbäumen und gelben Mimosen gesäumt waren.

Die Sonne brannte auf Colins Schultern herunter. Ihm war heiß unter der wollenen Offiziersmütze, die er weit nach hinten geschoben und mit dem Band der Motorradbrille befestigt hatte. Der Schweiß stand ihm auf der Stirn, deshalb war er froh über den kühlen Fahrtwind, der ihm ins Gesicht wehte. Alles in allem musste er zugeben, dass die Fahrt, obwohl etwas holprig, doch recht angenehm war. Es war wie Reiten, nur schneller und vor allem sehr viel lauter.

Miss Reyer war eine gute Fahrerin. Sie wich den Schlaglöchern aus und verlangsamte fast zum Halt, wenn sie durch eine tiefe Pfütze fuhr, die ein Regenschauer hinterlassen hatte. Ab und zu sah er zu ihr hinüber. Ein- oder zweimal begegnete er dabei ihrem Blick. Dann lächelte sie ihn ermutigend an und richtete ihre Aufmerksamkeit gleich wieder auf die Straße.

Seine Zweifel schwanden mit den Kilometern, die sie sich von der Stadt entfernten. Wenn sie eine feindliche Spionin war, gab sie sich jedenfalls große Mühe, ihn vom Gegenteil zu überzeugen. Vielleicht war Miss Reyer ja doch diejenige, die sie zu sein behauptete.

Sie überquerten einen Seitenarm der Seine. Sie bremste ab und bog in eine lange unbefestigte Auffahrt ein. Ein Schloss kam in Sicht. Es war aus rosa Backstein mit weißem Fachwerk. Das Dach wurde von drei hohen Türmchen gekrönt. Nach einer Weile wurde der unbefestigte Weg zu einer asphaltierten Auffahrt. Sie folgten ihr in einem Halbkreis und hielten vor einem prachtvollen Portikus.

Sie stellte den Motor aus und sagte lächelnd: »Willkommen im Château de Gall. Wir nennen es La Maison des Oiseaux, das Vogelhaus.«

Sie schwang das Bein über die Maschine und nahm Brille und Mütze ab. Colin stützte seine Prothese gegen die Wand des Seitenwagens und stemmte sich mithilfe seiner guten Hand aus dem engen Gefährt hoch. Endlich hatte er wieder festen Boden unter den Füßen. Er nahm seine Brille ab. Als er sah, dass sie ihn beobachtete, fragte er: »Unterhalten Sie sich gut, Miss Reyer?«

Sie wandte den Blick ab, dann sah sie ihn wieder an, als wollte sie etwas sagen, doch es kam nur ein Seufzen. Sie drehte sich um und ging die Stufen zu der wuchtigen Eingangstür hinauf.

Er blieb neben dem Seitenwagen stehen. »Wer ist wir?«

Sie blickte über die Schulter zu ihm zurück. »Ich … und die französische Armee. Wir arbeiten hier im Vogelhaus mit Tauben, die uns Nachrichten von der Front bringen.«

»Offensichtlich haben Sie auch Nachrichten verschickt.«

Wieder mied sie seinen Blick. Sie hatte ihn also tatsächlich mit Absicht in die Irre geführt.

»Wir schicken Informationen an das Hauptquartier der britischen Armee in Montreuil.«

So hatte sie ihm also ihre alarmierende Nachricht zukommen lassen.

»Bitte kommen Sie doch, ich möchte Sie meinen Freunden vorstellen.«

Er ging die geschwungene Eingangstreppe hinauf und trat in das kühle Innere des Schlosses. Die Halle war in einem v-förmigen Muster mit Parkett ausgelegt. Am anderen Ende befand sich ein Durchgang, der offenbar in einen größeren Raum führte.

»Wenn Sie bitte einen Moment warten würden. Ich möchte mich rasch ein bisschen frisch machen.« Er sah die stolze Kinnlinie unter der dicken Schmutzschicht und nickte.

Allein gelassen, ging er tiefer ins Haus hinein. Zu seiner Rechten schraubte sich über der ausgeblichenen, halb getäfelten, halb mit Seidentapete bespannten Wand eine Steintreppe mit einem kunstvollen schmiedeeisernen Geländer in die Luft.

Er blickte nach oben, zu einem riesigen Gemälde, das die Gewölbedecke schmückte: Es zeigte den Himmel in Rosé- und Azurtönen. Teilweise begann die Farbe abzublättern. Am Rand des blauen Himmels schwebten sieben Engel mit rosigen Wangen. Die molligen Körper in zarten Organza gehüllt, blickten sie zu einer großen weißen, von goldenen Strahlen umgebenen Taube auf. Sie hatte die Schwingen im Flug ausgebreitet und stellte vermutlich ein Symbol für den Heiligen Geist dar.

»Sie ist nicht da.«

Miss Reyer kam zurück. Ihre Stimme klang erregt. Colin war leicht befremdet davon, dass sie noch immer Männerhosen trug. Den schlammbeschmutzten Mantel hatte sie allerdings abgelegt.

Offenbar hatte sie sich das Gesicht gewaschen. Nur am Haaransatz war noch ein schmaler Schmutzstreifen zu sehen. Der Schmutz hatte ihre dunkelblauen Augen, die hohen Wangenknochen und die kleine, gerade Nase, die das blonde Haar und die helle Haut perfekt ergänzten, vorher nicht richtig wirken lassen. Jewels Haut war nicht ganz so hell, doch ihr Haar hatte die gleiche goldblonde Farbe.

Miss Reyers geschürzte Lippen waren so rosa wie die Rosen, die er auf den Blumenkarren in Paris gesehen hatte. »Isabelle hätte eigentlich auf uns warten sollen.«

»Wer ist Isabelle?«

Sie überhörte seine Frage und ging zielbewusst an der Marmortreppe vorbei auf den großen Raum am anderen Ende der Halle zu. Colin unterdrückte seinen Ärger und eilte ihr nach. Sie durchquerten das Speisezimmer, in dem ein langer Eichentisch und Eichenstühle auf einem bunten türkischen Teppich standen, und gelangten in eine zweite Halle auf der linken Seite. Als er leise männliche Stimmen hörte, blieb er stehen.

»Das sind die beiden Agenten des Deuxième Bureau. Sie haben ihren Sitz hier in Vernon.« Sie war neben ihm stehen geblieben und nickte in Richtung der Stimmen. »Die Männer entschlüsseln Nachrichten von der Front. Ein Sekretär tippt die Berichte ein und dann werden die Dokumente zum Hauptsitz des Geheimdiensts nach Paris geschickt.«

Also das Gleiche, was er beim MI 8 machte. »Wo ist der Taubenschlag?«

»Hinten auf dem Anwesen. Mein Freund André – Unteroffizier Moreau – müsste jetzt eigentlich dort sein.«

»Arbeiten Sie auch mit den Tauben?«

Sie nickte. »Ich helfe dem Unteroffizier, sie aufzuziehen und auszubilden. Mein Großvater liebte Renntauben, deshalb bin ich in Irland mit diesen Vögeln aufgewachsen. Jetzt kommen Sie, wir müssen uns beeilen.«

Sie ging voran durch den großen Raum mit seinem alten, kunstvoll geschnitzten Mobiliar und öffnete eine hohe Flügeltür, die auf die Veranda hinausführte.

Draußen duftete es intensiv nach Flieder. Sie traten von der überdachten Veranda herunter und überquerten einen gepflegten Rasen, der von hohen belaubten Pappeln und rot blühenden Rosskastanienbäumen gesäumt war. Über den Baumreihen stand die Nachmittagssonne am Himmel. Er musste seine Augen gegen das helle Licht schützen, als sie stehen blieben, um einen runden Ziegelturm ganz am Rand des Grundstücks zu bewundern.

»Das Taubenhaus wurde im siebzehnten Jahrhundert von einem französischen Adligen erbaut.« Sie deutete auf den Turm, dessen Dach einem Spitzhut ähnelte. »Als seine Erben das Anwesen vor zwei Jahren zur Kriegsnutzung dem Staat überließen, hat die Armee einen Teil des Gebälks und die fehlenden Ziegel ersetzt. Die steinernen Nistlöcher im Innern waren noch in sehr gutem Zustand.«

»Wie viele Vögel sind es?« Colin wusste, dass in den Taubenhäusern in Hastings etwa hundert Tauben gehalten wurden.

»Wir haben ständig zweihundertfünfzig Tauben hier.«

Er warf ihr einen Seitenblick zu. »Sie verschicken und erhalten so viele Informationen?«

Sie nickte. »Lassen Sie uns weitergehen. Wir verschwenden unsere Zeit.«

Sie setzte ihren Weg zum Taubenhaus fort. Er folgte ihr und bewunderte dabei ihre anmutigen Bewegungen, die trotz der Männerkleidung, die sie trug, zur Geltung kamen. Sie öffnete vorsichtig die Tür und trat über die Schwelle, dann winkte sie ihm zu folgen. »Ich sollte Ihnen noch sagen …«

Colin trat hinter ihr ein und löste ein Gestöber flatternder Flügel aus. Instinktiv schlug er einen Arm schützend vor das Gesicht. Sie standen inmitten des Lärms gurrender Geräusche. Die Luft war urplötzlich von Federn und Staub erfüllt, sodass er kaum noch etwas sehen konnte.

»Die Vögel haben Angst vor Fremden«, rief Miss Reyer ihm zu. Sie griff in eine Tonne neben der Tür und entnahm ihr eine Handvoll Körner, die sie in die Mitte des Taubenhauses warf. Sogleich ließ sich ein Großteil der Vögel nieder und fing an zu fressen. Der Rest flog hinauf zu den Dachsparren.

»Danke für die Warnung«, grollte Colin und ließ langsam den Arm sinken. Er roch den beißenden Geruch des Taubenkots und rümpfte die Nase.

Als der Schmutz in der Luft endlich anfing, sich zu legen, klopfte er seine Uniform ab. Dann sah er sich blinzelnd in dem gedämpften Licht des Taubenhauses um. Die gesamte Wand des runden Raumes war übersät mit runden Löchern. In den meisten saßen Vögel. Über ihnen, dicht unter dem Dach, befanden sich vier große, mit Klappen versehene Öffnungen.

»Wer hat mein Taubenhaus betreten und warum erschreckt er meine Vögel?«

Beim Klang der empörten Stimme blickte Colin auf die andere Seite des Taubenhauses hinüber. Dort stand eine schlanke Gestalt auf einer hohen Leiter. Die Leiter war an einem Querbalken befestigt, der wiederum auf einem vertikalen Holzpfosten ruhte, der sich in der Mitte des Raums erhob.

»Ich bin's, André.« Miss Reyers Stimme klang amüsiert. »Ich habe jemanden mitgebracht.«

Der Mann blickte zu ihnen herüber. »Jo, *ma chère*! Er ist wirklich gekommen? *C'est formidable!*« Seine dröhnende Stimme verursachte erneut ein massives Aufflattern von Flügeln, doch gleich darauf ließen die Vögel sich wieder nieder und fraßen weiter. »Ich bin gleich unten.«

Er griff nach dem Betonsims und hangelte sich langsam die runde Wand entlang zu ihnen. Dabei drehte sich der Mittelpfosten mit, sodass er auf der Leiter stehen bleiben konnte. Als er sich direkt über ihnen befand, stieg er die Sprossen herunter.

Sein Gesicht – er mochte mittleren Alters sein – verzog sich vor Freude und Erleichterung und in dem trüben Licht sah Colin, dass sein dichtes braunes Haar sowie der Schnurrbart grau gesprenkelt waren. Er trug die blaue Uniform der französischen Armee. Um seine Brust hatte er sich einen kleinen hölzernen Käfig gebunden, in dem ein weißer Vogel saß.

Er wischte sich die Hände an der Hose ab, dann streckte er Colin eine Hand hin. »Schön, Sie endlich zu sehen, Leutnant Mabry, stimmt's? Ich bin Unteroffizier Moreau. Mir ist das *Pigeonnier* unterstellt. Und das ist Little Corporal.« Er sah auf den weißen Vogel hinunter. »Wir heißen Sie herzlich willkommen.«

»Danke, Unteroffizier.« Er erwiderte den herzlichen Handschlag des Mannes und sah Miss Reyer mit hochgezogenen Brauen an. »Das war eine Begrüßung, die ich nicht so schnell vergessen werde.«

»Certainement.« Der Unteroffizier lachte leise. »Wir sind hier schließlich im Vogelhaus.«

Colin spürte, wie Miss Reyer neben ihm ungeduldig von einem Fuß auf den anderen trat. »Gut, André, und jetzt, wo er da ist, können wir meine Schwester suchen. Wo ist Isabelle?«

»Geduld, meine Kleine.« Der Unteroffizier drehte sich um und blinzelte Colin zu. »Jo ist sehr eigensinnig, nicht wahr? Seit sie erfahren hat, dass ihre Schwester gesehen wurde, ist sie wie ein wilder Vogel, der nur einen einzigen Gedanken kennt, nämlich aus dem Käfig zu fliehen.«

Anscheinend hatte Miss Reyer die Wahrheit gesagt und Jewel war tatsächlich am Leben. Colins Puls beschleunigte sich. Er drehte sich zu ihr um. »Wo ist diese Isabelle?«

»Miss Isabelle Moreau ist meine Tochter, Leutnant«, sagte der Unteroffizier. »Sie arbeitet für das Deuxième Bureau. Sie wollte eigentlich hier sein, falls Sie kommen, doch ein Auftrag hat sie nach Rouen gerufen. Ich nehme an, dass sie bald zurück sein wird.« Er sah Miss Reyer an. »Sie wird sich freuen zu hören, dass Jo jetzt einen Beschützer hat, der sie begleitet.«

... falls Sie kommen. Hatten sie denn nicht damit gerechnet, dass er nach Frankreich kommen würde, um Jewel zu retten?

»Meine Tochter wird Ihre Fragen beantworten, sobald sie wieder da ist.«

Colin presste die Lippen zusammen. Wieder diese Hinhaltetechnik. War diese Isabelle Moreau denn der einzige Mensch, der Informationen über Jewel besaß? Er überlegte, ob er dem Unteroffizier weitere Fragen stellen sollte, doch das unbekümmerte Lächeln des älteren Mannes ließ ihn schweigen. Wenn seine Tochter für den französischen Geheimdienst arbeitete, hatte sie ihm und Miss Reyer möglicherweise bestimmte Informationen vorenthalten.

»Jo, du hast dem Leutnant doch hoffentlich eine Erfrischung angeboten, *non?*«

Sie zog schuldbewusst den Kopf ein, dann drehte sie sich zu Colin um. »Möchten Sie eine Tasse Tee, Leutnant?«

Geduld, Mann. Er holte tief Luft und stieß sie langsam wieder aus. »Eine Tasse Tee wäre mir sehr recht.«

»Très bien!« Der Unteroffizier lachte und klopfte ihm freundschaftlich auf die Schulter. Der weiße Vogel in dem kleinen Käfig schlug mit den Flügeln.

Miss Reyer griff nach dem Käfig. »André, reg ihn doch nicht auf.« Sie sah den Unteroffizier unwillig an, doch der zuckte nur lächelnd die Achseln.

Sie öffnete den Käfig, nahm den Vogel heraus und hielt ihn zärtlich in einer Hand, während sie ihm mit der anderen vorsichtig das Gefieder glättete. *»Tout ira bien*, mein kleiner Corporal. Alles in Ordnung.«

Ihre tröstende Stimme schien den Vogel zu beruhigen. Kurz darauf setzte sie ihn vorsichtig zurück in den Käfig. »Wir gehen hinein, bis Isabelle zurückkommt. Einverstanden, Leutnant?«

Colin wechselte einen Gruß mit dem Franzosen, dann folgte er Miss Reyer zurück zum Schloss. Als sie die Veranda erreichten, hatten sie erfolgreich die letzten Federn von ihrer Kleidung geklopft. Sie deutete auf die Sessel. »Wir können hier draußen Tee trinken. Es wird nicht lange dauern.«

Nach der trüben Enge des Taubenhauses war Colin erleichtert, wieder draußen zu sein. Er wollte sich allerdings nicht setzen, sondern blieb neben einem Paar Korbstühlen mit hohen Rückenlehnen im Pfauenmuster stehen. Er würde es sich nicht bequem machen, solange sie auf Isabelle warteten. Dem Unteroffizier hatte er keine weiteren Fragen gestellt, doch Miss Reyer würde er es nicht so leicht machen. Es gab noch viele Fragen, die sie ihm beantworten musste.

»Sie mögen hoffentlich Pekoe.«

Sie kam zurück, ein Tablett mit einem weißen Porzellanservice in den Händen, das sie auf das Tischchen zwischen den Stühlen stellte. Ein Teller mit Gebäck, mit echtem Zucker bestreut, war auch dabei.

»Wie ich sehe, hat der französische Geheimdienst noch immer Zugang zu kulinarischen Köstlichkeiten.«

Sie setzte sich und schenkte Tee ein. »Kekse gibt es nur sehr selten, glauben Sie mir. Miss Moreau ist eine ehemalige Klassenkameradin des Besitzers der *Pâtisserie* neben ihrem Pariser Büro. Mittwochs arbeitet sie hier in der Abteilung in Vernon. Sie hat die Kekse erst heute Morgen mitgebracht.«

Sie zuckte die Achseln. »Ansonsten mussten wir wie die meisten Franzosen, vor allem die Pariser, die Nahrungsmittel rationieren.«

Colin hatte schon lange keinen Keks mit echtem Zucker mehr gegessen. Sein Magen knurrte. Sie lächelte. »Bitte bedienen Sie sich, Leutnant. Wir wollen die Sachen doch nicht umkommen lassen.«

Sie stellte eine Tasse dampfend heißen Tees vor seinem Stuhl auf den Tisch, dann schenkte sie sich ebenfalls eine Tasse ein. »Möchten Sie sich nicht setzen?«

Er wartete, bis sie zu ihm aufsah. »Ich habe die Spielchen satt, Miss Reyer. Was wissen Sie über Jewel? Wo ist sie und warum ist sie in Schwierigkeiten?«

Jo goss sich einen winzigen Schluck Milch in ihren Tee und dachte nach. Der Leutnant war mehr als geduldig gewesen. Sie schuldete ihm eine Erklärung. Die Frage war, wie viel sie ihm sagen durfte. »Wir, das heißt, Miss Moreau und ich, glauben, dass Jewel vor ein paar Monaten von einem deutschen Offizier aus ihrem Dorf entführt wurde.«

»Ist sie hinter den feindlichen Linien?«

Seine ernste Stimme ließ sie aufblicken. Als sie sah, wie blass er geworden war, erschrak sie. Er würde seinen Entschluss doch hoffentlich nicht ändern und gehen? Sie hatte jahrelang auf diese Chance gewartet. *Papa!*

Ein vertrauter Schmerz durchfuhr sie. Instinktiv griff sie nach dem Ring an ihrem rechten Finger und fing an, das silberne Band zu drehen.

»Ich glaube nicht, dass Jewel sich noch im besetzten Frankreich befindet, Leutnant. Wenn es so wäre, könnten wir ihr nicht helfen.«

Das Blut kehrte in sein Gesicht zurück. »Da haben Sie wohl recht.«

Seine Erleichterung übertrug sich auf sie. Ihr Herz schlug wieder normal. »Es tut mir leid, dass ich Ihnen nicht mehr Informationen über ihren Aufenthaltsort geben kann. Meine Freundin Isabelle wird es Ihnen erklären, wenn sie zurückkommt.«

Als er noch immer keine Anstalten machte, sich zu setzen, seufzte sie. »Wenn ich weiter zu ihnen hochgucken muss, bekomme ich Nackenkrämpfe.«

Nach einem Moment der Anspannung nahm er seine Mütze ab und ließ sich in den neben ihm stehenden Korbsessel fallen, doch er ignorierte den Tee und sah sie einfach nur an. »Erklären Sie mir,

Miss Reyer, wie Sie und Jewel Schwestern sein können, wo Sie doch ganz offensichtlich keine Französin sind.« Er beugte sich vor. »Sie hat Sie nie erwähnt. Nicht ein einziges Mal.«

Seine Frage zerstörte ihre Hoffnung auf eine Pause in der Befragung. »Zu Ihrer zweiten Frage: Ich glaube nicht, dass sie von mir weiß.« Sie rührte angelegentlich in ihrem Tee. »Zu der Ersten: Jewel und ich haben denselben Vater, aber verschiedene Mütter.«

»Sie sind also Halbschwestern.«

Sie nickte. »Sie ist zwei Jahre älter. Ich weiß, dass ihre Mutter bei ihrer Geburt gestorben ist. Kurz darauf kam unser Vater nach Paris, wo er meine Mutter traf, die dort Kunst studierte.« Wieder beschleunigte sich ihr Puls. Der alte Trotz ließ sie das Kinn heben. »Ich bin ein uneheliches Kind, Leutnant.«

Er wirkte überrascht, ließ jedoch keinen Hauch der Verurteilung erkennen, mit der sie gerechnet hatte. »Wer ist Ihre Mutter?«

»War. Sie starb vor zwei Jahren in Dublin. Damals kam ich nach Frankreich, um meinen Vater zu suchen. Ich habe ihn nur ein einziges Mal gesehen, als ich noch ein Kind war.« Plötzlich standen ihr wieder die schemenhaften Erinnerungen vor Augen, an die sie sich jahrelang geklammert hatte: *blaue Augen, starke Hände; wie er lächelnd ihre Handinnenflächen küsste; der Geruch nach Tabak, gemischt mit einem unbeschreiblichen Duft, der älter war als ihre Erinnerungen; das Wissen, dass sie ein Teil von ihm war, ihrem Papa.*

»Hat Ihre Mutter Ihnen von Jewel erzählt? Oder Ihr Vater? Er ist noch bei der französischen Armee, nicht wahr?«

Jo drehte sich zu ihm um. »Weder mein Vater noch meine Mutter haben mir je gesagt, dass ich eine Schwester habe. Jedenfalls kann ich mich nicht daran erinnern. Und Papa …« Sie unterdrückte den Zorn, der in ihr aufstieg. »Als ich vor zwei Jahren nach Paris kam, habe ich über das Rote Kreuz Kontakt zu seinem Regiment aufgenommen.« Sie schlug die Augen nieder. »Sie sagten mir, dass er vermisst werde.«

»Das tut mir leid.« Die Schärfe in seiner Stimme ließ ein bisschen nach. »Während meiner Zeit mit Jewel letztes Jahr, sprach sie nie …

na ja, sie lebte im besetzten Frankreich, abgeschnitten von der Welt, und wusste wahrscheinlich nichts über seine Situation.« Er hielt kurz inne, dann fuhr er fort: »Wie haben Sie von Jewel erfahren?«

Sie blickte auf und sah, dass er nach dem Milchkännchen griff. Ihr Blick wanderte zu der behandschuhten Hand, die bewegungslos auf seinem Oberschenkel lag. Jo versuchte, sich ein Leben ohne zwei gesunde Hände vorzustellen. Sie könnte die Triumph nicht mehr fahren – ein Teil ihrer Pflichten für das Büro, den sie sehr liebte. Und wie zog sich der Leutnant überhaupt morgens an? Sie hatte genügend Erfahrung mit dem Zuknöpfen ihrer Uniformbluse, um zu wissen, dass es unmöglich war …

»Miss Reyer?«

Gedankenverloren griff sie nach ihrer Tasse. »Ich habe in Havrincourt ihr Tagebuch gefunden.«

Er erstarrte. »Havrincourt? Sie waren dort?«

»Vor zwei Monaten.« Sie trank einen Schluck Tee. »Bevor die Deutschen das Dorf im Zuge ihrer Frühjahrsoffensive zurückeroberten. Anfang Dezember hatten wir erfahren, dass der Feind nach einem Panzerangriff in Cambrai aus dem Dorf meines Vaters zurückgeschlagen worden war. Ich bat Unteroffizier Moreau, mich hinzubringen, doch er bestand darauf, noch zu warten. Es dauerte mehrere Wochen, bis die Alliierten das Gebiet gesichert hatten. Dann fuhren wir mit dem Lastwagen hin. Das Dorf war größtenteils zerstört. Ein Bewohner, der dortgeblieben war, beschrieb uns den Weg zum Hof meines Vaters. Ich wanderte durch die Ruinen des Hauses und der Nebengebäude und suchte nach einem Zeichen, dass Papa dort gewesen war.«

Sie schaute auf den Ring an ihrem Finger. Die Saphiraugen des winzigen Vogels schienen im Licht zu zwinkern. Taubenaugen. Ihr Papa hatte ihr den Ring gegeben, als sie noch klein war, doch in Havrincourt hatte sie sich mehr erhofft, ein Foto, vielleicht die Pfeife, an die sie sich erinnerte, ein Fragment seines Lebens, das ihr sagte, wohin die Armee ihn geschickt hatte.

»Stattdessen fand ich das Tagebuch.« Wieder sah sie zu ihm auf. »Also habe ich das Buch mit nach Paris genommen und die Aufzeichnungen meiner Schwester gelesen.«

Jo erinnerte sich, wie sie jedes einzelne Wort des Tagebuchs verschlungen hatte, auf der Suche nach einem Beweis dafür, dass sie nicht allein in der Welt stand. Mit Jewel hatte sie noch eine Familie. »Meine Schwester hat kurz nach Kriegsbeginn mit den Eintragungen begonnen und die Geschehnisse im Dorf unter der Besatzung festgehalten.« Sie sah ihn über den Tassenrand hinweg an. »Jewel hat auch über Sie geschrieben, Leutnant.«

Ihre Schwester hatte getrauert, als er abgereist war. Die Einträge wechselten zwischen Zorn darüber, verlassen worden zu sein, und Freude beim Gedanken daran, dass er zurückkommen und sie zur Frau nehmen würde. »Sie hat von ihrer Liebe zu Ihnen und von Ihrem Versprechen zurückzukommen geschrieben.«

Jo sah, dass ihre Worte ihn trafen, und fühlte eine gewisse Befriedigung. Sie dachte daran, was Jewel über die Entbehrungen und die erniedrigende Behandlung geschrieben hatte, über die Schrecken, die so viele erdulden mussten, die von der Gnade des Feindes abhängig waren. Er hatte sie schutzlos in diesem Elend zurückgelassen.

Ein anderer Teil von ihr hatte Mitleid, als sie die Reue auf seinem attraktiven Gesicht sah. Sie wusste aus erster Hand, wie sich diese Reue anfühlte. Sie war mit der Unfähigkeit gepaart, sich an die eigenen Handlungen zu erinnern: Mord, Rebellion, Verrat an der Krone …

Der Leutnant räusperte sich. Sie schrak aus ihren Gedanken auf. »Warum glauben Sie, dass Jewel von diesem deutschen Offizier aus dem Dorf entführt wurde?«

»Sie hat ihn in ihrem Tagebuch erwähnt.« Jo starrte in ihre Teetasse und dachte daran, was ihre Schwester aufgeschrieben hatte. »Das Dorf wurde angegriffen. Jewel wusste, dass er sie holen würde. Er hatte ihr gesagt, er hätte den Aufenthaltsort ihres Vater herausgefunden, und versprochen, sie zu ihm zu bringen.« Sie blickte auf. »Vielleicht ein Gefangenenlager.«

»Für mich klingt das eher nach einem Lockmittel, um sie gefügig zu machen.«

Jo fuhr nicht auf bei seinem Ton. Schließlich hatte sie diese Möglichkeit selbst in Erwägung gezogen. Doch sie wollte die Hoffnung nicht aufgeben. »Jewel glaubt, dass Papa noch lebt. Ich muss es auch glauben.« *Es ist alles, was mir geblieben ist.*

»Hat dieser deutsche Offizier einen Namen?«

»Werner Kepler. Laut meiner Schwester war er ein Hauptmann in der deutschen Armee und hatte zuletzt die Kommandantur in Havrincourt inne.«

»Und was ist mit Jewels Tante?«

»Madame Rochette, die Schwester ihrer Mutter.« Jo nickte. »Jewel schreibt, dass sie an Typhus gestorben ist. Es muss ein paar Monate, nachdem Sie den Ort verlassen haben, passiert sein.«

Er senkte den Kopf. Es war eine Geste der Niederlage. Sie fühlte sich schuldig, weil sie ihn erneut an sein Versagen erinnert hatte. »Es tut mir leid, Leutnant.«

Er sah sie mit flammenden Augen an. »Sie sind seit Monaten im Besitz dieses Tagebuchs. Warum haben Sie so lange gewartet, bis Sie mich kontaktiert haben? Weiß der Himmel, was ihr inzwischen zugestoßen ist!«

»Ich wusste nicht, wo ich anfangen sollte.« Jo stellte langsam ihre Tasse ab. War er zornig auf sie oder auf sich selbst? »Jewel hat in ihrem Tagebuch von Ihnen einfach nur als von ›Colin‹ gesprochen, ich wusste also Ihren Nachnamen nicht. Sie hat erwähnt, dass Sie Kavallerist in der britischen Armee seien und Ihren besten Freund, einen Mann namens Wyatt, verloren hätten, doch auch dessen Nachnamen hat sie nicht genannt. Dann schrieb sie noch, dass Sie einen Schwan besäßen, der Tee trinkt oder so – völliger Unsinn. Manches war so hingekritzelt, dass ich es nicht entziffern konnte. Und ich wusste auch nicht, ob Sie noch in Frankreich oder überhaupt noch am Leben sind.«

Jo erinnerte sich an ihre Verzweiflung in diesen Wochen und Monaten, nachdem sie das Tagebuch gelesen hatte. Sie hatte gewusst, dass »Colin« ihre einzige Möglichkeit war, ihre Familie zu finden, und hatte doch keine Ahnung gehabt, was sie unternehmen könnte.

»Und wie haben Sie mich schließlich aufgespürt?«

Er wirkte eher neugierig als ärgerlich, deshalb entspannte sie sich etwas. »Es war purer Zufall – oder ein Wunder, falls Sie an so etwas glauben.« Sogar sie musste zugeben, dass es mehr als Glück gewesen war, Colin Mabry zu finden.

»Wie Sie ganz richtig sagten, besaß ich zwar das Tagebuch meiner Schwester, aber keinerlei Informationen über Sie. Dann, vor ein paar Wochen, habe ich in den Gärten von Versailles zu Mittag gegessen. Es ist sehr schön dort. Viele Soldaten verbringen dort ihren Urlaub. Nicht weit von mir saß ein britischer Hauptmann auf einer Parkbank und las die *Times*. Als er fertig war, ließ er die Zeitung liegen.«

Immer auf der Suche nach neuen Nachrichten, insbesondere über neue Festnahmen im Zusammenhang mit dem irischen Aufstand vor zwei Jahren, hatte Jo die liegen gelassene Zeitung genommen und durchforstet. »Ich fand den Namen *Colin* in den Gesellschaftsnachrichten, in einem Bericht über Swans Teehaus, das Patrick Mabry gehört, der wohl Ihr Vater ist. Meiner Ansicht nach war das mehr als ein Zufall. Ihre Schwester wird bald einen Viscount heiraten?«

»Lord Walenford.« Er lehnte sich in seinem Sessel zurück und verschränkte die Arme. Wieder beobachtete sie die linke Hand, die keine Hand war. »Und so beschlossen Sie, sich als jemand anderes auszugeben, um mich nach Paris zu locken. Richtig?«

Seine Wortwahl versetzte ihr einen Stich. »Ich nahm nicht an, dass Sie mir glauben würden, Leutnant, deshalb habe ich zu dieser kleinen Täuschung gegriffen. Eine direkte Bitte meiner Schwester konnten Sie kaum ablehnen, es sei denn, Sie wären ein unehrenhafter Mann, der sein Versprechen ihr gegenüber bedenkenlos bricht.«

Jetzt war es an ihm, gekränkt auszusehen. »Diese *kleine* Täuschung war ein Missbrauch unserer geheimen militärischen Kommunikationswege in Kriegszeiten.« Er machte eine Kopfbewegung zum Taubenhaus hinüber. »Ich kann mir nicht vorstellen, dass Unteroffizier Moreau Ihre Methoden gebilligt hat.«

Jo setzte sich auf und sah ihn an. »André hat mir sogar geholfen, den Plan umzusetzen.« Zufrieden über seinen überraschten Gesichtsausdruck, griff sie nach einem Zuckerkeks.

»Wie Sie selbst bemerkt haben, war bereits viel zu viel Zeit vergangen und ich musste Sie so schnell wie möglich kontaktieren. Normalerweise hätte das Deuxième Bureau eine solche Anfrage nicht weitergeleitet, aber die Franzosen sind unheilbare Romantiker. Ich verfasste die Nachricht so, dass jeder, der sie las, glauben musste, ich sei eine verzweifelte Frau auf der Suche nach ihrer großen Liebe. Es war trotzdem überraschend, wie leicht es André fiel, einen Agenten hier im Château zu überreden, den Code anzuwenden. Dann schickte er eine Taube in das britische Hauptquartier in Montreuil. Ich hoffte einfach, dass die Nachricht von dort über den Kanal und zu dem Teehaus gelangen würde, das Ihrer Familie gehört.« Sie hielt kurz inne, dann fuhr sie fort: »Und dass Sie die Initialen des Absenders erkennen würden.«

Eine seiner dunklen Brauen hob sich, seine Unterlippe verzog sich missbilligend, ein Ausdruck, der ihr bereits vertraut war. »Ich habe Jewels Initialen tatsächlich erkannt, Miss Reyer. Wirklich sehr ehrenwert das alles.«

Ihr Blick flackerte. Ihr Gewissen war getroffen. Doch sie würde es hinnehmen, weil sie Colin Mabry sehr viel mehr brauchte, als er wusste. Sie würde, ohne zu zögern, wieder dieselbe Täuschung anwenden, wenn sie ihn dadurch hierherlocken konnte.

Sie, Johanna Dougherty Reyer, hatte nichts mehr zu verlieren. Sie hatte keine Familie und kein Land mehr. Sie hatte die Toten und ihre schwere Vergangenheit in Irland begraben und in diesem vom Krieg heimgesuchten Frankreich war sie eine Fremde.

Und doch klammerte sie sich an die undeutlichste und zugleich glücklichste Erinnerung ihrer Kindheit: *blaue Augen und starke Hände, eine sanfte Stimme …* Vielleicht verdiente sie kein Wunder, doch sie würde alles tun, um ihren Vater und ihre Schwester zu finden.

5

»Jewels Held ist da? *C'est un miracle!*«

Colins Kopf fuhr herum. Es war eine weibliche Stimme, die er durch die offene Flügeltür vernommen hatte. Eine schlanke Frau trat heraus. Er stand auf. Sie war fast so groß wie Miss Reyer, wirkte allerdings ein paar Jahre älter. Ihr dunkles Haar war unter einem braunen, mit einer Feder geschmückten Filzhut aufgesteckt und ihr beiges Kostüm verlieh ihr ein geschäftsmäßiges Aussehen. Dunkle Augen sahen ihn prüfend an, als er zu ihr ging und ihr seine Hand entgegenstreckte. »Leutnant Mabry? Ich bin Miss Reyers Freundin, Isabelle Moreau.«

Er nahm freundlich ihre Hand. »*Enchanté*, Miss Moreau. Ihren Vater habe ich ja schon kennengerlernt.«

Sie lächelte. »Freut mich sehr. Wir waren sehr gespannt, ob Jos Nachricht Sie bewegen würde, nach Paris zu kommen und uns zu helfen, Jewel zu suchen.«

Er sah zu der goldblonden Frau in dem Korbsessel hinüber. »Ja. Wir haben gerade noch über die erhabenen Prinzipien von Wahrheit und Ehre diskutiert.« Zu seiner Genugtuung erschienen auf Miss Reyers Wangen zwei tiefrote Flecken. Obwohl er ihr eine gewisse Logik nicht absprechen konnte, ärgerte es ihn, dass sie ihn mit einem Trick nach Frankreich gelockt hatte. Colin mochte es nicht, manipuliert zu werden. Ob sie und ihre Freundin es wussten oder nicht, er stand zu seinem Wort. Und er verdankte Jewel viel, ganz abgesehen von der Zuneigung, die er für sie empfand. Hielten sie ihn wirklich für einen solchen Schuft?

»Ich verstehe noch immer nicht, warum es dieser komplizierten

Täuschung bedurfte, um mich herzuholen.« Der Blick, den Miss Reyer ihm zuwarf, beeindruckte ihn wenig. »Sie hätten mich über die britische Armee kontaktieren und mir einfach die Wahrheit sagen können.«

»Wir haben sie gefragt, Leutnant.« Sie stand auf. »Isabelle und ich haben uns an Ihr örtliches Büro gewandt, doch man sagte uns, wegen der Mobilisierung gegen die neue deutsche Offensive könne es Wochen dauern, bis wir eine Information erhielten.«

»Wir wollten aber nicht warten«, warf Miss Moreau ein. »Ich arbeite im Schreibzimmer des Deuxième Bureau und habe dort einen Freund, den Agenten Henri Lacourt. Ich bat ihn, Sie in London zu benachrichtigen, doch er weigerte sich.« Sie warf Miss Reyer einen entschuldigenden Blick zu. »Sehen Sie, Leutnant, wir waren einfach nicht sicher, ob Sie der Mann waren, den wir suchten, und Henri – Agent Lacourt – konnte es nicht rechtfertigen, auf einen bloßen Verdacht hin die Ressourcen des Bureaus zu nutzen.«

»Jetzt wissen Sie, warum ich improvisieren musste.« Miss Reyer hob den Kopf, als sei ihr Vergehen damit gerechtfertigt.

Colins Geduld war am Ende. Er wandte sich zu der jungen Frau, die soeben angekommen war. »Gut. Jetzt sollten wir vielleicht darüber reden, wo Jewel sich im Moment befindet.«

Sie suchte seinen Blick. Ihre dunklen Augen sahen ihn entschlossen an. »Das werden wir.«

Während ihre Freundin den Leutnant taxierte, zitterte Jo beinahe vor Anspannung. Zwei lange Jahre hatte sie gewartet und jetzt schien ihre Familie plötzlich in Reichweite zu sein. *Ich wünsche mir nichts mehr auf der Welt, als dein Papa zu sein.*

Sie warf den Zuckerkeks zurück auf den Teller und wischte sich die Finger ab. »Wir müssen anfangen, Isabelle.«

Ihre Freundin zog die schmalen dunklen Brauen zusammen. »Ich mache mir immer noch Sorgen um dich, *mon amie*. Er ist nicht vertrauenswürdig.«

»Ich bin nicht vertrauenswürdig?« Colin prallte förmlich zurück. »Und als was bezeichnen Sie die Lüge, mit der Sie mich nach Paris gelockt haben? Ganz zu schweigen von dem Vorwand, mit dem Sie mindestens einen französischen Agenten zur Mitarbeit bewogen haben, und von der groben Verletzung des militärischen Protokolls sowohl der französischen als auch der britischen Armee?« Er starrte Miss Reyers Freundin an. »Ihr Misstrauen ist völlig unangebracht, Miss Moreau, und überhaupt habe ich diese Mantel-und-Degen-Maskerade gründlich satt. Sagen Sie mir, wo sich Jewel Reyer aufhält, oder ich nehme den nächsten Luftwaffenflug zurück nach England.«

Jo spürte, wie Panik in ihr aufstieg. Sie warf ihrer Freundin einen verzweifelten Blick zu.

»*Pardon*, Leutnant, das ging nicht gegen Sie.« Isabelle verbeugte sich entschuldigend. »Ich meinte den deutschen Offizier.«

»Kepler? Den deutschen Hauptmann, der Jewel angeblich aus Havrincourt herausgeholt hat?«

»Wie ich sehe, hat Jo es Ihnen schon gesagt. Doch es ist so gut wie sicher, dass Hauptmann Werner Kepler mehr oder etwas anderes ist, als er zu sein vorgibt.«

Isabelle sah sie an. »Als Jo mir vom Tagebuch ihrer Schwester und von Kepler erzählte, bat ich Henri, Nachforschungen anzustellen. Er hat Keplers Namen auf der Feindesliste der Aliierten entdeckt. Jewel hatte ihn beschrieben: braunes Haar und Schnurrbart, was eher unspezifisch ist, aber sie hat auch Keplers Verletzung erwähnt. Ihm fehlt ein Stück seines rechten Ohrläppchens. Agent Lacourt telegrafierte unseren Büros in ganz Frankreich, um herauszufinden, ob der Mann sich noch im Land aufhält.«

Sie schwieg. Der Leutnant fragte: »Und?«

Isabelle nickte. »Bevor Jo Sie kontaktiert hat, erhielt unser Büro einen Bericht des Inhalts, dass ein dunkelhaariger Mann mit einer solchen Narbe in Zivilkleidung in einer Stadt südlich von Paris gesehen worden war. Agent Lacourt glaubt, dass es Kepler ist, was bedeutet, dass unser deutscher Hauptmann ein Spion sein könnte.«

»Ein feindlicher Agent?« Er wandte sich an Jo. »Ich nehme an, das haben Sie vergessen zu erwähnen?«

»Ich dachte … Isabelle sollte es Ihnen sagen.«

Sein Blick glitt zurück zu ihrer Freundin. »Und was ist mit Jewel?«

»In dem Bericht heißt es, Kepler sei in Begleitung einer Frau gewesen. Wir glauben, es könnte Jewel sein.«

»Das *könnte* sie sein? Sie sind nicht sicher?«

Isabelle zuckte die Achseln. »In dem Telegramm hieß es nur, sie sei schlank und hätte goldblondes Haar.«

Er runzelte die Stirn. »Das passt auf Tausende von Frauen.«

»Da haben Sie recht, Leutnant.« Jo trat zu ihm. »Aber angesichts dessen, was wir wissen, ist Jewel höchstwahrscheinlich bei Kepler. Allerdings haben wir keine Ahnung, wie sie aussieht. Ich habe nur das Tagebuch, das ich zufällig in einem zerstörten Rübenkeller gefunden habe.«

Sie bemerkte seinen überraschten Blick. Aus dem Tagebuch wusste sie, dass er sich damals in ebendiesem Keller versteckt hatte. »Alles andere auf dem Hof ist zerstört, auch sämtliche Fotografien.«

»Also brauchen Sie mich für sehr viel mehr als nur zum Schutz.«

Er sah sie mit einem unergründlichen Gesichtsausdruck an. Jo erwiderte seinen Blick furchtlos und aufrichtig. »Sie sind der Einzige, der mir mit Bestimmtheit sagen kann, ob diese Frau meine Schwester ist.«

»Was hätten Sie getan, wenn ich nicht nach Paris gekommen wäre, Miss Reyer?«

Sie drehte geistesabwesend den Ring an ihrem Finger. »Ich hätte allein versucht, Jewel zu identifizieren.«

»Ha! Henri würde dir niemals sagen, wo sie ist, solange er nicht überzeugt ist, dass du dadurch nicht in Gefahr gerätst.«

Isabelle war genauso eigensinnig wie sie. Jos Temperament drohte mit ihr durchzugehen, als sie die einzige Frau ansah, der sie vertrauen konnte, seit sie nach Frankreich gekommen war. »Dann würde ich eben in Paris anfangen und mich nach Süden vorarbeiten.« Und ohne Rücksicht darauf, wie harsch es klingen mochte, fügte sie hinzu: »Wie der Leutnant habe ich es satt zu warten.«

»Sie sollten auch noch den Rest erfahren, Leutnant.« Isabelle ging nicht weiter auf Jo ein, sondern sah Colin stirnrunzelnd an. »Da wir vermuten, dass der Mann Kepler ist und als Agent arbeitet, könnte jede direkte Konfrontation gefährlich sein.«

Sie sah auf seine behandschuhte Hand. »Zu Jos Sicherheit und zu Ihrer eigenen wird Agent Lacourt auf einem Gespräch mit Ihnen bestehen, bevor er Ihnen weitere Informationen gibt. Außerdem muss ich eine Fotokopie Ihres Passes machen, bevor Sie heute gehen. Wo wohnen Sie?«

»Im Grand Hôtel Beauville an der Place de l'Opéra.«

Neben seinem Mund hatten sich scharfe Linien gebildet. Offenbar fiel es auch Jos Freundin auf. »Der Lärm der Geschosse ist sehr unangenehm, oder? Wenn Sie wollen, Leutnant, können Sie auch hier im Château bei meinem Vater bleiben. Ich kann morgen Abend wieder hier herausfahren.«

»Ich fahre heute noch ins Hotel zurück.« Ein Muskel an seinem Kiefer zuckte, als er seinen Pass hervorholte und ihr gab. Dann wandte er sich an Jo. »Wo ist dieses Tagebuch?«

Ihr Herz stockte. »Ich habe es in Paris.«

»Ich möchte es sehen.«

Jo trat einen Schritt zurück. Wenn er alles las, was ihre Schwester geschrieben hatte, würde er sie nie im Leben begleiten. »Sie glauben mir nicht?«

»Sollte ich das denn? Bis jetzt beruht alles, was ich gehört habe, auf Hörensagen. Eine Frau, die Jewel sein *könnte*, befindet sich in der Gesellschaft eines Mannes, der ein deutscher Offizier oder ein feindlicher Spion oder *beides* sein könnte. Ich weiß noch nicht einmal, wo sie sich aufhalten.«

Er beugte sich vor. »Ich werde mir Ihre Geschichten nicht länger anhören, Miss Reyer. Zeigen Sie mir das Tagebuch«, sagte er, drehte sich um und sah Isabelle an, »bevor ich mich entscheide, ob ich bleibe.«

Angesichts der Entschlossenheit in seiner Stimme setzte Jo sich wieder hin. So viel zu dem Versuch, ihm etwas vorzumachen. Isabelle warf ihr einen mitleidigen Blick zu, dann entschuldigte sie sich und ging mit seinem Pass ins Haus. Jo blieb zurück und musste seinen prüfenden Blick und das Stirnrunzeln ertragen, das sie inzwischen schon so gut kannte.

Der Leutnant glaubte, dass sie log. Jos Stimmung schwankte zwischen Besorgnis und Empörung. Vielleicht sollte sie ihn das Tagebuch wirklich lesen lassen – vor allem den Teil, in dem es um die Romanze zwischen ihm und ihrer Schwester ging.

Sie überlegte kurz, was Jewel wohl dazu sagen würde, dass der Leutnant ihre intimsten Gedanken las. Doch wenn er vorhatte, seine Drohung wahr zu machen und nach England zurückzukehren, dann war die Erinnerung an die romantische Zeit mit ihrer Schwester wahrscheinlich das Einzige, was ihn bewegen konnte, zu bleiben und ihr bei ihrer Suche zu helfen.

»Wenn wir heute Abend zurückfahren, hole ich das Tagebuch und bringe es Ihnen ins Hotel.« Jo straffte sich. »Dann können Sie selbst lesen, was sie geschrieben hat, und werden sehen, dass ich nichts erfunden habe.«

Er schien einverstanden zu sein. Jedenfalls setzte er sich und griff nach seiner Teetasse. Jo atmete erleichtert auf und nahm ebenfalls ihre Tasse in die Hand. Sie würde ihm die Tagebuchseiten, auf die es ihr ankam, markieren und einige Einträge, die Jewel gegen Ende geschrieben hatte, schwärzen: Einträge über die wachsende Zuneigung ihrer Schwester zu Hauptmann Werner Kepler.

War diese Frau denn niemals pünktlich?

Colin knirschte mit den Zähnen und betete um Geduld, während er das Besteck zurechtschob, das neben seinem Teller lag. Miss Reyer hatte ihn vor genau zwei Stunden verlassen, nachdem sie ihn am Hotel abgesetzt hatte. Er hatte bis jetzt fast die gesamte Zeit gebraucht, um sich zu waschen, seine Uniform auszubürsten und die verflixten Knöpfe an dem sauberen Hemd, das er für die Reise eingepackt hatte, zu schließen. Was mochte nur ihre Entschuldigung sein?

Ein Kellner hatte angefangen, die Vorhänge an der großen Fensterfront des eleganten Café de Paris zuzuziehen. Colin spürte, wie er sich verkrampfte. Zwar schwiegen die schweren Geschütze der Deutschen jetzt, da es dunkel wurde, doch mit der Dämmerung wuchs die Gefahr von Luftangriffen durch die Gotha-Bomber.

Er blickte rasch die Straße auf und ab, doch sie war nirgends zu sehen. Ein paar mutige Gäste waren an den Tischen draußen sitzen geblieben. Auf der Straße eilte ab und zu ein Paar vorbei. Die meisten Männer trugen blaue oder kakigrüne Uniformen und gingen Arm in Arm mit ihren Begleiterinnen. Wahrscheinlich waren sie auf dem Weg in ein anderes Restaurant oder ins Kino.

Er dachte an Jewel und an die Ereignisse des heutigen Nachmittags. Die Fahrt zum Schloss hatte mehr Fragen aufgeworfen als Antworten geliefert. Wenn es stimmte, was man ihm gesagt hatte, und die Frau bei Kepler war tatsächlich Jewel, wo waren die beiden dann?

Bei dem Gedanken, dass sie in Gefahr sein könnte – in der Gesellschaft eines Mannes, der mit an Sicherheit grenzender Wahrscheinlichkeit ein feindlicher Spion war –, zog sich alles in ihm zusammen. Was musste sie durchmachen!

Miss Moreau hatte gesagt, Hauptmann Kepler sei südlich von Paris, im unbesetzten Frankreich, gesehen worden. Wenn das stimmte, warum war Jewel dann nicht längst geflohen? Wurde sie vielleicht gegen ihren Willen festgehalten oder drohte Kepler ihr mit etwas, sodass sie an ihn gefesselt war? Vielleicht damit, ihren Vater zu töten? *Vielleicht hatte sie keine Wahl.*

Colin schloss die Augen. Jacks Worte waren ihm eingefallen. Er öffnete sie wieder und sah sich im Restaurant um. Vielleicht war diese Frau ja gar nicht Jewel. Anscheinend war Colin der Einzige, der sie identifizieren konnte. Was, wenn sie eine Spionin war, die mit den Deutschen zusammenarbeitete? Er und Miss Reyer könnten in eine Falle laufen. Der beunruhigende Gedanke ließ ihn nicht mehr los. Er war Soldat und Geheimdienstler, er würde zurechtkommen. Aber Miss Reyer? Er sah auf das nutzlose Anhängsel, das er vor den Blicken der anderen verborgen hielt. Würde er sie beschützen können? Und wogegen genau würde er sie schützen müssen?

Er lehnte sich zurück und blickte düster vor sich hin. Dieser Agent, Henri Lacourt – wahrscheinlich Miss Moreaus Liebster –, besaß den Schlüssel zu diesem Rätsel. Er ließ sie jedoch hier warten, während er prüfte, ob Colin qualifiziert war, Miss Reyer wohin auch immer zu begleiten, um ihre Schwester zu befreien – falls es überhaupt Jewel war. Colin wollte das Tagebuch sehen. Jewels eigene Worte würden mehr Licht auf ihre gegenwärtige Situation werfen als die kryptischen Antworten, die er bis jetzt erhalten hatte.

Wieder blickte er zum Foyer des Restaurants. Miss Reyer hätte schon vor zwanzig Minuten kommen müssen. Er hatte keine Ahnung, wo sie in Paris wohnte, aber so lange konnte es doch nicht dauern, das Tagebuch zu holen, sich das Gesicht zu waschen und zu ihm zurückzukehren. Er wartete noch fünf Minuten, dann stand er auf, warf die Serviette auf den leeren Teller und ging zum Tisch des Oberkellners. Er hatte zu arbeiten, in Hastings brauchten sie ihn. Außerdem hatte er familiäre Verpflichtungen: die Hochzeit seiner Schwester und das Versprechen, Jacks Trauzeuge zu sein.

»Monsieur?«

Colin sah ihn an. »Ich brauche den Zimmerser…« Die Worte blieben ihm im Hals stecken, als er die großen blauen Augen der hinreißenden Frau sah, die neben dem Oberkellner stand. Colin hätte sie fast nicht erkannt. Verschwunden waren die schlammigen Hosen und Stiefel, stattdessen trug sie einen schmalen Rock und eine passende Jacke in einem Blauton, der genau die Farbe ihrer Augen traf. Unter der Jacke gestattete der Ausschnitt ihrer Leinenbluse einen Blick auf die helle Haut ihres Halsansatzes. Sein Blick wanderte weiter nach unten. Er sah den Saum des Rocks, der über einem Paar schlanker Fesseln endete. Die blau-weißen Knöpfstiefelchen reichten bis zu den Knöcheln. Dann sah er das ledergebundene Buch, das ihre weiß behandschuhten Hände umklammerten.

»Sie wollten doch nicht schon gehen, Leutnant?«

Sie wirkte völlig unbekümmert, schaute ihn unschuldig an. Er sah, dass sie sich frisch frisiert hatte, die dunkelblonden Strähnen waren ordentlich zurückgestrichen und unter dem blauen Schleierhut festgesteckt.

Der Oberkellner griff mit fragendem Blick nach zwei Speisekarten. Colin nickte kurz. Der Kellner führte ihn und Miss Reyer zurück zu ihrem Tisch.

Sie legte das Buch und ihre Tasche auf das schöne weiße Leinen und zog ihre blaue Jacke aus. Bei der Bewegung löste sich eine Locke ihres Haares und fiel auf ihre Schulter. Colin unterdrückte ein Lächeln, als sie ihn ansah und die Strähne ungeduldig hinters Ohr strich.

Der Oberkellner rückte ihr den Stuhl zurecht, dann nahm er ihre Jacke, verneigte sich und verschwand. Colin blieb stehen und sah zu, wie sie die Handschuhe auszog. Dabei sah er den Silberring, den sie schon in Vernon getragen hatte. Das Edelsteinauge glitzerte im Lampenlicht.

Er seufzte und setzte sich ebenfalls. Sie griff nach der Leinenserviette neben ihrem Teller und legte sie auf ihren Schoß. »Ich habe es satt, auf Sie zu warten, Miss Reyer.«

Sie beschäftigte sich angelegentlich mit dem Besteck, als hätte sie ihn nicht gehört.

»Die Farbe steht Ihnen übrigens gut.«

Colin wusste nicht, warum er das gesagt hatte, und das ärgerte ihn. *Sie* ärgerte ihn.

Ihr Kopf fuhr hoch, die Farbe, die ihr ins Gesicht stieg, wirkte Wunder darin. Sie ließ ihre Augen noch blauer strahlen. »Danke, Leutnant. Und Sie sehen sehr schick aus in … Kaki.«

Sein Lachen, als er an seiner Uniform hinunterblickte, der einzigen Kleidung, die ihm vertraut war, war eher ein Schnauben. Doch er akzeptierte ihr Kompliment mit einer leichten Verbeugung, dann legte er seine Serviette auf seinen Schoß. Anschließend heftete er seinen Blick auf das Buch auf dem Tisch. »Ist das das Tagebuch?«

Sie nickte. »Ich dachte, wir könnten zuerst bestellen.«

Er beherrschte seine Ungeduld und fing stattdessen noch einmal von ihrer Verspätung an. »Wo befindet sich denn übrigens Ihre Wohnung? Ich dachte, in Paris, aber anscheinend muss sie in einem anderen Land sein.«

Sie versteifte sich sichtlich bei seiner Bemerkung, doch dann ignorierte sie sie und lächelte nur. »Ich wohne mit Miss Moreau in der Rue Boissière, ein paar Kilometer von hier, an der Place Victor Hugo. Und dann sagen wir hier in Paris nicht Wohnung, Leutnant. Es heißt *Appartement*.«

Er überlegte. »Sie arbeiten in Vernon, zwei Stunden Fahrt von hier. Warum wohnen Sie nicht dort?«

»Und das herrlich aufregende Leben hier verpassen?« Sie verzog das Gesicht, was ihn überraschte. »Ich lebe jetzt seit zwei Jahren in Paris, Leutnant. Als ich aus Irland hierherkam und meinen Vater nicht finden konnte, musste ich mir Arbeit suchen. So bin ich Isabelle begegnet. Wir sind Freundinnen geworden. Als sie mich fragte, ob ich mit ihr zusammenziehen würde, war ich einverstanden. Und dann bin ich hiergeblieben.« Sie griff nach der Speisekarte. »Wenn ich nicht André helfe, die Tauben zu trainieren, arbeite ich als bezahlter Kurier für das Bureau. Ich muss also in jedem Fall täglich Nachrichten nach Paris überbringen.«

Das klang plausibel. Trotzdem wäre es ihm lieber gewesen, eine gewisse Entfernung zwischen sich und die deutschen Supergeschütze legen zu können, die mit geradezu diabolischer Regelmäßigkeit Granaten auf die Stadt abfeuerten.

»*Bonsoir*, Leutnant, Mademoiselle. Darf ich Ihnen vor dem Essen einen Aperitif bringen?«

Sie blickten auf. Ein älterer Kellner war an ihren Tisch getreten. Er verbeugte sich vor Miss Reyer. »Vielleicht ein Glas Wein für sie, Mademoiselle?«

»Für mich nur Wasser. Perrier, bitte, mit Zitrone.«

Als der Kellner ihn ansah, zögerte Colin kurz, dann nickte er. »Zwei Wasser mit Zitrone, *s'il vous plaît*.«

Der Mann ging. Miss Reyer sah Colin nachdenklich an.

»Bitte bestellen Sie doch, was immer Sie möchten, Leutnant. Ich habe nichts dagegen, wenn Sie sich etwas von der Bar holen.«

Sie legte den Kopf schief. »Oder trinken Sie immer nur so starke Sachen wie Zitronenwasser?«

Er zog die Brauen hoch. »Dasselbe könnte ich Sie fragen, Miss Reyer. Sie leben in Paris, aber Sie trinken keinen Wein?«

Sie zuckte die Achseln. »Ich trinke hin und wieder einen kleinen Sherry, aber ehrlich gesagt, habe ich nichts übrig für Wein und andere alkoholische Getränke.«

Er neigte den Kopf. »Was mich angeht, ich finde, Alkohol beeinträchtigt den Schlaf.« Um genau zu sein, machte er seine Albträume noch schlimmer. Und was Wasser betraf …

Colin schob die Erinnerung weg, bevor sie sich vollständig in sein Bewusstsein drängen konnte. Stattdessen konzentrierte er sich auf die Speisekarte und auf das Angebot des Restaurants. »Haben Sie schon einmal hier gegessen?«

»Isabelle und ich kommen oft hierher. Bei gutem Wetter sitzen wir draußen. Darf ich Ihnen etwas empfehlen? Ich habe gesehen, dass *Filet de bœuf* auf der Speisekarte steht. Es ist natürlich sehr teuer, jetzt, wo alles rationiert ist, aber es ist den Preis wert.«

Er konzentrierte sich weiter auf die Karte, doch das Atmen fiel ihm plötzlich schwer. Er spannte die Muskeln in seinem linken Arm an, als könnte er die behandschuhte Hand durch reine Willenskraft bewegen. Er war nicht darauf vorbereitet, Fleisch zu schneiden.

Da fiel sein Blick auf die Worte *Soupe á l'oignon gratinée*, ganz oben auf der Seite. *Danke, Gott*. »Ich habe mich heute Abend für die Zwiebelsuppe entschieden. Sie soll eine der Spezialitäten des Restaurants sein.«

»Ja, sie wird Ihnen sicher schmecken, aber das ist wohl kaum ein richtiges Essen. Was möchten Sie denn dazu?«

Er legte die Karte auf den Tisch und sah ihr in die fragenden Augen. »Ich habe heute Abend keinen großen Appetit.«

»Warum nicht?« Zwischen ihren Brauen erschien eine leichte Falte. »Fühlen Sie sich nicht gut?«

Er brachte ein Lächeln zustande. »Ich glaube, ich war heute zu viel unterwegs.«

»Ah.« Ihr Mund entspannte sich und die Falte verschwand. Sie vertiefte sich wieder in die Karte. »Ich nehme das Seezungenfilet.«

Als der Kellner ihre Getränke gebracht und die Bestellung aufgenommen hatte, sah Colin erneut auf das Tagebuch, das neben ihr auf dem Tisch lag. Er streckte die Hand aus. »Darf ich?«

Sie nahm das Buch, zögerte aber. »Bitte, sagen Sie mir zuerst: Wie sieht meine Schwester aus?«

Versuchte sie, mit ihm zu feilschen? Colin erinnerte sich an ihre Drohung gegenüber Miss Moreau: Wenn alles fehlschlug, würde sie ganz allein versuchen, Jewel zu finden.

»Ich bin einfach nur neugierig, Leutnant.« Ihr halbes Lächeln sagte ihm, dass sie seine Gedanken gelesen hatte. »Ich wüsste es gern.«

Er gab nach. »Sie ist ein wenig größer als Sie, aber sie hat dieselbe Haarfarbe und die gleichen hohen Wangenknochen. Ihr Kinn ist etwas runder und ihre Augen haben ein helleres Blau.«

»Was ist mit ihrer Nase? Ihrem Mund? Wie spricht sie?«

Er betrachtete die gerade Nase und den blassrosa Mund der Frau ihm gegenüber. »Sie beide haben die gleiche Nase, aber ihre Lippen sind nicht ganz so voll. Jewel hat eine wunderschöne hohe Singstimme.«

Miss Reyer schien besänftigt. Sie reichte ihm das Buch. »Sie dürfen das ganze Tagebuch lesen, aber ich habe die Seite, die mit Ihrer Ankunft in Havrincourt beginnt, mit einem Bändchen markiert.«

Sein Herz hämmerte, als er das Buch aufschlug. Ein ganz leicht modriger Geruch stieg ihm in die Nase, gemischt mit dem Duft nach Veilchen, der die Erinnerung an Jewels Kuss weckte. Er blickte auf und sah, dass Miss Reyer ihn beobachtete. Unvermittelt wurde er rot, dann neigte er rasch wieder den Kopf und begann zu lesen, wieder einmal dankbar dafür, dass sein Vater darauf bestanden hatte, dass er und Grace die französische Sprache lernten.

13. April 1917
Er tauchte heute Nacht aus der Dunkelheit auf wie ein Geist und brach zu meinen Füßen zusammen. Erschrocken habe ich meine Schürze losgelassen und mit Bedauern zugesehen, wie der Inhalt, den ich gesammelt hatte, in den Schatten verschwand. Die Tomaten stammten aus dem verlassenen Schweinestall, wo sie irgendwie Wurzeln geschlagen hatten. Tantchen und ich haben seit gestern Morgen nichts mehr gegessen. Ganz bestimmt war das der Grund, warum ich einen Moment gezögert habe, bevor ich dem armen Soldaten in die Scheune half …

Jos Pulsschlag beschleunigte sich, als sie nach ihrem Glas mit Zitronenwasser griff, ohne die Augen von ihm zu lassen. Er hielt den Kopf geneigt. Seine dichten dunklen Wimpern bewegten sich sanft, während er die Worte ihrer Schwester las. Seine zusammengepressten Lippen verrieten sein Interesse. Sie kannte die Passage von seiner ersten Begegnung mit Jewel, die er gerade las. Am Ende des Tagebuchs hatte sie ein paar Sätze geschwärzt, nämlich die geradezu schwärmerischen Worte der Bewunderung und des Lobs, die ihre Schwester für Hauptmann Kepler gefunden hatte. Jo hoffte, Colin Mabry würde ihr das nicht übel nehmen oder sie danach fragen. Es war wichtig, dass er genauso begierig war, die Suche aufzunehmen, wie sie.

Als sie ihn am frühen Abend am Hotel abgesetzt hatte, war sie rasch noch einmal im Pariser Büro vorbeigefahren. Isabelle war schon da gewesen und hatte Henri gerade Leutnant Mabrys Pass gegeben. Als Jo eingetreten war, unterhielten sie sich gerade. Jo hatte erfahren, dass es ein oder zwei Tage dauern würde, bevor ein Gespräch arrangiert werden könnte. Sie war nervös geworden, weil sie noch einmal warten musste. Außerdem machte sie sich Sorgen. Würde Henri Lacourt dem Leutnant zutrauen, dass er auf sie aufpassen konnte?

Jos Angst wurde immer größer. Trotz ihrer Drohung gegenüber Isabelle wusste sie, dass es fast unmöglich für sie war, ihre Halbschwester und Werner Kepler ganz allein aufzuspüren. Die Narbe des Deutschen mochte zwar unverwechselbar sein, doch Frankreich war ein riesiges Land und sie besaß keine brauchbare Beschreibung von ihm und auch jetzt nur eine sehr verschwommene Vorstellung vom Aussehen ihrer Schwester. Leutnant Mabry konnte immerhin ihre Schwester erkennen, ohne dass Kepler es mitbekam.

Und dann? Würde Jewel eine Schwester, von der sie nichts gewusst hatte, mit offenen Armen aufnehmen? Und den Leutnant, dem sie einst ewige Liebe geschworen hatte, ebenfalls? Es war durchaus möglich, dass Jewel zum Feind übergelaufen und eine feindliche Spionin geworden war, wie der Mann, den sie so sehr bewunderte. Henri Lacourt jedenfalls schien anzunehmen, dass die geheimnisvolle Frau in Keplers Begleitung seine Komplizin war.

Heute Nachmittag im Schloss hatte Leutnant Mabry sie nach Papa gefragt. Jo hatte ihm gesagt, dass Hauptmann Kepler laut Jewels Tagebuch versprochen hatte, sie zu ihrem Vater zu bringen. Doch wenn ihre Schwester eine Spionin oder eine Kollaborateurin geworden war, würde sie Jo dann als Familienmitglied akzeptieren? Würde sie ihr erlauben, sie zu begleiten?

»Mademoiselle, Leutnant, Brot zu Ihrem Essen.«

Der alte Kellner kam zurück und stellte einen Teller mit geschnittenem Brot auf den Tisch. Sie hörte auf zu grübeln. Er wandte sich an den Leutnant und verbeugte sich steif, dann stellte er ein Tellerchen mit Butter neben das Brot. »Für Sie, Leutnant. Es tut mir leid, dass es nur *Pain national* ist, aber die Butter wird den Geschmack hoffentlich überdecken.«

Als der Kellner gegangen war, blickte der Leutnant sie fragend an.

»Die Pariser bezeichnen das als National- oder Kriegsbrot. Es ist aus Mehl, das noch Schrot enthält. Das ist Teil der Rationierungsgesetze.« Sie nickte zu dem Essen hin. »Die Franzosen servieren nie Brot und Butter zum Essen, aber für die alliierten Soldaten machen sie eine Ausnahme, wofür ich sehr dankbar bin.«

Er nickte geistesabwesend und las weiter. Jo rutschte unterdessen unbehaglich auf ihrem Stuhl herum, weil das enge Fischbein-Korsett ihre Rippen zusammendrückte. Sie versuchte, es durch die Bewegungen zu lockern. Sie sehnte sich nach ihrer Hose und der Uniformjacke. Die bequemen Kleidungsstücke hätten ihr erlaubt, frei zu atmen, während sie sich in dem Schneiderkostüm und dem Korsett eingeschnürt fühlte, aber natürlich war das Pariser Gesetz noch in Kraft. Sie wagte es nicht, außerhalb ihrer Aufgaben als Kurier Hosen zu tragen. Selbst dafür benötigte sie eine Sondererlaubnis der Polizei, die sie allerdings schnell erhalten hatte, da sie für das Deuxième Bureau arbeitete.

Heute hatte Isabelle sie zu überreden versucht, eines ihrer eigenen Lieblingskleider zu tragen, das aus rosa Krepp mit den angeschnittenen Ärmelchen, und dazu die Tecla-Perlen. Das war wirklich ein sehr schönes Ensemble, doch Jo lag nichts daran, den Leutnant zu beeindrucken. Sie brauchte ihn, um Jewel zu finden, darüber hinaus … Sie saß auf einmal ganz still. Sie hatte die Veränderung in seinem Gesicht gesehen. Die harten Linien seines Gesichts waren weicher geworden.

Ein unerwarteter Schmerz ließ sie zusammenzucken. Er las wohl gerade die intimeren Beschreibungen davon, wie er und Jewel zusammen gelacht hatten, als sie mit einer Flasche Wein auf Frankreich tranken und dazu den Rosinenkuchen aßen, den Jewel für ihre Gesangsdarbietungen erhalten hatte. Dort stand auch, wie Jewel später das letzte Lied, das sie gesungen hatte, auf Französisch statt im von der Besatzung verordneten Deutsch wiederholte. Danach hatte sie seine Wunde versorgt. *Mon noble chevalier.* Ihren edlen Ritter hatte Jewel ihn in diesen gemeinsamen Stunden genannt. Und bevor sie ihn an diesem Abend verließ, hatte sie sich vorgebeugt und ihn geküsst.

Jo schloss die Augen, öffnete sie aber gleich wieder und sah den Leutnant an. Auf seinem Gesicht stand der Ausdruck einer Sehnsucht, die sie selbst nur zu gut kannte. Sie war so lange allein gewesen. Trotz des unkonventionellen Erziehungsstils ihrer Mutter Moira sehnte sie sich nach einem Zuhause und einer eigenen Familie. Sie wollte genau das, wovor ihre unabhängige Mutter sie so oft gewarnt hatte, sich verlieben.

Jetzt blickte er auf und einen Moment lang hatte Jo das Gefühl, als hätte er ihre Gedanken gelesen. Rasch griff sie nach dem Brot. »Entschuldigen Sie, Miss Reyer. Darf ich mir das Tagebuch ausleihen? Dann kann ich es später lesen. Ich würde es Ihnen morgen zurückgeben.«

»Ja … natürlich. Haben Sie übrigens das Motiv auf dem Vorderschnitt des Buchs gesehen? Man sieht es nur, wenn die Seiten aufgefächert werden. Es ist die Zeichnung eines Rotkehlchens und eines Blaukehlchens und zwischen den beiden liegt ein Ei in einem Nest.«

Er ließ die Seiten durch die Finger gleiten. »Pfiffig. Und sehr schön gemacht.«

Sie nickte. »Jewel hat geschrieben, dass die Zeichnung von unserm Vater stammt. Er hatte sie gebeten, ihre Lieder aufzuschreiben und auch ihr Leben in Havrincourt festzuhalten, während er fort war, damit sie ihm das Tagebuch vorlesen könnte, wenn sie wieder zusammen wären.« Jo war sich allerdings sicher, dass ihre Schwester die Abschnitte, die ihr romantisches Zwischenspiel mit dem Leutnant beschrieben, auslassen würde.

Er sah das Buch an. »Ich wusste, dass sie sang, aber nicht, dass sie selbst Liedtexte schrieb.«

»Das ist einer der Gründe, warum mir das Buch so viel bedeutet.«

Er sah sie an. »Ich verspreche Ihnen, gut darauf aufzupassen.«

Jo lächelte. »Das glaube ich Ihnen. Ich habe vorhin noch einmal mit Isabelle gesprochen. Sie sagte mir, dass Agent Lacourt die Kopie Ihres Passes hat und mit Ihnen Kontakt aufnehmen wird, sobald seine Nachforschungen abgeschlossen sind.«

Sie wandte den Blick ab und nahm sich mit dem Messer etwas Butter. »Ihr Rang und Ihre Erfahrungen in der britischen Armee werden ihn bestimmt beeindrucken.« Sie strich die Butter auf ein Stück Brot und legte das Messer wieder auf den Tisch. »Möchten Sie auch?«

Als er nicht antwortete, blickte sie auf. Er saß steif aufgerichtet da. Sie wollte gerade ihre Frage wiederholen, als ihr plötzlich bewusst wurde, was er bestellt hatte: einen Teller Suppe, eine Mahlzeit, die nur ein einziges Besteckteil erforderte.

Jo, du bist ein solcher Dummkopf! Wie sollte er sich ein Brot streichen? Ohne zu zögern, legte sie ihr Brot auf einen kleinen Teller und schob ihn ihm hin. »Es ist wirklich ein sehr grobes Brot, wie der Kellner gesagt hat, aber das dürfte nichts Neues für Sie sein. Schließlich waren Sie an der Front.«

Er zögerte, doch dann nahm er ihr Angebot an. »Danke, Miss Reyer.«

Sie lächelte und war gerade dabei, ihm eine weitere Scheibe Brot mit Butter zu bestreichen, als draußen die Sirene losging. Jos Herz hämmerte wie verrückt, als sie ein pfeifendes Geräusch hörten und gleich darauf direkt neben dem Hotel eine Bombe explodierte. Der Boden bebte, alles schrie durcheinander. Der Leutnant sprang auf und stieß dabei heftig gegen den Tisch. »In Deckung!«

Sie hörte, wie der Kellner den Gästen zuschrie, in den Keller zu gehen, dann riss der Leutnant sie auch schon vom Stuhl hoch, schleuderte sie auf den Teppich und warf sich über sie. »Nicht bewegen!«

Jo hielt noch immer das Buttermesser in der Hand, als ein zweiter Schlag das Gebäude erschütterte, dann noch einer und noch einer. Sie schloss die Augen und presste die Lippen zusammen, um nicht zu schreien, während sie unter seinem Gewicht zitterte. Nach der langen Zeit in Paris erschreckte sie das Geräusch der Gotha-Bomber noch immer.

Nach einer Weile wurde es still, die Stille hielt an. Jo öffnete die Augen, nur Zentimeter von denen des Leutnants entfernt. Sie sah, dass er totenbleich war, seine Augen waren dunkel vor Angst. Sie blickte sich um. Sie waren die Einzigen, die im Café geblieben waren. Der Keller war für die meisten Pariser Häuser die wichtigste Zuflucht. Die anderen Gäste waren bestimmt unten.

Sie spürte, wie sich die Brust des Leutnants dicht an der ihren hastig hob und senkte. Er beruhigte sich langsam. Sein Atem wärmte ihr Gesicht, der Duft nach würzigem Rasierwasser stieg ihr in die Nase. Als ihre erste Angst vorbei war, rang sie nach Luft. Das enge Korsett schien sein Gewicht auf ihr noch zu verstärken. »Ich glaube, es ist vorbei, Leutnant.«

Ihre geflüsterten Worte holten ihn in die Gegenwart zurück. Nun schien er sie wieder wahrzunehmen. Die Farbe kehrte in sein Gesicht zurück, doch er blieb noch einen Moment liegen und starrte sie nur an. Jos Herz machte einen Satz, als er ihren Blick suchte. Mit unsicherer Stimme fragte er: »Ist alles in Ordnung, Miss Reyer?«

»Ja, ich … ich brauche nur … etwas Luft.«

Er schob sich sofort von ihr herunter und erhob sich. Dann griff er nach ihrer Hand und half ihr beim Aufstehen. Jo sah, dass die anderen Gäste aus dem Keller kamen, plaudernd, als sei nichts geschehen. Es war die französische Art, unter diesen Bedingungen gleichmütig zu bleiben. Was sollten sie auch tun, außer einfach weiterzumachen?

Sie setzte sich wieder an den Tisch und begann, die umgestürzten Gläser aufzustellen und die durcheinandergeratenen Besteckteile zu ordnen, der Leutnant tat es ihr nach. Beide schwiegen. Jo nahm sich Zeit, ihre Entdeckung zu überdenken: Er war in Panik geraten und doch hatte er versucht, sie mit seinem Körper zu schützen. Wenn nötig, war er bereit, sein Leben für sie zu opfern.

Ihr Herz hämmerte. »Leutnant, ich habe nicht den geringsten Zweifel, dass Sie die beste nur denkbare Begleitung bei dieser Suche sein werden«, brachte sie schließlich hervor. Ihre Stimme klang sanft. »Danke.«

Er umklammerte die Tischkante und obwohl sein Atem sich beruhigt hatte, schien er doch noch immer ein wenig aus der Fassung zu sein. Er nickte und lächelte schwach. »Hoffen wir, dass Agent Lacourt es genauso sieht.«

Jos Hoffnung erlitt einen Rückschlag, als ihr klar wurde, dass trotz des Muts, den er soeben bewiesen hatte, noch immer die Möglichkeit bestand, dass er bei Henri Lacourt durchfiel. Wenn ja, dann war ihre Suche vorüber, bevor sie überhaupt begonnen hatte. Und sie würde ihre Familie niemals finden.

6

Der einzige Grund dafür, dass man ihn nach Paris beordert hatte, war, ihn warten zu lassen. Das war Colins feste Überzeugung, während er in dem kleinen, schmuddeligen Büro vor dem mit Papieren überladenen Schreibtisch von Henri Lacourt ungeduldig auf und ab lief und immer wieder stirnrunzelnd zu der Wanduhr hochblickte. Es war mehrere Minuten nach vierzehn Uhr. Vielleicht umrundete Frankreich die Sonne ja in einer anderen Umlaufbahn als das restliche Europa.

Miss Reyer hatte ihn – kaum überraschend – bereits mit fünfzehn Minuten Verspätung abgeholt. Er hatte eine weitere holprige Fahrt in dem Seitenwagen des Motorrads über sich ergehen lassen. Während sie durch die schmutzigen, übervölkerten Straßen von Paris rasten, war er bei den Explosionen von Geschossen aus den großen Belagerungsgeschützen immer wieder zusammengezuckt. Eine der Granaten hatte einen Park getroffen. Colin starrte auf den riesigen Krater, umgeben von grünem Gras, den sie auf dem Weg zu Agent Henris Büro passierten. Er hatte sich erst entspannt, als sie an *Les Invalides* vorbeifuhren und sich endlich dem grauen Steingebäude näherten, in dem der französische Geheimdienst untergebracht war.

Vor der geschlossenen Tür hörte Colin nun leise Stimmen. Monsieur Lacourt schien also endlich zu kommen. Das Murmeln weiblicher Stimmen verriet ihm, dass Miss Reyer und ihre Freundin Miss Moreau bei ihm waren.

In den zwei endlosen Tagen seit seiner Ankunft hatte seine anfängliche Frustration sich in stillschweigendes Dulden verwandelt.

Nur der Gedanke an Jewel und die Gefahr, in der sie sich befand, ließ ihn ausharren, statt umgehend in die relative Sicherheit von Hastings zurückzukehren. Die Menschen, mit denen er dort zusammenarbeitete, waren wenigstens, wer sie zu sein vorgaben, und außerdem waren sie pünktlich. Und die Belagerungsgeschütze waren nur ein leises Echo, zumindest verglichen mit den erschütternden Explosionen, die Paris in regelmäßigen Intervallen heimsuchten.

Er dachte wieder an den gestrigen Abend im Restaurant, als unmittelbar nach der Sirene die Gotha-Bomben eingeschlagen waren. Sein erster Gedanke war gewesen, dass er Miss Reyer in Sicherheit bringen musste. Erst später erfuhr er, dass sich alle in den Keller geflüchtet hatten, während er sich neben ihrem Tisch auf sie geworfen hatte, sodass sie kaum noch Luft bekam.

Sie hatte Angst gehabt, war aber nicht in Panik geraten, und Colin hatte gespürt, dass sie, als der Angriff vorüber war, versucht hatte, ihn durch ihre Stimme zu beruhigen. Ihm war aufgefallen, dass ihre Augen noch dunkelblauer waren, als er es bisher wahrgenommen hatte, und ihr Blumenparfum hatte ihm seltsamerweise das Atmen erleichtert.

Er ärgerte sich nach wie vor darüber, wie sie ihn manipulierte, und ihre Unpünktlichkeit war ein ständiger Zankapfel zwischen ihnen, doch er bewunderte ihren Mut. Ganz wie die Schwester.

Die Bürotür wurde aufgerissen. Ein großer, schlanker Mann mit kurz geschnittenem braunem Haar und kunstvoll gezwirbeltem Schnurrbart stürmte herein. Er wirkte gehetzt, als er mit einem großen Umschlag in der Hand an den Schreibtisch eilte und mit starkem Akzent auf Englisch sagte: »Leutnant, ich muss mich für die Verspätung entschuldigen. Ihr Pariser Büro hat die Information, die ich brauchte, per Kurier geschickt, aber es gab eine Detonation in der Rue de Rivoli, bei der ein Taxi in einen Brotkarren gefahren ist. Es dauerte geraume Zeit, bis die Straße wieder frei war. Ich bin übrigens Agent Henri Lacourt.«

Lacourt streckte die Hand aus. Als Colin sie nahm, sah er, wie der

Franzose seine Prothese betrachtete. Sein Magen verkrampfte sich, während er versuchte, die Reaktion des Mannes einzuschätzen. »Wollen wir anfangen, Agent Lacourt?«

Der Agent lächelte. Er bedeutete Colin, sich auf den Stuhl gegenüber des Schreibtischs zu setzen, und ging selbst auf die andere Seite. »Ich brauche noch einen Augenblick. Möchten Sie eine Tasse Tee?« Er wartete nicht auf die Antwort, sondern rief den Befehl durch die geschlossene Tür: »Mademoiselle Moreau! Bringen Sie uns bitte Tee!«

Colin zog angesichts von Lacourts mangelnden Umgangsformen die Brauen hoch, dann setzte er sich und beobachtete den Franzosen, während dieser das Paket öffnete und den Inhalt, bei dem es sich um Colins Dossier handeln musste, prüfte. Colin rutschte unbehaglich auf seinem Stuhl herum. Es war ihm unangenehm, zusehen zu müssen, wie ein Fremder die Ereignisse in seinem Leben wie einen Roman las. Seine behandschuhte Hand ruhte auf seinem Oberschenkel. Lacourt war die Prothese sofort aufgefallen. Hatte Miss Moreau ihm von der Behinderung erzählt?

Langsam bekam er Angst. Dieses Gespräch war doch bestimmt eine reine Formalität. Gleich würde der Franzose ihn als Begleiter für Miss Reyer gnadenlos ablehnen. Colin dachte an das Tagebuch und die Bilder, die bei Jewels Worten in ihm aufgestiegen waren: wie sie ihn aufgenommen hatte, als er in ihr Leben stolperte, verletzt und blutend, am Boden zerstört von seinem Verlust; wie sie ihre kargen Rationen mit ihm geteilt und ihn gesund gepflegt hatte; welches Risiko sie eingegangen war, als sie ihn vor den Deutschen versteckte.

Die tränenbefleckten Seiten, die er gelesen hatte, offenbarten ihren Kummer über sein Fortgehen und später über den Verlust ihrer Tante. Gegen Ende waren immer mehr Passagen geschwärzt oder unleserlich gewesen, als die Schlacht um das Dorf tobte und alles im Chaos versank. Sie war ganz allein in feindlichem Gebiet gewesen. Kein Wunder, dass sie sich gezwungen sah, mit dem deutschen Hauptmann oder Spion – oder was immer er war – mitzugehen.

Jewel hatte auch ihre Träume aufgeschrieben: dass Colin sie als seine Frau mit nach England nahm, wo sie auf dem Land mit ihm lebte, in einem kleinen Cottage, groß genug, dass ihre Kinder darin spielen konnten. Trotz seiner Zuneigung hatte er nie so weit vorausgedacht, sich eine Zukunft mit ihr vorzustellen. Ihre gemeinsame Zeit war ein Wirbelsturm der Gefühle gewesen. Er war fasziniert und bezaubert gewesen von ihrem Kuss und ihrem Lachen und ihrer zärtlichen Fürsorge. Im Lauf der Monate, als der Krieg immer näher rückte, war ihm jedoch klar geworden, dass das Ganze eher ein tröstlicher Traum war als ernste, echte Liebe. Doch Jewel zählte auf ihn. Nachdem er ihre Träume gelesen hatte und wusste, welche Opfer sie gebracht hatte, begann er allmählich, darüber nachzudenken, ob es vielleicht göttliche Vorsehung war, dass er jetzt in Paris war.

Seit seiner Rückkehr aus Irland hatte er nichts mit sich anzufangen gewusst. Was, wenn Miss Reyers Nachricht an ihn mehr als ein bloßer Zufall gewesen war, nämlich seine Chance, die Vergangenheit wenigstens zum Teil in Ordnung zu bringen und sich eine Zukunft mit Jewel aufzubauen?

Colin wusste, dass Jack Benningham, ein Mann der Ehre und der Pflichterfüllung, die Verbindung gutheißen würde, wenn er die Zusammenhänge kannte. Und er hoffte, dass auch Grace und sein Vater einverstanden waren, wenn er so plötzlich heiratete, zumal er Jewel ihnen gegenüber nie erwähnt hatte.

Jetzt kam Miss Moreau mit dem Tee. Sie zögerte, warf einen Blick auf das Chaos auf dem Schreibtisch und schob mit dem Ellbogen Lacourts Bücher und Papiere beiseite, um Platz für das Tablett mit Tee und Keksen zu machen.

Der Franzose schien es nicht zu bemerken. Er las weiter. Miss Moreau schenkte die erste Tasse Tee ein, dann hielt sie Colin mit fragendem Blick die Zuckerdose hin. Er schüttelte den Kopf und sie reichte ihm die dampfende Tasse und den Teller mit Keksen.

Er griff nach der Tasse und blickte mit wenig Begeisterung auf die blassen Mehlplätzchen. Im Gegensatz zu dem süßen Gebäck, das man ihm im Château vorgesetzt hatte, wirkten diese wie die Hartkekse in seinen Verpflegungsrationen an der Front. Er hob die Tasse mit seiner guten Hand an und lächelte entschuldigend. Sie schlug die Augen nieder, als sie ihren Fehler bemerkte, und stellte die Untertasse und den Teller zurück aufs Tablett.

Dann schenkte sie Lacourt eine Tasse ein. Dabei ließ sie sich Zeit und sah den Agenten, der ganz in Colins persönliche und Militärgeschichte vertieft war, immer wieder an. Schließlich war sie fertig. »Brauchen Sie noch etwas, Agent Lacourt?«

Ein paar Sekunden vergingen, ehe der Franzose aufblickte. »Nein, das ist alles, Mademoiselle. Vorläufig.« Unter dem perfekten Schnurrbart sah man ein Lächeln. *»Merci.«*

Ihre Wangen färbten sich rosa. Sie nickte ihnen beiden zu und ging zur Tür.

»Leutnant, ich bin beeindruckt.« Lacourt legte die Papiere hin und griff nach seiner Tasse. »An der Somme haben Sie an der Seite meiner Landsleute gekämpft.« Er warf einen Blick auf die Dokumente auf seinem Schreibtisch. »Man hat Ihnen sogar das *Croix de Guerre* verliehen. Sie haben in Courcelette gekämpft und dann an der Seite der französischen sechsten Armee in Combles.«

»Unsere Kavallerieeinheit war der britischen vierten Armee zugeteilt.« Colin stellte seine Tasse auf den Rand des überfüllten Schreibtischs. Nach dem fehlgeschlagenen Durchbruch bei Courcelette hatte General Haig ihn nach Süden geschickt.

»Ich hatte einen Freund, der in Combles gekämpft hat.« Lacourt sah ihn an. »Sie haben an jenem Tag vielen Franzosen das Leben gerettet, trotz des schweren Beschusses.«

Colin presste die Lippen zusammen. Er sprach nicht gern über die Einzelheiten, wie zum Beispiel darüber, dass es an diesem Tag Granaten geregnet hatte, als er und ein anderer Kavallerist mit ihren Pferden je ein Maschinengewehr in Position gebracht hatten. Sie hatten den Feind beschossen und so geholfen, sieben tapfere französische Soldaten, die auf freiem Feld eingekesselt waren, zu befreien. Am Ende konnten sie alle zu ihren Einheiten zurückkehren und kurz darauf hatte man Colin das französische Verdienstkreuz verliehen. »Ich habe nur getan, was jeder britische Soldat getan hätte,

Agent Lacourt, meine Pflicht.« Er spürte Miss Moreaus Erstaunen hinter sich, noch bevor er das Klicken hörte, mit dem sie die Tür schloss.

»Ich würde sagen, Sie haben sehr viel mehr als das getan. Frankreich schuldet Ihnen etwas.« Der Agent stellte seine Tasse hin und lehnte sich zurück. »Ich will ganz offen sein, Leutnant. Ich habe Ihre Akte gelesen und weiß, dass Ihnen Kampf und Mut nicht fremd sind. Darüber hinaus wurden Sie für den britischen Geheimdienst ausgebildet. Doch mir ist auch nicht entgangen, dass Sie ... eine erhebliche Behinderung haben, die Sie letztes Jahr in Passchendaele davontrugen, deshalb frage ich Sie, als Offizier und Ehrenmann:« – er beugte sich vor und legte den Kopf schief – »Glauben Sie wirklich, dass Sie Mademoiselle Reyer auf ihrer Suche nach ihrer Schwester beschützen können?«

Colin hatte sich dieselbe Frage schon mehrmals gestellt, seit er in Paris war, doch jetzt knirschte er vor Enttäuschung mit den Zähnen. Trotzdem antwortete er ganz ehrlich: »Ich werde sie schützen oder bei dem Versuch sterben, Monsieur.«

Der Franzose betrachtete lange und nachdenklich die Dokumente. Schließlich schüttelte er den Kopf. »*Non*, das Risiko ist zu groß.« In dem Blick, mit dem er ihn ansah, mischten sich Mitleid und Entschlossenheit. »Leutnant, es tut mir leid, dass Sie den weiten Weg umsonst gemacht haben.«

»Nicht so leid wie mir, Monsieur.« Das Gespräch war zu Ende. Colin stand auf. Die gesunde Hand zur Faust geballt. Ungeachtet seiner Heldentaten an der Somme war er für unzulänglich befunden worden. Hatte der Franzose sein Dossier überhaupt gelesen? Colin war immer noch ein Meisterschütze mit der Handfeuerwaffe und konnte auch mit einem Gewehr umgehen. Nur das erneute Laden dauerte länger. Außerdem hatte er bewiesen, dass er in der Schlacht einen Säbel führen konnte.

Die höfliche Ablehnung fraß wie Säure an seinem ramponierten Stolz. Er würde Jack durch Goodfellow in Hastings eine Nachricht schicken und ihm die Lage schildern. Colins zukünftiger Schwager war ein geachtetes Mitglied des britischen Adels. Wenn er wollte, konnte er seinen Einfluss auch bei diesem Franzosen geltend machen.

»Sie müssen mich verstehen. Es hat nichts mit Ihrer Tapferkeit zu tun.«

Doch Colin hatte sich bereits zum Gehen gewendet. In seinen Zorn mischte sich Scham, nicht nur über Lacourts Zurückweisung, sondern vor allem über die Erleichterung, die er empfunden hatte, als er das Urteil hörte. Der französische Agent hatte recht: Es hatte nichts mit seiner Tapferkeit zu tun. Lacourt konnte nicht wissen, wie es war, sich jeden Morgen erneut dem Tag zu stellen, in dem Wissen, dass er nie wieder körperlich unversehrt sein würde. Er starrte auf die verhasste Hand an seiner Seite. *Gott, welchen Plan verfolgst du mit mir?*

Colin riss die Tür auf und verließ das Büro. Er warf Miss Reyer, die, wie er vermutet hatte, bei ihrer Freundin stand, einen wütenden Blick zu. »Wir gehen.«

Er stürmte zum Ausgang. Sie blinzelte, dann lief sie ihm nach. An der Tür hatte sie ihn eingeholt und packte seinen Ärmel. »Was ist passiert? Was hat Agent Lacourt gesagt?«

»Warum fragen Sie, Miss Reyer? Sie und Miss Moreau haben doch ganz bestimmt jedes Wort des Gesprächs belauscht.«

Sie starrte ihn mit offenem Mund und zusammengekniffenen blauen Augen an.

»Wir haben nicht gelauscht, Leutnant.«

»Nicht? Dann erzähle ich es Ihnen. Lacourt sagte: ›Tut mir leid, alter Junge, aber Sie sind dienstuntauglich.‹«

Ihr Zorn schien zu schwinden, was seine Wut nur noch steigerte. Er tat ihr leid! Er trat hinaus auf die Straße und sog die frische Luft ein, als sei er da drin fast erstickt. Sie folgte ihm und überholte ihn auf den Stufen, die zum Bürgersteig hinunter führten. Er hatte erwartet, dass sie sich auf das Motorrad setzen würde, das vor dem Haus geparkt war, doch sie bog scharf rechts ab, in die Avenue de Tourville.

»Wo gehen Sie hin?«

Sie blickte zu ihm zurück. »Ich möchte Ihnen etwas zeigen.«

Colin machte keine Anstalten, ihr zu folgen. Er musste Goodfellow konsultieren, für eine Stadtbesichtigung hatte er jetzt wahrlich keine Zeit.

Als sie sah, dass er nicht mitkam, blieb sie stehen, drehte sich um und stemmte die Hände in die Hüften. »Wollen Sie den ganzen Tag hier stehen? Sie haben keine Zeit, sich in Selbstmitleid zu suhlen. Wir brauchen einen Plan.«

Er sog scharf die Luft ein. Er suhlte sich beileibe nicht in Selbstmitleid. Sie hatte ganz offensichtlich den Verstand verloren. Was für Pläne sollten sie machen? Er hatte keine Ahnung, wo Jewel und der deutsche Agent sich aufhielten … oder hütete Miss Reyer noch mehr Geheimnisse, die sie ihm nicht verriet?

Sie wartete und tippte dabei mit der Fußspitze auf den Bürgersteig. Offensichtlich war sie ungeduldig. Am liebsten hätte er sich ein Taxi gerufen und sie einfach stehen lassen, doch seine Neugier war stärker als sein gesunder Menschenverstand. Er runzelte die Stirn und ging zu ihr.

Schweigend gingen sie zusammen weiter den kurzen Weg bis zu dem Gebäudekomplex von Les Invalides. Sie führte ihn hinein. Sie gingen zu dem großen, imposanten Gebäude mit der Kuppel und stiegen die Treppe hinauf. »Es ist im *Dôme des Invalides*.«

Sie betraten das kühle, stille Innere der früheren Kapelle. Colin betrachtete den hohen Altar und das Kruzifix am Ende des weiten Baus. Die gewölbte Kuppel hoch über ihren Köpfen war mit prachtvollen Gemälden geschmückt, durchsetzt mit Streifen von Gold. Sie gingen in die Mitte der großen offenen Rotunde, traten an das Marmorgeländer und blickten hinunter. Unter ihnen stand, umgeben von griechischen Marmorstatuen, etwas erhöht auf einem Sockel, ein großer roter Sarkophag aus Granit. Colin hatte Bilder davon in Geschichtsbüchern gesehen. »Napoleons Grab?«

Sie nickte. »Als ich nach Paris gekommen war und erfuhr, dass ich nicht zu meinem Vater konnte, unternahm ich lange Streifzüge durch die Stadt und besichtigte die historischen Denkmäler. Ich komme jedes Mal hierher, an diesen Ort, wenn ich –«, sie sah ihn an und lächelte, »Inspiration brauche.«

Wieder blickte er sich im Innern des Baus um, der einst eine königliche Kapelle gewesen war, sah die Kunst, das Kruzifix, den Altar. »Sie kommen also her und suchen Gott.«

Sie folgte seinem Blick und zuckte die Achseln. »Ich weiß leider nicht, wie ich ihn finden soll. Wir sind nie in die Kirche gegangen. Moira, meine Mutter, war nicht religiös.« Sie schlug die Augen nieder. »Sie wissen sicher, dass eine Frau, die ein uneheliches Kind bekommen hat, wie eine Aussätzige behandelt wird.«

Ihre Stimme war nur ein Flüstern, kaum hörbar. Trotz seiner Verwirrung und seines Ärgers empfand Colin Mitleid. Sie hatte recht. Eine uneheliche Geburt war sogar in London ein Stigma. Ein unbehagliches Schweigen breitete sich zwischen ihnen aus, dann deutete sie auf das Grab. »Wussten Sie, dass Napoleon erst vierundzwanzig war, als er General wurde? Nicht viel älter als Sie und ich.« Sie hielt kurz inne, dann fuhr sie fort: »Es ist über hundert Jahre her, dass er seine Chance inmitten des Chaos der Revolution erkannte und sie nutzte.«

»Napoleon inspiriert Sie?« Colin sah sie ungläubig an. »Falls Sie den Rest der Geschichte vergessen haben, Miss Reyer: Er war Englands Feind.«

»Ich kenne die Tatsachen, Leutnant. Trotzdem wurde er einer der größten Eroberer aller Zeiten, im Guten wie im Schlechten. Für Napoleon schien nichts unmöglich.« Sie sah ihn an, ihre blauen Augen leuchteten. »Sie können sich nicht wegen der Meinung eines einzigen Franzosen von Ihrer Suche nach Jewel abbringen lassen.«

Er beugte sich vor und sah sie stirnrunzelnd an. »Zufällig hatte ich eine Idee, die ich ausprobieren wollte, bevor Sie mich hierhergeschleppt haben.« Er legte den Kopf schief. »Oder haben Sie vielleicht einen anderen Plan? Gibt es womöglich ein winziges Detail, das Sie vergessen haben, mir zu sagen, und das uns helfen könnte?«

»Sie haben das Tagebuch meiner Schwester gelesen. Und ich und

Isabelle haben Ihnen alles gesagt, was uns helfen könnte, meine Schwester zu finden.« Sie hob angriffslustig das Kinn. Irgendetwas verschwieg sie ihm. Colin dachte an den letzten Tagebucheintrag. Als die Granaten auf das Dorf regneten, hatte Jewel Todesangst gehabt und gewartet, dass der deutsche Hauptmann kam, um sie zu holen.

Eine schlimme Vorahnung überfiel ihn. »Jewel geht es doch gut, oder? Ihr ist doch nichts zugestoßen, was Sie mir verschweigen?«

»Nein«, fiel sie ihm ins Wort, »Sie haben es doch selbst gelesen, Leutnant. Es gibt keinen Hinweis darauf, dass ihr irgendein Leid geschehen ist.«

»Ich muss zurück ins Hotel.«

Sie suchte voll Spannung seinen Blick. »Sie wollen also einfach aufgeben?«

Er stieß die Luft aus. »Soll ich lieber zurück in das Büro gehen und Lacourt niederschlagen?«

»Nicht, dass es helfen würde, aber …« Sie hob die schmalen Schultern, ein Lächeln trat auf ihre Lippen. Colin musste wider Willen lachen. »Da bin ich ganz Ihrer Ansicht.«

Sie wurde wieder ernst. »Was sind das für Ideen, die Sie ausprobieren möchten?«

»Ich will Kontakt mit Lord Walenford in London aufnehmen. Mal sehen, ob wir Lacourt nicht doch noch zur Kooperation bewegen können.«

Sie sah ihn hoffnungsvoll an. »Natürlich! Das ist der Mann, den Ihre Schwester heiraten wird.«

Er nickte. »Kommen Sie?«

Zur Antwort legte sie ihre Hand auf seine, die auf dem Marmorgeländer ruhte. Überrascht spürte er ihre Wärme und einen Augenblick musste er an ihre Weichheit denken, als er sie am vorhergehenden Abend mit seinem Körper vor den Granaten beschützt hatte.

»Ich wusste, dass Sie meine Schwester nicht im Stich lassen würden, Leutnant.«

Sie strahlte ihn an, dann gingen sie. Auf dem Weg zum Ausgang konzentrierte Colin sich auf seine bevorstehende Aufgabe. Hoffentlich war Jack einverstanden, sich beim Deuxième Bureau für ihn einzusetzen. Nach allem, was er wusste, wurde Jewel in einem Teil Frankreichs festgehalten, den Colin kaum kannte. Er hatte zwar mit Miss Reyer gescherzt, sich einen Kampf mit Lacourt zu liefern, aber er konnte es sich gar nicht leisten, den Franzosen zu verprellen.

Isabelle stand auf dem Gehsteig vor den gut besuchten Tischen des Cafés und winkte mit einem weißen Taschentuch, als Jo mit der Triumph vorfuhr und am Straßenrand hielt. Jo und der Leutnant stiegen ab. Isabelle kniff die dunklen Augen zusammen und blickte lächelnd zwischen den beiden hin und her. »Ich habe euer Motorrad vor dem Bureau gesehen, als ich herauskam, aber euch konnte ich nirgends entdecken. Wo seid ihr denn gewesen?«

Als sie sah, wie Jo die Röte ins Gesicht stieg, wurde ihr katzenhaftes Lächeln breiter. Jo nahm ihre Brille ab. »Wir … wir haben uns ein wenig die Stadt angesehen. Warum?«

Sie hörte selbst, wie schuldbewusst sie klang, und sah ihre Freundin verwundert an. Wie kam Isabelle darauf, eine Liebesgeschichte zwischen ihnen zu vermuten, wo sie doch wusste, warum der Leutnant nach Paris gekommen war? Ungeachtet dessen waren ihr selbst aber die Momente während des Luftangriffs gestern Abend fest ins Gedächtnis eingebrannt: wie der Leutnant sie geschützt hatte; wie sein Körper sie auf den Boden gedrückt hatte; sein Blick wenige Sekunden, nachdem der Angriff vorüber war; der würzige Duft seines Rasierwassers.

Du bist eine Närrin, Jo. Sie rief sich die Minuten davor in Erinnerung, als er das Tagebuch ihrer Schwester gelesen hatte. Seine Reaktionen hatten keinen Zweifel daran gelassen, dass er Jewel noch immer liebte. Als sie an ihr Gespräch im Invalidendom dachte, stiegen erneut Schuldgefühle in ihr auf. Sie hatte ihm zwar die Wahrheit gesagt – sie und Isabelle hatten ihm alles mitgeteilt, was sie über ihre Schwester wussten –, doch Jewels Zuneigung zu Kepler hatte sie ihm verschwiegen.

Jewels letzter Tagebucheintrag war Monate her und aus dem wenigen, das Henri ihr und Isabelle erzählt hatte, deutete nichts auf eine Eheschließung. Sie war der Meinung, dass Leutnant Mabry gute Chancen hatte, die Zuneigung ihrer Schwester zurückzugewinnen. Ihr Gewissen beruhigte sich wieder. Sie zog die Handschuhe aus.

»Und, Isabelle, was machst du hier?«

Ihre Freundin steckte das Taschentuch in ihre Lederhandtasche und entnahm ihr gleichzeitig Kinokarten. »Gehen Sie gern ins Kino, Leutnant? Im Gaumont zeigen sie heute um sieben *L'Enfant de Paris*.«

Er sah stirnrunzelnd auf seine Armbanduhr. »Vielen Dank für die Einladung, Miss Moreau, aber ich habe noch zu tun.«

Isabelle schwenkte die Eintrittskarten verführerisch vor seinen Augen. »Ich würde Ihnen raten mitzukommen, Leutnant. Sie werden es sehr aufschlussreich finden.«

Jo griff nach ihren Handschuhen. Sie hatte den Film schon vor Monaten gesehen. Die Geschichte einer Waise, deren Vater im Krieg vermisst war, hatte sie allzu schmerzlich an ihr eigenes Schicksal erinnert. Was hatte Isabelle vor? Sie wusste doch, wie schwer es für Jo gewesen war, den Film anzuschauen. Warum drängte sie sie jetzt so? Es sei denn … Sie starrte auf die Hand ihrer Freundin. Sie hielt vier Eintrittskarten. Jo nahm ihr zwei Karten ab. »Wir treffen euch um viertel vor sieben in der Lobby des Gaumont, nicht wahr, Leutnant?« Sie sah ihn bedeutungsvoll an. »Es ist ein paar Straßenzüge von hier entfernt. Ich kann uns hinfahren.«

Er schien widersprechen zu wollen, doch als Jo stumm den Kopf schüttelte, zögerte er. Mit zusammengezogenen Brauen blickte er zwischen Isabelle und ihr hin und her. »Na gut. Und jetzt, meine Damen, entschuldigen Sie mich bitte, ich habe noch zu tun.«

Er ging zum Hoteleingang. Die beiden Frauen blickten ihm nach.

Als er hinter den Glastüren verschwunden war, sah Jo Isabelle an. »Henri kommt heute Abend, nicht wahr? Wird er uns sagen, wo sie sind?«

Das katzenhafte Lächeln ihrer Freundin kehrte zurück. Sie hob die beiden Tickets, die sie in der Hand hielt, hoch.

»Wie hast du ihn überredet?«

»Er mag mich.« Isabelle zuckte die Achseln. Ihr Lächeln war verschwunden. »Du weißt, dass ich ein großes Risiko eingehe, Jo. Weißt du eigentlich, was aus meinem Henri wird, wenn herauskommt, dass er zwei unbedarfte Personen hinter einem mutmaßlichen feindlichen Spion hergeschickt hat? Was ist, wenn dir etwas passiert?«

»Isabelle, Leutnant Mabry ist kein Grünschnabel. Du hast mir doch selbst gesagt, dass er ein Kriegsheld ist.« Jo hatte nicht gelauscht, durch die massive Holztür von Agent Lacourts Büro hatte man keinen Ton des Gesprächs hören können, doch ihre Freundin hatte ihr erzählt, was sie mitbekommen hatte, als sie den Männern den Tee gebracht hatte. »Er wird bestimmt äußerste Vorsicht walten lassen.«

In Isabelles Gesicht gruben sich plötzlich richtige Sorgenfalten ein. »Ich weiß, wie wichtig es für dich ist, deinen Vater und jetzt auch deine Schwester zu finden. Aber das ist kein Spiel. Hauptmann Kepler könnte ein gefährlicher Mann sein.«

Jo spürte, wie der Zorn in ihr aufstieg. »Warum nimmt das Bureau ihn dann nicht einfach fest? Dann könnte meine Schwester schon längst wieder in Paris sein.«

»Ich dürfte das eigentlich gar nicht wissen, *mon amie*, aber ich glaube, die Alliierten beobachten Kepler und wollen vorerst nicht eingreifen. Vielleicht wollen sie ihn in eine Falle locken.« Sie lächelte Jo mitleidig an. »Es könnte auch sein, dass deine Schwester gar nicht weiß, wo sich dein Vater aufhält. Du musst einfach klug und geduldig sein.«

An diese Möglichkeit hatte Jo noch gar nicht gedacht. Sie entspannte sich. »Du hast recht, meine Liebe.«

Isabelle steckte ihre beiden Karten ein. »Wie hat der Leutnant auf Jewels … Eindruck von Hauptmann Kepler reagiert?«

Jo starrte auf ihre Handschuhe. Sie hatte Isabelle das Tagebuch zu lesen gegeben, kurz nachdem sie es selbst gelesen hatte. Ihre Freundin wusste als Einzige alles, was ihre Schwester geschrieben hatte. »Er weiß nichts davon.«

»Aber das Tagebuch?«

Ihre Freundin sah sie neugierig an. »Ich habe ein paar … äh, besondere Einträge gegen Ende des Buchs geschwärzt.«

Isabelle sah sie ernst an. »Ich glaube, damit hast du ihm einen Bärendienst erwiesen, Jo.«

Jo hob kampflustig das Kinn. »Glaubst du, er wäre bereit gewesen, mich zu begleiten, wenn ich ihm alles gezeigt hätte?« Sie presste die Lippen zusammen. »Ich habe nur getan, was nötig war.«

Aber warum fühlte sie sich dann schuldig?

»Und was hast du vor, wenn du sie mit Kepler zusammen findest?«

Jo seufzte. »So weit habe ich noch nicht gedacht.«

»Nun gut, *mon amie*, dann solltest du aber schleunigst damit anfangen.« Sie legte Jo die Hand auf die Schulter. »Ich muss zurück ins Bureau. Bringst du mich hin?«

Jo nickte. Ihre Freundin stieg in den Seitenwagen. Sie fuhr los. Isabelles verstörende Frage schob sie erst einmal beiseite und dachte lieber an heute Abend. Wo würde Henri Lacourt sie hinschicken? Sie würde natürlich die richtige Kleidung einpacken müssen und dann musste sie noch mit André sprechen und sich von Little Corporal verabschieden. Auf der Fahrt ins Bureau spürte sie, wie eine belebende Erregung in ihr aufstieg. Die Suche würde beginnen.

7

Paris, Frankreich, 13. April

Nehmen Sie Kontakt mit George Petit auf, Hôtel Blanc, Toulouse.

Colin starrte auf die Nachricht auf der Rückseite der Fotografie. Dann drehte er sie um und betrachtete den dunkelhaarigen Fremden mit den tief liegenden Augen und dem dichten Schnurrbart.

Bis spät in die Nacht hatten Miss Reyer und er gestern Abend im Café über dem Bild gesessen, das Lacourt ihnen im Kino zugeschoben hatte. Der Franzose war gleich darauf zusammen mit Isabelle wieder verschwunden.

War dies das Gesicht von George Petit oder von Werner Kepler? Der Mann auf dem Foto hatte den Kopf leicht zur Seite gedreht, sodass Colin nicht sehen konnte, ob er am rechten Ohr eine Narbe hatte.

Wer immer es war, der Mann hielt sich offenbar in Toulouse auf, das etwas weiter entfernt lag, als man normalerweise unter »südlich von Paris« verstand. Die Zugfahrt dorthin würde auf jeden Fall mehrere Stunden dauern. Colin hätte sich genauere Informationen gewünscht, doch er hatte keinen Grund, an Lacourts Verlässlichkeit zu zweifeln. Monsieur Petit wusste bestimmt, wie sie Kontakt mit Kepler und Jewel aufnehmen konnten.

Er blickte auf und schaute aus dem Fenster. Es waren kaum noch Frühstücksgäste da. Die Tische draußen waren praktisch leer, verglichen mit den vielen Gästen, die sonst dort saßen. Miss Reyer hatte sich um elf Uhr hier mit ihm treffen wollen, doch offenbar verspätete sie sich wieder einmal. Diesmal ärgerte Colin sich allerdings nicht, sondern machte sich eher Sorgen. Seit dem Luftangriff vor drei Tagen war er sich dessen bewusst, dass sie jederzeit Opfer eines feindlichen Sperrfeuers werden konnten.

Er versuchte, sich einzureden, dass sie einfach nur spät dran war. Zwanzig bis dreißig Minuten nach der vereinbarten Zeit schienen nun einmal ihr Standard zu sein. Doch nun würden sie bald auf dem Weg nach Toulouse sein und Paris und das Chaos hier hinter sich lassen.

Er steckte das Foto wieder in die Innentasche seiner Uniformjacke, zusammen mit einem anderen Dokument, das man ihm heute Morgen ausgehändigt hatte. Er war noch einmal im MI-6-Büro gewesen, um Goodfellow über seine Pläne zu informieren und ihn zu bitten, auch Lord Walenford mitzuteilen, dass sein Aufenthalt in Frankreich noch etwas Zeit in Anspruch nehmen werde. Dabei hatte der Büroleiter ihn gefragt, ob er bereit sei, einem Luftfahrtingenieur in Toulouse, einem Monsieur Gambette, eine verschlüsselte Nachricht zu überbringen. Der Franzose unterstützte ein Geheimprojekt unmittelbar vor Paris: den Aufbau einer künstlichen Stadt der Lichter.

Colin staunte noch immer über die Idee, ein paar Kilometer westlich von Paris die Attrappe einer Stadt zu errichten, welche die deutschen Gotha-Bomber von der echten Hauptstadt weglocken sollte. Es war ein brillanter Plan. Arbeiter zogen heimlich ein Modell von Paris hoch, einschließlich der Champs-Élysées und des Gare du Nord mit allen Details. Vorgetäuschte Schienen, Fabriken, sogar falsche Bäume sorgten dafür, dass alles täuschend echt wirkte. Geschütznachbildungen und getarnte Panzer unterstützten die List und sobald Monsieur Gambette das Dokument mit den Maßen, die der Leiter des Projekts, Fernand Jacopozzi, errechnet hatte, in Händen hielt, würde er ihnen das Material liefern, mit dem die Nachbildung eines Flugzeughangars und mehrere Flugzeuge gebaut werden sollten.

Weil dieses Projekt von größter Wichtigkeit war, hatte das MI 6 sich bereit erklärt, den Franzosen zu helfen. Da Colin dem MI 8 bekannt war und heute noch nach Toulouse abreisen sollte, hatte man ihn gebeten, den Auftrag zu übernehmen. Natürlich war er sofort einverstanden gewesen.

Der Leiter des MI 6 hatte ihn auch vor möglichen Spionen gewarnt. Colin hatte erwogen, ihm seine wahren Gründe für die Reise nach Süden zu sagen, doch Lacourt war ein großes Risiko eingegangen, als er ihm den Tipp gab, und Colin wollte den Agenten nicht in Schwierigkeiten bringen. Außerdem war ihm klar gewesen, dass er, wenn das MI 6 ihm die Reise untersagt hätte, dem ausdrücklichen Befehl nicht zuwidergehandelt hätte. Es war besser, wenn sie sich dort unten erst einmal umsahen. Wenn die Frau in Keplers Gesellschaft gar nicht Jewel war, brauchte er nichts weiter zu unternehmen und konnte einfach seinen Auftrag Monsieur Gambette betreffend erfüllen.

Ein Taxi fuhr vor und hielt am Straßenrand, direkt vor der Terrasse des Cafés. Colin, der gerade seine Tasse Darjeeling auf halbem Weg zum Mund geführt hatte, hielt inne. Eine Frau stieg aus, ihr großer grauer, mit Straußenfedern besetzter Hut war sozusagen das i-Tüpfelchen zu ihrem graugrün gestreiften Reisekostüm und den grauen Handschuhen. Die Frau bedeutete dem Fahrer zu warten und trat ans Fenster des Cafés. Doch erst als sie hochschaute, erkannte er unter dem großen Hut die dunkelblauen Augen und die helle Haut.

Sie winkte ihm mit einer behandschuhten Hand zu. Wieder einmal war er völlig verdutzt über ihre Verwandlung. Er stand langsam auf, griff nach dem Handkoffer zu seinen Füßen und ging, da er bereits ausgecheckt hatte, gleich zum Ausgang. Sie war vor ihm da und hielt ihm die Tür auf. Er musste zugeben, dass der Hut einfach hinreißend war. »Miss Reyer.«

»Leutnant.« Sie betrachtete den Handkoffer. »Oh – gut, Sie sind reisefertig.« Sie drehte sich um und winkte dem Fahrer, der neben dem Taxi stehen geblieben war. Der gedrungene Mann mit der Schiffermütze und einer Zigarette im Mundwinkel kam zu ihnen und nahm Colins Koffer.

»Wollen wir?« Ihre Augen leuchteten, ihre Wangen schimmerten rosig. Sie nahm seinen Arm. Er spürte ihre Aufregung bei der Aussicht, endlich ihre Schwester zu finden. Ihm ging es ja bei dem Gedanken, dass er Jewel wiedersehen würde, ähnlich. Sein Herz klopfte voller Vorahnung – oder war es Unsicherheit? Anscheinend hatte Gott ihn endlich wieder in die Spur gebracht. Colin versuchte, sich schon einmal an den Gedanken zu gewöhnen, dass er eine Frau haben würde. Doch als sein Blick auf seine Prothese fiel, fragte er sich unwillkürlich, ob Jewel ihn so überhaupt als Ehemann tauglich finden würde.

Er dachte an ihre Worte im Tagebuch: ihre Träume und Erinnerungen an ihre gemeinsame Zeit; ihre Freude, dass sie etwas für ihn tun konnte – seine Wunden versorgen und ihm Leckerbissen bringen, die sie nach ihren Gesangsauftritten von den Deutschen bekam; an die Wärme ihrer Lippen, als sie ihn geküsst hatte, und die folgenden Seiten, auf denen sie ihre Liebe beschrieb. Würden Jewels Gefühle für ihn noch die gleichen sein wie damals zur Zeit der Tagebucheinträge oder würde sie ihn jetzt unzulänglich finden? Wenn alles lief wie geplant, würde er die Antwort in wenigen Stunden wissen.

Colin öffnete Miss Reyer den Schlag, dann stieg er ebenfalls ein. Der Fahrer verstaute seinen Koffer und setzte sich hinter das Lenkrad. »Wohin?« Miss Reyer gab die Anweisung: »À la Gare d'Austerlitz, s'il vous plaît.« Der Taxifahrer grunzte zustimmend, das Taxi fuhr an.

»Wir können noch den Mittagszug erwischen, dann sind wir zum Abendessen in Toulouse.« Sie warf ihm einen hoffnungsvollen Blick zu. Colin sah, wie sie ihre kleinen behandschuhten Hände im Schoß rang. Ohne nachzudenken, legte er seine gesunde Hand über ihre, um sie zu beruhigen. Sie sah ihn erstaunt an. Er zog seine Hand rasch wieder zurück. Ihr Ausdruck wurde weich. »Ich habe so lange auf diesen Augenblick gewartet, Leutnant.«

»Ich weiß.« Sein Lächeln war etwas zögerlich. Sein gesunder Menschenverstand sagte ihm, dass sie noch immer in einer Sackgasse landen konnten. Es war durchaus möglich, dass die Frau bei Kepler nicht Jewel war.

Dann lehnte er sich zurück und sah aus dem Fenster. Das Taxi fuhr auf der Avenue de l'Opéra Richtung Süden. Sie passierten das Palais Royal, dann ging es am Seineufer entlang. Er sah die Kraterlandschaft mit den Überresten der Kirche Saint-Gervais, die vor wenigen Wochen, am Karfreitag, das erste Ziel der großen Offensive der Deutschen gewesen war. Bei der Explosion waren fast neunzig Menschen ums Leben gekommen und viele verletzt worden.

Der Vormittag war bis jetzt ruhig gewesen, doch der Anblick der Kirche erinnerte ihn wieder einmal daran, dass die Stadt tagtäglich das Ziel der deutschen Supergeschütze war und dass jede Nacht Luftangriffe geflogen wurden. Er hatte die letzten Nächte unter seinem Hotelbett gelegen, während die Sirenen eine Explosion nach der anderen ankündigten, doch so war es ihm immer noch lieber, als in einem engen, dunklen Keller mit den anderen Gästen zusammengepfercht zu sein.

Colin betete, dass das falsche Paris die Gotha-Bomber bald von Paris ablenken und den Menschen, die unter dem ständigen Pfeifen der Granaten und unter den Artillerieeinschlägen litten, ein wenig Erleichterung bringen würde.

Der Bahnhof pulsierte vor Leben. Colin bezahlte den Fahrer, Miss Reyer nahm eine bestickte Reisetasche vom Rücksitz und ging ins Bahnhofsgebäude, um die Fahrkarten zu kaufen. Als er nach ihr das Gebäude betrat, entdeckte er sogleich ihre auffällige Gestalt vor dem Fahrkartenschalter. Sie sprach mit einer Schaffnerin. Hier drin wimmelte es von alliierten Soldaten auf Urlaub und Parisern auf der Flucht aus der Stadt. Colin fragte sich, wie viele dieser Menschen wohl Spione waren.

Auf dem Bahnsteig trieben Nonnen mit weißen Hauben und Rot-Kreuz-Mitarbeiter große Gruppen von Kindern zusammen, die offenbar zu ihrem eigenen Schutz aus der Stadt evakuiert wurden. Colin sah die aufgeregten, tränenüberströmten kleinen Gesichter und empfand Mitleid. Der Büroleiter hatte ihm gesagt, dass seit Beginn der Bombardierungen im März bereits Tausende Pariser nach Orléans geflohen waren.

Miss Reyer kam mit den Fahrkarten. »Wir können einsteigen. Der Zug wird sehr voll, wir werden wahrscheinlich nur noch in der dritten Klasse Platz finden.«

Der Fahrer hatte ihr Gepäck gebracht, Colins Handkoffer und Miss Reyers zwei Hutschachteln und den kleinen Überseekoffer. Colin rief einen Träger, der mit dem Gepäck zum Bahnsteig vorausging. »Wir sind auf dem Weg.« Miss Reyer wirkte beinahe ausgelassen. »Bald sind wir in Toulouse und ich kann George aufsuchen und …«

Er drückte ihr einen Finger auf die Lippen. »Nennen wir ihn einfach *unseren Freund*, einverstanden?«

Sie blinzelte ihn überrascht an. Colin verharrte kurz über den weichen Linien ihres Mundes, dann ließ er die Hand wieder sinken und holte tief Luft.

»In ganz Frankreich wimmelt es von Spionen, ganz bestimmt auch im Zug. Wir müssen sehr aufpassen, worüber wir unterwegs sprechen.«

Sie schlug die Augen nieder und lächelte. »Natürlich. Wie gedankenlos von mir.«

»Schon gut.« Seine Aufmerksamkeit wanderte wieder zu dem hübschen Mund, den er gerade noch zum Schweigen gebracht hatte. *Pass auf, Mann.* Er räusperte sich und bot ihr seinen Arm. »Wollen wir?«

Sie stiegen in einen völlig überfüllten Waggon. Überraschenderweise waren jedoch ganz hinten noch zwei Plätze frei. Wenigstens brauchten sie sich so keine Sorgen über Lauscher hinter sich zu machen.

Er führte sie den Gang hinunter. Sie setzten sich auf die bequemen, samtbezogenen Sitze und er sah zu, wie sie mit äußerster Vorsicht die Reisetasche neben ihren Füßen am Fenster verstaute. »Haben Sie Eier da drin?«

Das war eigentlich scherzhaft gemeint, doch ihr erschrockener Blick sagte ihm, dass sie den Scherz nicht verstanden hatte. »Ich? Nein, natürlich nicht. Warum sollte ich Eier mitnehmen?«

»Ich habe nur Spaß gemacht, Miss Reyer.« Warum war sie so nervös? Er kniff die Augen zusammen. »Was haben Sie denn in der Tasche?«

»Ich … ich habe meine Kosmetika und Parfums dabei. Die Zerstäuber sind sehr zerbrechlich.«

Er wusste genau, wann sie log – oder ihm jedenfalls nicht die ganze Wahrheit sagte. »Und?«

Sie machte eine vage Handbewegung. »Ach, dies und das. Persönliche Gegenstände. Frauensachen.« Sie beugte sich hinunter und öffnete die Tasche. »Möchten Sie mal schauen?«

Er prallte förmlich zurück. »Nein danke, das ist nicht nötig.«

Sie lächelte und ließ sich zurücksinken. »Ich habe Isabelle gebeten, uns Zimmer im Hotel zu reservieren. Nebeneinanderliegende Zimmer, natürlich.«

Er hatte die Bemerkung noch kaum verdaut, als sie sich vorbeugte und flüsterte: »Ich sollte vielleicht erwähnen, dass Sie und ich auf dieser Reise ein verheiratetes Paar sind.«

In diesem Augenblick kam eine Schaffnerin – dieselbe wie in der Bahnhofshalle – durch den Gang auf sie zu. *»Les billets, s'il vous plaît.«* Sie lächelte. »Ist Ihr Platz bequem, Madame Mabry?«

Miss Reyer nickte. Die Frau entwertete ihre Fahrkarte und gab sie ihr zurück. Dann sah sie Colin an. »Leutnant Mabry?«

Colin merkte, dass sein Mund offen stand, und schloss ihn schnell. Er gab ihr seine Fahrkarte. Als sie in den nächsten Wagen weiterging, beugte er sich zu Miss Reyer und sagte vorwurfsvoll: »Danke für die Warnung.«

Sie erwiderte ganz ruhig seinen Blick und antwortete leise: »Es war keine Gelegenheit, es Ihnen früher zu sagen. Außerdem wusste ich, dass Sie mit der Situation umgehen können. Es war Henris Idee und Isabelle hat mir heute Morgen meinen neuen Pass gebracht. Für die Dauer unserer Suche bin ich Mrs Johanna Mabry.

Es ist doch naheliegend, dass wir verheiratet sind, wenn wir zusammen reisen und im selben Hotel übernachten.« Sie sah ihn scharf an. »Oder wäre es Ihnen lieber, wenn ich meinen Ruf aufs Spiel setzen würde?«

Er konnte Miss Reyer in diesem Moment nur anstarren. »Diese nebeneinanderliegenden Zimmer haben doch wohl Schlösser?«, fiel ihm dann ein. Als sie große Augen bekam, fügte er hinzu: »Ich muss schließlich auch meine Ehre schützen.«

Sie neigte wie zustimmend den Kopf. Dabei rutschte der Hut auf eine Seite. Als sie ihn hastig wieder feststeckte, musste Colin ein Grinsen unterdrücken. Miss Reyer schien Probleme zu haben, die damenhafte Rolle durchzuhalten.

Urplötzlich wurde ihm klar, dass das keine verlässlichen Zeiten waren: Er war mit seiner angeblichen Frau unterwegs, um einen mutmaßlichen, feindlichen Spion, der wahrscheinlich unter falschem Namen agierte, zu beobachten. Gleichzeitig sollte er einem Mann, der den Parisern half, eine falsche Stadt zu bauen, Pläne überbringen. Was war überhaupt noch echt?

Er sah wieder auf die ungewöhnliche Frau, die neben ihm saß. Es hatte keinen Sinn, sich aufzuregen. Er war jetzt gerade mal drei Tage in Paris und wusste, dass seine Launen sie nicht im Geringsten beeindruckten. Also wählte er eine andere Taktik. »Madame Mabry, erzählen Sie mir von Ihrem Leben in Irland. Wo sind Sie aufgewachsen und zur Schule gegangen? Haben Sie noch andere Angehörige?«

Sie starrte ihn völlig perplex an.

»Wir haben genügend Zeit, bis wir in Toulouse sind. Wir könnten einander also ein bisschen besser kennenlernen.« Er lächelte. »Schließlich sind wir Mann und Frau.«

Er beugte sich zu ihr hinüber und flüsterte: »Da hier überall Spione lauern, wäre es bestimmt nicht gut, wenn uns jemand bei einer Lüge erwischt, meinen Sie nicht?«

Sie wirkte verblüfft. War sie nicht plötzlich blass geworden?

Colin hatte Erbarmen mit ihr. »Na gut, ich fange an. Mein Onkel Brian lebt auf einer Farm bei Dublin, mit drei Kühen, einem Hühnerhaus voller Hühner und ein paar Morgen Land. Es ist sehr schön dort.«

Während er sprach, dachte er an die grünen Hügel und stillen Felder. Nur Vogelgesang, das Läuten von Pferdegeschirr und das Schnauben der alten Stute, die den Pflug zog, hatten die gesegnete Ruhe unterbrochen, wenn er zusammen mit seinem Onkel unter der Wintersonne die Erde umbrach. »Es war schwere Arbeit, aber friedlich.«

Jo schreckte vor der Vorstellung, ihm von ihrer Vergangenheit zu erzählen, zurück. Während er sprach, entspannte sie sich jedoch wieder. Sie sah bei der Erinnerung Wehmut über sein Gesicht huschen. Sie war so deutlich wie die Szenen in dem Film, den sie gestern Abend gesehen hatten. Ganz offensichtlich vermisste er Irland und die Farm.

Sie empfand ein Gefühl der Verwandtschaft mit ihm, wie es ihr nur bei einem *Éireannach* möglich war. Sie hatte mit Moira südlich von Dublin gelebt und kannte den süßen Duft von Heu und die grünen Hügel, von denen der Leutnant sprach. Offenbar hatte auch er Trost in dieser ruhigen, friedlichen Landschaft gefunden.

Jo konnte nicht vergessen, wie er sich an ihrem ersten Tag in Paris auf den Boden geworfen hatte, als die Belagerungsgeschütze ein paar Häuser entfernt die schwere Explosion ausgelöst hatten, und auch nicht jenen Abend im Restaurant, als er versucht hatte, sie zu beschützen. Auch sie war an diesem Abend erschrocken, doch der Anblick seines kreideweißen Gesichts und die Panik in seinen dunklen Augen – als würde er von Dämonen gejagt – hatten tief in ihr vergrabene Gefühle geweckt. Jedes Mal wenn sie zusammen durch Paris gefahren waren, hatte er angespannt gewirkt. Sein Körper krümmte sich im Seitenwagen zusammen, wenn die Geschosse ihr Ziel irgendwo in der Stadt fanden. Und gestern Abend, als die Gotha-Bomber wieder Luftangriffe flogen, hatte sie seine Angst beinahe riechen können. Selbst nach der Vorstellung, draußen vor dem Kino, war er noch leichenblass gewesen und seine Hand hatte ganz leicht gezittert.

Auch bei anderen Soldaten hatte sie ähnliche Reaktionen beobachtet, vor allem, wenn sie direkt von der Front kamen. Es brach ihr das Herz, wenn sie sah, wie die Männer beim Feuerwerk am Nationalfeiertag oder bei plötzlich einsetzendem, scharfem Trommelwirbel zusammenschraken. Ja, sogar ein lautes Tellerklappern konnte derartige Reaktionen hervorrufen. Jo wusste nicht, wie der Leutnant die pausenlosen Luftangriffe der beiden letzten Nächte überstanden hatte. Sie räusperte sich. »Wie lange waren Sie in Dublin bei Ihrem Onkel, bevor Sie nach London zurückgekehrt sind?«

»Sieben Monate. Lange genug, um die Felder für die Frühjahrsaussaat zu richten.«

Sie schaute auf die Hand, die keine Hand war und auf der Armlehne am Gang lag. »Wie haben Sie …?«

»Damit gearbeitet?« Er folgte ihrem Blick und hob das behandschuhte Anhängsel. »Man kann das Ding an einem Pflug festbinden und hinter dem Pferd hergehen. Und ein Haken eignet sich hervorragend für die Arbeit mit einer Heugabel oder um Futtersäcke für das Vieh zu tragen.« Er legte die Prothese wieder auf die Armlehne. »Ich brauche wohl nicht zu betonen, dass ich mich so schnell wie möglich erholen und wieder dienstfähig werden wollte.«

Hatte er sich wirklich erholt? Sie dachte wieder an seine Reaktion auf die Granaten. »Wie essen Sie? Ich meine, andere Sachen als Suppe?«

»Ich habe Aufsätze für alle Erfordernisse.« Sein Lächeln wirkte bitter, es tat ihr leid, dass sie gefragt hatte. Er lehnte sich zurück und zog eine Braue hoch. »Und jetzt sind Sie an der Reihe, Madame Mabry.«

Sie holte tief Luft und begann. »Kurz nach meiner Geburt ist meine Mutter mit mir nach Kilcoole an die Küste gezogen. Mein Großvater hatte eine reiche Frau geheiratet. Nach ihrem Tod hat er einen Großteil des Geldes für Laster ausgegeben, Pferderennen und Taubenrennen, wie ich Ihnen schon sagte. Den Rest der Zeit ist er über meine Mutter hergezogen, wegen der Umstände meiner Geburt.«

Als kleines Mädchen hatte Jo sich oft versteckt, wenn Moira und Großvater Dougherty wieder einmal einen hitzigen Streit hatten. Dann nannte er sie Bankert oder *Leanbh tabhartha* und ihre Mutter Hure oder Flittchen. Auch die Dorfbewohner beschimpften sie ständig hinter vorgehaltener Hand, sodass Moira sie nach Großvaters Tod vom Rest seines Vermögens auf ein Internat in England schickte.

Sie schob diese Erinnerungen beiseite. »Großvater hatte einen Taubenschlag auf dem Dachboden seines Hauses eingerichtet. Dort hielt er etwa zwanzig Tauben. Ich durfte ihm helfen, die Vögel großzuziehen und auszubilden.«

»So wie bei Ihrer Arbeit in Vernon.«

Sie nickte. »Die Vögel sind meine Leidenschaft.«

Eine winzige Bewegung an ihrem Fuß ließ Jo innehalten. Sie griff hinunter und tat so, als nestelte sie an dem Schal, der über der Öffnung lag. *Ganz ruhig, Little Corporal. Alles in Ordnung.* Dann richtete sie sich wieder auf und wandte sich noch immer mit heftigem Herzklopfen Colin zu. War ihm etwas aufgefallen? Doch der Leutnant hatte noch denselben Gesichtsausdruck milder Neugier. Jo seufzte erleichtert auf. Ihr Geheimnis war sicher. »Ich hatte Glück, die Arbeit bei André zu bekommen.« Sie glättete ihren Rock. »Anfangs habe ich bei einer Schneiderin in Paris gearbeitet. Isabelle war Kundin bei ihr.«

Er lächelte. »Irgendwie überrascht es mich nicht, dass Sie die Arbeit mit den Vögeln dem Nähen vorziehen.«

Sie seufzte. »Ich habe es gehasst, in Madame Clémentes Laden Uniformen zu flicken.«

»Meine Schwester Grace wäre ganz Ihrer Meinung. Sie lehnt sämtliche Näharbeiten vehement ab.«

»Erzählen Sie mir von ihr.«

»Sie ist meine Zwillingsschwester, allerdings sehen wir uns nicht ähnlich. Ihre Locken sind rot wie glühende Kohlen und ihr Temperament passt manchmal sehr gut dazu.«

Jo hörte die Zuneigung in seinem Ton. Was für ein Glück Miss

Mabry doch hatte, so einen liebevollen Bruder zu haben. »Und was ist mit Ihrer restlichen Familie? Ich habe in der *Times* gelesen, dass Ihr Vater ein Teehaus besitzt. Was ist mit Ihrer Mutter? Sie wurde in der Zeitung nicht erwähnt.«

Sein Lächeln erlosch. »Mutter ist jetzt schon seit zwei Jahren tot. Tuberkulose. Und ja, das Teegeschäft ist der Lebensinhalt meines Vaters. Er hat das gleiche aufbrausende Temperament wie meine Schwester. Ich weiß, dass er uns liebt, aber als Vater ist er manchmal etwas überbehütend.«

Sie nickte. »Moira war wie Ihr Vater, glaube ich. Sie wirkte manchmal furchtbar hart, aber ich weiß, dass sie mich leidenschaftlich geliebt hat.« Der Gedanke an die letzten Erinnerungen an ihre Mutter tat weh.

»Sie nennen sie beim Vornamen. War sie denn nicht ihre ›Mutter‹ für Sie?«

Jo zuckte die Achseln. »Meine Mutter wollte nie in eine Rolle gedrängt werden und zog es vor, einfach ›Moira‹ genannt zu werden. Es war ein letzter Rest Freiheit für sie. Ich war ihr kleiner Soldat.«

Sie schürzte die Lippen und sah aus dem Fenster. *Lass die Vergangenheit ruhen, Jo.*

»Kleiner Soldat? Verzeihen Sie, aber das scheint mir ein seltsamer Kosename für eine Tochter zu sein.«

Sie sah ihn an. Eine Teilwahrheit war besser als eine richtige Lüge. »Meine Mutter hat sich im Kampf für das Frauenwahlrecht in Irland engagiert.«

Er nickte. »Und Sie tragen dieselbe Fackel?«

Machte er sich über sie lustig? Jo stellte die Stacheln auf. »Die Frauen sollten das gleiche Recht wie die Männer haben, wenn es um die Gesetze in unserem Land geht.«

Er lachte. »Sie und Grace würden sich wirklich bestens verstehen.«

Sein Lachen gefiel ihr und überraschte sie gleichzeitig. Wenn er nicht so finster dreinschaute, konnte er richtig charmant sein. »Ihre Schwester ist auch eine Suffragette?«

»Ja, und meine Mutter ebenfalls, das heißt, sie war es.« Sein Lachen erstarb. »Und ich unterstütze Grace' Kampf von ganzem Herzen.«

Es freute sie zu hören, dass ihn die Vorstellung von einer Frau, die eigene Ideen und gelegentlich sogar bessere Ideen als ein Mann hatte, nicht abschreckte. »Ich wünschte, mein Großvater hätte die gleichen Ansichten gehabt wie Sie.«

»Er hat die Aktivitäten Ihrer Mutter also nicht gebilligt?«

Jo warf ihm einen sarkastischen Blick zu. »Das wäre eine Untertreibung. Wenn Moira sagte, etwas sei blau, behauptete mein Großvater, es sei weiß. Sie stritten sich über alles.« *Einschließlich Loyalitäten.* Ihr Großvater war vor seinem Tod ein strammer Unionist gewesen, wohingegen Jos Mutter immer für Irlands Freiheit gekämpft hatte. Plötzlich von Erinnerungen überflutet, starrte sie vor sich hin. Es war ein Kampf gewesen, der sie viel gekostet hatte.

»Sie müssen eine schwere Kindheit gehabt haben.«

Sie blickte auf und zwang sich zu einem Lächeln. »Immerhin hat Moira dafür gesorgt, dass wir zu Hause geblieben und nicht in einer dieser Einrichtungen für ledige Mütter gelandet sind. Und ich habe wirklich viel Zeit mit den Tauben meines Großvaters auf dem Dachboden verbracht. Dann war ich auf dem Internat in England. Ich war zwölf, als Moira mich nach Uplands in Saint Leonards-on-Sea schickte.«

Er wirkte überrascht. »Wann sind Sie zurückgekehrt?«

Jo spielte mit ihren Handschuhen. »Sie hat mich kurz vor Weihnachten 1915 nach Hause geholt. Ich war gerade siebzehn geworden.«

Diesen Winter würde Jo nie vergessen: Wie sie mit Moira durch die bittere Kälte zu den Geheimtreffen bei Dublin fuhr, wo sie die offenen Lager für die in Deutschland gekauften Waffen und die Munition sahen, während die Gräfin Markievicz und andere Rebellen den Osteraufstand vorbereiteten. Jos Mutter rekrutierte Frauen aus der *Cumann na mBan* für die militantere irische Bürgerarmee, während die Rebellen bereits bunt gemischte Trupps von Männern für die Irish Volunteers trainierten.

Und auch die Erinnerung an jenen Mittwoch im April, zwei Tage nach dem Beginn des Osteraufstands, konnte sie nicht abschütteln: das heftige Gewehrfeuer und Moira, wie sie sich in Militärkleidung, ihr Gewehr umklammernd, in einem Schuhladen in der Sackville Street in der Nähe der Post von Dublin versteckte.

Der Laden war in Brand geraten. Ihre Mutter musste schließlich hinauslaufen und zielte mit ihrem Gewehr auf die bewaffneten britischen Truppen, die auf der anderen Straßenseite warteten. Jo stand drinnen neben dem offenen Ladenfenster, viel zu erschrocken, um die Flammen zu bemerken. Sie sah, wie ein untersetzter Soldat mit seinem Gewehr vortrat und Moira aufforderte, sich zu ergeben. Als Antwort schoss sie und plötzlich explodierte die Welt in einem Kugelhagel und ihre Mutter verschwand in einem Nebel aus Rauch.

»Wie stand Ihr Großvater zu dem Aufstand von 1916?«

Jo hob den Kopf. Ihre Kehle war wie ausgetrocknet. »Er … er ist ja lange vor der Rebellion gestorben.« Sie versuchte, sich zu konzentrieren. »Und Ihr Onkel?« Den nächsten Satz flüsterte sie: »Ist er Nationalist?«

Er nickte. »Onkel Brian unterstützt ein freies Irland, doch er ist dagegen, voreilig und leichtsinnig die Hand gegen britische Soldaten zu erheben.«

Wenn Moira sich doch nur anders entschieden hätte. Jo litt darunter, fühlte sich aber trotzdem verpflichtet, die Entscheidung ihrer Mutter zu verteidigen. »Manche hielten es eben für nötig.« Sie wandte den Blick ab. »Sie hatten das Warten satt.«

Er beugte sich zu ihr hinüber. »Das ist keine Entschuldigung. Als britischer Offizier im Dienst Seiner Majestät kann ich einen Aufstand gegen den König keinesfalls gutheißen.«

Sie drehte sich um. Sein Gesicht befand sich dicht vor Ihrem, sodass sie die grünen Punkte in seinen Augen sehen konnte. »Sie sind in London aufgewachsen. Wie sollten Sie wissen, wie es sich anfühlt, unter dem britischen Stiefel zertreten zu werden?«

Sein Gesicht war angespannt, doch er beherrschte sich. »Auch das, Madame, ist kein Grund für einen Aufstand. Es stimmt, ich bin in London aufgewachsen – meine Mutter war Engländerin, aber mein Vater ist ein waschechter Ire. Er hat hart gearbeitet, um sich aus der Armut des Dubliner Slums zu befreien und der erfolgreiche Geschäftsmann zu werden, der er heute ist.« Er hielt kurz inne, dann fuhr er fort: »Ich zweifle nicht daran, dass Patrick Mabry den Stiefel gespürt hat, von dem Sie sprachen, doch er tat seine Schuldigkeit und zuletzt hat er gesiegt, ohne Gewalt.«

»Wie schön für ihn und für Ihre Familie.« Sie sah an ihm vorbei, versuchte ebenfalls, sich zu beherrschen. »Aber für jeden Mann wie Ihren Vater, der in England sein Glück machte, gab es zahllose andere, die in Irland vergeblich kämpften. Sie sehnen sich nach Unabhängigkeit. Sie wollen ein eigenes Wirtschaftssystem gründen und eigene Gesetze erlassen. Gesetze, die vor allem den Iren nützen.«

Sein Ausdruck entspannte sich. »Zugegeben, diese Ideale wirken auf den ersten Blick nur fair. Ich muss gestehen, mit Ausnahme der wenigen Monate, die ich bei meinem Onkel lebte, ist mir das irische Leben völlig fremd.«

Er legte den Kopf schief. »Sie waren also siebzehn, als Sie nach Frankreich kamen? Es muss eine sehr schwere Zeit für Sie gewesen sein. Wie ist Ihre … wie ist Moira gestorben?«

Angesichts seines ehrlichen Mitleidgefühls schluckte Jo ihren Zorn hinunter. »Es war ein schlimmer Tod. Ich möchte lieber nicht darüber sprechen, wenn es Ihnen nichts ausmacht.«

»Nein, das müssen Sie nicht.« Wieder streckte er die Hand aus, um sie zu trösten. Sie schwebte über ihren Handschuhen. »Verzeihen Sie. Ich hätte Sie nicht bedrängen dürfen.«

Er drückte leicht ihre Hände, dann beugte er sich vor und flüsterte: »Ich hoffe, *unser Freund* ist im Hotel, wenn wir ankommen.«

Sein warmer Atem streifte ihr Ohr, der würzige Duft seines Rasierwassers umgab sie. Sie antwortete ebenfalls flüsternd: »Isabelle konnte mir nicht viel sagen. Sie glaubt, er ist ein Freund von Henri.«

»Also hat der gute alte Henri sich doch noch entschlossen, uns zu helfen.«

Sie nickte, erleichtert, wieder auf neutralem Boden zu sein. »Bestimmt hat Isabelle etwas mit diesem Entschluss zu tun.«

»Da bin ich ganz sicher.« Er lächelte sie an und Jo war wieder einmal überrascht, wie attraktiv er war, wenn er nicht so angespannt war.

»Wie mein zukünftiger Schwager immer sagt: Es gibt nichts, was ein Mann nicht für die Frau tun würde, die er liebt.«

Ihr Herz machte plötzlich einen Satz. »Wie zum Beispiel?«

Er lehnte sich zurück und sagte mit gesenktem Kopf. »Lord Walenford hat mir an der Front das Leben gerettet, um meiner Schwester willen.«

»Wirklich?« Jos Blick ruhte wieder auf der Hand, die auf der Armlehne lag. »Wollen Sie mir erzählen, was geschehen ist?«

»Da gibt es nicht viel zu erzählen. Ich war tagelang in einem eingestürzten Tunnel verschüttet, in Passchendaele in Belgien.«

Sie keuchte auf und griff sich an die Kehle. Allein bei der Vorstellung bekam sie kaum Luft. »Wie sind Sie herausgekommen? Waren Sie allein?«

»Es grenzte an ein Wunder. Seine Lordschaft war über den Kanal ins Kampfgebiet geflogen. Davor war ich als vermisst gemeldet, bis jemand herausfand, dass ich hatte helfen sollen, die Tunnel zu verminen. Ich weiß noch immer nicht alle Einzelheiten, aber ich erinnere mich daran, wie ich im Dunkeln lag und zu Gott betete, dass er mich erlösen möge, und plötzlich das Gefühl hatte, dass er mich erhört hat.«

»Gott hat *Ihnen* geantwortet?«

»Ja.« Ein leichtes Lächeln trat auf seine Lippen. »Es war Jacks Stimme, die ich gehört hatte. Dem Verlobten meiner Schwester war es gelungen auszumachen, wo wir ungefähr verschüttet waren.« Er zögerte. »Und nein, ich war nicht allein. Wir waren zu viert da unten. Die anderen haben es nicht geschafft.« Er drehte sich um und starrte geradeaus.

Die letzten Tage waren die Hölle gewesen: Anfangs zu viert, waren jetzt nur noch er selbst und Richards übrig. Die kargen Rationen der deutschen Soldaten, die sie in dem unterirdischen Versteck gefunden hatten, waren aufgegessen, seine Wasserflasche war leer.

Er lehnte sich gegen die Wand des engen Raums. Quälender Durst drohte ihn zu überwältigen. Im trüben Licht einer elektrischen Fackel sah Colin zu Richards hinüber, der schnaufend seine Wasserflasche hob und trank.

Neben dem älteren Mann lag noch eine weitere Wasserflasche, die von Cleese. Er war gleich am Anfang, beim Einsturz, gestorben. Seine Flasche musste noch fast voll sein. Colin schluckte. Seine Kehle war wie ausgetrocknet, sein Herz schlug langsam und schwer.

Richards nahm die Wasserflasche vom Mund und streckte sie Colin hin. »Trink, Junge. Die Hand … du brauchst deine Kraft.«

Colin blickte dumpf auf sein linkes Handgelenk und den Gürtel, der darumgebunden war. Richards hatte ihm dabei geholfen. Das brandige Fleisch der Hand war stark geschwollen und völlig vereitert. Die Schmerzen waren kaum auszuhalten.

Trotzdem zögerte er, starrte die Flasche, die Richards hielt, nur an. Dann blickte er auf Cleeses Wasserflasche, die neben dem alten Mann lag.

»Nimm sie, bevor ich es mir anders überlege.« Richards Stimme klang rau, sein Gesicht verzerrte sich vor Schmerz, als er ihm die Flasche zuwarf. Mit der anderen Hand griff er nach Cleeses Flasche. »Ich habe hier noch eine volle.«

Colin brauchte keine weitere Überredung. Er griff nach der Flasche und nahm einen langen Schluck köstlichen, süßen Wassers. »Danke«, murmelte er dann. Richards lächelte, lehnte sich wieder an die Wand und starrte vor sich hin.

In den nächsten beiden Tagen teilte Colin sich das Wasser sorgfältig ein. In dieser Zeit sah er zu, wie Richards zu toben begann. Er dachte, der Hunger triebe ihn in den Wahnsinn.

Am letzten Tag vor ihrer Rettung starb der alte Mann schließlich, er sackte vor seinen Füßen zusammen. Da Colin ihn für tot hielt und seine Wasserflasche fast leer war, griff er nach der Flasche, die Richards in der Hand hielt. Sie war ebenfalls leer.

Plötzlich wurde ihm bewusst, dass er Richards nie hatte trinken sehen. Er prüfte das Innere der Flasche mit dem Finger. Knochentrocken. Anscheinend hatte Cleese seine Flasche gar nicht gefüllt, bevor sie in den Tunnel einstiegen. Das bedeutete, dass Richards ihm wissentlich seinen eigenen Teil gegeben hatte.

Bei ihrer Rettung entdeckte Colin, dass Richards doch noch lebte, allerdings nur gerade so. Ein paar Tage später starb er qualvoll im Feldlazarett. Die Ärzte behaupteten, der Grund seien schwere innere Verletzungen gewesen, doch Colin konnten sie davon nicht überzeugen. Während seines Aufenthaltes im Krankenhaus in Dublin nahm er mehrere Wochen lang nur unter Gegenwehr ein Glas Wasser von den Schwestern an. Noch jetzt musste er sich zwingen zu trinken.

»Es tut mir sehr leid, Leutnant. Jetzt muss ich mich entschuldigen, dass ich Sie bedrängt habe.« Er blinzelte, als er ihre leichte Berührung am Arm spürte. In ihren blauen Augen stand Mitgefühl. »Es muss entsetzlich für Sie gewesen sein.«

»Für die anderen war es schlimmer.« Er biss die Zähne zusammen. »Ich wundere mich immer noch, dass ich überlebt habe. Und manchmal – macht es mir zu schaffen.«

Der Zug bremste ab. Sie fuhren in Orléans ein, ihrem ersten Zwischenhalt. Beide schauten aus dem Fenster. Colin erkannte einige der Flüchtlinge und der verängstigten Kinder, die er auf dem Bahnsteig in Paris gesehen hatte.

Der Krieg folgte ihm, wohin er auch ging. Er holte tief Luft und sah auf die Uhr. »Wann, hat die Schaffnerin gesagt, sind wir in Toulouse?«

Als sie nicht antwortete, drehte er sich um. Sie sah ihn noch immer aufmerksam an. Gleich darauf riss sie sich zusammen. »Oh ja … heute Abend um halb acht.« Sie ließ den Blick über die Nachbarsitze gleiten und sagte leise: »Sobald wir im Hotel eingecheckt haben, fragen wir nach Ihrem Freund.«

Er nickte. Nervöse Erwartung nahm ihn immer stärker ein. Noch ein paar Stunden, dann würde er mit Petit sprechen und erfahren, wo sich Kepler und Jewel aufhielten. Vielleicht würde er sie noch heute zu Gesicht bekommen.

Er warf einen Blick auf seine behandschuhte Hand. Würde sie ihn akzeptieren können, so wie er jetzt war, oder würde sie vor ihm weglaufen? Diese Frage mischte Unsicherheit in sein ungeduldiges Warten darauf, Jewel wiederzusehen.

8

Barcelona, Spanien

Hauptmann Marcus Weatherford stand in der hellen Nachmittagssonne am Kai von Barcelona und sah einem alten Fischer zu, der in einem klapprigen Boot saß und sein Netz auswarf. Östlich des Kais lag die kleine Küstengemeinde von La Barceloneta, wo ganze Scharen von Besuchern unter den Markisen der geöffneten Strandcafés saßen. Sie nippten an ihrer *Horchata* oder sprudelndem *Cava* und probierten *Tapas*. Er überlegte, wie viele deutsche und alliierte Spione wohl darunter waren und Ausschau nach U-Booten oder alliierten Schiffen ohne Hoheitskennzeichen hielten, die Spaniens neutraler Küste zu nahe kamen.

Trotz der kühlen Brise vom Mittelmeer war die Sonne so warm, dass Marcus um den leichten Leinenanzug froh war, den er statt seiner üblichen Marineuniform trug. Er richtete seine Hutkrempe, sodass sie seine Augen beschattete, dann drehte er sich um und beobachtete das lebhafte Treiben am Hafen. Dabei sah er immer wieder aufmerksam in Richtung Stadt, zur Uferstraße und zum Platz mit dem Kolumbus-Denkmal hinüber. Hinter dieser Statue lag die belebte Promenade La Rambla und in der Menschenmenge, die sie bevölkerte, befand sich möglicherweise der deutsche Meisterspion Zero. Er hatte zugesagt, Kontakt zu ihm aufzunehmen und mit ihm über das Abkommen zu sprechen, das er mit den Alliierten geschlossen hatte.

Marcus zog seine Taschenuhr heraus und sah nach der Uhrzeit. Er war nicht überrascht, dass vierzehn Uhr schon längst vorbei war.

Seit Wochen hielt er sich jetzt schon in Barcelona auf und kam jeden Tag pünktlich vierzehn Uhr zu dem verabredeten Treffpunkt, doch auch heute war der Mann, mit dem er sich treffen wollte, nirgends zu sehen.

Sein Blick wanderte zu dem winzigen Foto auf der Rückseite der Uhr. Wehmütig betrachtete er das vertraute Bild seiner Liebsten, Clare Danner. Ihr dunkles Haar und ihre grauen Augen machten ihm bewusst, wie lange er jetzt schon von England und allem, was er liebte, fort war. Von Clare, von seiner Familie, von seinem besten Freund Jack Benningham, der sich bestimmt fragte, wohin sein Trauzeuge verschwunden war.

Er ließ die Uhr zuschnappen und kämpfte gegen den leidenschaftlichen Wunsch an, endlich nach Hause zurückzukehren. Jeder einzelne Tag der letzten Wochen hatte seine Geduld auf eine harte Probe gestellt, doch er wusste nur zu gut, dass Observationen häufig ein reines Geduldsspiel waren. Nie hatte mehr auf dem Spiel gestanden als bei diesem Auftrag. Der Diebstahl des berüchtigten Schwarzen Buchs der Deutschen war ein Coup, den die Alliierten fürstlich entlohnen würden. Und wenn Zero sich je entschließen sollte, doch noch aufzutauchen, wäre dieses Enthüllungsdokument für die Briten endlich in Reichweite.

Erneut ließ Marcus den Blick über die Gäste der Strandcafés schweifen. Er wusste, dass sein Kontaktmann seine Verkleidungen ständig wechselte, und überlegte, ob Zero vielleicht schon da war und ihn beobachtete.

Sie hatten sich im letzten Jahr während des Prozesses der niederländischen Spionin Mata Hari in Paris getroffen. Damals hatte Marcus neben einem französischen Journalisten gesessen, Philippe Tremont, der über den Prozess berichtete. Beide Männer waren verärgert darüber, als die Öffentlichkeit die Verhandlung schon kurz nach der Eröffnung verlassen musste, und beide zweifelten die Fairness des Verfahrens stark an. Da Tremont im selben Hotel logierte wie Marcus, unterhielten sie sich beim Abendessen und auch beim Frühstück am nächsten Morgen über ihre ganz ähnliche Einschätzung. Marcus mochte den Mann. Er spürte Mitleid und einen glänzenden Geist hinter Tremonts ruhiger Rede und seinen durchdringenden blauen Augen.

Damals hatte Marcus keine Ahnung gehabt, dass der Franzose einer der berüchtigtsten deutschen Agenten überhaupt war. Dann hatte ihn »C« – Sir Mansfield George Smith-Cumming, der Leiter des britischen Auslandsgeheimdiensts – vor einem Monat einbestellt und ihm erzählt, dass Philippe Tremont um ein Rendezvous mit seinem alten Freund in Spanien gebeten habe.

Für den MI 6 war dieses Treffen ungemein wichtig, nicht nur, weil es um das Überlaufen eines deutschen Spions zu den Alliierten ging, sondern auch, weil sie in Spanien endlich in den Besitz des »Buchs der vierzigtausend Namen« gelangen sollten, das Zero ihnen geben wollte. Dieses Buch, die Geheimwaffe des Kaisers, enthielt die skandalösen Geheimnisse von Europas prominentesten und mächtigsten Personen, die, wenn sie zu Deutschlands Vorteil eingesetzt wurden, über den Kriegsausgang entscheiden konnten.

Marcus rieb sich den Nacken. Anscheinend würde Zero auch heute wieder nicht kommen. Wie lange C ihn wohl noch in Spanien lassen wollte? Wenn er Pech hatte, bis zum Kriegsende, was noch ein ganzes Jahr bedeuten konnte. Er stöhnte auf.

Nach einem erneuten Blick auf seine Taschenuhr überlegte er kurz, ob er in sein provisorisches Büro im britischen Konsulat von Barcelona zurückkehren sollte, schlug dann jedoch den Weg nach La Barceloneta ein. Dabei beobachtete er geistesabwesend die Möwen, die über dem Fischerboot kreisten, dessen Rumpf jetzt mit Fischen gefüllt war. Der Gedanke an Tapas und ein Glas Sangria lockte ihn zu den Strandcafés.

Er war noch nicht weit gegangen, als ihm ein älterer Gentleman auffiel, der hinter einer Staffelei auf einer Bank saß. Der grasbewachsene Flecken, den der Künstler gewählt hatte, lag etwas vom Kai zurückgesetzt im Schatten einiger dicht belaubter Platanen.

Die zarten Härchen in seinem Nacken stellten sich auf. Marcus kam jetzt schon seit Wochen zum Kai, doch diesen Mann bemerkte er heute zum ersten Mal. Er beschleunigte seine Schritte und ging auf den alten Maler zu. *»Bona tarda, senyor.* Ein schöner Tag, nicht wahr?«

Der Mann hielt im Malen inne, seine knorrige Hand umklammerte den Pinsel. Das faltige Gesicht unter der braunen Mütze war dunkel und bildete einen scharfen Kontrast zu dem schneeweißen Bart und Schnurrbart.

»Sí, senyor, und das Meer ist voller Fische, die gefangen werden wollen.«

Marcus warf einen Blick auf den alten Mann in dem Boot. »Ihr Modell?«

Der betagte Künstler nickte. Marcus trat näher. »Darf ich Ihre Arbeit sehen?«

Als Antwort lehnte der alte Mann sich, den Pinsel in der Hand, zurück, und gestattete ihm einen Blick auf das Bild. Marcus trat hinter die Staffelei, um die Szene zu betrachten. Er bewunderte, wie gut der Künstler das Charakteristische des alten Fischers auf dem Meer in seinem Boot eingefangen hatte und dazu die Möwen, die immer wieder herabstürzten und versuchten, Fische zu stehlen. »Sie haben wirklich Talent.«

Der ältere Mann blickte auf und lächelte. »Danke, Marcus.«

Marcus erstarrte. Prüfend betrachtete er das runzelige Gesicht und plötzlich erkannte er die Augen wieder, strahlend blau und sprühend vor Intelligenz.

»Philippe Tremont.« Mit klopfendem Herzen rang er um Selbstbeherrschung. »Oder soll ich Sie Zero nennen?«

Der Künstler zuckte die Achseln und warf ihm einen Seitenblick zu. »Heute bevorzuge ich Monet.«

»Wie lange sind Sie schon in Barcelona?«

Er wandte sich wieder seiner Arbeit zu. »Ein paar Tage.«

Marcus unterdrückte seinen Ärger. »Hoffentlich hat Ihnen Ihr Versteckspiel Spaß gemacht.«

»Vor aller Augen unsichtbar sein« – er lächelte Marcus abermals an – »ist das wichtigste Merkmal eines guten Spions.«

Zero nahm das Bild von der Staffelei und griff nach einer neuen Leinwand. Als er anfing, auf einer kleinen Palette Farben zu mischen, begegnete er Marcus' Blick. »Letztes Jahr in Paris stellte ich fest, dass Sie ein Mann von scharfem Verstand sind. Ich wusste, dass Sie mich irgendwann finden würden.«

Er deutete auf eine Bank ihm gegenüber. »Setzen Sie sich. Ich male Ihr Porträt, während wir uns unterhalten. So haben wir die ganze Umgebung im Blick.«

Marcus nahm Platz und kurz darauf setzte Zero den ersten Pinselstrich auf die Leinwand. »Als wir uns das letzte Mal trafen, waren Sie noch Leutnant, aber ich habe Sie im Konsulat in Ihrer Uniform gesehen. Glückwunsch zur Beförderung, Hauptmann.« Zero stippte den Pinsel in die Farbe. »Ich weiß auch über Ihre Arbeit in Cambrai Bescheid. Für einen so jungen Mann – um die dreißig? – sind Sie sehr klug.«

Marcus legte die Hände zusammen und beugte sich vor. »Ich wusste gar nicht, dass Sie mich hierherbeordert haben, um über meine Leistungen zu reden. Ich dachte, Sie wollten mir von dem Schwarzen Buch erzählen.«

Zero ignorierte die Frage und tauchte seinen Pinsel erneut ein. »Ich dachte, da Sie mein Freund sind, Marcus, interessiert es Sie vielleicht, warum ich beschlossen habe überzulaufen.«

Zugegeben, das war eine der ersten Fragen, die Marcus C gestellt hatte. »Ich höre.«

»Am besten, ich fange ganz am Anfang an. Ich bin der Sohn deutscher Eltern, die 1871, kurz nach dem Ende des deutsch-französischen Kriegs, als Spione nach Frankreich entsandt wurden. Sie hatten einen Auftrag im Zusammenhang mit dem Kolonialisierungsplan Wilhelm Stiebers, des damaligen Leiters des deutschen Geheimdiensts. Sie sollten wie die anderen Agenten das französische Leben infiltrieren und beobachten. Unter anderem meldeten sie sämtliche neuen Befestigungsanlagen und Fortschritte, militärische wie soziale, sowie die politische Stimmung im Volk, die sich natürlich ständig änderte.«

Wieder hielt Zero inne und befeuchtete seinen Pinsel. »Mein Vater lebte sehr bescheiden. Er hatte einen kleinen Lebensmittelladen. Daneben engagierte er sich in der Gemeinde und war sehr beliebt bei den Nachbarn. Gemäß seines geheimen Auftrags fungierte er jedoch als Sammelstelle für Informationen anderer deutscher Agenten in Frankreich. Sie waren Kellner, Zimmermädchen, Barbiere, Büroangestellte oder Bordellbesitzer, die in Botschaftsstädten wie Paris und Tours oder auf den Spielplätzen der Reichen, wie Biarritz und Monte Carlo, arbeiteten. Mein Vater hat mir jahrelang Geheimnisse über die mächtigsten und einflussreichsten Männer Europas erzählt. Wer sie kannte, konnte dieses Wissen natürlich zu seinem Vorteil einsetzen.«

Marcus lehnte sich zurück und verschränkte die Arme. »Das Schwarze Buch.«

Zero nickte und malte weiter. »Als Kind zeigte ich eine gewisse künstlerische Begabung, deshalb ermutigte mein Vater mich zu malen. Mit dem Alter steigerten sich meine Fähigkeiten und als ich als junger Mann irgendwann die Wahrheit über meine Wurzeln herausfand, war ich fasziniert von der Idee, Spion zu werden, wie mein Vater. Man schickte mich später durch ganz Frankreich, um zu malen, aber natürlich musste ich zuallererst eine ganz bestimmte Methode lernen, die mich ein anderer deutscher Künstler lehrte.« Er hielt inne, den Pinsel in der Hand. »Wissen Sie, was Steganografie ist?«

»Ich weiß, dass es eine sehr alte Kunst ist. Die Fähigkeit, Bilder oder Informationen in einem Medium zu verstecken.«

»Sehr gut.« Zero lächelte. »Die Steganografie ermöglichte es mir, wichtige Informationen in meine Bilder einzuarbeiten. Nur wer dafür ausgebildet war, konnte sehen, dass mein waldbewachsener Berg in Wirklichkeit eine neue Fabrik oder ein Waffenlager darstellte. Eine malerische Landschaft an der Küste oder eine Felseninsel im Meer war in Wirklichkeit ein neues Schiff oder ein Hafengebäude.«

»Beeindruckend.« Marcus runzelte die Stirn. Er fragte sich, wie viele Nachrichten die deutschen Spione wohl schon auf diese Art gesammelt und weitergeleitet hatten und ob die Admiralität darüber Bescheid wusste.

»Bei Kriegsbeginn diente ich in der französischen Armee.« Zero verzog das Gesicht. »Auf diese Situation war ich überhaupt nicht vorbereitet. Ich ließ mich in der Schlacht von Champagne von der deutschen Armee gefangen nehmen. Nach einem Gespräch mit dem Lagerkommandanten stellte dieser ein paar Nachforschungen an. Danach hatte ich das Glück, an die deutsche Spionageschule in Antwerpen geschickt zu werden.«

»Zu *Fräulein Doktor?*« Marcus hatte von den Gerüchten über die mysteriöse Deutsche gehört, die die Spionageschule im besetzten Belgien leitete.

Zero nickte und steckte seinen Pinsel in das Gefäß mit dem Pinselreiniger. »Aus dieser Schule ging ich dann als Zero hervor und nahm jeden Auftrag an, der den deutschen Sieg befördern konnte.«

»Ich habe die Berichte gelesen. Sie haben den Alliierten in den letzten zwei bis drei Jahren geradezu verheerenden Schaden zugefügt. Mit Ihrem Talent, sich einer Verhaftung zu entziehen, treiben Sie die Franzosen immer wieder zur Verzweiflung. Und jetzt hat es den Anschein, als könnten die Amerikaner Sie nicht aufspüren.«

Zeros blaue Augen leuchteten. »Die G-2-Agenten haben immerhin versucht, mit mir mitzuhalten.«

»Womit wir wieder beim Ausgangspunkt unseres Gesprächs wären.« Marcus richtete sich auf und lockerte seine Arme. »Warum haben Sie denn nun beschlossen überzulaufen?«

Der ältere Mann griff nach einem Lappen und wischte sich die Hände ab. »Als Sie mich letztes Jahr in Paris getroffen haben, war ich bereits völlig desillusioniert, was die Machtausübung des Kaisers betraf. Ein Regime, das für die Nöte und Bedürfnisse des eigenen Volkes blind ist, ist zwangsläufig zum Untergang verurteilt. Wie Ihre Landsleute sind auch meine nach dem langen Krieg erschöpft und völlig verarmt. Die Zahl derer, die sich wünscht, dass das alles ein Ende hat und eine Republik gegründet wird, wächst ständig. Also …«

Er hielt inne. Marcus sah ihn scharf an. »Was?«

Zero seufzte. »Trotz allem, was ich getan habe, musste ich feststellen, dass ich im Laufe der Jahre mehr Franzose als Deutscher geworden bin. Eine Landschaft zu malen ist eines, aber Nachrichten zu liefern, die zur Sabotage eines Schiffs voller Menschen oder zum Tod französischer Soldaten führen, ist etwas ganz anderes.«

Sein Gesicht wirkte plötzlich hart. »Ich habe mit den Amerikanern ein Amnestieabkommen geschlossen, weil ich glaube, dass sie mir von den Alliierten die besten Chancen bieten. Die Franzosen wollen mich tot sehen. Das weiß ich.«

Das konnte Marcus nicht leugnen. »Und?«

Zero warf den Lappen neben sich auf die Bank. »Als Gegenleistung händige ich ihnen das Schwarze Buch aus, sobald meine Bedingungen erfüllt sind.«

»Wann genau wird das sein?« Marcus hatte das Warten satt.

Zeros Gesicht entspannte sich wieder. »Ich muss mich entschuldigen, dass ich Sie hier so lange festgehalten habe, Marcus. Ich musste erst noch etwas Wichtiges erledigen, nachdem ich erfahren hatte, dass ein wertvolles Päckchen, auf das ich wartete, von einem anderen Agenten überbracht werden sollte.«

Marcus war erleichtert. »Und das ist jetzt geschehen.«

»Ich glaube. Trotzdem, ein guter Spion vertraut niemals einem anderen Spion, nicht einmal einem deutschen Kollegen.« Zeros blauer Blick schien ihn zu durchbohren. »Und deshalb brauche ich Sie. In Paris habe ich festgestellt, dass Sie ein Mann von Ehre sind. Sie müssen für mich nachprüfen, ob es wirklich das Päckchen ist, um das ich gebeten hatte. Sobald ich Ihre Bestätigung habe, lege ich Zeit und Ort für unser Treffen und die Übergabe des Schwarzen Buches fest.« Er zögerte, dann fuhr er fort: »Wenn ich herausfinden sollte, dass die Alliierten mich getäuscht haben, ist der Deal geplatzt.«

Marcus' Puls hatte sich beschleunigt. »Wo ist dieses Päckchen?«

Zero nahm die Leinwand und drehte sie so, dass Marcus sie sehen konnte.

Statt seines Porträts sah Marcus das Bild einer Stadt. Es war aus einem Blickwinkel gemalt, der von oben, wie von einem Hügel, auf die Stadt heruntersah. Zwischen dicht belaubten Bäumen waren rosafarbene Häuser mit ockerfarbenen Dächern zu erkennen. Im Vordergrund floss ein dunkelgrüner Fluss träge unter einem Brückenbogen hindurch. »Was ist das für ein Ort?«

»*La Ville rose,* mein Freund.« Zero lächelte ihn an. »Toulouse.«

9

Toulouse, Frankreich

Der Sonnenuntergang war nur noch ein matter Streifen am Horizont, als sie endlich in Toulouse eintrafen. Colin verließ mit »Mrs Mabry« den Zug. Sie riefen einen Träger für ihr Gepäck und traten aus dem Bahnhofsgebäude hinaus auf die von Laternen erleuchtete Straße.

Der Träger rief ihnen ein Taxi. Während ihr Gepäck im Kofferraum verstaut wurde, kletterten Colin und Miss Reyer in das enge, schummrige Gefährt.

»Leutnant, ich glaube, wir sollten einander von jetzt an beim Vornamen nennen.« Miss Reyer sprach leise. Dabei legte sie den Kopf in den Nacken und blickte unter ihrem Hutrand zu ihm auf. »Wie du schon sagtest, müssen wir schließlich auf unsere Tarnung als Mann und Frau achten und aufpassen, dass uns kein Schnitzer unterläuft. Bist du einverstanden?«

Colin nickte. Im selben Moment öffnete der Fahrer die Tür und setzte sich hinter das Lenkrad.

»Hôtel Blanc, s'il vous plaît.«

Das Taxi fuhr in Richtung Westen, durch die dunklen, ruhigen Straßen von Toulouse. Colin atmete die kühle Nachtluft ein, die durch das offene Fenster hereindrang. Die Anspannung in seinen Schultern ließ etwas nach.

Die Zugfahrt war lang und ermüdend gewesen. Nach dem Halt in Orléans, erneuten Zwischenstopps in Limoges und Montauban und weiteren in ein paar kleineren Orten waren sie schließlich in

Toulouse angekommen. Er und Miss Reyer waren stundenlang auf engstem Raum zusammen gewesen und hatten dabei die erstickende Körperwärme und das Geschnatter der anderen Passagiere aushalten müssen.

Colin sah aufmerksam aus dem Fenster, auf die von Straßenlaternen erhellte Allee, auf der sie nun fuhren. An einem Platz, einem kleinen, grasbewachsenen Flecken mit ein paar Bäumen und einem Springbrunnen in der Mitte, verlangsamte das Taxi die Fahrt. Er hörte das Rauschen des Wassers und sah den Schatten einer Statue, die sich über dem Brunnen erhob.

»Ist das ein Park?« Miss Reyer war seinem Blick gefolgt.

»Ja.« Der Fahrer blickte ebenfalls zu dem Brunnen hinüber. »Die Statue zeigt Pèire Godolin, unseren geliebten Dichter. Sie steht mitten in den Wasserspielen.«

Sie ließen den Platz hinter sich. Bald darauf hielt das Taxi vor einem hohen Backsteinbau an der Rue Léon Gambetta. Der Fahrer lud ihr Gepäck aus, Colin und Johanna betraten die luxuriöse Hotellobby.

Ein massiger Mann mit dunklem Teint in Anzug und Krawatte stand hinter dem Empfangstresen und lächelte ihnen erwartungsvoll entgegen. »*Bonsoir*, Madame, Leutnant. Willkommen im Hôtel Blanc. Was kann ich für Sie tun?«

Miss Reyer trat vor. »Monsieur, Sie müssten eine Reservierung für Leutnant und Madame Mabry haben.«

Der Portier schlug das Gästebuch auf und fuhr mit dem Finger über die Seite. »Ich kann keine Reservierung finden, Madame.« Er sah sie entschuldigend an. »Wann haben Sie reserviert?«

»Sie müssten das Telegramm heute Morgen von Mademoiselle Moreau aus Paris bekommen haben.«

Er drehte sich um und blätterte in einem Kasten mit Papieren hinter dem Tresen. Dann wandte er sich wieder zu ihnen und schüttelte den Kopf. »*Non*. Es tut mir leid, aber ich kann kein Telegramm finden.« Er lächelte. »Aber das ist kein Problem, wir haben ein Zimmer für Sie.«

Miss Reyer griff nach ihrer Reisetasche und sagte bestimmt: »Wir hätten bitte gern zwei nebeneinanderliegende Zimmer.«

Der Portier blickte zwischen Madame und Lieutnant Mabry hin und her, sein zuvorkommendes Lächeln erstarb. »Es tut mir leid, Madame, aber ich kann Ihnen im Moment keine zusammenhängenden Zimmer anbieten. Ich habe nur noch ein Zimmer frei.«

Miss Reyer stellte die Tasche wieder hin und verschränkte die Arme. »Das geht leider nicht.«

Colin musste beinahe lachen, als er sah, wie rot sie geworden war. So viel zur Wahrung des Scheins. Sie sah ihn an und machte mit dem Kinn eine ruckartige Bewegung zum Portier hinüber, als ob Colin ihr helfen könnte. Er zuckte die Achseln, konnte jedoch ein Grinsen nicht unterdrücken. Gespannt wartete er, wie sie sich aus dieser peinlichen Situation herauswinden würde.

Er musste nicht lange warten. Miss Reyer warf ihm einen flammenden Blick zu, dann drehte sie sich zu dem etwas mitgenommen wirkenden Portier um. »Bitte, Monsieur, haben Sie doch ein wenig Mitleid mit mir. Mein Mann ... wenn er schläft ... sein Schnarchen könnte Tote aufwecken.« Sie beugte sich vertraulich vor und flüsterte: »Eine Kriegsverletzung.«

Die Stirn des Portiers glättete sich und er sah Colin an, als bäte er ihn um eine Bestätigung. Colin nickte kurz. Er musste zugeben, dass Miss Reyers Geistesgegenwart ihn beeindruckte.

»Lassen Sie mich nachsehen, was ich tun kann, Madame. Einen Moment bitte.« Der Portier betrachtete prüfend das Gewirr von Kästchen an der Wand hinter sich, von denen die meisten Schlüssel enthielten. Schließlich wählte er zwei aus. »Ich kann Ihnen und Ihrem Mann zwei gegenüberliegende Einzelzimmer anbieten. Wäre Ihnen das recht?«

Miss Reyers Erleichterung wirkte beinahe komisch. »Auf jeden Fall. Aber natürlich nur so lange, bis zwei nebeneinanderliegende Zimmer frei werden.«

»Selbstverständlich, Madame.«

Der Portier legte ihnen das Gästebuch vor und sie trugen sich ein.

Colin blickte sich in der leeren Hotellobby um, dann wandte er sich wieder an den Portier. »Wir würden gern mit Monsieur George Petit sprechen, wenn er verfügbar ist. Könnten Sie ihn bitte benachrichtigen?«

»Petit? Aber das ist doch unser Träger.« Der dunkelhäutige Mann hinter dem Tresen lachte laut auf. Dann sah er Colin misstrauisch an. »Warum haben Sie solches Interesse an einem Träger?«

Miss Reyer drehte sich um und sah Colin mit hochgezogenen Brauen an, ein spöttisches Lächeln im Gesicht. Colin ergriff die Flucht nach vorn. »Wir haben im Zug ein Ehepaar getroffen, das uns Petit empfohlen hat. Sie meinten, sein Service sei überragend und er sei ein Gewinn für Ihr Hotel.« Er log nicht gern, doch diesmal war es nötig.

Miss Reyer nickte. Ihre Augen leuchteten anerkennend.

Der Portier schnaubte. »Ein Träger.« Er läutete das silberne Glöckchen, das auf dem Tresen stand. *»Petit! Venez ici!«*

Ein großer, schlanker, sauber rasierter Mann in dunkelgrauer Livree kam quer durch die Lobby auf sie zu. Er schob einen Gepäckwagen vor sich her.

»Petit, Sie scheinen ja recht bekannt zu sein. Bringen Sie Madame und Leutnant Mabrys Gepäck auf Zimmer 308 und 311.«

Petit warf Colin und Miss Reyer einen neugierigen Blick zu, dann stellte er ihr Gepäck auf den Wagen. Als sie zu dritt zum Aufzug gingen, wechselten Colin und Miss Reyer einen vielsagenden Blick. Dieser Träger war nicht der Mann auf dem Foto.

Der Liftboy, ein Junge in der gleichen grauen Uniform wie der Träger, fuhr sie in ihr Stockwerk hinauf und ließ sie aussteigen. Petit ging den leeren Flur entlang und blieb vor ihren Zimmern stehen. Miss Reyer deutete auf ihre Koffer, er schloss die Tür auf und stellte ihre Sachen hinein. Dann tat er dasselbe für Colin. Als er fertig war, hielt Colin ihm ein paar Francs hin.

»Merci.« Der Träger steckte das Geld ein. »Kann ich noch etwas für Sie tun, Leutnant?«

»Sie sind George Petit, nicht wahr?«

Der Träger sah ihn misstrauisch an. »Ja, Monsieur.«

Mit klopfendem Herzen zog Colin das Foto des dunkelhaarigen Fremden heraus und hielt es Petit hin. »Wir suchen diesen Mann. Kennen Sie ihn?«

Miss Reyer war aus ihrem Zimmer getreten und stand im Eingang. Colin drehte das Foto um und zeigte Petit die Nachricht auf der Rückseite. »Henri Lacourt sagte, Sie könnten uns helfen.«

Petit hob langsam den Blick und sah ihn leicht verwirrt an. Er blickte zu Miss Reyer, dann wieder zu Colin. »*Pardon*, Monsieur, Madame, aber ich kenne den Mann auf dem Foto nicht. Und ich kenne auch keinen Monsieur Lacourt.« Er lächelte leicht. »Es tut mir leid. Wenn ich sonst nichts mehr für Sie tun kann, wünsche ich Ihnen einen angenehmen Aufenthalt bei uns.«

Colins Stimmung war schlagartig in den Keller gesunken. Er hielt das Foto fester als nötig in der Hand und blickte dem Träger mit dem Gepäckwagen nach. Was hatte das zu bedeuten? Hatte Henri Lacourt sie etwa in den April geschickt?

»Und jetzt?«

Er sah Miss Reyer an, dann blickte er auf seine Armbanduhr. Gleich neun. »Es ist zu spät, heute noch Kontakt mit Lacourt in Paris aufzunehmen.«

Colin steckte das Foto ein. Dabei berührte seine Hand Gambettes Nachricht. »Ich muss noch rasch etwas für mein Büro in Paris erledigen. In einer Stunde müsste ich zurück sein. Essen wir dann zusammen? Ich glaube, das Hotelrestaurant ist bis elf geöffnet.«

Sie lehnte sich gegen den Türrahmen, ihr Gesicht war blass geworden. »Es tut mir leid, aber ich bin ziemlich kaputt. Die lange Reise heute hat mich doch ein bisschen mitgenommen. Ich werde mir noch etwas aufs Zimmer bringen lassen und sehe dich dann morgen.«

»Natürlich.« Colin blickte ihr nach. Jetzt drohte ihn gänzlich der Mut zu verlassen. Er hatte mit ihr darüber reden wollen, ob Henri Lacourt sie mit Absicht auf eine falsche Fährte gelockt hatte. Andererseits konnte er nachvollziehen, dass sie müde war. Der heutige

Tag hatte von ihnen beiden seinen Tribut gefordert. Auch sein Armstumpf, an dem die Prothese befestigt war, schmerzte.

Er nahm kurz sein Zimmer in Augenschein, dann ging er nach unten und ließ sich von dem Portier ein Taxi rufen. Laut MI 6 wohnte Monsieur Gambette in einem Appartement in der Rue Lafayette. Die Fahrt dauerte nur wenige Minuten, dann hielten sie auch schon in der hell erleuchteten Straße vor einer Reihe von Jugendstilhäusern.

Colin sah den Fahrer an. »Bitte warten Sie. Es dauert nicht lange.«

Er stieg die Marmortreppe zu Gambettes Eingangstür hinauf und betätigte den Messingklopfer. Eine Frau in der Kleidung eines Dienstmädchens öffnete und teilte ihm mit, dass ihr Arbeitgeber heute Abend ausgegangen sei. Colin sagte ihr, dass er morgen noch einmal kommen würde, und ging zurück zu dem wartenden Taxi. Seine Frustration wuchs. Offenbar war sein erster Abend in Toulouse ein kompletter Reinfall.

Wieder im Hotel, betrat er das elegante Restaurant. Ein paar Gäste waren noch da, die ebenfalls erst spät dinierten. Ein französischer Soldat und sein Liebchen saßen am Fenster und hielten über den Tisch hinweg Händchen. In einer ruhigen Ecke genoss ein gut gekleidetes älteres Paar sein Essen.

Drei weitere Männer, zwei in Uniform, einer im Anzug, tranken Wein und aßen Cassoulet, ein einfaches Gericht aus Fleisch und Bohnen, das Tagesgericht. Colin fragte sich, ob in Toulouse dieselbe strenge Rationierung herrschte wie in Paris oder ob es hier im Süden mehr zu essen gab. Er würde es herausfinden. Das Wissen, eine gewisse Distanz zwischen sich selbst und die Belagerungsgeschütze gebracht zu haben, gab ihm jedenfalls ein Gefühl der Erleichterung.

Der Kellner führte ihn zu einem Tisch. Colin bestellte ein Sandwich und eine Suppe, zwei Speisen, die er leicht essen konnte. Als sein Wasser kam, starrte er auf das volle Glas und zögerte kaum wahrnehmbar, bevor er es an die Lippen setzte, durstig trank und dabei versuchte, die Geister der Vergangenheit aus seinem Gedächtnis zu verbannen.

Er beobachtete die anderen Gäste und überlegte, ob Miss Reyer – Johanna – sich etwas aufs Zimmer hatte kommen lassen, wie sie gesagt hatte. Jetzt schlief sie wahrscheinlich. Er dachte an ihr Gespräch im Zug, vor allem an das, was sie von Irland erzählt hatte, und musste lächeln. Diese Frau war genauso streitlustig wie seine Schwester Grace, wenn irgendetwas sie in Harnisch brachte.

Johanna war eine kleine Rebellin. Und obwohl er ihr, was das Frauenwahlrecht betraf, recht gab, war der Gedanke, König und Vaterland und allem, wofür er gekämpft hatte, den Rücken zuzuwenden, für Colin völlig unvorstellbar. Moira schien mindestens ebenso rebellisch gewesen zu sein. Die Frau hatte sich nicht nur, was die skandalösen Umstände der Geburt ihrer Tochter betraf, über jegliche Konvention hinweggesetzt, sondern hatte sich so sehr mit der Suffragettenbewegung identifiziert, dass sie ihre Tochter als »kleinen Soldaten« bezeichnete.

Dann überlegte er, ob Johannas Vater wohl je um Moiras Hand angehalten oder ob er sie einfach verlassen hatte und zu seiner Tochter Jewel nach Havrincourt zurückgekehrt war. Colin versuchte, sich vorzustellen, wie die siebzehnjährige Johanna nach dem Tod ihrer Mutter übers Meer fuhr und ganz allein nach Frankreich kam. Sie hatte sich mühselig durchgeschlagen und in einem Alter, als er noch auf die Harrow School in London ging, sich auf seine Prüfungen vorbereitete und Rugby spielte, ihren Lebensunterhalt mit dem Flicken von Uniformen selbst verdient. Durch die göttliche Vorsehung war sie dann den Moreaus begegnet, die sich uneigennützig um sie gekümmert hatten. Das war ein seltenes Glück gewesen.

»Bitte sehr, Monsieur. *Bon appétit.*«

Der Kellner servierte ihm das Essen. Colins Magen knurrte bereits. Es war Stunden her, seit er zuletzt etwas gegessen hatte. Er sprach rasch ein Tischgebet, dann griff er nach dem Sandwich und biss mit Appetit hinein. Beim Essen dachte er darüber nach, wie viel Zeit er und Johanna mit dieser Reise in den Süden vertan hatten. Warum hatte Lacourt sie den langen Weg nach Toulouse geschickt?

Gleich morgen früh würde er in Paris anrufen und sich ein paar Antworten verschaffen, was aber wohl bei diesen Franzosen nicht leicht sein würde. Eine andere Möglichkeit blieb ihm nicht, außer nach Hause zurückzukehren. Er hatte aber bereits um Jewels willen beschlossen zu bleiben. Allerdings erschien es ihm unmöglich, sie hier zu finden, weil er nicht wusste, ob der Mann auf dem Foto Kepler war.

Das gut gekleidete Paar ging an seinem Tisch vorüber und als Colin aufblickte, lächelten sie ihn an. Sonst war niemand mehr da.

»Du hast dir Zeit gelassen. Das Speisezimmer ist ja leer.«

Beim Anblick von Johanna besserte sich seine Laune. Sie brachte zwei Tassen dampfend heißen Tee, stellte eine vor ihn hin und setzte sich auf den Stuhl ihm gegenüber. »Du bist der Letzte hier.«

»Nicht mehr, seit du gekommen bist.«

Sie verdrehte die Augen. »Denkst du denn gar nicht an den armen Koch? Er möchte vielleicht auch irgendwann nach Hause gehen.«

Als Antwort hob er dankend die Teetasse, dann nippte er an der heißen Flüssigkeit. Sie beobachtete ihn kopfschüttelnd und Colin sah, wie eine goldblonde Locke sich aus dem Knoten löste und ihr auf die Schulter fiel. Er hätte beinahe gegrinst. Sie musste gesehen haben, wo er hinschaute, denn sie schob die Strähne hastig hinter ein perlenbestücktes Ohr.

»Ich dachte, dass du längst fest schläfst.«

Sie zuckte die Achseln. »Und ich dachte, ich sollte vielleicht hinuntergehen und dir Gesellschaft leisten. Schließlich müssen wir den Schein wahren.«

»Eines liebenden Ehepaars?«

Jetzt lächelte er wirklich. Sie errötete. »Hattest du Erfolg mit deiner Besorgung?«

Bei der Erinnerung daran, dass er den Auftrag des MI 6 nicht hatte erfüllen können, schwand seine gute Laune wieder. Es gefiel ihm gar nicht, die Geheiminformation noch länger mit sich herumtragen zu müssen. »Die Person, die ich treffen wollte, war leider nicht zu Hause.«

Er war froh, dass sie nicht weiterfragte. Stattdessen seufzte sie und rührte in ihrem Tee. »Wir hatten nicht viel Glück seit unserer Ankunft, findest du nicht?«

»Nein, wirklich nicht.« Er führte erneut die Tasse zum Mund.

»Wirst du dich morgen mit Henri in Verbindung setzen?«

Er nickte. »Ich hoffe für ihn, dass er eine gute Entschuldigung hat. Wenn nicht, werde ich Kontakt mit London aufnehmen.«

Sie beugte sich vor und sah ihn ernst an. »Eine richtige Entscheidung. Ich kann mir nicht vorstellen, warum Henri uns ohne Grund hierherschicken sollte, vor allem, wo Isabelle doch gesagt hat, er wäre ein großes Risiko eingegangen, als er uns diesen Gefallen tat. Ich kenne ihn nicht sehr gut, aber ich vertraue meiner Freundin und sie irrt sich selten in einem Menschen.« Sie lehnte sich wieder zurück. »Ich weiß wirklich nicht, was ich davon halten soll.«

Dann betrachtete sie seinen leeren Teller. »Wie war das Essen?«

»Einfach, aber gut.« Das Brot des Sandwiches war etwas grob gewesen, was bewies, dass die Rationierungen auch hier in Toulouse galten. »Und deins?«

Als sie nicht antwortete, sah er sie forschend an. »Du hast doch gegessen?«

»Ich hatte keinen Hunger. Wahrscheinlich habe ich im Zug zu viel fettiges Zeug gegessen.«

Colin fand, dass sie irgendwie unruhig wirkte. »Ist alles in Ordnung?«

»Natürlich. Mach dir keine Sorgen. Wenn ich essen muss, habe ich noch ein paar Zuckerkekse von Isabelles Freund in der *Pâtisserie*. Die reichen mir bis zum Frühstück.«

Plötzlich musste sie gähnen, dann stand sie langsam auf. Colin erhob sich ebenfalls. Er konnte sehen, dass sie völlig erschöpft war.

»Wenn ich jetzt nicht ins Bett gehe, schlafe ich hier am Tisch ein.« Ihr Lächeln fiel reichlich schwach aus. »Du wirst das Problem ganz bestimmt morgen mit Agent Lacourt lösen können und dann setzen wir unsere Suche fort. Bis dahin wünsche ich dir eine gute Nacht.«

Colin kam um den Tisch herum, nahm ihre Hand und drückte

einen Kuss darauf. »Zur Wahrung des Scheins.« Dabei blinzelte er ihr zu, dann ließ er sie los. »Gute Nacht, Johanna.«

Sie starrte ihn an. »Gute Nacht … Colin.«

Ihre Stimme war leise, fast nur ein Flüstern. Dann drehte sie sich um und ging. Colin wurde plötzlich klar, dass es ihm gefiel, wenn sie seinen Namen aussprach. Er war froh, dass sie zu einer Art Einvernehmen gefunden hatten, auch wenn sie nicht eigens darüber gesprochen hatten. Und er genoss ihre Gesellschaft wirklich. An Johanna Reyer war doch mehr liebenswert, als er anfangs gedacht hatte.

Er setzte sich wieder. Der Koch war bestimmt noch mit dem Putzen der Küche beschäftigt. Er wusste, dass er noch nicht würde schlafen können. Die drei Tage der Bombardierung in Paris hatten seine Albträume wieder eskalieren lassen. Er trank seinen Tee und genoss den starken Geschmack des Pekoe. Ob Johanna ihn wohl aus Paris mitgebracht hatte?

Plötzlich wurde ihm bewusst, dass sie überhaupt nicht getrunken hatte. Hoffentlich wurde sie nicht krank. Wenn morgen alles nach Plan lief, konnten sie ihre Suche nach Jewel und Kepler wieder aufnehmen. Sollte er zuerst mit Lacourt sprechen? Oder den Franzosen übergehen und Jack ein verschlüsseltes Telegramm schicken? Er konnte sich aber auch an den britischen Gesandten in Toulouse wenden. Der Raum um ihn begann sich zu drehen. Colin ließ langsam seine Tasse sinken und streckte die behandschuhte Hand auf der Suche nach Halt nach dem Tisch aus. Seine Lider wurden bleischwer. Er nahm noch das Geräusch wahr, als seine Tasse auf die Untertasse klirrte. Blinzelnd starrte er in den Tee, während die Welt um ihn herum sich immer schneller drehte. Dann sackte er nach vorn und brach ohnmächtig über seinem leeren Teller zusammen.

Am nächsten Morgen wachte er mit hämmernden Kopfschmerzen auf. Stöhnend blinzelte er ins helle Tageslicht. Ohne sich zu rühren, nahm er seine Umgebung in sich auf. Vorhänge aus Goldbrokat, weiße Wände. Ein Sekretär aus dunklem Holz an der gegenüberliegenden Wand. Er war in seinem Hotelzimmer in Toulouse. Schützend legte er die Hand über die Augen. Dabei sah er, dass er seine Uniform immer noch trug, und sogar die Stiefel.

Er hob ganz leicht den Kopf an und stöhnte vor Schmerz auf. Was war geschehen? Sein vernebeltes Hirn versuchte, sich an die letzte Nacht zu erinnern. Er war im Restaurant gewesen und hatte mit Miss Reyer gesprochen. Und danach hatte sich das Zimmer gedreht. Hatte man ihm Drogen verabreicht? Colin schluckte mühselig. Er hatte einen gallebitteren Geschmack im Mund. Dann setzte er sich trotz der schneidenden Kopfschmerzen auf. Warum sollte ihm jemand Drogen geben?

Gambettes Dokument! Er schob seine Hand in die Uniformtasche und stieß einen unterdrückten Schrei aus. Das Dokument war weg! Eine hastige Suche ergab, dass auch das Foto und sein Pass fehlten. Colins Herz raste. Wieder schluckte er mühselig. Sein Blick fiel auf seinen Handkoffer. Er stand offen und war durchwühlt worden. Auch sein Zimmer war durchsucht worden.

Colin rieb sich die Schläfen, in dem Versuch, das Hämmern in seinem Kopf zu lindern, damit er nachdenken konnte. Wer hatte das getan? Er erinnerte sich daran, wie er in den Tee gestarrt hatte. Johanna hatte für jeden von ihnen eine Tasse gebracht, doch sie hatte ihren nicht angerührt. Er riss den Kopf hoch und knirschte mit den Zähnen vor Schmerz. Hatte sie ihm die Drogen gegeben?

Er stand auf. Das Wichtigste war erst einmal Gambettes Dokument. Er hatte noch Jacks Warnung im Ohr: *Bis du Genaueres über Miss Reyers Situation weißt, nimm dich in Acht.*

War der oder die *J. Reyer* auf der Feindesliste der Alliierten in Wirklichkeit *Johanna Reyer?* Halb knurrend, halb stöhnend ging er quer durchs Zimmer zur Tür. Dann schüttelte er noch einmal kurz seinen schmerzenden Kopf, um das dumpfe Gefühl, das ihm das Denken schwer machte, loszuwerden, öffnete die Tür, überquerte den Flur und hämmerte an ihre Tür.

Keine Antwort. Er sah auf die Uhr, blinzelnd, weil das Zifferblatt so klein erschien. Es war fast Mittag. Er war stundenlang bewusstlos gewesen!

Colin wummerte noch einmal voller Zorn gegen die Tür und dachte daran, dass man ihn beim MI 6 davor gewarnt hatte, wie leicht »Grünschnäbel« sich in Paris von Spioninnen aufs Kreuz legen ließen. Er hatte sich benommen wie ein dummer Schuljunge. Wie hatte er sich nur so hinters Licht führen lassen können?

Jetzt wusste er, warum Lacourt sie in die Irre geführt hatte. Der Franzose musste einen Verdacht gegen Miss Reyer gehegt haben und hatte Colin benutzt, um ihr eine Falle zu stellen. Noch einmal schlug er mit der Faust gegen die Tür und plötzlich ging sie auf, gerade so weit, dass er ein Gesicht sah, das ihn anschaute. »Colin, du bist es! Was ist denn passiert?« Sie schien besorgt. »Warum versuchst du, meine Tür einzuschlagen?«

»Bitte lass mich hinein. Ich möchte mit dir sprechen.« Seine Stimme war ganz rau vor Zorn und Kränkung. »Das Spiel ist aus, wie man so schön sagt. Ich weiß jetzt, worauf du aus bist.«

»Ach ja?« Sie leckte sich über die Lippen, dann warf sie über die Schulter einen Blick zurück ins Zimmer. »Ich … ich weiß gar nicht, was du meinst.«

Ganz eindeutig verbarg sie etwas. Er beugte sich vor und zischte: »Wenn du mich nicht reinlässt, öffne ich die Tür mit Gewalt.«

Sie sog scharf die Luft ein. »Ich … das kann ich nicht.« Sie hob das Kinn. »Ich bin noch nicht angezogen.«

Sie öffnete die Tür ein paar Zentimeter weiter. Colin sah, dass sie einen Morgenmantel trug. »Deine Bekleidung scheint mir durchaus zu erlauben, dass du mich hereinlässt, *Mrs Mabry*. Oder soll ich die Tür eintreten?«

»Nein, bitte nicht!« Wieder warf sie einen Blick hinter sich ins Zimmer. »Gib mir einen Augenblick Zeit! Ich lasse dich gleich herein.«

Er ballte die Faust und blickte sich auf dem leeren Flur um, während er wartete. Als sie die Tür öffnete, ging er hinein. »Ich wurde gestern Abend unter Drogen gesetzt und mein Zimmer wurde durchsucht.«

»Oh mein Gott! Bis du verletzt?« Sie sah ihn voller Sorge an, während sie die Tür schloss.

»Ich verlange, dass du mir meine Dokumente zurückgibst.« Er ignorierte ihre Besorgnis und blinzelte. Der Schmerz in seinem Kopf war noch immer unerträglich. »Ich hatte also doch recht. Du bist eine deutsche Spionin.«

»Was?« Ihre rosafarbenen Lippen teilten sich. Sie sah ihn mit großen Augen an. »Bist du krank? Was sind das überhaupt für Dokumente, von denen du da redest?«

Er stand dicht neben ihr. Dabei fiel ihm auf, dass sie unter ihrem Morgenmantel ganz normale Straßenkleidung trug. War das wieder einer ihrer Tricks? »Meinen Pass und eine … Nachricht, die du mir gestohlen hast, nachdem du mir gestern Nacht etwas in den Tee getan hast, das mich das Bewusstsein verlieren ließ.«

»Du bist ja verrückt!« Sie wurde tiefrot. Ihre blauen Augen sprühten Funken. »Warum um alles in der Welt sollte ich dir Drogen verabreichen und dein Zimmer durchsuchen? Ich habe deinen Pass und dein … deine Nachricht oder was auch immer ich dir gestohlen habe soll, nicht genommen!«

Sie machte eine weit ausholende Handbewegung. »Du kannst hier gern alles durchsuchen, dann wirst du sehen, dass ich unschuldig bin.« Sie ging zum Schreibtisch und fing an, den Inhalt der Schubladen auf den Boden zu kippen. Dann öffnete sie ihr Gepäck und die Hutschachteln, ging zum Bett und schlug die Decke auf. Zum Schluss warf sie ihm ihre Kissen an den Kopf. »Gut so? Hilfst du mir jetzt oder stehst du einfach herum und guckst mich vorwurfsvoll an?«

Ihr zorniger Ausbruch überdeckte die Kränkung, die sie empfand, nicht sehr gut. Sie war deutlich in ihrem Blick zu lesen. Colin zögerte. Er starrte auf den Kleiderhaufen auf dem Fußboden und auf die geöffneten Gepäckstücke. Sie hatte sogar den Inhalt ihrer Handtasche aufs Bett geleert.

Langsam drangen ihre Argumente in seinen schmerzenden Schädel vor. Warum sollte sie seinen Pass stehlen und ihn unter Drogen setzen, wenn sie ihn doch brauchte, um ihre Schwester zu identifizieren? Allmählich konnte er wieder denken. Was hatte sie nicht alles unternommen, um ihn nach Paris zu holen und zu dieser Suche zu überreden. Auch die Beteiligung Moreaus und Lacourts ließ seinen Verdacht plötzlich ein wenig wunderlich erscheinen.

Gestern Abend hatte er im Restaurant gegessen. Waren die Drogen im Tee gewesen oder in seinem Essen? Er drehte sich auf dem Absatz um. Ihm war plötzlich noch etwas anderes eingefallen. Wenn es nicht Miss Reyer gewesen war, wer dann? Er dachte an den dunkelhäutigen Hotelportier. Der Chef des MI-6-Büros hatte ihn gewarnt. Er sollte sich vor Spionen jeder Art in Acht nehmen. War der Feind bereits vor Colin im Hotel gewesen?

Gambettes Dokument. Er stöhnte auf. Er musste so schnell wie möglich zurück nach Paris und seine Leute warnen.

»Ich muss gehen. Ich bin hier fertig.« Er ging zur Tür.

»Warte!«, rief Miss Reyer ihm nach. »Du gibst doch nicht etwa auf? Wir können die Suche doch nicht einfach sein lassen. Nicht jetzt!«

Doch Colin war bereits an der Tür und dachte dabei über den Prozess nach, der ihm drohte.

»Bitte, Colin, lass mich nicht allein! Ich schwöre dir, ich habe dich nicht bestohlen.«

Er hörte die Verzweiflung in ihrer Stimme, drehte sich noch einmal um und sah sie an. Die Kopfschmerzen waren kaum auszuhalten. »Ich gehe nur zum britischen Botschafter hier in Toulouse. Wenn ein Wunder geschieht, bekomme ich einen neuen Pass und kann Kontakt mit Paris aufnehmen.«

Damit drehte er sich erneut um, riss die Tür auf und ging über den Flur. Der Schmerz in seinem Kopf übertönte die Angst, die ihn angesichts des Ernsts der Situation gepackt hatte. In ebendiesem Moment war ein feindlicher Spion im Besitz einer Geheiminformation über das falsche Paris. Wenn die Deutschen erfuhren, was die

Franzosen vorhatten, hätte das den Tod zahlloser weiterer Pariser zur Folge.

Colins Gedanken beschäftigten sich mit dem Erschießungskommando, vor das er wahrscheinlich bald gestellt werden würde, als er aufblickte. Petit kam durch den Gang auf ihn zu, den Kofferkuli bis oben hin mit Gepäckstücken beladen. Der große, schlaksige Träger ließ Colin zuerst in den Aufzug hineingehen, vor dem sie sich trafen, dann folgte er ihm mit dem Wagen.

Im Aufzug flüsterte Petit dem Liftboy etwas ins Ohr und gab ihm einen Franc. Der Junge schlüpfte hinaus. Der Träger schloss die Türen und bediente die Knöpfe. Der Aufzug setzte sich in Bewegung.

»Ich glaube, diese Sachen gehören Ihnen, Monsieur.«

Eine Hand kam hinter dem Kofferkuli hervor. Colin starrte auf das Foto, seinen Pass und die Nachricht des MI 6 für Gambette. Er entriss dem Mann die Dokumente und wagte kaum zu atmen, während er das Siegel auf der Nachricht prüfte. Es war intakt. Colin schloss die Augen und sprach ein stilles Dankgebet. Das Geheimnis schien gewahrt geblieben zu sein.

Er steckte die Papiere in seine Uniformjacke und sah Petit an. »Was treiben Sie da, Mann? Erst setzen Sie mich unter Drogen und dann stehlen Sie mir meine Papiere, sodass ich fast einen Herzinfarkt bekomme!«

Der Träger zuckte die Achseln. »Der Feind hat seine Augen überall, Monsieur. Ich musste feststellen, ob Sie der sind, für den Sie sich ausgeben.« Er sah ihn amüsiert an. »Ist Ihnen aufgefallen, dass ich ihre Nachricht nicht angerührt habe, Sir?«

»Das ist keine Entschuldigung für Sie.« Colin sah ihn finster an. »Für wen arbeiten Sie? Und zeigen Sie mir *Ihren* Pass, George Petit.«

Petit grinste und als er dann sprach, war plötzlich keine Spur seines französischen Akzents mehr zu hören. »Das kann ich nicht, Leutnant. Sie werden mir schon glauben müssen, dass wir beide auf derselben Seite sind.«

Colin stutzte, sein Ärger war verflogen. »Sie sind Amerikaner?«

Petit nickte. »Geboren und aufgewachsen in Texas.« Doch sein

Amüsement war plötzlich verflogen. Er sah Colin scharf an. »Der Mann auf dem Foto, was haben Sie mit ihm zu tun?«

Colin erholte sich langsam von seiner Überraschung. »Das ist doch Kepler, oder nicht? Ich habe überhaupt nichts mit dem Hauptmann zu tun, nur mit der Frau, die bei ihm ist. Ich bin nur hier, weil ich Jewel Reyer sehen will.«

Der Mann hinter dem Gepäckwagen stieß einen leisen Fluch aus und sah ihn ärgerlich an. »Da hat wohl Lacourt mal wieder seine Nase in etwas gesteckt, das ihn nichts angeht.«

»Mag sein, aber wenn die Frau Jewel ist, dann kenne ich sie. Wenn nicht, lassen Mrs Mabry und ich Sie wieder in Ruhe.«

Der Aufzug war unten angekommen. Petit öffnete die Türen, dann sah er Colin abschätzend an. »Sind Sie sicher, dass Sie sie identifizieren können?«

»Ja.«

Der Träger schob den Wagen hinaus. Colin folgte ihm. Als er an ihm vorbeiging, flüsterte Petit ihm zu: »Gut zu wissen, Leutnant. Ich komme morgen früh noch mal auf Sie zu.«

Colin blickte ihm nach, als er den Gepäckwagen zum Ausgang schob. Seine Verwirrung durch Petits letzte Worte mischte sich mit einer Vorahnung. Miss Reyer … Johanna hatte recht. Offenbar würden sie ihre Suche fortsetzen.

10

Colins Magen knurrte, als er eine halbe Stunde später in die Hotellobby zurückkehrte. Sein Auftrag war erledigt. Er hatte das Dokument Monsieur Gambette übergeben. Jetzt hatte er mörderischen Hunger.

Ob Miss Reyer … ob Johanna schon gegessen hatte? Auf dem Weg zum Aufzug beschloss er, sie zu fragen, ob sie mit ihm essen wollte. Sie konnte wählen, was immer die Speisekarte hergab. Er selbst würde sich mit einem schlichten Auflauf begnügen müssen.

Bei dem Gedanken an seinen Ausbruch ihr gegenüber stieg ihm heiße Scham ins Gesicht. Eine Entschuldigung war das Allermindeste, was er ihr schuldete. Immerhin hatte er ihr vorgeworfen, ihn unter Drogen gesetzt und ihm seine Dokumente gestohlen zu haben, ja, eine feindliche Spionin zu sein. Es wäre ein Wunder, wenn sie ihm auch nur die Tür öffnete.

Doch oben vor ihrer Tür wurde ihm plötzlich bewusst, dass er noch die gleiche Kleidung wie am Vortag trug. Er fuhr sich mit der Hand übers Kinn. Wenigstens rasieren sollte er sich. Die nächsten dreißig Minuten – eine Rekordzeit für ihn – brauchte er, um sich zu waschen und ein anderes Hemd anzuziehen, dann ging er über den Flur zu ihrem Zimmer.

Er wollte gerade klopfen, als ihm das Schild an der Türklinke auffiel: *Prière de ne pas déranger.* Vielleicht hielt sie ja ein Mittagsschläfchen oder sie war noch immer wütend wegen seines rüden Benehmens von vorhin. Er drehte sich um und wollte nach unten gehen, doch sein Schuldgefühl ließ ihn stehen bleiben. Erneut wandte er sich zur Tür. Er musste sich entschuldigen, selbst wenn er sich dabei erneut ihren Zorn zuzuziehen würde. Er legte die Handknöchel an die Tür und klopfte leise. Keine Antwort. Er klopfte etwas lauter. Noch immer keine Antwort. Seufzend ging er zum Aufzug. Wahrscheinlich wusste sie, dass er es war, und ignorierte bewusst sein Klopfen.

Den ganzen Weg ins Restaurant machte er sich Vorwürfe. Doch unten angekommen, er ging gerade am Empfang vorüber, sah er plötzlich, wie sie das Hotel verließ. Voller Freude lief er ihr nach.

Ein paar Hotelgäste in der Lobby blickten verwundert auf, als er ihr nachrief: »Johanna, Liebste, warte doch!«

Sie blieb stehen, drehte sich kurz um, machte wieder kehrt und ging weiter. Durch die abrupte Bewegung löste sich ihr Hut und rutschte auf eine Seite. Colin registrierte verlegen die neugierigen Blicke der anderen Gäste. Sich unauffällig verhalten ging anders. Er lächelte und zuckte leicht die Achseln. Dann nahm er seinen ganzen Mut zusammen und rannte ihr nach. »Johanna, Liebling, die Leute beobachten uns.«

»Und wenn schon!«, zischte sie im Weitergehen. »Sollen sie doch hören, wie du mir weitere Verbrechen vorwirfst.« Sie klang zutiefst gekränkt. »Wie zum Beispiel den Versuch, dich zu vergiften oder … oder dich zu erdolchen.«

»Meine liebste Johanna, bitte.« Er streckte die Hand aus und legte sie sanft auf ihre Schulter. Sie blieb ruckartig stehen, wie erstarrt. »Ich war ein Narr und bitte demütigst um Entschuldigung. Mein Benehmen heute Morgen war …«

»Unverzeihlich?« Sie hatte den Kopf leicht gedreht, sodass er ihr Profil sehen konnte. Colin starrte auf ihre weichen Lippen, die jetzt geschürzt waren, und registrierte, wie außerordentlich gut ihre Fülle zum Rest der zarten Züge passte. Er schluckte. »Du hast recht, es war völlig unverzeihlich. Unmöglich, wirklich.«

Sie drehte sich um und sah ihm ins Gesicht, suchte, unter dem schiefen Hut aufschauend, seinen Blick. Als sie dann sprach, war der Zorn aus ihrer Stimme verschwunden. »Napoleon soll oft gesagt haben: ›Das Wort unmöglich gibt es in meinem Wortschatz nicht.‹«

Sie legte den Kopf schräg, der Hut rutschte noch ein Stückchen schiefer. »Ich kann dir wohl verzeihen.«

»Vielen Dank.« Er musste unwillkürlich lächeln, nicht nur, weil sie ihm vergeben hatte, sondern weil sie dazu Bonaparte zitiert hatte. Wenn er ehrlich war, war er noch nie einer so außergewöhnlichen Frau begegnet. Wie gestern Abend nahm er ihre behandschuhte Hand und presste ihre Finger an seine Lippen. »Erlaubst du mir, dir meine Dankbarkeit zu beweisen, indem ich dich zum Essen einlade?«

Wieder schwieg sie einen Moment, dann lächelte sie. »Das wäre ein Anfang.«

Sie gingen zurück in die Lobby. Colin registrierte das wissende Grinsen zweier älterer Gentlemen, die neben ihren Frauen saßen, und war erleichtert, dass sein Wortwechsel mit Johanna offenbar nur als ein Streit zwischen Liebenden wahrgenommen worden war.

Im Restaurant führte der Kellner sie an einen Fenstertisch. Sie setzten sich. Johanna fing an, ihre Handschuhe auszuziehen.

»Ich habe das Schild an deiner Tür gesehen und dachte, du ruhst dich aus.«

Sie hielt inne, einen Handschuh in der Hand. »Ich … ich mag es nicht, wenn Fremde in mein Zimmer gehen, wenn ich nicht da bin.«

Er lächelte ironisch. »Wie das Zimmermädchen?«

Sie nickte. »Da bin ich besonders empfindlich.«

»Ich verstehe.« Colin krümmte sich innerlich bei dem Gedanken daran, wie sie heute Morgen ihr Zimmer verwüstet hatte, um ihm ihre Unschuld zu beweisen.

»Als ich hörte, dass gestern Abend dein Zimmer durchsucht wurde, wollte ich jeden, der es auch bei mir wagen sollte, von vornherein entmutigen.«

Das fand er ein wenig naiv. Glaubte sie wirklich, ein solches Schild würde einen Eindringling abhalten? Doch er sagte nichts mehr, sondern genoss die momentane Waffenruhe. »Wo wolltest du denn hingehen, als ich dich aufgehalten habe?«

Sie zog gerade ihren zweiten Handschuh aus. »Ich wollte zur Place du Capitole. Da es gestern Abend bei unserer Ankunft schon dunkel war, wollte ich heute einen Spaziergang durch die *Ville rose* machen.« Sie legte die Handschuhe auf den Tisch und nahm den Hut ab. »Weißt du, dass Toulouse auch *die rosarote Stadt* genannt wird?«

Colin schüttelte geistesabwesend den Kopf. Ihm war gerade aufgefallen, wie ihr blondes Haar im Licht schimmerte, das durch das Fenster fiel. »Du wirst es mir sicher erzählen.«

»Mir wurde gesagt, es komme von den Ziegeln. Die vielen Häuser und Kirchen in der Stadt sind aus Backstein, der eine rötliche Farbe hat, und das Ocker der Dachziegel trägt ebenfalls zu dieser Wirkung bei. Deshalb heißt Toulouse die rosarote Stadt.«

Sie legte ihren großen Hut auf den leeren Stuhl neben sich, dann sah sie ihn an. »Sag mal, hast du dich bei mir entschuldigt, weil du wieder zu Verstand gekommen bist, oder hast du den wahren Schuldigen gefunden?«

»Ja und ja«, sagte er und bewunderte ihre Direktheit.

Eine blonde Braue hob sich. »Würdest du mir das bitte erklären?«

»Es wäre mir lieber, wenn wir zuerst essen. Dann können wir einen Spaziergang machen. Dabei ist das Risiko, dass uns jemand belauscht, nicht ganz so groß.«

»Einverstanden.«

Der Kellner kam und sie bestellten Suppe und Sandwiches. Nach dem Essen verließen sie das Hotel zu Fuß und schlenderten die Rue Léon Gambetta entlang bis zur großen Place du Capitole. Colin betrachtete das Rathaus, einen majestätischen, geweißelten Backsteinbau. »Hier ist nicht gerade viel von der Ville rose zu sehen.«

»Ja, schade. Ich finde das Backsteinrot der Häuser so hübsch.«

Sie gingen über den gepflasterten Platz. Ein paar Pferdedroschken und mehrere Lastwagen und Autos fuhren vorüber. Am Ende der Arkade sahen sie eine Straßenbahn, die außen um den Platz herumfuhr. Auf der anderen Seite des Platzes fand ein Wochenmarkt statt. Über den Verkaufsständen waren dunkle Schirme aufgespannt, die Schutz vor der Sonne boten.

»Also, dann erzähl mal.«

»Es war George Petit.«

»Was?« Sie drehte sich abrupt zu ihm um. Dabei streifte ihre Hutkante seine Schulter. »Der Hotelträger hat dich unter Drogen gesetzt?«

Colin sah, dass sie fasziniert war, doch er zögerte, ihr mehr zu sagen. Konnte er ihr wirklich trauen? Er dachte an die Gekränktheit, die er in ihren Augen gesehen hatte, als er sie heute Morgen fälschlich bezichtigt hatte. Aber auch der Agent Lacourt vom französischen Geheimdienst und der Geheimdienst der französischen Armee im Taubenhaus in Vernon sprachen für ihre Glaubwürdigkeit. Wenn sie nicht vertrauenswürdig war, warum war er dann hier? Er beugte sich vor. »Petit ist doch ein Spion. Und er kennt Agent Lacourt.« Colin erzählte ihr von seinem Gespräch mit Petit im Aufzug.

»Er ist Amerikaner?«

Colin nickte.

»Die Yankees haben letztes Jahr, zusammen mit den frischen Truppen, ihren eigenen Geheimdienst mitgebracht. Petit scheint einer von ihnen zu sein.«

»Was hat er gesagt, wann er wieder mit dir sprechen will?«

»Morgen früh.«

Sie gingen an der Arkade und den weißen und roten Fassaden der anderen Gebäude vorüber bis zum anderen Ende des Platzes. In der nächsten Straße, in die sie einbogen, fegte eine kleine Gruppe Männer in abgewetzten Uniformen unter Aufsicht zweier *Gendarmes* den Bürgersteig. Colin verzog das Gesicht. Es waren deutsche Kriegsgefangene. Die Hoffnung, den Krieg hinter sich zu lassen, war mehr als trügerisch. Doch als er die Männer genauer ansah, fielen ihm ihre fadenscheinige Kleidung und ihre mutlosen Augen auf.

»Sie wirken ziemlich niedergeschlagen, nicht wahr?«

Johanna hatte seine Gedanken ausgesprochen. Er drehte sich zu ihr um und nickte. »Ich bin froh, hier gehen zu können, ohne gegen diese Männer kämpfen zu müssen.«

»Ja, wirklich.« Sie lächelte verständnisvoll. »Sollen wir an den Fluss hinuntergehen?«

Als sie an den Gefangenen vorbeigingen, sprach keiner von beiden ein Wort. Colin genoss ihr kameradschaftliches Schweigen. Am Ufer der Garonne blieben sie stehen. Er blickte auf das dunkelgrüne Wasser hinaus und atmete den modrigen Geruch feuchter Erde ein. Am blauen Himmel über ihnen standen nur vereinzelt ein paar weiße Wolken, die Frühlingssonne lag warm auf seinen Schultern. Ihm war fast heiß in der wollenen Uniformjacke.

Hinter sich vernahm er die Geräusche des städtischen Lebens: Autos und Straßenbahnen, sogar das ferne Pfeifen eines Zugs. »Es ist schon eine ganze Weile her, dass ich kein Gewehrfeuer und keine Granaten mehr gehört habe.« Er sah sie lächelnd an. »Ich glaube, ich könnte mich daran gewöhnen.«

»Was ist mit London?«

»Ich versuche eigentlich, die laute Stadt zu meiden. Es ist zu sehr wie Paris, nur nicht so viele Bomben.«

»Wenn du so selten dort bist, dann bist du auch nicht oft in Swans Teehaus.«

»Seit meiner Rückkehr aus Irland war ich nur ein einziges Mal dort. Damals hat mein Vater mir eine Stellung im Geschäft angeboten. Ich habe abgelehnt.«

»Warum?« Ihre blauen Augen sahen ihn interessiert an.

»Hast du einen älteren Bruder, der das Geschäft übernehmen könnte?«

»Nein, außer Grace habe ich keine Geschwister. Meine Ablehnung hatte eher mit der Stellung zu tun, die mein Vater mir angeboten hat. Als Chef de rang hätte ich mich unter die Gäste mischen, sie begrüßen und zu einem Platz führen und ihre Neugier angesichts meiner Kriegsverletzung über mich ergehen lassen müssen. Während dieser Tortur hätte ich sie die ganze Zeit anlächeln müssen.«

Sie grinste. »Ich kann mir nicht vorstellen, wie du in einer solchen Stellung auch nur zwei Sekunden dein Temperament beherrscht hättest.«

Er lachte. »Zugegeben, der Gedanke an diesen Job war beängstigend. Zum Glück hat mein künftiger Schwager, Lord Walenford, mir einen weniger exponierten Posten in dem Küstenstädtchen Hastings angeboten.«

»In Hastings? Die Schlacht von Hastings war die Wiege des englischen Feudalismus. William der Eroberer war ein General wie Napoleon. Beide waren getrieben von dem Wunsch, über ganz Europa zu herrschen.«

Colin war amüsiert. »William war der gekrönte König von England. Er stand also ein wenig höher auf der Leiter als ein General.«

»Oh, aber Napoleon wurde zum Kaiser von Frankreich gekrönt. Ich finde, ein Kaiser schlägt einen König.«

Er legte den Kopf in den Nacken und lachte laut. »Du hast gewonnen.«

Sie lachte ebenfalls. Es war ein wundervoller Laut. Ihm wurde bewusst, dass sie in den vier Tagen, seit sie sich kannten, kaum gelacht hatte.

»Du magst Hastings also?«

Er sah in ihr lachendes Gesicht. »Ich fand die Stadt ein wenig ruhiger als London, aber das war, bevor es anfing, Granaten auf Paris zu regnen.«

Ihr Lächeln erlosch. »Man kann die Geschütze dort hören?«

»Ja, anscheinend ist Wasser ein guter Schallleiter.«

»Und trotzdem bist du nach Paris gekommen, um mich … um Jewel zu treffen, nachdem du meine Botschaft bekommen hattest?«

Beim Anblick ihres verwunderten Gesichts wurde Colin ernst. »Sie in Havrincourt zurücklassen und später für tot halten zu müssen, hat mir schwer zu schaffen gemacht.«

Seine Stimme wurde weich. »Du hast mir Gelegenheit gegeben, mich selbst zu erlösen.«

Jo wusste nicht, was sie sagen sollte. Wann hatte sie je etwas so Edles getan? Colins Lob war ihr unangenehm, weil ihr nur zu bewusst war, dass sie sich immer stärker zu dem Mann hingezogen fühlte, der nur wegen ihrer Schwester hier war.

Sie dachte daran, wie er sie »Liebling« und »Liebste« genannt und Küsse auf ihre Hand gedrückt hatte. *Alles nur Verstellung, Jo.* Sie hatte kein Recht, sich zu ihm hingezogen zu fühlen, selbst wenn Jewel Gefühle für Kepler hegen sollte. Wenn sie ganz ehrlich war, fühlte sie sich eher wie eine Schurkin als wie eine Heldin.

»Du bist ein Mann von Ehre, Leutnant Mabry. Meine Schwester wird mir darin sicherlich zustimmen, wenn wir sie erst gefunden haben.«

Er betrachtete sie mit gerunzelter Stirn. Wahrscheinlich hatte ihre absichtlich formell gehaltene Entgegnung ihn überrascht. Jo, die unbedingt das Thema wechseln wollte, fragte ihn nach seinem Leben in Hastings. »Wie sah denn deine Arbeit für Lord Walenford genau aus?«

»So ähnlich wie deine, Johanna, nur dass ich sehr wenig über Brieftauben weiß. Ich decodiere die Nachrichten, die sie mir aus Frankreich bringen.«

Ihr kam ein Gedanke. »Du hast auch meine Nachricht entschlüsselt, nicht wahr?«

Er verzog ironisch den Mund. »Du kannst dir sicher meine Überraschung vorstellen.«

Sie zupfte an ihrem Kragen herum. »Ja … nun ja. Weißt du, warum Brieftauben in den Taubenschlag zurückfliegen?«

Jetzt lächelte er richtig. »Ich weiß, dass sie darauf trainiert werden.«

Leicht irritiert von seinem Blick, ging Jo langsam weiter. Die Straße führte in südlicher Richtung am Fluss entlang. »Beim Taubenrennen ist es ganz ähnlich. Die Vögel haben eine angeborene Begabung, nach Hause zu finden. Manche Fachleute sagen, es hätte mit der Magnetkraft der Erde zu tun.«

»Sie sind also eine Art Kompass mit Flügeln?«

»Genau.« Sie lächelte ihn an. Allmählich erwärmte sie sich für ihr Thema. »Es gibt noch andere Theorien, doch keine ist wirklich gesichert. Aber ganz gleich, wie sie es anstellen, die Vögel werden nach dem Schlüpfen aufgezogen, gefüttert und versorgt, bis sicher ist, dass sie in ihr Quartier zurückkehren werden. Dann werden sie ein Stück weit fortgebracht und es wird getestet, wie lange sie für den Weg brauchen.«

»Wie schnell sie fliegen?«

»Brieftauben erreichen auf Langstrecken eine Durchschnittsgeschwindigkeit von fünfundsiebzig bis fünfundneunzig Kilometern pro Stunde. Auf Kurzstrecken schaffen sie über hundertzwanzig Kilometer pro Stunde.«

Er stieß einen leisen Pfiff aus. »Sie sind so schnell?«

Sie nickte. »Zu meinen Aufgaben gehört es, die Vögel in Käfigen an die Küste oder tief in den Südwesten, nach Orléans, zu befördern. Dann lasse ich sie zu einem festgelegten Zeitpunkt frei und Unteroffizier Moreau hält den Zeitpunkt ihrer Rückkehr in ihren heimatlichen Taubenschlag fest.«

Er zog die Brauen hoch. »Faszinierend. Kommen sie alle zurück?«

»Die meisten, aber hin und wieder geht auch eine verloren. Wie ihre Verwandten, die Tauben, sind auch Brieftauben monogam. Wenn sie einen Partner gewählt haben und brüten, tun sie alles, um in den Taubenschlag zurückzukehren.«

»Soll das heißen, dass auf Little Corporal zu Hause ein Täubchen wartet?«

Jo fuhr herum und sah, dass er grinste. War das ein Scherz … oder hatte er das Geheimnis in ihrer Reisetasche entdeckt? »Äh … ja, er hat eine Gefährtin im Taubenhaus in Vernon. Taubenzüchter benutzen manchmal einen cleveren Trick. Mein Großvater hat seine Vogelpaare vor einem Rennen eine kurze Zeit zusammen verbringen lassen, um ihre Motivation zurückzukehren zu erhöhen. Er hatte festgestellt, dass das einen beträchtlichen Unterschied machte, was die Flugzeit betraf.«

»Warum habe ich den Eindruck, dass wir von männlichen Vögeln sprechen?«

Jo hob das Kinn.

»Frauen können genauso treu sein.«

Er grinste wieder.

»Und was ist mit den mobilen Taubenhäusern? An der Front habe ich hin und wieder Lastwagen mit eingebauten Käfigen gesehen.«

»Oh ja, das Prinzip ist in diesem Fall dasselbe.« Ihre Begeisterung für das Thema war immer deutlicher zu spüren. »Die Vögel werden in mobilen Taubenschlägen aufgezogen und kehren zu ihrem Lastwagen zurück, auch wenn er eine weite Strecke zurücklegt. Unsere Vögel« – Jo blickte sich um, sie wollte sichergehen, dass sie allein waren – »fliegen häufig sogar hinter die Front. Unteroffizier Moreau steckt sie in kleine, an Fallschirmen befestigte Körbe und die französischen Flugzeuge werfen sie über den besetzten Gebieten ab. Sie hoffen, dass ein Franzose oder Belgier den Korb findet und die Fragen beantwortet, die in den winzigen Kapseln an den Beinen der Vögel befestigt sind. Dabei geht es um Fragen nach Standort und Stärke der feindlichen Truppen oder der aktuellen Lage im betreffenden Gebiet. Wenn der Vogel dann freigelassen wird, fliegt er mit den Informationen zurück in den Taubenschlag.«

Er stieß abermals einen leisen Pfiff aus. »Ich nehme an, wir Engländer machen es mit unseren Tauben ganz ähnlich.«

Jo freute sich, dass er so beeindruckt war. »Es ist eine ganz gute Methode, um Nachrichten zu befördern – es sei denn, der Feind fängt die Nachricht ab. Dann verfasst er entweder eine Falschinformation, mit der er die Taube nach Hause zu den Alliierten schickt, oder sie stecken eine ihrer eigenen Tauben in den Korb und ein ahnungsloser Belgier oder Franzose findet sie und versorgt den Feind mit wichtigen Informationen über seinen Namen und seinen Standort.«

Sie war ernst geworden. »Sie hoffen verzweifelt auf Rettung, weißt du. Aber wenn sie ihren Namen schreiben, besiegeln sie damit häufig ihr Schicksal.«

»Die Deutschen finden den armen Kerl und nehmen Rache.«

Seine dunklen Brauen zogen sich zusammen. Jo dachte daran, dass er die Grausamkeiten des Kriegs aus eigener Erfahrung kannte. »Es gibt natürlich noch andere Hindernisse bei der Beschaffung von

Informationen. Manchmal werden unsere Tauben gejagt und getötet, bevor sie ihre Aufgabe erfüllen können. Ihre natürlichen Feinde sind die Falken. Die Deutschen setzen ganze Schwärme von ihnen ein, um so viele Brieftauben wie möglich zu töten und so zu verhindern, dass sie nach Hause fliegen. Wenn eine Taube erst einmal am Boden liegt, ist das Risiko, dass die Nachricht in die Hände des Feindes fällt, natürlich groß.«

Sie dachte bekümmert an ihren kleinen weißen Vogel und welch leichte Beute er für einen Falken wäre, was ihre ständige Angst war. Ihr Little Corporal war schon einmal bei seiner Pflichterfüllung verletzt worden.

»Du weißt eine ganze Menge über Vögel.«

Jo hörte die Bewunderung in seiner Stimme und ihre Laune besserte sich.

»Ich habe gelernt, wie man sie aufzieht. Wie ich dir schon im Zug sagte, habe ich viel Zeit bei den Brieftauben meines Großvaters in Kilcoole verbracht.«

»Vermisst du Irland?«

»Ja, schon.« Jo dachte an das, was er über die grünen Hügel und friedlichen Täler gesagt hatte. »Doch es gibt auch Zeiten in meiner Kindheit, die ich nicht wieder erleben möchte.«

Seine braunen Augen sahen sie mitleidig an. »Das kennen wir wohl alle. Ich habe mir einmal bei einem Ausritt mit Grace den Arm gebrochen. Ich hatte meine Schwester geneckt und mich umgedreht und über meinen eigenen Scherz gelacht. Leider ritt ich gerade unter einem tief hängenden Ast durch. Er hat mich aus dem Sattel gefegt.«

Sie musste lächeln. »Das klingt nach wohlverdienter Strafe, aber es muss ganz schön wehgetan haben. Hat sie dich ausgelacht?«

»Nein, sie war natürlich erschrocken und hat sich Sorgen gemacht. Später war sie dann aber doch ein wenig gönnerhaft. Sie sagte, Gott sieht alles.« Er lächelte reuevoll. »Er hat auf jeden Fall gesehen, wie ich auf den Ast zugeritten bin, auch wenn ich ihn nicht gesehen habe.«

Jo nickte. Das mit der Strafe verstand sie gut. »In meinem kleinen Dorf bin ich in der Überzeugung aufgewachsen, dass man Gott fürchten muss. Vor allem unartige Kinder mochte er überhaupt nicht.«

Colin blieb stehen und wandte sich ihr zu. »So habe ich es nicht gemeint, Johanna. Grace und ich haben nur Spaß gemacht. Gott ist kein Tyrann. Durch seine Gnade habe ich mir nur den Arm und nicht den Hals gebrochen.«

Sie betrachtete nachdenklich erst ihn, dann seine Prothese. Dann dachte sie daran, was er im Zug über das Wunder seiner Rettung aus dem Tunnel erzählt hatte, dass er die Stimme Gottes gehört und dann gemerkt hatte, dass es Lord Walenford war. »Und deine Hand, Colin? Warum hat Gott sie nicht erhalten?«

Er dachte über die Frage nach. »Darauf habe ich auch keine Antwort, Johanna. Aber ich weiß, dass ich mir den Arm gebrochen habe, weil ich unaufmerksam war. Der Verlust von der hier« – er deutete auf die steife, behandschuhte Hand – »ist auf den Sprengstoff des Feindes zurückzuführen, der den Tunnel, in dem ich steckte, zum Einsturz gebracht hat. Keins von beidem war die Schuld Gottes.« Sein Gesicht wurde weich. »Er ist wie ein liebender Vater, Johanna. Gott straft, lässt aber auch Gnade walten. Und manchmal vollbringt er Wunder.« Er schwieg kurz, dann fuhr er fort: »Aber er handelt niemals in blindem Zorn.«

»Du sprichst von Wundern.« Ihre Worte klangen bitter. Sie dachte an die schmerzlichen Erinnerungen ihrer Kindheit. »Ich habe noch keins erlebt. Für Kinder wie mich gab es keine Wunder.«

Er griff nach ihrer behandschuhten Hand. Jo spürte seine Kraft. »Es tut mir leid, dass es dir schlecht erging. Manche Menschen sind unwissend oder so hochmütig, dass sie blind sind für die Wahrheit.« Nachdenklich fuhr er fort: »Man könnte beinahe sagen, dass sogar Gott selbst unter skandalösen Umständen geboren wurde. Er kam in einem Stall zur Welt und lebte als Sohn eines Zimmermanns. Doch während seines Lebens hier auf der Erde hat er Tausende gespeist, Kranke geheilt, Tote auferweckt und uns so sehr geliebt, dass er für uns gelitten hat und an einem Kreuz gestorben ist.« Er drückte ihre Hand. »Das hat er auch für dich getan, Johanna. Wie kannst du also denken, dass Gott dich nicht geliebt hat?«

Die Wärme, mit der er sie ansah, schnürte ihr die Kehle zu. »Wenn ich doch nur glauben könnte, was du da sagst, Colin.«

»Das kannst du, Johanna. Glauben heißt vertrauen.« Er sah sie eindringlich an. »Es geht darum, Gott und seinem Willen zu vertrauen, was auch geschieht. Was manchmal nicht ganz einfach ist.« Ein Schatten glitt über sein Gesicht. Jo fragte sich, ob er zu ihr oder zu sich selbst sprach.

»Aber das ändert nichts an der Wahrheit. Und wenn du dieses Vertrauen hast, wirst du auch seine Wunder erkennen.« Er ließ ihre Hand los. »Wie auch immer, kein Mensch ist vollkommen, auch die nicht, die ihre eigene Meinung für göttliches Gesetz halten. Wir haben alle unsere Fehler.«

»Was sind deine Fehler?«

Wieder dachte er nach. Trotz seiner schönen Worte über den Glauben war er noch immer gefangen in seiner Vergangenheit. Er hatte gesagt, die Nachricht, die sie ihm geschickt hatte, hätte ihm die Möglichkeit gegeben, sich zu erlösen. Doch würde er jemals zurückgewinnen, was der Krieg ihm genommen hatte?

Er blickte auf den Fluss hinaus. Was sollte er ihr sagen?

Ich habe viele Seiten: Mich treiben die Angst vor Albträumen und die Schuld, eine Frau, die mir wichtig war, in einer feindlichen Umgebung im Stich gelassen zu haben. Ich bin egoistisch und feige. Ich war so blind vor Durst, dass ich für den Tod eines Soldaten verantwortlich bin …

»Ich habe viele Fehler, Johanna.« Er drehte sich zu ihr um. »Unzählige.«

»Ich sehe nur einen.« Ihre Augen blitzten. »Du runzelst zu häufig die Stirn, vor allem über mich.«

»Wirklich?« Er rang sich ein Lächeln ab, entschlossen, seine düstere Stimmung abzuschütteln. »Na ja, du kannst ziemlich unvorhersehbar sein, du bist nie pünktlich und deine Logik ist mir ein Buch mit sieben Siegeln.«

Sie lächelte und legte den Kopf schief. »Soll das heißen, du bist die Berechenbarkeit in Person?«

Wieder dachte er, wie bezaubernd sie mit dem Hut aussah. »Ja, schon. Vor allem, seit ich von der Front zurückgekehrt bin. Ich will wissen, was mich erwartet.« Er zog die Brauen hoch. »Du nicht?«

»Ich gebe zu, dass ich kein Zeitgefühl habe. Das wird mir wohl mein Leben lang zu schaffen machen. Aber ich wünsche mir kein Leben ohne Überraschungen. Wenn ich ein praktischerer Mensch wäre, wäre ich niemals mitten im Krieg allein mit dem Schiff über den Kanal gekommen, auf der Suche nach einem Vater, den ich kaum kenne. Ich hätte ja auch anderswohin flüchten können.«

»Du bist geflüchtet?« Colin sah sie scharf an. »Wurdest du verfolgt?«

Sie wandte rasch den Blick ab. »Nur von der Vergangenheit.«

Jetzt standen sie auf dem Pont Neuf. Johanna blickte auf das Wasser, das unter der Steinbogenbrücke hindurchfloss. Dann drehte sie sich zu ihm um. »Wir sind ganz schön weit gegangen. Es ist Zeit umzukehren.«

»Soll ich uns ein Taxi rufen?«

Sie blickte auf ihre Knöpfstiefelchen hinunter. »Meine armen Füße wären dankbar.«

Er nahm sie am Arm und führte sie von der Brücke herunter. Ein Taxi war rasch gefunden. Sie stiegen ein, um zum Hotel zurückzufahren.

»Das ist tausendmal besser als gehen!« Sie seufzte vor Erleichterung. Colin grinste. Einen Moment lang sah er die Frau neben sich an und dachte, wie wenig er trotz ihrer Gespräche doch über sie wusste. Plötzlich wurde ihm klar, dass er sie gern viel besser kennenlernen würde. Diese Erkenntnis machte ihn unruhig.

11

»Jardin des Plantes, heute Mittag. Lacourt«

Die Nachricht lag am nächsten Morgen dicht bei der Tür auf dem Fußboden in seinem Zimmer. Er hoffte deshalb, dass der Bote sie unter der Tür durchgeschoben hatte und nicht, während er schlief, ungebeten in sein Zimmer eingedrungen war. Andernfalls war der Eindringling vielleicht Zeuge davon geworden, wie er in einem besonders schlimmen Albtraum um sich geschlagen hatte.

Er steckte das Schreiben in die Hosentasche, zog sich fertig an und überlegte dabei, ob vielleicht der Anblick der deutschen Kriegsgefangenen gestern an der Place du Capitole seine Albträume verursacht hatten oder ob sie daher rührten, dass er Johanna von der Tunnelexplosion erzählt hatte. Auf jeden Fall war ihm der Gedanke verhasst, dass sich irgendjemand – vor allem aber Petit – über ihn beugte, während er in diesem verletzlichen Zustand war.

Er zog ein frisches Unterhemd an und streifte die Hosenträger über. Dann ging er zum Waschtisch, um sich zu rasieren. Er goss Wasser in die Waschschüssel, benetzte die Rasierseife, klemmte das Schüsselchen in seine linke Ellenbeuge und schlug mit der Bürste einen dicken, weißen Schaum auf.

Während er den Schaum auf sein Gesicht auftrug, dachte er an sein bevorstehendes Treffen mit »Lacourt«. Dabei musste er lächeln. Er hatte Petits List durchschaut, den Namen des Franzosen als Absender der Botschaft zu benutzen. Der Amerikaner irrte sich, wenn er sich für clever hielt.

Er legte die Bürste zurück und griff nach seinem Sicherheitsrasierer. Während er ihn anfeuchtete und begann, seine Koteletten zu entfernen, stieg ein Gefühl der gespannten Erwartung in ihm auf. Nach all den Spielchen würde er jetzt endlich ein paar Antworten, Jewel und ihr Verhältnis zu Kepler betreffend, erhalten.

Colin zwang sich zur Langsamkeit, obwohl er es kaum erwarten konnte, Johanna beim Frühstück die Neuigkeit mitzuteilen. Sie würde sich so freuen, dass es endlich zu einem Rendezvous mit dem Amerikaner kam.

Beim Gedanken an ihren gestrigen Spaziergang am Fluss wurde ihm warm ums Herz. Was er ihr über den Glauben und die bedingungslose Liebe Gottes gesagt hatte, hatte ihn selbst noch einmal nachdenken lassen. Es hatte eine Zeit gegeben, in der er selbst mit dem Glauben gekämpft hatte, aber er hatte damals auch gespürt, dass er in diesem Kampf nicht allein war.

Johannas illegitime Geburt hatte ihr eine schwierige Kindheit beschert. Sie hatte sehr unter der Ignoranz und den Vorurteilen der anderen leiden müssen. Es bekümmerte ihn, dass sie sich der Liebe Gottes und seiner Wunder nicht für würdig hielt. Er hatte versucht, ihr zu sagen, dass Menschen grausam sein konnten, manchmal – wie er aus eigener Erfahrung wusste – sogar unbeabsichtigt.

Das Schlimmste waren die Fahrten ins Rehabilitationszentrum in Dublin gewesen. Der Taxifahrer hatte ihn mit offenem Mund angestarrt, als er ihn absetzte. In den Augen einer Frau hatte die blanke Angst gestanden. Als er das Richmond Spital betrat, war sie beinahe gerannt, um etwas Distanz zwischen ihn und sich zu bringen. Als sei Colin, der laut Aussage der Ärzte unter einem Granatenschock litt, nicht krank, sondern verrückt.

Er kratzte den letzten Rest weißen Schaums fort, spülte den Rasierer ab und sah in den Spiegel – in die gehetzten Augen in seinem sauber rasierten Gesicht. Die Ärzte hatten ihm gesagt, der Aufenthalt auf der Farm seines Onkels und die Landarbeit seien die beste Medizin für ihn. Irgendwann würden die Albträume aufhören und er wäre wieder frei. Er betete, dass dieser Tag bald kommen möge.

Dann ging er nach unten. Johanna stand an der Rezeption. Heute trug sie ein langärmliges dunkelblaues Kleid und einen blau-weiß gestreiften Schal. Ihre Augen wirkten lebendiger. Vielleicht hatten seine Worte gestern ja doch einen Eindruck bei ihr hinterlassen. »Ah, da bist du ja, Liebes.«

Sie blickte sich nach ihm um, dann sah sie den Portier hinter der Rezeption an, der ihre Begrüßung interessiert verfolgte. Johanna streckte die Hand aus und lächelte Colin an. »Du hast mich also gefunden, mein lieber Mann.«

Colin, erleichtert über ihre Selbstsicherheit, beugte sich vor und küsste sie auf die Wange. »Gut gemacht«, flüsterte er ihr ins Ohr und roch dabei ihren zarten Blumenduft. Er richtete sich wieder auf und nahm ihre behandschuhte Hand. »Wollen wir im Restaurant frühstücken?«

Eine leichte Röte stieg in ihre Wangen. Sie warf ihm unter der breiten Hutkrempe einen schüchternen Blick zu. »Ich dachte, wir könnten vielleicht etwas Neues probieren. Der Portier hat das Bistro Charles empfohlen. Es ist nicht weit von hier.«

»Geh nur voraus.« Sie ging zum Ausgang. Colin folgte ihr, eine Hand auf ihren Rücken gelegt. Draußen, als sie außer Sicht waren, trat er ein paar Zentimeter zur Seite und bot ihr seinen Arm.

»Der Wechsel des Schauplatzes ist eine gute Idee.« Er traute Petit noch immer nicht ganz und wenn er mit Johanna über das bevorstehende Treffen sprechen wollte, sollte das außer Hörweite des Portiers geschehen.

Sie wandten sich nach links, in die der Place du Capitole entgegengesetzte Richtung. Unterwegs erzählte Colin ihr von der Nachricht. Sie blieb stehen und packte seinen Arm. »Ich würde dich gern zu dem Treffen begleiten.«

»Wir wissen beide, dass der Mann, mit dem ich mich treffen werde, nicht Henri Lacourt ist. Und da ich Petits wahre Motive erst noch herausfinden muss, möchte ich allein gehen und mir erst einmal anhören, was er zu sagen hat.«

Sie sah ihn enttäuscht an, doch dann nickte sie. »Na gut, diesmal hast du gewonnen.«

Er lächelte. »Haben wir einen Wettstreit?«

Sie lächelte ebenfalls. »Einen geistigen Wettstreit, ja. Du meldest dich, wenn du zurück bist?«

Er versprach es ihr. Dann standen sie auch schon vor dem kleinen Café. Es besaß eine große Frontscheibe und wirkte eher rustikal. Sie lasen die Karte, die draußen angebracht war. Colin fiel auf, dass die Rationierung außerhalb ihres Luxushotels sehr viel deutlicher spürbar war. Brot, Käse und Toulouser Bratwurst schienen zum Standard zu gehören. Eier, Zucker und Milch waren unverhältnismäßig teuer.

Sie gingen hinein und setzten sich in den hinteren Teil des Restaurants. Der Besitzer kam und nahm ihre Bestellung auf. Gleich darauf brachte er jedem von ihnen eine Tasse Kaffee mit etwas von der kostbaren Milch.

Jo nippte an ihrem heißen Getränk. Dabei sah sie Colin an und bemerkte, dass er frisch rasiert war. Sein würziges Eau de Cologne wehte zu ihr herüber. Beinahe meinte sie, noch seinen Kuss und seinen warmen Atem an ihrem Ohr zu spüren, während er sie für ihr Schauspieltalent vor dem Hotelportier lobte.

»Stimmt etwas nicht? Bin ich nicht sauber rasiert?«

»Äh … nein, es ist alles in Ordnung.« Sie merkte, dass sie ihn angestarrt hatte, und riss sich zusammen. »Du glaubst also, Petit weiß, wo meine Schwester sich aufhält?«

Colin griff nach seiner Tasse und trank, dann erst antwortete er. »Er tat gestern recht geheimnisvoll, aber ich glaube, er weiß ziemlich viel über Jewel und Hauptmann Kepler. Ich muss davon ausgehen, dass sie hier in der Stadt sind. Heute erfahre ich hoffentlich, wo genau.«

Sie spürte die Aufregung im ganzen Körper. Ihr Traum, Jewel und ihren Vater zu finden, schien unmittelbar vor seiner Verwirklichung zu stehen. Wieder einmal überlegte sie, ob ihre Schwester sie wohl mögen würde. Und würde sie ihrerseits Jewel mögen? Nach dem, was sie in ihrem Tagebuch gelesen hatte, hielt sie es durchaus für möglich.

Colin hatte ihr erzählt, wie Jewel aussah. Wenn sie und ihre

Schwester nebeneinanderstanden, wären dann Ähnlichkeiten erkennbar? Eine ganz große Frage war auch, ob Jewel von ihrer Existenz wusste. In ihrem Tagebuch hatte sie nichts von einer Schwester geschrieben und auch Colin gegenüber hatte sie nie eine erwähnt. Und was war mit Papa? Würde er sich freuen, seine beiden Töchter zusammen zu sehen oder würde Jos Anwesenheit ihn in Verlegenheit stürzen? Vielleicht sollte sie zuerst ihre Schwester auf ihre Seite bringen?

Sie war plötzlich nervös geworden. Die Nervosität kämpfte gegen die Ungeduld in ihr. »Hoffentlich ist sie nicht zu weit weg. Ich möchte sie so schnell wie möglich sehen.«

»Wirklich, Johanna? Auf die Idee wäre ich nie gekommen.«

Entwaffnet von Colins amüsiertem Grinsen, brauchte Johanna einen Moment, ehe ihr bewusst wurde, dass sie das Offensichtliche konstatiert hatte. Machte seine Gegenwart sie jetzt zur Idiotin?

Sie versuchte, dem Gespräch eine neue Wendung zu geben. »Niemand nennt mich Johanna. Meine Freunde sagen Jo. Du hast meine Erlaubnis, mich ebenfalls so zu nennen.« Dann beugte sie sich vor und flüsterte: »Vor allem, wenn wir uns als Mann und Frau ausgeben.«

Er setzte die Tasse ab und beugte sich ebenfalls über den Tisch, bis ihre Gesichter sich so nahe waren, dass sie wieder die grünen irisierenden Punkte in seinen haselnussbraunen Augen sah. »Wenn du nichts dagegen hast, Mrs Mabry, bevorzuge ich Johanna. Es ist ein sehr hübscher Name, der Charakterstärke ausstrahlt und eine schöne Bedeutung hat: ›Gott ist gnädig.‹«

Damit lehnte er sich wieder zurück und lächelte sie an. »Das passt zu dir.«

Das Feuer, das plötzlich unter ihrer Haut aufloderte, hätte einen Wald in Brand setzen können, und doch gefiel ihr sehr, was er gesagt hatte. Jo versuchte, ihren rasenden Puls zu beruhigen. »Ich habe nichts dagegen.« Sie blickte auf die Serviette auf ihrem Schoß. »Und … danke.«

Er antwortete nicht. Als sie aufblickte, sah sie, dass er zu dem

Kellner hinübersah, der mit ihrem Essen kam. Sein Blick glitt zu ihr zurück. »Glaub mir, Johanna, ich bin ebenso begierig wie du, deine Schwester endlich ausfindig zu machen.«

»Natürlich.« *Jo, was bist du nur für ein Schaf!* Sie rutschte unbehaglich auf ihrem Stuhl herum. Dass Colin ihren Namen hübsch fand, bedeutete selbstverständlich nicht, dass er dasselbe von *ihr* dachte. Warum sollte er auch? Sie taten ja nur so, als seien sie verheiratet. Sie durfte nicht vergessen, warum Colin Mabry sich bereit erklärt hatte, sie bei ihrer Suche zu unterstützen.

Sie war erleichtert, dass sie sich mit ihrem Frühstück beschäftigen konnte, und schon bald kehrten ihre Gedanken zu Colins bevorstehendem Treffen zurück. »Weißt du, wie man zum Jardin des Plantes kommt?«

Er nickte und wischte sich den Mund mit der Serviette ab. »Der Park liegt etwa anderthalb Kilometer südlich von hier. Wenn wir wieder beim Hotel sind, mache ich mich gleich auf den Weg.«

Er legte die Serviette hin und sah sie an. »Jewels Tagebuch habe ich entnommen, dass Kepler weiß, wo euer Vater sich aufhält.« Sein Gesicht wurde weicher. »Ich denke, auch das möchtest du dringend wissen.«

Ihr Puls raste schon wieder. »Ich warte schon so lange.«

Jo strich Butter auf das frisch gebackene Brot. Sie hatte zum Essen die Handschuhe ausgezogen. Die silberne Taube auf ihrem Ring schimmerte. Plötzlich merkte sie, dass Colin ihre Hand betrachtete.

»Ich erinnere mich, deinen Ring in dem Restaurant in Paris gesehen zu haben.« Jetzt sah er sie an. »Hat dein Vater ihn dir geschenkt? Ich frage nur, weil mir plötzlich eingefallen ist, dass Jewel einen ganz ähnlichen Ring trug.«

»Wirklich?« Jo hielt mitten im Schneiden inne, ihr Herz hämmerte. »Ja, Papa hat ihn mir geschenkt, bei einem Besuch bei uns in Irland.«

Sie war völlig fasziniert von dem Gedanken, dass ihre Schwester den gleichen Ring hatte. »Wenn ihr Ring wirklich genau wie meiner ist, dann könnten die beiden Schmuckstücke zusammengehören. Ich habe mal irgendwo gelesen, dass solche Gimmel-Ringe im Mittelalter in Europa sehr beliebt waren, vor allem als Verlobungsringe. Die Verlobten trugen je einen Ring und wenn sie heirateten, wurden die beiden Ringe zum Ehering zusammengefügt. Manchmal gab es noch einen dritten Ring, den der Trauzeuge bei der Eheschließung übergab.«

Jo betrachtete die glänzende Taube. »Hoffentlich hat Jewel ihren Ring noch.« Sie blickte auf. »Und hoffentlich ist sie einverstanden, mich zu unserem Vater zu bringen.«

»Warum denn nicht?«, fragte er, doch dann zogen sich seine dunklen Brauen zusammen. »Allerdings müssen wir zuerst ihr Verhältnis zu Kepler klären.«

»Da hast du natürlich recht.« Sie reichte ihm ein Stück Butterbrot. Jo kannte nur zu gut die Gefahr, die darin lag, sich zu sehr ihren Hoffnungen hinzugeben, doch sie wollte so verzweifelt glauben, dass ihr Traum jetzt wahr wurde. Sie sah ihn schüchtern an. »Vielleicht können wir ja auf ein Wunder hoffen.«

Colin hielt inne, das Brot in der Hand, und lächelte sie an. »Immer, Johanna.« Die Gewissheit in seiner Stimme machte ihr Mut. Als sie von ihrem eigenen Brot abbiss, beschloss sie, seine Worte von gestern auf die Probe zu stellen. Wenn sie glaubte, würde vielleicht wirklich ein Wunder geschehen.

Colin war ein paar Minuten zu früh beim Jardin des Plantes und blieb vor dem imposanten Eingang des Parks stehen, einem alten Artillerie-Tor aus Ziegelmauerwerk, wahrscheinlich aus der Zeit Napoleons. Ein leichtes Lächeln trat auf seine Lippen. So sehr, wie Johanna Napoleon verehrte, wäre sie sicher fasziniert von diesem Bauwerk.

Er stieß den schmiedeeisernen Torflügel auf. Zwischen Bäumen und Büschen standen Statuen und Parkbänke und ein kleiner

Springbrunnen. Als er näher trat, erblickte er Petits hohe, schlanke, in die Kaki-Uniform des US-Expeditionscorps gekleidete Gestalt. Die Schulterstücke wiesen ihn als Hauptmann aus.

Colin salutierte, Petit lächelte. »Rühren, Leutnant.«

»Ist das Ihr echter Rang oder eine Verkleidung?«

Petit antwortete nicht. »Kommen Sie, gehen wir ein Stück.«

Wie zwei Soldaten auf Urlaub wandten sie sich zu der breiten Allee und schlenderten durch den Park mit seinen getrimmten Büschen und den Statuen griechischer Götter und Göttinnen. Der süße Geruch des Frühjahrsgrases und ein schwacher Duft von rosa und blauen Hyazinthen am Rand des tiefgrünen Rasens weckte in Colin Gedanken an Irland und die Zeit bei seinem Onkel, eine Zeit, in der die Dunkelheit des Krieges weit fort schien.

Das Bild verschwand, als er und Petit an einer Gruppe Kriegsgefangener vorbeikamen, die den Park von den letzten Spuren des Winters befreiten, und als Colin wieder einfiel, warum er hier war. Schließlich standen sie an einem kleinen künstlichen Fluss, der geruhsam durch den Park floss. Eine ländlich wirkende Brücke führte in eine kleine Wildnis auf der anderen Seite des Gewässers.

Colin betrachtete die kleinen Taubenhäuser, die hier aufgestellt waren. »Sehr malerisch, aber wir verschwenden unsere Zeit, Monsieur Lacourt.«

Petit lächelte. »Ich dachte mir, dass Sie wissen, dass die Nachricht von mir kommt. Im Hotel gibt es ein paar Spione, deshalb schien es mir das Beste, Henris Namen zu verwenden.« Er wurde wieder ernst. »Ich habe Sie überprüft. Die soldatische Laufbahn hat Sie schon einiges gekostet.« Sein Blick fiel auf Colins Prothese. »Der Einsturz des Tunnels muss grauenhaft gewesen sein.«

»Da haben Sie recht.« Colins Ton war höflich. »Warum haben Sie mich hierhergebeten, Petit?«

»Ich gehöre zum amerikanischen militärischen Nachrichtendienst.«

Endlich ein paar Antworten. Colin warf ihm ein sarkastisches Lächeln zu. »Nach dem Drogenzwischenfall und dem Wiederauftauchen meiner Dokumente hatte ich vermutet, dass Sie beim amerikanischen Geheimdienst sind.«

Petit nickte, dann blinzelte er zu dem hellen Himmel hoch. »Der Mann auf Ihrem Foto …«

»Kepler?«

»Ja, Kepler. Wir beobachten ihn schon mehrere Wochen. Es geht um etwas Größeres, über das ich Ihnen nichts sagen darf. Er und die Frau werden überwacht.«

»Warum sagen Sie mir das?«

Petit drehte sich zu ihm. »Weil Sie, wenn Sie mit dem Gewehr in diese Herde Longhorns schießen, eine Stampede verursachen werden.«

Colin sah ihn verwirrt an. Der Amerikaner hatte eine seltsame Art, sich auszudrücken.

»Das bedeutet, Leutnant, das Ganze ist eine hochsensible Angelegenheit und Sie und Ihre Frau sollten verschwinden. Fahren Sie zurück nach Paris oder England oder wo immer Ihr Zuhause ist. Sie sind hier nicht erwünscht.«

In Colin stieg heißer Zorn auf. Er beugte sich zu Petit hinüber und sagte: »Ich gehe nirgendwohin, ehe ich Jewel gesehen habe.«

Petit sah ihn ausdruckslos an. »Sie gehen. G-2 will Sie hier nicht haben. Ihre Anwesenheit gefährdet unseren Auftrag.«

Colin dachte nach. Wenn der amerikanische Militärgeheimdienst verlangte, dass er abreiste, unterstützte der MI 6 ihn wahrscheinlich in dieser Sache, und dann hatte er keine andere Wahl, als nach Paris zurückzukehren. Er verlegte sich aufs Argumentieren. »Verstehen Sie doch, Hauptmann, ich will sie doch nur sehen. Vor einem Jahr war ich in Havrincourt und habe Jewel versprochen, nach dem Krieg zurückzukommen. Dann hielt ich sie für tot und habe alle Hoffnung aufgegeben.«

Petit kratzte sich am Kinn. »Aber … warum haben Sie Ihre Meinung geändert? Wenn Sie sie doch für tot hielten? Außerdem ist der Krieg noch nicht vorüber.«

»Vor Kurzem hat ihre Schwester – Mrs Mabry – Kontakt zu mir

aufgenommen und ich habe erfahren, dass Jewel noch lebt.« Er straffte sich. »Es war meine Pflicht, um ihretwillen zurückzukommen.«

Petits dunkler Blick schien sich in ihn hineinzubohren. »Ihre Frau ist Jewel Reyers Schwester?«

»Johanna ist nicht wirklich meine Frau. Wir treten nur als Ehepaar auf. Lacourts Idee.« Colin erzählte ihm von der Nachricht, die Johanna ihm geschickt hatte und die der Grund war, dass er nach Paris gekommen war, von dem Tagebuch und von ihrer Suche nach Jewel und dem Vater der beiden Frauen.

»Mrs Mabry ist also Johanna Reyer?« Petit hatte sichtlich Mühe mitzukommen. »Dann ist das der Grund dafür, dass Sie getrennte Zimmer haben?«

»Natürlich.« Colin kämpfte gegen seine Verzweiflung an. »Hauptmann, Sie müssen einfach verstehen, wie wichtig es für mich ist, Keplers Begleiterin zu identifizieren. Wenn es nicht Jewel ist, müssen wir unsere Suche fortsetzen.« Er fügte nicht hinzu, dass er keine Ahnung hatte, was er in diesem Fall tun sollte.

Petit starrte eine ganze Weile auf den Boden, dann sah er Colin an. »Wenn ich Ihnen sage, wo Sie Kepler und die Frau finden können, müssen Sie mir versprechen, dass Sie nichts unternehmen, was ihren Verdacht erregen könnte. Beobachten Sie sie einfach, überzeugen Sie sich und erstatten Sie mir Bericht. Ist das so weit klar?«

»Natürlich, Hauptmann. Ich bin absolut diskret.«

»Gut.« Petit blickte sich um. Es waren kaum Besucher im Park. Auf der anderen Seite des Kanals beaufsichtigte eine Mutter ihre drei kleinen Kinder, die im Gras spielten, und in der Nähe einer der Statuen stand ein junges Paar Arm in Arm. Er drehte sich wieder zu Colin um. »Kepler wohnt in Ihrem Hotel, schon eine ganze Weile. Er tritt als Schweizer Fabrikant auf, unter dem Namen Outis.«

Also war Kepler ein Spion. Colin verzog das Gesicht. »Outis. Das ist Griechisch und bedeutet ›niemand‹.«

»Sehr gut, Leutnant. Mr Niemand speist jeden Abend um acht Uhr im Le Bibent an der Place du Capitole.«

»Das kenne ich.« Er und Johanna waren auf ihrem gestrigen Spaziergang an dem Restaurant vorbeigekommen.

»Meistens wird er von Mrs Niemand begleitet.«

Jewel? Es gefiel Colin überhaupt nicht, dass sie als »Mrs Outis« auftrat. Er selbst verhielt sich in seiner angeblichen Ehe mit Johanna untadelig, doch Kepler traute er in dieser Sache nicht. Colin konnte nur beten, dass er ihr nicht zu nahe getreten war. Wenn dieser Schurke sie missbraucht hatte … Er verdrängte diesen Gedanken. »Glauben Sie, dass sie heute Abend zusammen essen?«

»Möglich.« Petit legte den Kopf schief. »Aber ich warne Sie, es wird nicht leicht werden, sie zu sehen. Sie trägt von Kopf bis Fuß Trauerkleidung, inklusive Schleierhut, und ohne Kepler rührt sie sich praktisch nicht aus ihrem Zimmer.«

»Sie haben sie also noch nie gesehen?«

Petit schüttelte den Kopf. »Ich weiß, dass sie blond ist, weil ich eine blonde Strähne gesehen habe, die unter dem Schleier hervorblitzte, ich glaube, ihre Augen sind ebenfalls hell, blau oder grau. Aber ihr Schleier ist sehr dicht. Ich weiß also nichts Genaues.«

Colin wurde wieder ärgerlich. »Und wie bitte schön soll ich eine ganz in Schwarz gehüllte Frau identifizieren, wenn ich mich ihr nicht nähern darf?«

Petit zuckte die Achseln, dann gab er Colin einen freundschaftlichen Schlag auf die Schulter. »Hey, mit ein bisschen Glück begleitet sie Kepler heute Abend ins Restaurant und beim Essen werden Sie sie deutlich genug sehen können, um zu wissen, ob es Jewel Reyer ist oder nicht.«

Colins Herz schlug schneller bei dem Gedanken, dass er Jewel vielleicht heute Abend noch sah. »Und wenn sie es ist, was dann? Wann kann ich mit ihr reden?«

»Wenn ich es sage.« Petit presste die Lippen zusammen. »Bis dahin erstatten Sie mir einfach Bericht. Ich habe Ihnen doch gesagt, hinter dieser Sache steckt mehr, als Sie ahnen. Gehen Sie einfach zurück ins Hotel und sagen mir Bescheid. Dann überlegen wir uns etwas.«

Colin wurde immer gereizter. So ließ er nicht mit sich umspringen. »Ich bin den weiten Weg aus England gekommen, um sie zu finden. Und Sie wollen mir sagen, wenn ich sie gefunden habe, soll ich einfach weggehen?«

»Ja. Ich weiß nicht. Jedenfalls vorläufig.« Petit nahm seine Mütze ab und fuhr sich mit der Hand durch das dunkle Haar. »Lassen Sie uns einfach einen Schritt nach dem anderen machen, einverstanden? Erst einmal identifizieren wir die Frau. Wenn es Jewel Reyer ist, überlegen wir, wie wir weiter vorgehen. Sie geben mir Ihr Wort, dass sie zu keinem von beiden Kontakt aufnehmen, denn wenn Sie das tun, geht es mir an den Kragen.«

Colin sah sich in dem idyllischen Park um. Seine Gedanken überschlugen sich. Was war das für eine »große Sache«, in die Jewel nach Ansicht von Petit und den Amerikanern angeblich verwickelt war? »Wollen Sie mir sagen, sie könnte eine Agentin für den Feind sein?«

Petit zögerte. »Wir wissen nichts Sicheres.«

Vielleicht hatte sie keine Wahl. Jacks Worte fielen ihm ein und wieder dachte er über die Frau nach, die er vor einem Jahr kennengelernt hatte, und über seine erst kürzlich getroffene Entscheidung, sie als seine Frau mit zurück nach England zu nehmen. Bevor er nach Paris gekommen war, war er von ihrer Unschuld überzeugt gewesen, doch hier in Toulouse – in dem Wissen, dass Jewel bei dem deutschen Spion geblieben war und dass das Paar von den Amerikanern beobachtet wurde – geriet seine Überzeugung allmählich ins Wanken. Colin wollte nicht glauben, dass sie eine Verräterin war. Doch wenn man sie gezwungen hatte? Schwer atmend starrte er Petit an. »Ist sie in Gefahr?«

»Wir beobachten Kepler genau, das bedeutet einen gewissen Schutz für sie, aber natürlich keine Garantie.« Petit setzte seine Mütze wieder auf. »Ich wünschte, ich könnte Ihnen mehr sagen, aber Sie wissen ja, wie das mit Befehlen ist. Ich habe meine.«

Colin nickte. »Ich werde heute um zwanzig Uhr im Le Bibent sein.«

»Werden Sie Mrs Mabry mitnehmen?«

Er sah Petit an. »Wäre das ein Problem?«

Petit runzelte die Stirn. »Nur, wenn sie sich nicht an meine Anweisungen hält.«

»Sie haben mein Wort, dass Johanna sie nur beobachten wird, weiter nichts.«

»Gut.« Petit lächelte breit. »Ach übrigens, ich habe Ihre Auseinandersetzung gestern in der Hotellobby mitbekommen. Sie ist wirklich ein Feuerteufel!«

Colin sah den merkwürdigen Amerikaner kühl an.

»Entspannen Sie sich, Leutnant.« Petit legte ihm eine Hand auf die Schulter. »Das sind die besten Fohlen, die ein wenig Temperament zeigen.« Er zog die Hand wieder zurück und machte sich auf den Rückweg über die Brücke. Colin folgte ihm. Offenbar war ihr Gespräch beendet.

Am anderen Ufer des Kanals blieb Petit stehen und blickte einem Schwanenpaar nach, das mit der sanften Strömung dahintrieb. »Dann liegt es jetzt also an Ihnen, Leutnant. Lassen Sie mich wissen, wenn Sie etwas herausgefunden haben.« Damit drehte er sich um, warf ihm jedoch noch einen Schulterblick zu: »Viel Glück.«

12

Colin und Johanna trafen ein paar Minuten vor acht mit einem Taxi vor dem Restaurant ein. Der Himmel hatte sich bereits orange verfärbt. Unter der Markise des Restaurants fiel ein warmer Lichtschein auf die Straße.

Er war beeindruckt davon, dass Johanna diesmal tatsächlich rechtzeitig fertig geworden war, aber wahrscheinlich war auch sie mehr als ein bisschen aufgeregt bei der Aussicht, Keplers Begleiterin endlich zu treffen.

Bevor sie das Hotel verlassen hatten, hatte der Portier Colin noch einen Umschlag gegeben. Er enthielt zwei Eintrittskarten zu einem Jazzkonzert, das später am heutigen Abend vom amerikanischen Roten Kreuz veranstaltet wurde. Auf einem Begleitschreiben stand: *Mein Friedensangebot. Wir treffen uns um 22:30 Uhr. Lacourt.*

Johanna wollte gern auf das Konzert gehen und Colin war froh, dass es Petit offenbar leidtat, dass er ihm vor zwei Tagen so zugesetzt hatte. Doch im Moment konnten sie beide an nichts anderes als an das Restaurant denken – und ihre Hoffnung, dass Jewel den Mann auf dem Foto begleiteten würde.

Colin bezahlte den Taxifahrer, stieg aus und half Johanna beim Aussteigen. Er hatte seine Uniform ausgebürstet und seine Abzeichen poliert. Jewel überraschte ihn mit einem rosa Cocktailkleid und dazu passendem Satinmantel. Dazu trug sie silberne Sandalen und einen etwas dezenteren Hut in Rosa und Weiß mit einer duftigen schwarzen Feder. Sie sah sehr hübsch aus. Die Farben unterstrichen ihre helle Hautfarbe. Sie lächelte ihn erwartungsvoll an. »Bist du bereit?«

Colins Herz schlug schneller. War er bereit? Den ganzen Nachmittag hatte er über sein Gespräch mit Petit nachgedacht. War Jewel Keplers Komplizin? Sie begleitete ihn offenbar schon monatelang. Warum war sie nicht weggelaufen? Steckte vielleicht mehr dahinter als das Versprechen des deutschen Agenten, sie zu ihrem Vater zu bringen? Wurde sie gezwungen? Oder gab es noch einen ganz anderen Grund? Er stieß die Luft aus und zwang sich zu einem Lächeln, dann bot er Johanna den Arm. »Gehen wir.«

Vor dem Eingang des Restaurants hatte sich bereits eine längere Schlange gebildet. Der scharfe Geruch nach Knoblauch, heißer Butter und Würstchen stieg ihnen in die Nase. Auch die Tische auf dem Gehsteig vor dem Restaurant waren gut besetzt. Colin sah sich aufmerksam um, doch der Mann vom Foto war nirgends zu sehen. Als er durch das Fenster auf die voll besetzten Tische im Innern des Restaurants blickte, war er froh, dass Petit ihm vorgeschlagen hatte, einen Tisch zu reservieren.

Colin ließ Johannas Arm los. Er wollte ihr gerade die Tür öffnen, als sie plötzlich von innen aufgestoßen wurde. Erschrocken sprang er zurück und kämpfte um sein Gleichgewicht. Ein kräftiger Mann mit Trenchcoat und Hut wäre beinahe mit ihm zusammengestoßen. Er erhaschte einen kurzen Blick auf das golden schimmernde Satinband des weichen Filzhuts. Der Mann warf ihm einen flüchtigen Blick zu. *»Pardon, Monsieur.«*

Dann eilte er auch schon mit gesenktem Kopf weiter und bog um die nächste Hausecke. Colin starrte ihm nach. *Hauptmann Weatherford?*

»Stimmt etwas nicht?«

Johannas Stimme weckte ihn aus der Erstarrung. »Warte hier.«

Colin ließ sie stehen und lief dem Mann nach. Doch als er um die Ecke kam, war niemand mehr zu sehen. Der Mann war fort. Hatte er sich getäuscht? Er ging zu Johanna zurück.

»Du siehst aus, als hättest du einen Geist gesehen.«

Colin versuchte sich an das Gesicht zu erinnern, das er gesehen hatte. »Ich glaube, das habe ich tatsächlich.«

Mehr sagte er nicht. Sie sah ihn neugierig an. Er öffnete die Tür und ging hinter ihr her ins Restaurant. Als sie zu ihrem Tisch geführt wurden, war er gedanklich noch immer bei der seltsamen Begegnung.

»Kennst du den Mann, dem du nachgelaufen bist?«

Bei Johannas Frage kehrte sein logisches Denkvermögen zurück. Plötzlich kam ihm der Gedanke, dass Hauptmann Weatherford sich in Toulouse aufhielt und gerade beinahe mit ihm zusammengestoßen war, geradezu absurd vor. Der Hauptmann hätte ihn bestimmt erkannt und wäre ganz sicher nicht vor ihm weggelaufen. »Er kam mir bekannt vor, aber wahrscheinlich habe ich mich geirrt.«

»Na gut, lassen wir das. Schließlich sind wir aus einem völlig anderen Grund hier.« Sie zog ihre Handschuhe aus. »Hast du sie schon entdeckt?«

Colin konnte den Fremden, dem er soeben nachgegangen war, nicht so leicht vergessen, doch im Moment waren ihm die Hände gebunden. Johanna hatte recht, sie waren wegen Jewel und Kepler hier. Allerdings konnte er den Mann von dem Foto nirgendwo entdecken. »Kepler ist noch nicht da.« Er sah auf die Uhr. »Es ist noch nicht ganz acht. Hoffen wir, dass sie noch kommen.«

Sie seufzte und nickte, dann schaute sie sich im Lokal um. »Ziemlich nobel hier.«

Colin folgte ihrem Blick. Unter den Reihen funkelnder Kronleuchter breitete sich ein Meer aus weißem Leinen und schimmerndem Silber aus. Livrierte Kellner, meist ältere Männer, zum Teil mit körperlichen Behinderungen, wie etwa einem deutlichen Hinken, trugen mit Speisen beladene Tabletts und mit Wasser gefüllte Kristallkaraffen herbei und brachten die Tische in Ordnung, sobald die Gäste gegangen waren.

Die Eleganz des Le Bibent zeugte von den Jahren des Aufbruchs um die Jahrhundertwende. Verspiegelte, goldgerahmte Wandpaneele wechselten sich mit Reliefs mythischer Figuren ab, die bis zur prachtvoll verzierten, gewölbten Decke hinaufwuchsen. An einer farbenprächtigen Wand hing eine Uhr, zu beiden Seiten von griechischen Gottheiten flankiert. Er atmete tief die köstlichen Aromen ein, die er bereits draußen gerochen hatte: gebratenes Fleisch und den Hefegeruch frischen Brots. Darunter mischte sich der Duft der Veilchen, die, hübsch in Milchglasväschen arrangiert, auf jedem Tisch standen.

Er und Johanna saßen ganz hinten im Raum. Zu seiner Rechten hing eines der verspiegelten Paneele, ein weiteres hinter ihm. Er war ganz zufrieden mit diesem Platz, konnte er doch von hier aus alle Gäste, die hereinkamen, gut sehen. Lediglich die Aussicht, die ganze Zeit über mit seinem Abbild im Spiegel konfrontiert zu sein, war ihm unangenehm. Ob die anderen Gäste ihn wohl genauso sahen, wie er sich selbst sah? Auf sich machte er einen verhärmten und leicht verwahrlosten Eindruck. Sein Aussehen war nicht wirklich verändert, aber er fühlte sich mit dieser Erscheinung auch nicht ganz wie er selbst.

Seine künstliche Hand, die untätig in seinem Schoß lag, befand sich unter der Spiegelkante, sodass er sie nicht sehen konnte. Durch das Ding war er teils Mensch, teils technisches Gerät. Würde auch Jewel ihn heute Abend so sehen? Sah Johanna ihn so?

Er blickte zu ihr hinüber und stellte fest, dass sie mit der höchst weiblichen Aufgabe, ihren Hut zu richten, beschäftigt war. Heute Abend trug sie eine kunstvolle Aufsteckfrisur, eine Art im Nacken festgesteckten Knoten. Er lächelte. Wie lange es wohl dauern mochte, bis die sorgfältige Frisur in Auflösung geriet?

»Worüber lächelst du?«

Er griff nach der Speisekarte und studierte sie konzentriert. »Wir machen endlich Fortschritte in unserer Suche. Ist das nicht Grund genug?«

»Ja. Nach deinem Gespräch mit ›Lacourt‹ hatte ich schon befürchtet, dass wir mit leeren Händen nach Paris zurückkehren müssen.«

Colin legte die Karte auf den Tisch. Er hatte Johanna alles erzählt, was Petit ihm im Park gesagt hatte – bis auf die Tatsache, dass Jewel möglicherweise in Toulouse bleiben musste, bis der G-2-Plan Erfolg hatte. Und auch die Möglichkeit, dass sie mit Kepler zusammenarbeitete, hatte er nicht erwähnt. Seine größte Sorge war, dass beide Seiten Jewel als Köder benutzten.

»Jetzt runzelst du schon wieder die Stirn.«

»Verzeihung.« Er lächelte schwach. »Ich war in Gedanken wieder einmal ganz woanders.«

»Ich möchte nicht die ganze Zeit in den Spiegel starren. Hast du die Tür im Auge?«

Sie hatte kaum ausgesprochen, da betrat ein großer, kräftiger Mann das Restaurant. Er trug einen Filzhut und einen dunklen Anzug mit einer weißen Nelke im Knopfloch und hatte einen elfenbeinverzierten Spazierstock in der Hand. Der neue Gast hatte kaum den Hut abgenommen, da fing Colins Puls an zu rasen. »Da ist er.«

Johanna wollte sich umdrehen.

»Vorsicht! Du weckst sein Misstrauen. Versuch, ihn im Spiegel anzuschauen, sobald er sich hingesetzt hat.«

Der Kellner führte Kepler zu einem Tisch am Gang, ganz in ihrer Nähe.

Johanna rückte ihre Speisekarte zurecht und flüsterte: »Ja, ich sehe ihn.«

»Gut. Aber starre ihn nicht an.«

»Wo ist meine Schwester?«

Colin sah zu dem leeren Eingangsbereich hin. »Sie ist offenbar im Hotel geblieben.«

Sie wechselten einen enttäuschten Blick, dann widmeten sie sich wieder ihren Speisekarten. Währenddessen setzte Colin seine Beobachtungen fort. Keplers dunkle Augen wanderten prüfend durch das Restaurant und über die Gäste, dann stellte er seinen Stock hinter seinen Stuhl. Als er den Kopf drehte, erhaschte Colin einen Blick auf das vernarbte Ohrläppchen.

Eingedenk Petits Warnung war er froh, dass Johanna noch immer intensiv ihre Speisekarte zu studieren schien. Der Deutsche war ganz eindeutig auf der Hut. Er schien damit zu rechnen, beschattet zu werden.

Er nahm Platz. Der Kellner brachte ihm die Speisekarte. Kurz darauf kam derselbe Kellner zu ihnen. »*Bonsoir*, Monsieur, Madame. Haben Sie schon gewählt?«

Colin sah Johanna an. Sie reichte dem Kellner ihre Speisekarte. »Ich nehme das *Confit de canard*.«

Colin hatte ebenfalls das Entenconfit in Erwägung gezogen, sich dann aber doch für das *Cassoulet* entschieden. Er hatte gesehen, dass der Gast am Nebentisch dieses Gericht aß und dabei einen Löffel verwendete.

Der Kellner nahm die Bestellungen auf. Dann ging er zurück zu Kepler, schrieb dessen Speisewunsch ebenfalls auf und verschwand in der Küche.

Der Rest der Mahlzeit verlief angenehm, wenn auch ereignislos. Colin fand das Essen ausgezeichnet. Weder er noch Johanna sprachen viel. Gelegentlich blickte er in Keplers Richtung, der sich ebenfalls sein Essen schmecken ließ.

Nach dem Essen brachte der Kellner ihnen heißen Tee. Colin griff nach seiner Tasse. »Das war ein recht unergiebiges Unterfangen.«

Johanna lächelte, doch er konnte sehen, wie enttäuscht sie war. »Wir mussten ja ohnehin etwas essen und immerhin hat es köstlich geschmeckt.«

Irgendwie munterte ihn das auf. »Gut, dass wenigstens einer von uns den Mut nicht sinken lässt.«

»Du hast mir doch selbst gesagt, dass denen, die glauben, Wunder widerfahren. Außerdem wüsste ich nicht, was wir im Moment anderes tun könnten. Wir müssen es eben einfach wieder versuchen.«

»Genau.« Colin hob seine Tasse und nippte am Tee. Dabei warf er Kepler einen verstohlenen Blick zu.

Der deutsche Agent hatte nach der kleinen Vase mit Veilchen gegriffen, die auf seinem Tisch stand. Er hob die Vase hoch und beugte sich vor, als wollte er an den Blumen riechen. Dabei tastete seine rechte Hand den Boden der Vase ab. Unter dem dunklen Schnurrbart erschien ein Lächeln, als gefalle ihm der Duft. Dann stellte er die

Vase wieder hin, nahm ein Veilchen heraus und tauschte es gegen die Nelke in seinem Knopfloch.

Colin stellte seine Tasse ab. War die Blume eine Art Signal? Hatte Kepler gespürt, dass er beobachtet wurde?

»Was macht er?«

»Moment«, zischte Colin warnend.

Kepler war aufgestanden. Er warf ein paar Francs auf den Tisch und schob seinen Stuhl an den Tisch.

»Er geht.«

Der deutsche Spion nahm Hut und Stock und ließ den Blick ein letztes Mal durch das Restaurant gleiten. Seine dunklen Augen verharrten kurz auf Colin und Johanna, dann drehte er sich um und ging zum Ausgang.

»Was hat er mit dem Veilchen gemacht?«

Johanna blickte noch immer fasziniert in den Spiegel hinter ihm.

»Ich weiß nicht genau.« Colin war das Verhalten des Mannes ebenfalls ein Rätsel. Hatte er etwas unter der Vase gesucht? Und warum hatte er die Blume in seinem Knopfloch ausgetauscht?

»Was machen wir jetzt?«

Er dachte nach. »Vielleicht sind wir aufgeflogen, vielleicht hat Kepler auch nur vermutet, dass er beobachtet wird. Wahrscheinlich will er herausfinden, ob er verfolgt wird. Ich bin dafür, dass wir hierbleiben und unseren Tee trinken. In einer Dreiviertelstunde treffen wir uns mit ›Lacourt‹ beim Konzert.«

»Ein vernünftiger Plan. Im Moment haben wir keine andere Option.«

Sie griff ebenfalls nach ihrer Teetasse. Ihre blauen Augen funkelten belustigt. »Ich bin froh, dass du deine Angst vor einem vergifteten Trank überwunden hast.«

Er lächelte sarkastisch. »Ich habe ganz vergessen, unseren Träger zu fragen, wie er mich auf mein Zimmer verfrachtet hat. Vermutlich mit dem Kofferkuli. Hier fände sich wahrscheinlich niemand, der mich zum Hotel zurückbringt.«

Wie zur Bekräftigung hob er mit großer Geste seine Tasse. »Egal.

Außer meinem Pass besitze ich nichts mehr, das sich zu stehlen lohnte.«

Hoffentlich weiß mein Schatz, warum er mich hierherschickt. Das gehört eigentlich nicht zu meinen Aufgaben.

Odette Tremblay stand in ihrer Zimmermädchenkleidung vor der Tür von Zimmer 309 und richtete ihr Häubchen, während sie nach Gästen Ausschau hielt. Als sie niemanden sah, nahm sie den Serviceschlüssel aus ihrer Schürzentasche und griff nach dem Türknauf. Das Bitte-nicht-stören-Schild an dem Messingknauf ließ sie innehalten. Sie schürzte die Lippen und dachte an den Anruf, den sie vor ein paar Minuten erhalten hatte. Er hatte ihr versichert, dass das Zimmer leer sei.

Und wenn er sich irrte? Sie beschloss, erst einmal zu klopfen. Nach einer Minute vergeblichen Wartens steckte sie den Schlüssel ins Schlüsselloch, drehte den Knauf und schlüpfte ins Zimmer.

Mit klopfendem Herzen sah sie sich um. Es war auffällig unordentlich. Das mit Kleidungsstücken übersäte Bett war ungemacht, die Schuhe lagen in entgegengesetzten Ecken auf dem glänzenden Fußboden, aber sie war tatsächlich allein. Sie holte ein paarmal tief Luft, um ihren jagenden Puls zu beruhigen, dann sah sie zum Schreibtisch hinüber. Hoffentlich fand sie schnell, was sie suchte, und konnte wieder gehen. Er hatte sie gewarnt. Sie durfte nicht zu lange bleiben. Auf gar keinen Fall wollte sie erwischt werden.

Auf dem Schreibtisch stand eine Handtasche. Daneben lagen ein Parfumzerstäuber, mehrere Spitzentaschentücher und ein paar Kosmetika. Sonst nichts. Wieder presste sie die Lippen zusammen. Was war in der Tasche?

Odette hatte gerade einen Schritt in Richtung Schreibtisch getan, da vernahm sie ein leises Rascheln hinter dem kunstvollen Paravent, der vor dem Waschtisch stand. Sie erstarrte, das Herz schlug ihr bis zum Hals. Sie trug zwar ihre Zimmermädchenuniform, doch das Schild an der Tür hatte ihr das Betreten des Zimmers verboten.

Sie lauschte ein paar Minuten, hörte jedoch nichts mehr. Sie atmete erleichtert auf und blickte wieder zu der Handtasche auf dem Schreibtisch. Vielleicht waren es ja nur ihre Nerven gewesen.

Auf dem Polsterstuhl neben dem Schreibtisch lag ein Buch. Euphorie kämpfte gegen Angst. Sie lief hin und hob es auf. Mit einem letzten Blick auf den Wandschirm drückte sie es an ihre Brust und lauschte. Nichts. Leise verließ sie das Zimmer.

Rasch sah sie sich auf dem leeren Flur um. Dann blätterte sie die Seiten des Tagesbuchs auf der Suche nach der Stelle, an der sie anfangen sollte, durch. Als sie das Datum gefunden hatte, überflog sie die ersten handschriftlichen Zeilen und ein Lächeln trat auf ihre Lippen. Perfekt.

Sie wollte das Buch gerade schließen, als ein kurzes weißes Bändchen herausfiel und vor ihr auf den Teppich flatterte. Odette sog scharf die Luft ein und hob das schmale Satinbändchen auf. Sie betrachtete das Buch und versuchte zu entscheiden, wo sie es einlegen sollte.

Plötzlich hörte sie das Geräusch des Aufzugs. Sie schob das Bändchen zwischen die Seiten, versteckte das Tagebuch unter ihrer Schürze und ging zu dem Wäscheschrank am anderen Ende des Flurs. Es würde nicht lange dauern, hineinzuschlüpfen und die Passage zu lesen, bevor sie das Buch zurückbrachte. Doch was das Band betraf, hatte sie keine Ahnung, wie sie es wieder einlegen sollte.

Odette kaute an ihrer Unterlippe. Ihr Liebhaber würde gar nicht erfreut sein. Sie konnte nur hoffen, dass die Platzierung des Lesezeichens unwichtig war und unbemerkt blieb. Auf jeden Fall musste sie sich beeilen. Sie wusste nicht, wann die Frau zurückkommen würde.

Jo wickelte sich fester in den dünnen Satinmantel. Sie und Colin hatten das Restaurant verlassen und gingen Arm in Arm die von Laternen erleuchtete Straße entlang zur Kantine des Roten Kreuzes, die nicht weit entfernt lag. Sie hatte gemeint, die frische Luft würde ihnen guttun. Jetzt bereute sie jedoch ihren Entschluss, denn die Aprilnacht war kühler als erwartet. Außerdem tat jeder Schritt in den engen silbernen Pumps weh, auch wenn der Gedanke, dass sie heute Abend das Lieblingskleid ihrer Freundin trug, sie ein bisschen tröstete. Jo war dankbar, dass Colin seine langen Schritte etwas mäßigte, sodass sie mithalten konnte, ohne der Länge nach auf den Gehweg zu stürzen.

»Glaubst Du, der Blumenaustausch war ein Zeichen für irgendjemanden?«

»Da bin ich fast sicher, ich hoffe aber, dass er damit nicht etwa irgendjemanden vor uns warnen wollte. Petit sagte mir, wir sollten ihn einfach nur beobachten. Ich glaube, Kepler wusste, dass er beobachtet wurde. Wenn er sich zu einer verzweifelten Reaktion getrieben fühlen sollte, könnte das die ganze Mission der Amerikaner in Gefahr bringen.«

Das Wort »verzweifelt« passte zu Jos Stimmung. Sie sah zu ihm auf. »Wie können wir je herausfinden, ob die Frau Jewel ist? Du bist der Einzige, der ihre Identität bestätigen kann. Aber was machen wir, wenn sie ihr Zimmer nie verlässt? Es stürmen?«

»Das ist ein wenig zielführender Plan, gelinde gesagt.« Er ging mit gesenktem Kopf neben ihr her. »Nein, ich bräuchte irgendeine Verkleidung.«

»Genau!« Jo fasste neuen Mut. »Sie nimmt die Mahlzeiten auf ihrem Zimmer ein. Du kannst als Hotelbediensteter auftreten.«

Er sah sie an und hob seine behandschuhte Hand. »Nicht damit, fürchte ich.«

»Und warum nicht? Falls du es noch nicht bemerkt hast, hier in der Stadt gibt es viele Kriegsversehrte. Sie müssen ja trotz ihrer Verletzung ihren Lebensunterhalt verdienen.« Jo wollte unbedingt den nächsten Schritt vor sich sehen. »Du schaffst das, Colin. Keiner würde sich etwas dabei denken, wenn du im Hotel arbeitest. Und dein Französisch ist sehr gut.«

Er sagte nichts. Sie gingen weiter, bis Jo stehen blieb. Sie brauchten diese Chance oder die Suche nach Jewel und Papa war vorbei. »Denk darüber nach, Colin. Du würdest ein für alle Mal herausfinden können, ob die Frau meine Schwester ist.« *Und deine Liebste.* Sie hielt seinem Blick stand und ignorierte den unerwarteten Schmerz in ihrer Brust.

Er schien nachzudenken. »Ich glaube, Petit wäre mit diesem Plan nicht einverstanden, aber ich werde ihn fragen. Er arbeitet ja im Hotel, er kann mir sicher helfen.«

Jo fasste neuen Mut. »Danke!«

Ohne nachzudenken schlang sie die Arme um ihn und drückte ihn fest. Gleich darauf spürte sie seine behandschuhte Hand auf ihrer Schulter.

»Nichts zu danken – noch nicht –, aber hoffen wir, dass Petit einverstanden ist und dass ich es, um unser beider willen, schaffe.« Das klang barsch.

Jos Herz schlug heftig, während er sie festhielt. Als er seine Hand fortzog, ließ sie ihn los und trat zurück. Dabei schlug sie die Augen nieder. Was geschah mit ihr? Und warum empfand sie diesen ständigen Schmerz? *Colin ist Jewels wegen hier, nicht wegen mir!* »Ich habe mich fortreißen lassen. Es tut mir leid.«

Seine Finger legten sich sanft unter ihr Kinn, als er ihren Kopf hob. Er sah sie amüsiert an. »Du brauchst dich nicht zu entschuldigen, Mrs Mabry. Es ist sehr passend, wenn eine Frau Zuneigung zu ihrem Mann zeigt.«

Jo blieb die Luft weg. Sie konnte den Blick nicht von ihm abwenden. »Und der Mann? Was zeigt er gegenüber seiner Frau?«

Sie wusste nicht, warum sie das gefragt hatte, doch Colins Lächeln erstarb. Er ließ die Hand fallen und trat zurück. »Er erweist ihr Ehre und zeigt Respekt und tut immer, was das Beste für sie ist.«

Er sprach leise und feierlich, als spräche er einen Schwur. Jos Herz klopfte wie rasend. Sie dachte flüchtig an ihre Schwester und an

Kepler. Ob ihre Schwester sich noch immer zu dem Deutschen hingezogen fühlte? Wenn nicht, hatte Colin eine Chance bei ihr. Sie ignorierte ihren Schmerz. Hoffentlich verdiente ihre Schwester einen solchen Mann.

13

Am folgenden Nachmittag trat Petit in Colins Zimmer. »Es ist alles bereit.« Er trug die Kleidung des Gepäckträgers. »Monsieur Outis ist vor wenigen Minuten in eine Straßenbahn gestiegen. Ich lasse ihn beschatten. Er liebt Besichtigungen und interessiert sich vor allem für das Wasserkraftwerk an der Garonne. Das heißt, er wird ein paar Stunden weg sein.«

Hinter ihm trat Johanna ein, den Arm voller Kleidungsstücke. Petit betrachtete das Bündel und schloss die Tür. »Einer der Kellner hat etwa Ihre Größe, aber für den Sitz kann ich nicht garantieren. Ich war schon vieles in meinem Leben, aber noch nie Schneider.«

Colin fühlte sich nach einer zermürbenden Nacht, in der er kaum geschlafen hatte, sehr müde. Trotzdem stieg sein Puls nun in ungeahnte Höhen, als er das weiße Hemd und Jackett, die schwarze Fliege, die dunkle Hose und die Schuhe betrachtete, die ihn in einen Angestellten des Hotels verwandeln würden. »Es wird schon gehen.«

»Gut.« Petit prüfte seinen Zeitplan. »Madame Outis bestellt ihr Mittagessen gewöhnlich kurz nach vierzehn Uhr. Sie haben also noch eine Stunde, um sich anzuziehen. Wenn das Essen fertig ist, rufe ich auf Ihrem Zimmer an und lasse es einmal klingeln. Das ist Ihr Signal: Sie treffen sich mit mir am Aufzug. Ich bringe Ihnen den Wagen mit dem Tablett. Sie fahren dann damit hinauf in den nächsten Stock.«

Colin hatte vor dem Konzert gestern Abend noch mit Petit gesprochen und war überrascht gewesen, dass der Amerikaner ihrem Plan zugestimmt hatte. Natürlich hatte es nicht geschadet, dass Johanna gedroht hatte, nach Paris zurückzukehren und das gesamte Deuxième Bureau zu alarmieren, wenn er ablehnte. Der Mann hatte recht, manchmal konnte sie wirklich ein Feuerteufel sein.

»Und Sie sind ganz sicher, dass Sie das machen wollen?« Petit sah ihn stirnrunzelnd an.

Colin blickte zu Johanna hinüber, ihr aufmunterndes Lächeln spornte ihn an. »Ich sehe keine andere Möglichkeit herauszufinden, ob die scheue ›Madame Outis‹ Jewel ist. Sie etwa?«

»Diese Frage kann ich leider nicht beantworten, Leutnant. Also gut. In einer Stunde rufe ich Sie an.«

Petit ging und Colin nahm Johanna das Kleiderbündel ab. Sie reichte es ihm und fragte: »Kann ich dir noch irgendwie helfen?«

»Jetzt klingst du wie mein Unteroffizier, Goodfellow.« Sein Ton klang schärfer, als er beabsichtigt hatte. Er warf die Kleider aufs Bett. »Ich sage dir, was ich auch ihm immer antworte: ›Ich kann mich immer noch selbst ankleiden.‹«

»Ich wollte ja nur helfen.«

Colin drehte sich um und sah ihren verletzten Gesichtsausdruck, doch gleich darauf maskierte sie ihn mit Ärger. *Verdammte Albträume!* Er lächelte sie an und mäßigte seine Stimme. »Das weiß ich.«

Ihr Gesicht wurde weicher und er war froh, dass seine Reizbarkeit ihr Verhältnis nicht ernsthaft beschädigt hatte. Nachdem Colin heute Morgen seine schlechten Träume abgeschüttelt hatte, hatte er an den gestrigen Abend gedacht und daran, wie sie in ihrem hübschen rosa Kleid und den silbernen Schuhen ausgesehen hatte und – wie sie ihn danach, auf dem Weg zum Konzert, umarmt hatte. Sie war nicht zusammengezuckt, als er ihr seine Hand auf die Schulter gelegt hatte.

»Goodfellow klingt, als sei sein Name Programm.«

Colin kehrte aus seiner Gedankenwelt zurück. »Albert ist ein ausgezeichneter Soldat und ein guter Mann.«

Er betrachtete das Kostüm auf dem Bett. »Ich sollte langsam anfangen.«

»Dann viel Glück. Ich erwarte einen ausführlichen Bericht!«

Er nickte. Sie ging zur Tür und öffnete sie, drehte sich dann aber noch einmal zu ihm um und lächelte ihn ermutigend an. »Du wirst das großartig machen, Colin. Da bin ich ganz sicher.«

Angesichts ihres Vertrauens wurde ihm warm ums Herz. »Danke.«

Als sie fort war, holte er tief Luft und fing an, sich aus seiner Uniform zu schälen, was zum Glück schneller ging, als sie anzuziehen. Die Kellnerhose war ein wenig zu groß, doch Petit hatte ihm vorsorglich Hosenträger mitgebracht. Das Problem mit den vielen kleinen Knöpfen am Hemd löste er, indem er nur die schloss, die über dem weißen Jackett sichtbar waren.

Die nächste Herausforderung war die Fliege. Obwohl sie fertig gebunden war und mit einem Gummiband umgelegt wurde, fiel es ihm schwer, sie im Nacken zu schließen. *Du schaffst das, Mabry.* Stirnrunzelnd vor Konzentration, beugte er sich nach vorn, legte ein Ende hinten an den Kragen und fixierte es mit seinem Armstumpf. Dann führte er mit seiner gesunden Hand das andere Ende um den Hals herum und schloss das Band.

Er ging zum Spiegel, um sein Werk zu betrachten. »Nicht schlecht, Leutnant.« Grinsend prüfte er den Sitz. Ein wenig weit, aber es würde gehen.

Als er die Halterung für die Prothese und die Prothese selbst wieder angelegt hatte, stand ihm der Schweiß auf der Stirn. Danach waren die Schuhe an der Reihe. Als er sah, dass es kurze Stiefel zum Hineinschlüpfen waren, lachte er vor Erleichterung auf. Solange er keine Schnürsenkel binden musste, spielte es keine Rolle, ob sie perfekt passten oder nicht.

Dann saß er auf dem Bett, starrte auf seine beschuhten Füße und gestand sich mit leichtem Groll ein, dass er Petit dankbar war. Er hatte dem Amerikaner das Attentat der ersten Nacht noch nicht vergeben, aber das hier war doch immerhin eine kleine Wiedergutmachung.

Colin griff gerade nach dem weißen Jackett, als das Telefon klingelte. Seine Müdigkeit war mit einem Schlag verflogen, sein Herz raste, während er horchte. Es kam nichts mehr, also war das Petits Signal gewesen. Er sah auf seine Armbanduhr. Madame Outis hatte offenbar beschlossen, heute etwas früher als gewöhnlich zu speisen.

Er wartete bereits am Aufzug, als Petit mit dem Servierwagen kam. »Bringen Sie das auf Zimmer 403 und trödeln Sie nicht. Monsieur Outis hat das angrenzende Zimmer und wir wissen nicht, wie lange er fort sein wird. Ich warte unten in der Lobby auf Sie.«

Colin nickte. Er war erleichtert, dass Kepler ein eigenes Zimmer hatte, auch wenn er noch nicht wusste, ob die Frau bei ihm tatsächlich Jewel war. Sein Adrenalinspiegel stieg weiter an, während er den Platz mit Petit tauschte. In wenigen Minuten würde er sie sehen.

»Viel Glück, Partner.«

Die Aufzugtüren schlossen sich, der vogelkäfigartige Lift fuhr weiter nach oben. Im nächsten Stockwerk stieg Colin aus, schob den Wagen durch den Flur und blieb vor der Zimmertür stehen.

Er starrte auf die Metallziffern und überlegte, was er ihr sagen sollte. Würde Jewel ihn überhaupt erkennen? Er war damals völlig abgemagert gewesen, doch die körperliche Arbeit auf der Farm seines Onkels hatte ihm das Gewicht, das er an der Front verloren hatte, zurückgebracht. Er sah auf seine Prothese. Die hatte ihn auch verändert.

Doch dann klopfte er an die Tür, bevor er es sich anders überlegen konnte. *»Service d'étage.«*

Es schien endlos zu dauern, bis die Tür aufging und eine schlanke Frau in Trauerkleidung sichtbar wurde. Sie war ein paar Zentimeter größer als Johanna. Jewels Größe, wenn ihn sein Gedächtnis nicht trog. Sie trug auch jetzt wieder den schwarzen Schleierhut, den Petit erwähnt hatte.

»Ihr Essen, Madame.«

Er vernahm ein leises Aufkeuchen hinter dem Schleier, die behandschuhte Hand griff nach der Tür. Nach einem kurzen Moment trat sie zurück und ließ ihn eintreten. Eine Handbewegung verwies ihn zu einem dunklen Holztisch am Fenster.

Colin schob den Servierwagen zu dem Tisch, hob das Tablett an, stützte es mit seinem linken Arm und stellte es auf den Tisch. Als er sich umdrehte, stand sie vor der geschlossenen Tür. Ihre behandschuhte Hand umklammerte den Türknauf. Sie beobachtete ihn, schwer atmend. »Colin?«

Ihr geflüstertes Wiedererkennen erfüllte ihn mit Erleichterung und Triumph. Sie erinnerte sich an ihn. »Ja, Jewel, ich bin's.«

Mit laut klopfendem Herz trat er einen Schritt auf sie zu und versuchte, das Gesicht hinter der dichten, schwarzen Gaze zu erkennen. Dann fiel sein Blick auf den Silberring, den sie an einer Kette um den Hals trug. Es war der gleiche, den er vor einem Jahr an ihr gesehen hatte, der Taubenring, fast derselbe, den Johanna trug. Er sah wieder in ihr verhülltes Gesicht. »Ich bin zurückgekommen.«

»Du hast dein Versprechen gehalten.« Ihre Stimme war erstickt vor Emotionen, der Schleier bewegte sich bebend. »Ich kann es nicht fassen. Wie … wie hast du mich gefunden?«

Er lächelte. »Das ist eine lange Geschichte.« Er trat noch einen Schritt auf sie zu, doch als er sah, dass sie sich versteifte, blieb er stehen. Sie schaute auf seine Prothese. Sein Gesicht wurde heiß. Er war nicht mehr der Mann, den sie damals gekannt hatte. Er war ein völlig anderer.

Doch er blieb stehen, ungeachtet seines verletzten Stolzes. »Jewel … meine Liebe … ich bin so glücklich und erleichtert, dich zu sehen. Nach der Schlacht bei Cambrai dachte ich, du seist tot. Fast dein ganzes Dorf wurde ausgelöscht.«

»Der Tod wäre besser gewesen.«

Er hörte das traurige Flüstern und sah die schmale Gestalt in Trauerkleidung voller Mitgefühl an. Er hatte schöne Erinnerungen an ihre gemeinsame Zeit, doch Jewel war gezwungen gewesen, monatelang allein im besetzten Frankreich zu überleben. Ganz bestimmt hatte sie sich ebenfalls verändert.

Er räusperte sich. »Es tut mir so furchtbar leid … dass ich dich nicht mitgenommen habe, als ich die Möglichkeit dazu hatte, doch die Gefahr war so groß …«

»Die Gefahr war überall, Colin.«

Natürlich. Er hielt inne, dann sprach er weiter. »Der Tod deiner Tante tut mir leid.«

»Wie du siehst, trauere ich noch immer um sie,« flüsterte sie gequält. »Sie war meine einzige Verwandte. Es war sehr schwer, als sie nicht mehr war.«

»Du musst so sehr gelitten haben.« Seine Stimme war rau vor Reue. »Aber Jewel, du hast noch Familie.« Sein Puls raste noch immer. »Du hast mich gefragt, wie ich dich gefunden habe. Durch deine Schwester Johanna. Sie hat mich benachrichtigt, dass du am Leben bist und meine Hilfe brauchst.«

»Schwester?« Jewels schlanke Gestalt sank gegen die Tür. Colin hatte Angst, dass sie ohnmächtig würde. Mit einem Satz war er bei ihr und hielt sie fest. »Ich weiß, es ist ein Schock.«

»Wie kann das sein?« Sie drehte sich zu ihm, ihre Stimme war nur ein heiseres Flüstern. »Ich habe keine Schwester!«

Er führte sie zum Bett. »Als deine Mutter gestorben war, bekam dein Vater … noch eine Tochter.«

»Mein Vater … wusste er von ihr?« Ihre Stimme war kaum vernehmbar. Sie hob den Kopf und sah ihn an.

»Ja. Soviel ich weiß, hat er sie einmal besucht, als sie noch sehr klein war.«

»Er hat sie gesehen?« Jewel griff nach dem Bettpfosten und zog sich hoch. »Er wusste, dass ich eine Schwester habe, und hat es mir nie gesagt?« Die Wut in ihrer Stimme erschreckte ihn. »Er hat mich verlassen in dem Wissen, dass er wahrscheinlich niemals zurückkommen würde, und hat mir nichts von ihr gesagt?«

»Es tut mir leid.« Colin litt mit ihr, doch er wusste nicht, was er sagen sollte.

Dann, als hätte der Zorn sie erschöpft, fiel sie zurück aufs Bett. »Er hat nie auch nur ihren Namen erwähnt. Und meine Tante auch nicht, falls sie es wusste.« Sie begann leise zu weinen. »Die ganze Zeit war ich allein.«

Ihre Schultern zuckten. Sie saß da, gegen den Bettpfosten gelehnt, und weinte. Colin kniete sich neben sie und versuchte, sie zu trösten. »Ich weiß, dass ich nicht einmal annähernd nachfühlen kann, wie schwer das für dich sein muss, meine Liebe. Johanna hat selbst erst vor Kurzem von deiner Existenz erfahren.«

»Johanna.« Jewel schniefte, zog ein schwarzes Taschentuch aus ihrem Ärmel und führte es unter ihren Schleier. »Erzähl mir von ihr. Wie alt ist sie? Wie hast du sie kennengelernt?«

»Deine Schwester ist zwei Jahre jünger als du. Ich traf sie, weil sie mir schrieb und mich bat, nach Paris zu kommen und ihr zu helfen, dich zu suchen. Sie wusste, dass du Hilfe brauchst.«

»Wie hat sie von meiner Existenz erfahren?«

Er lächelte. »Sie hat dein Tagebuch gefunden, in den Trümmern des Kellers, in dem du mich damals versteckt hattest. Auf der Suche nach dir sind wir beide dann hierhergekommen.«

»Mein Tagebuch.« Sie klang erstaunt. Abrupt drehte sie sich zu ihm um. »Ihr beide? Sie ist auch hier?«

Er nickte. »Hier im Hotel.«

»Wo?« Ihr Atem hinter dem Schleier kam stoßweise. »Ich will sie sehen!«

Jewel wollte aufstehen, doch dann drehte sie sich zu der Verbindungstür zu dem anderen Zimmer um. »Nein, ich … ich muss warten.«

Colin kniff die Augen zusammen. »Warum?«

»Monsieur Outis kommt bald zurück. Dann muss ich hier sein.«

Colin stand vor ihr. »Warum bist du noch bei Monsieur … bei Kepler?«

Bei dieser Frage flog ihr Kopf hoch, doch sie schwieg. Dann sagte sie: »Er … hat mich sicher aus Havrincourt herausgebracht, noch vor der Schlacht. Er hat mir das Leben gerettet.«

Colins Schuldgefühle wuchsen ins Riesenhafte. Das wäre seine Aufgabe gewesen. »Aber warum bist du bei ihm geblieben? Der Mann ist ein Feind Frankreichs.«

Sie rang die behandschuhten Hände. »Er hat versprochen, mich zu meinem Vater zu bringen.«

»Wann, Jewel?«, unterbrach Colin sie. »Wann wird er sein Versprechen einlösen? Ihr habt Havrincourt vor Monaten verlassen. Woher weißt du, dass der Mann die Wahrheit sagt?«

Sie wandte sich von ihm ab und sagte mit tränenerstickter Stimme: »Bitte, Colin, sag das nicht.«

»Liebes, ich wollte dich nicht aufregen.« Er berührte sie leicht an der Schulter, doch sie zuckte zusammen. Er zog seine Hand zurück, kämpfte gegen die Kränkung an. »Jewel, komm jetzt mit mir. Wir bringen dich nach Paris.«

Sie sagte nichts, saß nur zusammengesackt da, wie geschlagen.

»Ich habe dir etwas versprochen und ich werde mein Versprechen halten.« Wieder kauerte er sich neben ihr nieder. Er legte seine Hand auf ihre und war froh, als sie sie nicht wegzog. »Ich habe das Gefühl, versagt zu haben, aber jetzt bin ich hier. Ich möchte für dich sorgen, Jewel.«

Sie richtete sich auf und sah ihn an. »Es genügt, dass du meinetwegen gekommen bist, *mon noble chevalier.*«

Mein edler Ritter. Wehmut erfüllte ihn. Bei der Erinnerung daran, wie sie ihn in Havrincourt genannt hatte, als sie seine Wunden versorgte.

»Aber jetzt, Colin, entbinde ich dich von deinem Versprechen. Du musst mich vergessen.«

Er fuhr förmlich zurück. »Vergessen?« Er starrte sie an. Konnte sie die Liebe und den Kummer, die sie in ihrem Tagebuch beschrieben hatte, so leicht vergessen? Und ihren Kuss? Wieder sah er, wie sie zu der Verbindungstür blickte. Ein hässlicher Verdacht kam ihm in den Sinn. »Du und Kepler … seid ihr ein Paar?«

Sie sah ihn an. »Ja! Ja, wir lieben uns. Colin, es tut mir leid. Aber jetzt musst du gehen, bevor er dich hier findet.«

»Ich glaube dir nicht. Du scheinst Angst vor ihm zu haben.« Seine Stimme wurde sanfter. Er griff nach ihrem Schleier. »Zeig mir dein Gesicht, Jewel. Ich will sehen, was du wirklich empfindest.«

Sie schrak vor ihm zurück. »*Non*, bitte!«

»Warum versteckst du dich vor mir?« Die Demütigung drohte sein ohnehin angeschlagenes Selbstbewusstsein vollends zu vernichten. Wieder kniete er vor ihr nieder. War er in ihren Augen ein solcher Schuft, dass sie ihn endgültig aus ihrem Leben verbannen wollte? Doch dann kam ihm ein anderer Gedanke. Seine Muskeln spannten sich schmerzhaft an. »Hat er dir etwas getan?«

»Natürlich nicht!« Sie klang erregt. »Du verstehst mich nicht, Colin, ich versuche, dich zu retten! Monsieur Outis … Kepler … er kann jeden Moment zurückkommen!«

»Ich habe keine Angst vor ihm.« Entschlossen griff Colin abermals nach dem Schleier. Er hörte ihre zitternden Atemzüge, als er die schwarze Gaze hob, die ihr Gesicht verdeckte. Sein erster Blick fiel auf die glatte, leicht getönte Haut an ihrer Kehle, dann auf die goldschimmernden Locken, an die er sich so gut erinnerte. Dann sah er ihr sanft gerundetes Kinn und wollte gerade ihre Lippen aufdecken, als er hinter sich ein leises, klickendes Geräusch vernahm, ein sich drehendes Türschloss.

»Non!« Jewel schlug seine Hand fort. Dabei zerriss sie die Kette, die sie um den Hals trug.

»Was geht hier vor?«

Colin drehte sich zu der barschen Männerstimme hinter ihm um. Werner Kepler stand auf der Schwelle zwischen den beiden Zimmern, breitbeinig, mit verschränkten Armen. Er sah zwischen ihnen beiden hin und her. »Warum ist er hier oben?«

Colin stand rasch auf. Seine Gedanken überschlugen sich. »Ich habe Madame ihr Essen gebracht und …«

»Und er hat mir geholfen, das hier zu suchen.«

Jewel stand ebenfalls auf, die Silberkette mit dem Ring in der Hand. »Sie ist gerissen und ich dachte, ich hätte sie verloren. Du weißt doch, wie viel mir der Ring bedeutet.«

Colin senkte den Kopf und ging zurück zum Tisch. Er breitete die Leinenserviette aus und legte das Silberbesteck hin. Dann hob er den Deckel vom Teller und legte ihn beiseite. Schließlich schob er den Wagen wieder zur Tür.

»Was hat er sonst noch gemacht?«

Kepler starrte Jewel an.

»Bitte ärgere dich nicht, *mon cœur.* Ich hatte Hunger und habe mir etwas bestellt und der … der Kellner hat mir geholfen, meinen Ring zu suchen.«

Kepler ignorierte sie und wandte seine ganze Aufmerksamkeit Colin zu. Er ließ die Arme sinken und kam auf ihn zu. Colin hielt den Kopf gesenkt. Er fürchtete, dass der Mann ihn aus dem Le Bibent wiedererkannte.

»Ich habe Sie noch nie in diesem Hotel gesehen. Wann wurden Sie eingestellt? Und warum stellt man jemanden mit einer solchen Behinderung ein?«

Er war nur noch wenige Zentimeter entfernt. Als Colin aufblickte, sah er, dass er auf seine Prothese schaute. »Viele Kriegsversehrte sind von der Front zurückgekehrt, Monsieur. Wir müssen alle arbeiten, damit wir zu essen haben. Und ich habe noch immer diese hier.«

Er hielt seine gesunde Hand hoch, damit Kepler sie sehen konnte, der inzwischen so nah war, dass Colin versucht war, ihm an die Kehle zu gehen, doch dann fiel ihm Petits Warnung ein und er ließ die Hand wieder sinken. »Wenn sonst nichts mehr ist, gehe ich jetzt. Ich wünsche Ihnen noch einen schönen Tag, Madame, Monsieur, und vielen Dank, dass Sie bei uns im Hotel Blanc logieren.«

Colin wagte nicht, Jewel noch einmal anzusehen. Er verließ das Zimmer. Sein Puls raste noch, als er vor dem Aufzug stand, Zorn und Scham zerrten an dem bisschen Würde, das ihm geblieben war. Was konnte er gegen einen Mann wie Kepler ausrichten? Er starrte auf sein verhasstes Anhängsel. Immerhin hätte er dem Mann mit seiner Holzhand einen ordentlichen ersten Schlag versetzen und ihm damit eine weitere Narbe beibringen können, die sein Aussehen beeinträchtigte.

Mon cœur. Mein Herz. Das hatte Jewel zu Kepler gesagt. Hatte sie es freiwillig gesagt oder verlangte der deutsche Spion solche Kosenamen? Sie hatte gesagt, dass sie ihn liebe, doch Colin spürte, dass sie gelogen hatte. Er hatte ihre Angst herausgehört, deren Hauptquelle, so dachte er, Kepler war.

Vielleicht hat sie dich auch nur richtig angesehen, Mabry, und den leichtesten Ausweg gewählt.

Im Erdgeschoss angekommen, versuchte er den Gedanken abzuschütteln und verließ den Aufzug. Petit wartete in der Lobby auf ihn und nickte zur Küchentür ein paar Meter hinter dem Eingang zum Restaurant hinüber. Colin schob den Wagen dorthin. Der Amerikaner hielt ihm die Tür auf und beide Männer betraten die große Küche.

»Hier herein.« Petit öffnete eine zweite Tür, eine Art Speisekammer mit Regalen voller Wurzelgemüse und Getreide. Er schaltete das Deckenlicht ein und schloss die Tür.

Colin bekam Platzangst in dem winzigen Raum. Er griff Halt suchend nach dem Servierwagen.

»Was ist oben passiert?«

»Was glauben Sie? Kepler hat uns überrascht. Warum haben Sie ihn denn nicht beobachtet?«

Petit runzelte die Stirn. »Monsieur Outis ist unserem Mann entkommen. Er muss einen Verdacht gehabt haben, weil er umgehend hierher zurückgekehrt ist. Sind Sie in Ordnung? Hat er Sie erkannt?«

»Es geht mir gut und nein, ich glaube nicht, dass er mich wiedererkannt hat. Falls er Zweifel hatte, hat Jewel sie zerstreut.« Colin presste die Lippen zusammen. Er dachte an die zerrissene Kette. *Sie hat dich da drin gerettet, Mabry.*

»Jewel?« Petit kniff die Augen zusammen. »Sie haben sie also gesehen? Sie konnten sie identifizieren?«

Colin nickte, dann zögerte er. »Ich bin sicher, dass sie es ist.«

Petits Lippen wurden schmal. »Was genau soll das heißen, Leutnant?«

Er zog unbehaglich die Schultern hoch. »Nun ja, ich habe sie nicht wirklich gesehen. Ihr Gesicht, meine ich. Ich wollte gerade den Schleier lüften, als Kepler hereinkam.«

Petit seufzte. »Sie können also nicht sicher sein.«

»Sie war es, glauben Sie mir! Sie kannte mich und wir haben über früher gesprochen, über Dinge, die nur Jewel wissen kann. Dann sagte sie mir, ich müsse gehen, bevor Kepler kommt, aber es war natürlich zu spät. Sie wollte es nicht zugeben, aber ich glaube, sie hat Angst vor ihm.« *Oder vor mir.* Bei dem Gedanken an sein Versagen wurde ihm eng ums Herz.

»Hat sie irgendwelche Verletzungen erwähnt?«

Colin schüttelte den Kopf. »Ich habe sie gefragt, ob sie verletzt sei, und sie hat Nein gesagt.«

Doch Petits Frage machte ihn nachdenklich. Warum wollte sie nicht, dass er sie sah? Hatte sie ihn belogen und ihn trotzdem mit der zerrissenen Kette vor Kepler gerettet? Er dachte an seine Faust, so dicht vor Keplers Gesicht. Das wäre seine Chance gewesen, Jewel zu beweisen, dass er sie verteidigen konnte. *Aber Sie haben gekniffen, Leutnant.*

Petit stieß die Luft aus. »Das klingt, als ob wir wieder auf Los wären. Noch was, was Sie mir erzählen sollten?«

Nur dass Kepler sie gerettet hat, bevor ich es tun konnte, und dass sie sagt, dass sie ihn liebt. Colin blickte finster vor sich hin. Das würde er Petit nicht sagen, nicht nur, weil es seinen Stolz noch mehr verletzen würde. Er wollte auch nicht, dass der Amerikaner Jewel für Keplers Komplizin hielt. »Nein, sonst nichts.«

Petit sah ihn prüfend an. »Zu schade, dass Sie ihr Gesicht nicht gesehen haben. Eine eindeutige Identifizierung wäre von unschätzbarem Wert gewesen.«

»Geben Sie mir etwas mehr Zeit mit ihr.« Colins Forderung klang eher wie eine Bitte, doch das war ihm egal. Es ging um seine Ehre. Er musste Gewissheit haben, ob Jewel die Wahrheit über ihr Verhältnis mit Kepler gesagt oder ob ihre Worte von Angst diktiert worden waren. Vielleicht befand sie sich in ebenso großer Gefahr wie damals in Havrincourt, ja vielleicht sogar in noch größerer. Die Hinhaltetaktik des deutschen Spions, der ja versprochen hatte, sie zu ihrem Vater zu bringen, war verdächtig. Die Möglichkeit, dass Jewel einfach kein Interesse an ihm, Colin, hatte, wollte er nicht in Erwägung ziehen.

»Ich weiß nicht, Leutnant.« Petit schüttelte den Kopf. »Ich bin heute ein großes Risiko für Sie eingegangen. Das Beste wäre, wir belassen es dabei.«

Colin sah ihn ungläubig an. »Wollen Sie damit sagen, ich soll einfach abreisen und sie hierlassen?«

»Ich habe es Ihnen doch gesagt. Es steht eine Menge auf dem Spiel, von dem Sie keine Ahnung haben. Was Sie heute getan haben, bringt unsere Mission in ernste Gefahr.«

Ein Gefühl der Hoffnungslosigkeit packte ihn. Er wusste, dass Petit recht hatte. Doch alles in Colin lehnte sich gegen den Gedanken auf, Jewel im Stich zu lassen. Er hatte zwar ihr Gesicht nicht gesehen, doch er hatte ihre Angst und Verzweiflung gespürt. Sie war zum Bauern in einem Spiel geworden, das Kepler und Petit spielten.

Er konnte nicht einfach nach Hause fahren. Auch wenn Jewel ihn wegen seiner Behinderung abgewiesen hatte, so zählte Johanna doch weiter auf ihn. »Ich bleibe. Geben Sie mir noch eine Chance, Jewel zu sehen.«

Der Amerikaner betrachtete ihn nachdenklich. »Ich muss mit meinen Vorgesetzten reden«, sagte er schließlich. »Bis dahin halten Sie sich bitte bedeckt. Monsieur Outis hat Sie jetzt gesehen, also müssen Sie weiterhin einen Hotelangestellten spielen. Behalten Sie den Servierwagen. Wenn man Sie damit kommen oder gehen sieht, glaubt jeder, Sie gehörten zum Zimmerservice. Ach ja, und informieren Sie auch Mrs Mabry. Sie muss wissen, wie es weitergeht.«

Colin nickte. »Wann höre ich von Ihnen?«

»Morgen.«

Als Petit gegangen war, beschloss Colin, zu Johanna zu gehen und ihr von seinem Treffen mit Jewel zu erzählen. Er nahm sich ein leeres Tablett und ein Gedeck aus der Küche, stellte sie auf den Wagen und ging zum Aufzug.

14

Jo, die unruhig im Zimmer auf und ab gegangen war, blieb stehen und fuhr herum, als es an der Tür klopfte. Sie blickte auf den Boden neben dem Stuhl, wo Little Corporal in seinem kleinen Käfig saß und an den getrockneten Maiskörnern herumpickte, die sie ihm gegeben hatte. Es klopfte erneut.

»Service d'étage, Madame.«

Zimmerservice? Sie hatte ihn nicht bestellt. Oder war das Colin?

»Einen Augenblick.« Ihr Erschrecken wich Erregung. Hatte er mit Jewel gesprochen?

Jo ging zu ihrer Taube und sprach leise mit ihr, während sie den Käfig aufhob und hinter den Paravent stellte. »Du musst hier weiterfressen, *mon ami*. Es dauert nicht lange, versprochen.«

Ihre Augen flogen auf der Suche nach einem verräterischen Hinweis auf den Vogel rasch durch das Zimmer, doch sie konnte nichts entdecken. So sehnsüchtig hatte sie auf Colins Rückkehr gewartet, dass sie den ganzen Raum sorgfältig aufgeräumt hatte. Alle ihre Kleider und Schuhe waren fortgeräumt und sie hatte sogar das Bett gemacht.

Sie öffnete die Tür und sah überrascht, dass Colin noch immer die Kellneruniform trug. Neben ihm stand ein Servierwagen mit einem Tablett und einer zugedeckten Platte.

»Schnell, lass mich rein.«

Jo trat zurück, er schob den Wagen hinein. Erst als sie die Tür wieder geschlossen hatte, bemerkte sie seinen angespannten Gesichtsausdruck. Irgendetwas war passiert. »Hast du sie gesehen?«

Er nickte. »Wir haben miteinander gesprochen.«

Ihre Nerven flatterten. »Komm, setz dich.« Sie deutete auf den Stuhl neben ihrem Schreibtisch und setzte sich selbst aufs Bett. »Ist sie meine Schwester?«

»Ich bin ganz sicher, aber ich habe nur einen winzigen Blick auf ihr Gesicht erhascht, dann ist Kepler ins Zimmer geplatzt.«

»Kepler! Du meine Güte! Was ist passiert? Hat er dich erkannt?«

Colin schüttelte den Kopf. Jo sah, dass er rot geworden war. »Ich glaube nicht. Ich bin so schnell wie möglich verschwunden. Vor seiner unerwarteten Rückkehr haben Jewel und ich kurz gesprochen. Über ihre Tante und darüber, dass ich zurückgekommen bin, um mein Versprechen zu halten.«

Er nickte mit dem Kopf zu ihrer Hand hin. »Sie trägt den gleichen Ring mit dem silbernen Vogel, allerdings an einer Kette um den Hals.«

»Sie muss es sein!« Jos Hoffnungen stiegen. »Hast du ihr von mir erzählt?«

Er lächelte schwach. »Sie kann es gar nicht erwarten, dich kennenzulernen.«

»Wirklich?« Jo sprang auf. »Hat sie etwas über unseren Vater gesagt?«

»Kepler hat sie noch nicht zu ihm gebracht.«

Jos Euphorie schwand. Sie warf die Hände in die Luft. »Worauf wartet er?«

Colin schüttelte den Kopf. »Das habe ich Jewel auch gefragt, aber es schien sie aufzuregen.« Er begegnete Jos Blick und fragte nachdenklich: »Erinnerst du dich an Keplers genaue Worte, bevor die beiden Havrincourt verließen? Hat der Deutsche etwas davon gesagt, wie lange es dauern würde oder ob ihr Vater irgendwo festgehalten wird?«

Jo tippte sich mit dem Finger aufs Kinn. »Ich glaube, Kepler hat ihr nur gesagt, er wüsste, wo Vater sich aufhält, und würde sie zu ihm bringen.« Sie ging zum Schreibtisch und holte das Tagebuch ihrer Schwester. Ich habe die Stelle gerade erst noch einmal gelesen, aber schauen wir doch nach, ob wir irgendetwas übersehen haben.

Ich selbst habe das ganze Buch so oft gelesen, dass ich ihre Geschichte eigentlich auswendig kennen müsste.«

Sie stand neben Colin und sah ihn an. Dabei schlug sie das Tagebuch dort auf, wo das Lesezeichen steckte. Doch als sie hineinblickte, runzelte sie die Stirn. »Seltsam.«

»Was?«

»Das Lesezeichen. Ich habe zuletzt die Passage ganz am Ende gelesen, wo die Kampfhandlungen Jewels Dorf erreichen, doch jetzt liegt das Lesezeichen einen Monat früher, gleich nach dem Tod ihrer Tante.«

»Bist du sicher, dass du es nicht einfach falsch eingelegt hast?«

»Natürlich bin ich sicher.«

Er stand auf. Sein Gesicht war besorgt. »Wann hast du zuletzt darin gelesen?«

»Gestern Nachmittag«, sie sah wieder auf das Buch, »bevor ich mich zum Essen umgezogen habe.«

»Also könnte jemand im Zimmer gewesen sein, als wir im Le Bibent waren.« Er sah sich prüfend um. »Ist dir etwas aufgefallen? Fehlt etwas?«

Jos Herz schlug heftig. Sie schaute sich ebenfalls im Zimmer um. War jemand hier eingedrungen? Ihr Blick fiel auf den Wandschirm. Seit der Ankunft im Hotel hatte sie Little Corporal immer, wenn sie nicht im Zimmer war, dahinter verborgen. Hatte jemand ihre Taube entdeckt? Sie schluckte und drehte sich zu ihm um. »Nein … nichts.«

Er verzog das Gesicht. »Es könnte Petit gewesen sein. Wir sind ein paar Stunden, bevor wir uns mit ihm in der Kantine des Roten Kreuzes getroffen haben, zum Essen gegangen. Allerdings scheint er es gewöhnlich vorzuziehen, seine Opfer unter Drogen zu setzen und die Sachen, die er gestohlen hat, über Nacht zu behalten.«

Jo hörte den Zorn in seiner Stimme.

»Aber als ich gestern Abend zurückgekommen bin, lag das Tagebuch genau da, wo ich es hingelegt hatte.« Sie deutete auf den Stuhl. »Da, wo du gesessen hast.«

Sein Stirnrunzeln vertiefte sich. »Ich halte es für möglich, dass es Petit war, aber es gibt auch noch andere Spione im Hotel. Wir sollten also auf der Hut sein.«

»Ja, natürlich.« Jo versuchte, ihr Unbehagen zu verbergen. Sie durchflog das Tagebuch und fand die Passage, nach der Colin gefragt hatte. »Hier heißt es: ›Hauptmann Kepler weiß, wo Vater ist, und hat versprochen, mich zu ihm zu bringen, wenn wir hier fortgehen. Er sagt, es könnte gefährlich sein, aber das macht mir nichts. Ich zähle die Tage, bis ich meinen lieben Papa wiedersehe.‹«

Beim letzten Satz versagte ihre Stimme. Wie viele Jahre hatte sie sich ebenfalls danach gesehnt?

Sie sah Colin an. »Vielleicht ist Papa in Kriegsgefangenschaft? Was, wenn er irgendwo festgehalten wird und Kepler meine Schwester deshalb nicht zu ihm bringen kann?«

»Das wäre möglich.« Er sah sie nachdenklich an. »Aber irgendwie glaube ich, dass etwas anderes dahintersteckt.«

Jo schlug das Tagebuch zu. »Was könnte das sein?«

Er seufzte. »Bitte, Johanna, setz dich.«

Jetzt erst fiel ihr sein angespannter Gesichtsausdruck auf. Sie setzte sich aufs Bett. »Erzähl.«

Colin setzte sich auf einen der Stühle ihr gegenüber. »Wie ich schon sagte, Jewel möchte dich sehen.«

»Ich sie doch auch!« Jo beugte sich vor. »Hat sie gesagt, wann?«

»Sie wird warten müssen, bis Kepler wieder einmal allein fortgeht.«

Jo sah ihn prüfend an. Seine Antwort beunruhigte sie. »Hat Jewel Angst vor ihm? Hält er sie gefangen?«

»Sie hat sich Sorgen gemacht, dass Kepler zurückkommen könnte, aber ich weiß nicht genau, wie ich das einordnen soll.«

Jo wartete, dass er fortfuhr. Er beugte sich auf dem Stuhl nach vorn und stützte die Arme auf die Knie. »Als ich ins Zimmer kam, war Jewel zuerst sehr erschrocken und dann völlig überrascht, als sie von deiner Existenz hörte. Aber es schien sie zu freuen, dass ich mein Versprechen gehalten habe.« Er blickte auf. »All die Monate nach dem Tod ihrer Tante ganz allein im besetzten Frankreich, das war schwer für sie.«

»Meine arme Schwester.« Jewel hatte diese schwierige Zeit im Tagebuch erwähnt, doch das Wissen, dass sie Colin gegenüber davon gesprochen hatte, schmerzte Jo noch mehr. »Was … was hat sie sonst noch gesagt?«

»Sie hat mich von meinem Versprechen entbunden.« Er sah sie ernst an. »Sie sagte mir, ich solle sie vergessen.«

»Was?« Jos Herzschlag beschleunigte sich, ihren Schuldgefühlen zum Trotz. »Hat sie gesagt, warum?«

»Sie hat behauptet, Kepler zu lieben.«

Als Jo das hörte, drohte die Scham sie zu überwältigen. Sie hatte Colin aus England hierhergelockt, nur damit er erfuhr, was sie bereits vermutete. »Es tut mir so leid.«

Sie meinte es ernst.

»Ich weiß nicht, ob ich ihr glaube.«

Wieder stieg ein fast verzweifelter Schmerz in ihr auf, doch sie schob ihn mit aller Kraft beiseite. »Du glaubst, dass sie dich noch liebt?«

Sein Lachen, als er seine behandschuhte Hand betrachtete, klang bitter. »Ich bin nicht mehr der Mann, den sie heiraten wollte, vielleicht hat das zu ihrer Meinungsänderung geführt.«

»Unsinn!« Jo sprang auf, diesmal voll gerechten Zorns. »Ich glaube nicht, dass eine Frau, die dich wirklich liebt, wegen etwas so Unwichtigem ihre Meinung ändert!«

Sie machte eine wegwerfende Handbewegung in Richtung seiner Prothese und kämpfte dabei gegen eine Mischung aus Zorn, Schuld und Sehnsucht an. »Nun hör mir mal gut zu, Colin Mabry. Napoleon hat gesagt: ›Vor Gott sind alle Menschen gleich: Weisheit, Talente und Tugenden sind die einzigen Unterschiede zwischen ihnen.‹ Das bedeutet, dass du weit mehr ein Mann bist als … als Kepler, André, Henri Lacourt und Petit zusammen. Du bist ein Kriegsheld! Und selbst, wenn du es nicht wärst, würde das nichts an dem Menschen ändern, der du bist.«

Johannas Worte waren Balsam für seinen verletzten Stolz. Colin musste lächeln. »Deine Freundin Miss Moreau meinte, ich wäre Jewels Retter. Mir scheint, ich habe auch eine Retterin in dir.«

Sie errötete, wodurch ihre blauen Augen noch intensiver strahlten. »Ich habe nur gesagt, dass du wertvoll bist und …«

»Was war das?« Colin drehte sich um. Hinter dem Paravent hatte es geraschelt. Kurz darauf war das Geräusch wieder zu hören. Er stand auf. »Hast du es auch gehört?«

»Was gehört?«

Er kniff die Augen zusammen. Johanna hatte einen Gesichtsausdruck, den er nur zu gut kannte. »Ich bin ganz sicher, dass ich da hinten ein Geräusch gehört habe.« Er deutete auf den Wandschirm. »Es klang wie …«

Jetzt erklang ein leises Gurren. Colin sah sie erstaunt an. »Ist das ein Vogel?«

Sie wandte den Blick ab und nickte. »Little Corporal.«

Er ließ sich auf den Stuhl fallen und starrte sie mit offenem Mund an. »Wie … wann … soll das heißen …?« Er starrte die Reisetasche auf dem Schreibtisch an, dann sah er zum Wandschirm hinüber. »Du hast eine Brieftaube aus Vernon mitgebracht!« Er blinzelte. »Wie hast du das gemacht?«

Sie schaute ihn mit vorgeschobenem Kinn an. »Das war gar nicht so schwer. Ich habe dir doch erzählt, wie die Tauben in winzige Käfige mit kleinen Fallschirmen gesteckt werden. Für kürzere Zeit vertragen sie dieses Eingesperrtsein sehr gut. Little Corporals Käfig passt perfekt in meine Reisetasche.«

Wieder sah er die Stofftasche an. »Aber im Zug … wie hast du ihn ruhig gehalten?«

»Dunkelheit ist ein natürliches Sedativum für Vögel. Er brauchte nur genügend Frischluft, dann ging es ihm gut.« Sie runzelte die Stirn. »Ich hatte zwar Bedenken, ob er die ganze lange Fahrt über stillhalten würde, doch in dem lauten Zugabteil waren die kleinen Laute, die er von sich gab, gar nicht zu hören.« Sie lächelte. »Außerdem hatte ich Kamillentee dabei, der beruhigt ihn.«

Er schüttelte verwundert den Kopf. »Und hier im Hotel?« Colin dachte an das Bitte-nicht-stören-Schild an der Tür, das dort immer hing, wenn sie nicht da war. »Kein Wunder, dass du nicht wolltest, dass der Zimmerservice bei dir putzt.«

Plötzlich kam ihm ein Gedanke. Sein Herzschlag beschleunigte sich. »Hast du irgendetwas Ungewöhnliches an dem Vogel festgestellt, als du gestern Abend zurück auf dein Zimmer kamst?«

»Little Corporal ging es gut. Wer immer in meinem Zimmer war, hat ihn nicht bemerkt.«

»Gebe Gott, dass du recht hast.« Er stand auf. Ärger kämpfte mit Erleichterung. War ihr denn gar nicht bewusst, in welche Gefahr sie sie beide durch diesen Vogel gebracht hatte? »Wenn Petit das herausfindet, lässt er uns beide als Spione verhaften.«

Sie wurde blass und versteifte sich vor Abwehr. »André – Unteroffizier Moreau – hat sich Sorgen um unsere Sicherheit gemacht, vor allem wegen Kepler. Ich beschloss, Little Corporal mitzunehmen, falls wir Schwierigkeiten bekommen und Hilfe brauchen.«

Er starrte sie an. »Und ob wir Hilfe brauchen werden, wenn die Amerikaner herausfinden, dass wir eine ausgebildete Brieftaube mitführen!« Er holte tief Luft und rang um Selbstbeherrschung. »Du musst den Vogel freilassen, Johanna. Lass ihn nach Vernon zurückkehren.«

»Nein.«

Ihre blauen Augen sahen ihn herausfordernd an. Er trat näher, bis er dicht vor ihr stand. »Du wirst ihn freilassen, Johanna. Der Vogel ist eine Gefahr für uns.«

Sie suchte seinen Blick, sah ihn bittend an. »Colin, noch nicht. Außer uns weiß niemand von seiner Existenz und vielleicht brauchen wir ihn noch. Unsere Suche ist noch nicht zu Ende.«

Johannas Worte und ihr bittender Gesichtsausdruck besänftigten seinen Zorn. Er hatte ihr noch gar nicht von seinem Gespräch mit Petit erzählt. »Ich fürchte, es ist vorbei. Jetzt, wo Kepler mich aus der Nähe gesehen hat, muss ich meine Verkleidung beibehalten, um meine Deckung nicht zu gefährden, zumindest bis Petit mit seinen

Vorgesetzten gesprochen hat. Ich bin eigentlich nur gekommen, um dir das zu sagen.«

»Aber … wir können nicht aufgeben! Ich muss Jewel sehen und mehr über Papa erfahren!«

Angesichts ihrer Enttäuschung wurde Colins Herz schwer. Er trat einen Schritt zurück. »Es tut mir leid. Ich weiß, wie sehnlichst du sie und deinen Vater finden möchtest. Ich habe Petit gebeten, mich noch einmal mit Jewel sprechen zu lassen. Die Entscheidung darüber liegt jetzt bei G-2. Ich glaube allerdings kaum, dass sie ihre Mission aufs Spiel setzen werden, indem sie meinen Wunsch erfüllen.«

»Unerschütterliche Entschlossenheit ist die wahre Weisheit.« Wieder schob sie das Kinn vor.

Er lächelte. »Napoleon?«

Sie nickte, dann verschränkte sie die Arme. »Bist du sicher, dass die Frau bei Kepler meine Schwester ist?«

»Ja.«

»Und ist Jewel es wert, für sie zu kämpfen?«

»Natürlich.« Nicht nur um seiner Ehre willen, sondern auch um eine Zukunft mit der Frau zu beginnen, der er so viel verdankte. Vorausgesetzt, sie wollte ihn noch.

»Dann musst du es noch einmal probieren, Colin, ganz gleich, was die Amerikaner denken.« Johanna sah ihn entschlossen an. »Petit hat doch gesagt, Kepler unternimmt gern Besichtigungen. Wenn er also morgen ausgeht, kannst du zu Jewel gehen und mit ihr sprechen. Finde heraus, was sie wirklich für dich empfindet, und sag ihr, dass sie Kepler dazu bringen muss, den Aufenthalt unseres Vater zu verraten. Wenn er es ihr nicht sagen will, befreien wir sie, lassen ihn von Henri Lacourt und dem französischen Geheimdienst verhaften und zum Reden zwingen.«

Colin musste unwillkürlich lächeln. Johanna Reyer war die ungewöhnlichste Frau, der er je begegnet war. Sie beförderte eine Brieftaube in ihrer Tasche, trug Männerkleidung und verehrte den alten Feind der Briten, Bonaparte. Und jetzt wollte sie dem amerikanischen Geheimdienst vorschreiben, wie er eine Operation durchzuführen hatte.

In ihrer kurzen gemeinsamen Zeit hatte er sie sehr liebgewonnen. Sie waren Freunde und Partner bei ihrer Suche. Johanna schien ihm wirklich alles zuzutrauen. »Ich werde versuchen, morgen zu Jewel vorzudringen.«

»Danke. Und Little Corporal?«

Er wollte ihr erneut befehlen, die Taube fliegen zu lassen, doch ihr beschwörender Gesichtsausdruck ließ ihn zögern. Bis jetzt war es Johanna gelungen, den Vogel zu verstecken, und falls er Jewel wirklich noch einmal sprechen konnte, würde Kepler mit Sicherheit höchst unfreundlich reagieren, wenn er es erfuhr.

Colin wurde plötzlich klar, dass er seit fast einem Jahr nicht mehr wirklich in Gefahr gewesen war. Seither hatte er alles dafür getan, ein sicheres, vorhersehbares Dasein zu führen. Doch seit seiner ersten Begegnung mit Johanna Reyer war sein Leben eine Abfolge von Überraschungen und Risiken geworden. War er nur nach Frankreich gekommen, um sein Versprechen gegenüber Jewel einzulösen? Oder gab es noch andere Gründe?

Er sah Johanna an, in deren Augen die Hoffnung leuchtete. Sie hielt ihn für furchtlos. Vielleicht hatte er zu lange in Sicherheit gelebt. »Versteck den Vogel gut.«

15

Am nächsten Morgen stand Colin erfrischt durch einen friedlichen Nachtschlaf ohne Albträume vor dem Spiegel des Waschtischs. Er trug das gleiche weiße Hemd und die dunkle Hose, die er gestern bei seinem Besuch bei Jewel getragen hatte, und hoffte, dass sein heutiger Versuch, sie zu sehen, nicht erfolglos bleiben würde.

Er und Johanna hatten gestern Abend noch lange miteinander gesprochen. Sie war einverstanden gewesen, früh am Morgen zum Frühstück hinunterzugehen und aufzupassen, ob Kepler fortging. Wenn er das Hotel verlassen hatte, würde sie Colin anrufen und es einmal klingeln lassen, wie Petit beim letzten Mal.

Es dauerte ein Weilchen, bis er die Fliege umgebunden hatte. Plötzlich klopfte es an der Tür. Er fuhr herum.

»Colin, lass mich rein!«

Johanna? Er ging quer durchs Zimmer und öffnete die Tür. Sie trug ihr graues Reisekleid und wirkte sehr erregt, als sie an ihm vorbei ins Zimmer trat. Er schloss die Tür. »Stimmt etwas nicht?«

Sie wandte sich aufgeregt zu ihm. »Ja! Meine Schwester ist fort!«

»Was ist passiert?«

»Kepler bringt sie nach Spanien.«

Er war schockiert. »Woher weißt du das?«

Johanna rang ihre behandschuhten Hände.

»Ich war auf dem Weg nach unten zum Frühstück, wie wir es besprochen hatten, als Petit mich anhielt. Er sagte, Monsieur Outis hätte vor zwei Stunden ausgecheckt und meine Schwester mitgenommen. Petit sprach mit dem Hotelfahrer, der sie zum Bahnhof gebracht und mit angehört hatte, wie Monsieur Outis den Träger anwies, ihr Gepäck zu dem Bahnsteig zu bringen, von dem der Zug nach Barcelona abfährt.«

Colin schürzte die Lippen. »Vielleicht hat Petit die Geschichte nur erfunden, um uns loszuwerden.« Er traute dem Amerikaner nicht mehr, zumal jetzt, nachdem sie vermuteten, dass in Johannas Zimmer eingebrochen worden war.

»Der Gedanke ist mir auch gekommen.« Sie nickte. »Deshalb habe ich selbst mit dem Fahrer gesprochen. Er hat Petits Aussage bestätigt. Kepler und Jewel scheinen nach Barcelona fahren zu wollen.«

Colins Gedanken überschlugen sich. Hatte Kepler die Wahrheit über ihn herausgefunden und beschlossen zu fliehen? Aber warum Barcelona?

»Hat Petit einen Grund genannt, warum sie nach Spanien wollen?«

»Nein.« Sie straffte sich und zwang ihre Hände zur Ruhe. »Ich gehe jetzt auf mein Zimmer und packe. In ein paar Minuten bin ich zurück. Wenn wir uns beeilen, erwischen wir noch den Mittagszug.«

Damit war sie weg und ließ Colin, der noch immer ganz betäubt von den Neuigkeiten war, einfach stehen. Hatte der Deutsche Jewel gegen ihren Willen mitgenommen oder flohen sie gemeinsam?

Er betrachtete seine weiße Jacke und die dunkle Hose. Da Jewel fort war, brauchte er nichts mehr vorzutäuschen. Er zog die Kleidungsstücke wieder aus und trat zum Schrank, um seine Uniform zu holen. Die Kellneruniform würde er allerdings mitnehmen. Möglicherweise konnte er sie noch einmal brauchen.

Fünfzehn Minuten später, in Kakihosen und Stiefeln, mühte er sich mit den Knöpfen an seinem Hemd ab, als es wieder klopfte. »Bist du fertig?«

Er knurrte. Anscheinend konnte sie durchaus pünktlich sein, wenn es ihr wichtig war. »Ich bin noch beim Anziehen. Gib mir noch ein paar Minuten.«

»Ich dachte, du seist angezogen.«

Er ignorierte diese Bemerkung und fummelte weiter an den Knöpfen herum.

»Lass mich rein, bitte.«

Aus irgendeinem Grund waren seine Hemdknöpfe heute besonders widerspenstig. Er schnaubte und starrte auf die Tür, dann blickte er auf die Manschette, die über dem Stumpf seines linken Arms hing. Der Prothesengurt und die Holzhand lagen noch auf dem Stuhl.

»Colin, der nächste Zug fährt in dreißig Minuten. Wir müssen uns beeilen.«

Er presste die Lippen zusammen, ging zur Tür und riss sie auf. »Wie du siehst, bin ich noch nicht fertig.«

Sie trat ein, ihren großen Hut auf dem Kopf und eine Tasche über dem Arm. In der anderen Hand hatte sie die Reisetasche. »Warum hast du dich umgezogen?«

»Weil ich, wenn ich das Hotel verlasse und mit dem Zug fahren muss, das als britischer Offizier und nicht als Kellner tue.«

»Hast du schon gepackt?«

Sie stellte die Reisetasche ab, zog die Handschuhe aus und sah sich suchend im Zimmer um. Colin bemerkte, dass ihr Blick auf den Stuhl fiel, auf dem die Prothese lag, und wurde rot.

Sie steckte ihre Handschuhe in die kleine Tasche über ihrem Arm, drehte sich um und griff nach seinem Hemd.

Er schlug ihre Hand weg. »Was machst du da?«

»Ich helfe dir.«

Er schnaubte. »Ich brauche deine Hilfe nicht.«

Sie lächelte schmallippig. »Wenn wir heute noch fahren wollen, brauchst du meine Hilfe.«

Wieder griff sie nach seinem Hemd. Er schob ihre Hände ein zweites Mal beiseite. Sie sah ihn streng an. Colin gab auf und stieß einen Seufzer aus, der ein paar blonde Strähnen unter ihrer breiten Hutkrempe auffliegen ließ. *Ruhig, Colin.* Er legte den Kopf schief. »Warum tragen Frauen solche Hüte? Sie müssen doch Migräne bekommen von diesem Gewicht auf dem Kopf.«

Sie sah ihn mit einem drolligen Ausdruck an. »Sei nicht töricht. Das nennt man Mode. Aber davon verstehst du nichts.«

»Und du wohl umso mehr?« Seine Frustration brauchte ein Opfer. »Ich wusste gar nicht, dass Kilcoole das Zentrum der Haute Couture ist.«

»Falls du es vergessen hast, ich habe zwei Jahre in Paris gelebt. Und vergiss auch nicht das Internat in Saint Leonards.«

»Ah ja, die vornehme englische Erziehung. Wie war es dort übrigens?«

Sie blickte zu ihm auf. In ihrem Gesicht stand plötzlich Schmerz. »Ich habe festgestellt, dass Lieblosigkeit keine Grenzen kennt, auch unter den Gebildeten.«

Colins Feindseligkeit war wie weggeblasen, er bereute seinen Sarkasmus. »Johanna …«

»Den Rest musst du selbst machen.« Sie hatte das Hemd bis zur Mitte zugeknöpft und trat jetzt von ihm zurück. »Ich packe deine Sachen.«

Colin machte mit den Knöpfen weiter. Dabei sah er zu, wie sie den Schrank ausräumte und seine Kleidung in den Handkoffer legte. Wieder einmal dachte er darüber nach, wie schlecht sie fast ihr ganzes Leben lang behandelt worden war, aufgrund von Umständen, an denen sie keinerlei Schuld trug. Plötzlich sah er seine eigene Situation in ganz neuem Licht.

Irgendwo tief innen war er überzeugt gewesen, dass alle anderen sich über ihn lustig machten, weil er anders war. Dabei hatte ihn nie jemand wegen seiner Prothese gehänselt oder war gehässig zu ihm gewesen. Er hasste es, bemitleidet zu werden, doch Johanna schien sich nicht im Mindesten um seine Behinderung zu scheren.

Als er mit dem Hemd fertig war, hatte sie fertig gepackt. Er ging hinter den Wandschirm, um sein Rasierzeug zu holen. Als er zurückkehrte, stand sie mit seiner Prothese und der Halterung in der Hand da.

»Soll ich dir damit helfen oder lieber schon das Gepäck nach unten bringen?« Sie klang ganz sachlich, doch Colin war noch nicht für eine solche Intimität bereit. »Das mache ich. Kommst du mit den Koffern zurecht?«

»Ich nehme deinen Wagen.« Sie stellte seinen Koffer und ihre Reisetasche auf den Servierwagen. »Ich hole noch den Rest aus meinem Zimmer. Wir treffen uns dann unten.«

»Danke.«

Sie strahlte. Er öffnete die Tür und hielt sie ihr auf. Im Flur drehte sie sich noch einmal zu ihm um. »Beeil dich.«

Er lehnte den Kopf gegen die geschlossene Tür und lachte leise. Sie schmuggelten eine Brieftaube in ihrem Gepäck und verstießen gegen sämtliche Regeln des amerikanischen Geheimdiensts, indem sie einem mutmaßlichen deutschen Agenten nach Spanien folgten, ein Land, in dem Colin noch nie gewesen war. Er und Johanna konnten jederzeit von beiden Seiten festgesetzt werden, vor allem, wenn ihnen der Vogel entkam. In dem Fall erwartete sie ein Prozess als feindliche Agenten.

Wieder dachte Colin über die Vorzüge der Vorhersagbarkeit nach. Er hatte sein Leben lang einen Katalog an Regeln befolgt, war immer der vernünftige Zwilling, der ruhende Pol gewesen, inmitten der eigensinnigen Eskapaden seiner Schwester. Und nach seinem Aufenthalt an der Front hatte er versucht, sich noch strenger an die selbst auferlegten Strukturen zu halten, in der Hoffnung, so den Teil von sich, den er verloren hatte, wiederzugewinnen. Das war ihm aber nicht gelungen. Er hatte sich im Gegenteil immer noch mehr verloren. Jetzt fühlte er sich zum ersten Mal im Leben ein kleines bisschen draufgängerisch.

Sosehr Jo und Colin sich auch beeilt hatten, hatten sie den Mittagszug doch um ein paar Minuten verpasst. Jetzt saßen sie im nächsten Zug und warteten auf dessen Abfahrt. Jo saß auf der Polsterbank eines leeren Abteils und blickte auf die offene Reisetasche zu ihren Füßen hinunter. Sie war froh, dass Little Corporal im Hôtel Blanc etwas mehr Freiheit genossen hatte. Er musste nun wieder viele Stunden in der Tasche eingesperrt bleiben. »Es wäre schön, wenn wir das Abteil für uns hätten.«

»Glaubst du, der Vogel wird Aufmerksamkeit erregen?« Colin saß Jo gegenüber und sah stirnrunzelnd auf ihre Tasche.

Sie zuckte die Achseln. »Ich habe ihm ein wenig Kamillentee gegeben, bevor wir aufgebrochen sind, aber ich wäre ruhiger, wenn wir uns keine Sorgen machen müssten, dass sich andere womöglich über ihn aufregen.«

Er stand auf. »Es ist noch früh, die meisten Passagiere sind noch gar nicht eingestiegen. Ich habe eine Idee.« Er ging zur offenen Tür des Abteils.

»Was hast du vor?«

»Ich muss mit dem Schaffner sprechen. Bin gleich wieder da.«

Bald kam er mit einem Blatt weißem Papier unter dem Arm zurück. Er schloss die Abteiltür und zog eine kleine Rolle Leukoplast aus der Tasche. »Hilf mir bitte.« Er reichte ihr die Rolle. »Wir brauchen einen kleinen Streifen.«

Jo riss ein Stückchen Band ab. »Und jetzt?«

Er gab ihr das Blatt Papier. Als sie las, was auf der anderen Seite stand, lachte sie laut auf. »Genial!«

Sie stand auf, um das Blatt Papier an der Abteiltür zu befestigen, sodass die Worte *En voyage de noces* von außen zu lesen waren.

Er stand hinter ihr. »Das sollte die meisten abhalten.«

»Ich glaube, es könnte funktionieren.« Sie drehte sich zu ihm um, noch immer lächelnd. »Du bist wirklich ausgesprochen clever, Leutnant Mabry.«

Er grinste sie an. »Ich bin bekannt dafür, hin und wieder eine ganz gute Idee zu haben, Mrs Mabry.«

Jo nahm wieder Platz, Colin setzte sich neben sie. Mit zart geröteten Wangen lehnte sie sich zurück und sah ihn neugierig an.

»Auf dem Blatt steht *Flitterwochen*. Wenn wir die Leute dazu bringen wollen, draußen zu bleiben, sollten wir wenigstens ein kleines bisschen frisch verheiratet aussehen.« Seine Augen glitzerten amüsiert. »Du musst natürlich den Hut absetzen. Für uns drei reicht der Platz hier drin nicht.«

»Natürlich.« Jo schlug das Herz bis zum Hals bei seinem unbeschwerten Geplänkel. Sie griff nach ihrem ausladenden Hut. Er stand auf, um ihn ihr abzunehmen, und legte ihn in das Gepäcknetz über ihnen.

Als er sich wieder setzte, diesmal neben sie, musste sie an den unruhigen, angespannten Mann denken, den sie vor einer Woche kennengelernt hatte. Es war wirklich ein kleines Wunder, wie entspannt er jetzt war, beinahe, als freue er sich auf das Abenteuer, das ihnen bevorstand.

Jewel finden. Ernüchtert machte sie sich die Realität ihres Verhältnisses zu Colin bewusst. Sie waren Partner auf der Suche nach Jos Familie. Colin ging es noch immer vor allem darum, die Frau aufzuspüren, die er heiraten wollte.

Jo ignorierte das plötzliche Engegefühl in ihrer Brust und beobachtete, wie sämtliche Passagiere an ihrem Abteil vorübergingen. Frauen in Trauerkleidung lächelten ihr wehmütig zu, ein paar amerikanische Soldaten auf Urlaub grinsten und applaudierten, bevor sie weitergingen. Sie erwiderte ihr Lächeln, dankbar für ihre Ungestörtheit, doch die geheime Sehnsucht nach einem echten Mann und echten Flitterwochen tat beinahe weh.

Als plötzlich Petits Gesicht vor dem Abteilfenster auftauchte, wechselten sie und Colin einen unbehaglichen Blick. Der Amerikaner hatte eine französische Zeitung dabei und trat im dunklen Leinenanzug und mit Filzhut als Geschäftsmann auf. Jo hielt den Atem an, als er einen Moment zögerte. Dann lächelte er, salutierte kurz und ging weiter.

Jo atmete erleichtert auf. »Das war knapp. Er wäre der Letzte, den ich hier bei Little Corporal im Abteil haben wollte.«

»Ganz meine Meinung.«

Colin lehnte sich zurück. »Gut, dass du erwähnt hast, dass du ungestört sein willst.«

»Seltsam, dass er nicht den früheren Zug genommen hat.«

»Ich könnte mir vorstellen, dass er ein Auge auf uns haben soll.« Er drehte sich zu ihr. »Vielleicht hat er dir deshalb von Keplers und Jewels Abreise erzählt. Petit wusste, dass wir nicht aufgeben würden, deshalb ist es ihm lieber, uns hier, wo er uns sehen kann, unter Kontrolle zu haben.«

Jo dachte nach. »Vielleicht hofft er aber auch, dass du noch einmal mit meiner Schwester reden kannst.«

»Ja, das dachte ich auch. Vielleicht konnte er noch nicht mit seinen Vorgesetzten sprechen. Außerdem scheint ihm viel daran zu liegen, dass ich ihre Identität bestätige.«

»Ich fühle mich ein bisschen schuldig, weil wir ihn so ausschließen. Petit hat uns schließlich sehr geholfen und wir wissen ja gar nicht, ob er wirklich der abendliche Besucher in meinem Zimmer gewesen ist.«

Sie sah ihn an. »Du hast ihm doch gesagt, dass wir nicht verheiratet sind. Er weiß also, dass das Flitterwochen-Schild an der Tür nur ein Trick ist.«

Colin lächelte zufrieden. Sein Gesicht war so dicht bei ihrem, dass Jos Herz einen Satz machte. »Petit ist es bestimmt recht, für sich zu sein, Johanna. So kann er wenigstens ungestört seine Zeitung lesen.«

Marcus Weatherford saß in einer Ecke des letzten Abteils, den Hut tief in die Stirn gedrückt, und tat, als ob er schliefe. Der Zug hatte sich rasch gefüllt und die Sitzplätze vor dem Abteil waren bereits besetzt. Je schneller Petit kam, desto besser. Züge hatten Ohren und Marcus hatte nicht viel Zeit.

Als die Tür aufging, schob er seinen Hut zurück und starrte in das Gesicht des Amerikaners. Petit setzte sich ihm gegenüber und Marcus kam sofort zur Sache. »Ist er nach Paris zurückgefahren?«

Petit nahm seinen Hut ab und schüttelte den Kopf. »Er ist bei ihr, hier im Zug.«

Marcus knurrte. Vor zwei Tagen, beim Verlassen des Le Bibent, war er zu seiner größten Überraschung fast mit Colin Mabry zusammengestoßen. »Sie hatten Ihre Befehle. Er sollte Toulouse schon vor Tagen verlassen. Warum sind Sie ihn nicht losgeworden?«

Petit starrte auf seinen Hut. »Ich hätte ihn erschießen können, Hauptmann. Wären Sie dann zufrieden gewesen?«

»Ihre Scherze sind völlig unangebracht, Mann. Das ist zwar eine G-2-Operation, aber Mabry ist britischer Offizier und zufällig ein Bekannter von mir, also wird ihm kein Haar gekrümmt.«

Petit blickte auf, als wollte er Marcus einschätzen. Marcus kannte den Mann erst seit ein paar Tagen, doch er erkannte, wenn jemand ein Pokerface aufgesetzt hatte. Und das konnte er nicht leiden.

»Ich weiß, Ihr Plan war es, den Leutnant zur Abreise zu bewegen, aber die Sache mit Johanna Reyer hat die Situation völlig verändert. Sie wird nur dann freiwillig mitkommen, wenn er ebenfalls mitkommt. Da beide fest entschlossen sind, Jewel zu befreien und ihren Vater zu finden, werde ich sie noch ein wenig hinhalten.« Petit lehnte sich zurück. »Wir stecken in der Klemme. Uns bleibt gar nichts anderes übrig, als dafür zu sorgen, dass sie auf einer heißen Fährte bleiben.«

»Ich weiß über den Fehlschlag Bescheid. Ihr Büro hat mich informiert.« Marcus sah ihn streng an. »Und als Kontaktperson für diesen Auftrag merke ich auch, dass Ihre Leute mich ganz schön in Schwierigkeiten gebracht haben.«

»Glauben Sie mir, Hauptmann, das war nicht unsere Absicht.«

Marcus blickte aus dem Fenster auf den Bahnsteig hinaus. Er kochte innerlich. Nach seiner Ankunft in Toulouse vor zwei Tagen hatten die Amerikaner ihm mitgeteilt, dass die einzige Bedingung, die Zero gestellt hatte, bevor er das Schwarze Buch übergeben würde, nicht erfüllt werden könne. Er wandte sich an Petit: »Wir müssen auf jeden Fall weitermachen, zumal jetzt, wo wir eine zweite Chance haben.«

Marcus richtete seine Hutkrempe und stand auf. »Wenn Sie an der spanischen Grenze sind, halten Sie den Leutnant auf. Bringen

Sie die Frau nach Barcelona. Dann reden wir weiter. Sie kennen Ort und Zeit.«

»Wir sehen uns.«

An der Tür drehte Marcus sich noch einmal zu Petit um. »Ich bin sowieso schon länger als geplant hier, also bitte keine weiteren Überraschungen. Es steht viel …«

»… auf dem Spiel«, unterbrach ihn Petit. »Ich kann mit hohen Einsätzen umgehen, Hauptmann.«

»Das habe ich mir gedacht. Ich habe Ihre Akte studiert. Sie haben unter anderem in New Orleans vom professionellen Glücksspiel gelebt.« Er sah den Amerikaner durchdringend an. »In diesem Fall geht es um unendlich viel mehr als Einsätze mit Geldwert. Gehen Sie kein Risiko ein.«

»Versprochen, Hauptmann.« Petits dunkle Augen glitzerten. »Es wird alles nach Plan laufen.«

Doch Marcus konnte ein gewisses Unbehagen nicht abschütteln. Dieser unausgegorene Plan barg viel zu viele Unwägbarkeiten. Irgendjemand – oder irgendetwas – konnte allzu leicht alles verderben. Und dieser Amerikaner mit seinem Pokerface war ihm da wahrlich kein Trost.

16

Der letzte Pfiff. Jo lächelte, als das Rattern der Räder ihr verriet, dass der Zug den Toulouser Bahnhof verließ. Sie war froh und erleichtert, dass sie ihre Suche fortsetzen konnten. Ganz bestimmt brachte Kepler Jewel in den Süden, weil ihr Vater sich dort aufhielt.

Sie wandte sich an Colin. »Glauben Sie, dass mein Vater in Barcelona gefangen gehalten wird?«

»Eher nicht. Spanien ist neutral und hat meines Wissens keine Lager für französische Kriegsgefangene. Kepler bringt Jewel entweder aus einem anderen Grund dorthin oder Ihr Vater wird nicht gefangen gehalten.«

Er sah aus dem Fenster. Jo folgte seinem Blick. Der Bahnhof war verschwunden, an seine Stelle waren die rosa- und terrakottafarbenen Ziegeldächer der Läden und Wohnhäuser von Toulouse getreten.

Colin drehte sich zu ihr um. »Ich habe nachgedacht. Es ist gut möglich, dass Keplers Abreise gar nichts mit uns oder Ihrem Vater zu tun hat. Vielleicht hat er an dem Abend im Le Bibent eine Nachricht erhalten.«

»Aber warum?«

Er lehnte sich zurück und seufzte. »Das ist die Frage, nicht wahr?«

Ein leichtes Klopfen am Glasfenster der Abteiltür ließ sie beide herumfahren. Ein älterer Schaffner lächelte entschuldigend und hob sein Stanzgerät. Jo gab Colin ihre Fahrkarte, der damit zu dem alten Mann an der Tür ging.

»Merci.« Das verwitterte Gesicht des Schaffners verzog sich zu

einem breiten Lächeln, als er ihm die Fahrkarten zurückgab. »Herzlichen Glückwunsch zur Hochzeit, *Monsieur.*«

Colin dankte ihm und schloss die Tür. Dann drehte er sich um und lachte leise. »Du hattest recht. Die Franzosen sind Romantiker.«

Er kam zurück zu seinem Platz neben ihr und sah hinaus auf die vorüberfliegende Landschaft. Jo war sich seiner Nähe und seines wohlriechenden, würzigen Dufts intensiv bewusst. Sie war dankbar, dass er sie bei ihrer Suche unterstützte, obwohl er inzwischen nicht mehr sicher war, ob Jewels Zuneigung zu ihm sich nicht verändert hatte.

Wieder empfand sie Schuldgefühle, wenn sie daran dachte, dass sie die Stellen im Tagebuch ihrer Schwester geschwärzt hatte, in denen diese von ihrer Zuneigung zu Kepler sprach. Doch jetzt hatte es den Anschein, als empfände Jewel Kepler gegenüber eher Angst als Zuneigung. Aber wenn sie Angst hatte, hätte sie Colin doch ganz sicher gebeten, zu bleiben und ihr zu helfen. Oder hatte sie ihn tatsächlich aus den Gründen abgewiesen, die er sich einbildete?

»Warum schaust du so finster drein?«

Jo sah Colins fragenden Blick und lächelte, um von ihren Grübeleien abzulenken. »Ich hoffe, dass die Zugfahrt nicht allzu lange dauert. Ich habe es so satt, stundenlang irgendwo herumzusitzen.«

Er blickte auf die Uhr. »Es ist jetzt kurz nach vierzehn Uhr. Laut Fahrplan erreichen wir die spanische Grenze gegen siebzehn Uhr dreißig.« Er sah auf ihre Tasche. »Was macht der Vogel?«

Jo griff hinunter und entfernte das Chiffontuch, mit dem sie den Käfig verdeckte. Die Taube in der Tasche saß ruhig auf dem frischen Stroh, das sie für die Reise hineingelegt hatte.

»Es scheint ihm gut zu gehen.« Sie breitete das Tuch wieder über den Käfig. »Ich glaube, Little Corporal wird sich die nächsten paar Stunden benehmen.«

»Warte mal. Little Corporal«, er kniff die Augen zusammen, »das war doch der Spitzname von …«

»Napoleon Bonaparte.« Sie sah ihn an. »Kannst du dir einen besseren Namen für ein so kleines Wesen, das im Krieg so viel erreicht hat, vorstellen? Little Corporal meistert alle Gefahren, von schlechtem Wetter bis zu Waffen und blutdürstigen Falken. Einmal wäre er dabei fast gestorben. Kannst du dir das vorstellen?«

Er schien überrascht zu sein. »Wie? Durch Falken?«

Jo sah hinunter auf die Reisetasche. »Ein Gewehrschuss. Ich arbeitete schon ein paar Wochen im Taubenhaus, als die kleine weiße Taube blutend und geschwächt zurückkam. Die Kugel, zweifellos aus einem deutschen Gewehr, hat ihn unter dem rechten Flügel getroffen. Trotzdem hat er seinen Auftrag erfüllt und eine wichtige Nachricht überbracht. Damals habe ich ihm seinen Namen gegeben.«

»Und er lebte weiter, um weiterzukämpfen?«

Jo drehte sich zu ihm um, sie war auf seinen Spott gefasst, kannte sie doch seine Einstellung zu Napoleon. Doch zu ihrer Überraschung begegnete sie einem Lächeln, das ihr Herz schneller schlagen ließ.

»Ja, deswegen.« Sie schürzte die Lippen und sah ihn prüfend an. »Er war verwundet, aber das hieß nicht, dass sein Leben vorbei war.«

Er betrachtete sie einen Moment, dann leuchteten seine Augen auf. »Erzähl mir mehr über deine Vögel. Du sagtest, dass du deinem Großvater geholfen hast, Renntauben zu züchten und aufzuziehen. Hat eine davon denn jemals gewonnen?«

»Natürlich«, antwortete sie stolz. »Großvater hat oft den ersten Preis bekommen.«

Colin schien beeindruckt. »Was ist mit deiner … mit Moira? Mochte sie auch Taubenrennen?«

Jo dachte an ihrer Mutter. Wieder stieg der vertraute dumpfe Schmerz in ihr auf. Nach zwei Jahren trauerte sie noch immer um die Frau, die sie geboren und auf die ihr eigene Weise geliebt hatte. »Moira bestritt ihre eigenen Kreuzzüge. Sie hatte wenig Zeit für kleine Freuden, wie die Tauben sie bieten.«

Sie merkte, dass sie die Hände zu Fäusten geballt hatte, und entspannte sie rasch. »Sie war meistens in Dublin, wahrscheinlich, weil sie es mit Großvater nicht aushielt.«

»Hat dein Vater sie je heiraten wollen?«

Jos Augen wurden groß und Colin griff rasch nach einer ihrer Hände. »Verzeih! Ich hatte nicht das Recht …«

»Es ist schon gut, wirklich. Ja, Papa hat meiner Mutter einen Heiratsantrag gemacht.« Sie legte ihre Hand über seine, in dem Versuch, ihm seine Befangenheit zu nehmen. »Ich hatte dir doch erzählt, dass sie sich in Paris kennengelernt haben, als Moira dort ein Jahr auf der Kunstschule war. Sie sagte mir, dass Jacob Reyer ein gut aussehender Witwer und Lehrer war. Als sie von mir wussten, bot er an, sie zu heiraten und sie mit in seine Heimat in den Norden zu nehmen. Sie lehnte ab.«

Jo schüttelte den Kopf. Ihr Lächeln war bittersüß. »Meine Mutter war eigensinnig und unabhängig. Wie Großvater war sie nicht bereit, einen Kompromiss einzugehen oder jemandem ganz zu vertrauen. Als ich älter war, erfuhr ich von Papas Heiratsantrag. Moira sagte, dass sie ihn zwar sehr gemocht habe, aber nicht bereit gewesen sei, ›Eigentum eines Mannes‹ zu werden.«

Sie erinnerte sich an die Vorträge ihrer Mutter über die Ehe und die Gefahren der Unterwürfigkeit. »Ich glaube, die Ehe ihrer Mutter mit Großvater war sehr schwierig und Moira wollte weder für sich selbst noch für mich ein solches Leben.«

»Jetzt verstehe ich, warum du so an der Erinnerung an den Besuch deines Vaters hängst.«

Bei seinem mitfühlenden Blick wurde ihr warm ums Herz. »Ich habe mich immer gefragt, warum er nie mehr nach Kilcoole gekommen ist. Vielleicht hat Großvater ihm verboten wiederzukommen. Mein Großvater hasste es, an ›Moiras Schande‹, wie er es nannte, erinnert zu werden. Ich denke oft an den Besuch meines Vaters. Es tröstet mich zu wissen, dass er mich geliebt hat. Es schien keine Rolle zu spielen, dass ich den Namen Dougherty statt Reyer trug.«

»Aber du führst diesen Namen jetzt.«

Jo erkannte ihren Fehler und entzog ihm rasch ihre Hand. Dann lehnte sie sich zurück. Vielleicht war es besser, ihm wenigstens teilweise die Wahrheit zu sagen. »Als ich nach Frankreich kam, dachte ich, dass das Rote Kreuz mir eher dabei helfen würde, meinen Vater zu finden, wenn ich seinen Namen trug. Nachdem ich erfahren hatte, dass er vermisst wurde und ich bei der Suche ganz auf mich allein gestellt sein würde, war ich trotzdem der Meinung, dass ich es als Mademoiselle Reyer in Paris und bei den Franzosen bestimmt leichter hätte.« Sie hob kampflustig das Kinn »Er ist schließlich mein Vater. Das kann ich beweisen. Es steht in meiner Geburtsurkunde.«

»Natürlich.« Sein freundlicher Blick enthielt keinerlei Verurteilung. »Ich hoffe sehr, dass du ihn wiedersehen wirst, Johanna.«

»Danke.« Sie lächelte, erleichtert über sein Verständnis und froh, ihn bei sich zu haben. »Ich habe dir alles erzählt, was ich über Brieftauben weiß. Sollen wir jetzt über Pferde sprechen? Du sagtest, du hättest dir beim Reiten den Arm gebrochen. Bist du als Kind viel geritten?«

»Ich habe Pferde genauso geliebt wie du deine Vögel.«

Sein Gesicht wurde weich, als erinnere er sich an etwas. »Als Grace und ich Teenager waren, hat unser Vater uns zwei wundervolle Pferde geschenkt. Wir sind in London aufgewachsen, in Knightsbridge. Die Pferde standen in der Garrett Street und wir sind bei jeder Gelegenheit ausgeritten.«

Jo war noch nie geritten. »Hast du das Pferd immer noch?«

Er schüttelte den Kopf. »Beide wurden für den Krieg beschlagnahmt. Als ich zur Kavallerie ging, bekam ich ein amerikanisches Quarterhorse, einen Rotfuchs-Wallach. Er hieß Wyatt.« Sein Blick verdunkelte sich. »Er wurde von einer Granate getötet, kurz bevor ich auf den Hof deiner Schwester kam.«

Wyatt. Jo erinnerte sich an Jewels Eintrag. »Du meine Güte! So wie Jewel über ihn geschrieben hat, nahm ich an, Wyatt sei ein Mensch gewesen, ein guter Freund von dir.«

Er lächelte. »Jewel wusste, dass Wyatt ein Pferd war, und hat immer gesagt, dass das keinen Unterschied mache. Er sei doch ein ebenso treuer Freund.« Er wandte den Blick ab, doch sie hatte noch die Traurigkeit in seinen Augen gesehen. »Sie hatte recht.«

Sie fühlte mit ihm. Ihm war so vieles genommen worden. »Es tut mir leid.«

Als er sie wieder anschaute, sah sie, dass Entschlossenheit statt Kummer in seinem Blick stand. »Aus diesem Grund habe ich das Angebot, Pferde für den Krieg auszubilden, abgelehnt. Nicht mehr lange und wir werden, so Gott will, diesen Krieg beenden.«

»Glaubst du das wirklich?«

Er presste die Lippen zusammen, dann nickte er. »Manchmal denke ich, es liegt noch in weiter Ferne, aber ja, doch, ich bin zuversichtlich, dass es nicht mehr lange dauern wird.«

»Hoffentlich hast du recht. Wenn mein Vater irgendwo in einem Gefangenenlager ist, wird er nach dem Krieg nach Hause zurückkehren dürfen, nicht wahr? Allerdings ist von dem Hof in Havrincourt nicht mehr viel übrig.«

Wieder griff er nach ihrer Hand und Jo spürte die Kraft seines Griffs. »Erinnerst du dich, wie ich dir gesagt habe, dass Gott uns alle liebt, ungeachtet der Umstände? Und dass für die, die Glauben haben, Wunder wahr werden?« Er sah sie an. »Hast du je gebetet, Johanna?«

Sie suchte seinen Blick. Sein Reden von einem gütigen Vater im Himmel und die Fähigkeit, Wunder zu erkennen, faszinierten und beunruhigten sie zugleich. »Ich sagte dir doch, dass Moira mit Religion nichts anfangen konnte. Ich glaube, sie war zornig auf die Kirche. Aber Großvater hat mir das Vaterunser beigebracht, als ich noch klein war, und er hat auch dafür gesorgt, dass ich getauft wurde.« Jo war damals acht Jahre alt gewesen und Moira hatte wegen Großvaters Eigenmächtigkeit getobt. »Als ich auf das Internat in England ging, haben dort alle Mädchen regelmäßig den Sonntagsgottesdienst besucht.« Sie hielt kurz inne, dann fuhr sie fort: »Meinst du das, wenn du davon sprichst, Gott zu suchen? Beten?«

Er nickte. »Du weißt ja schon von meinem gebrochenen Arm,

aber als Kind habe ich auch eine Zeit lang gestottert und wurde deswegen viel gehänselt. Meine Mutter sagte mir, ich solle jeden Abend beten und Gott bitten, mir die Kraft zu geben, mein Sprachproblem zu überwinden.«

Sie sah ihn erstaunt an. »Offenbar ist dir das gelungen.«

Er lachte leise. »Ich habe viel Zeit damit verbracht, auf den Knien zu liegen und Gott um Hilfe zu bitten. Nach einer Weile kannten wir einander und ich habe einfach mit ihm gesprochen und ihm erklärt, wie sehr ich mir wünschte, wie die anderen Jungen in der Schule zu sein.«

Jo hatte an Gott nie als an ihren Freund gedacht. »Was ist dann passiert?«

»Ich war auf der Harrow School in London. Der Vikar brauchte Jungen für den Kirchenchor, da mehrere Mitglieder krank geworden waren und das Weihnachtskonzert bevorstand. Trotz meiner Sprachprobleme hatte ich eine ganz hübsche Stimme. Allerdings hätte ich nie daran gedacht, in einen Chor einzutreten. Doch mein Vater kannte den Vikar. Er kam gelegentlich ins Swans, eine Tasse Tee trinken. Eines Tages war ich zufällig auch da, als er kam, und der Vikar erkannte mich. Als er erfuhr, dass Patrick Mabry mein Vater war, drängten mich beide, doch einfach mal vorzusingen.«

Sie beugte sich vor. »Und dann?«

»Ich sang ›Stille Nacht‹. Als ich fertig war, engagierte der Vikar mich für das Weihnachtskonzert. Etwas später fragte er mich dann, ob ich beim Sternsingen mitmachen wolle, und nach ein paar Monaten merkte ich, dass mein Sprachproblem sich gebessert hatte. Wenn ich stotterte, sang ich einfach, was ich sagen wollte, dann kamen die Worte heraus. Irgendwann hatte ich keine Probleme mehr.«

Er lächelte. »Ich glaube, dass Gott meine Gebete erhört hat, Johanna. Er hat mich und den Vikar zur gleichen Zeit ins Teehaus geführt und mir die Gelegenheit gegeben, die ich brauchte, um weiterzukommen.« Colin drückte ihre Hand. »Du kannst ebenfalls zu ihm beten, um Frieden und für deinen Vater. Er wird dich hören.«

Jo runzelte die Stirn. Sie kannte nur ein Gebet. Konnte sie einfach so zu Gott sprechen? Wie zu einem Menschen, einem Freund?

Ein Rascheln lenkte ihre Aufmerksamkeit auf die Reisetasche. Sie griff nach unten und zog das Tuch fort. Little Corporal flatterte mit den Flügeln.

»Was hat er?«

»Nichts. Er braucht nur ein wenig Bewegung. Das bräuchtest du auch, wenn du stundenlang im Dunklen sitzen müsstest.«

Ihre Worte verklangen, sie drehte sich hastig um und sah ihn an. »Wie gedankenlos von mir! Natürlich weißt du, wie sich das anfühlt, du warst doch in dem Tunnel!«

Colin sah ihre Verlegenheit und versuchte, sie zu beruhigen. »Schon gut, Johanna. Immerhin kann ich mich bestens in seine Lage versetzen.« Vor allem, seit er wusste, dass die Taube ebenfalls ein Kriegsopfer war.

Sie lächelte erleichtert, dann sah sie hinunter zu ihrer Reisetasche. »*Tout ira bien*, Little Corporal. Alles wird gut.«

Johannas sanfter Ton entspannte auch Colin. »Du liebst ihn wirklich, nicht wahr?«

Sie lächelte ihn spitzbübisch an. »So wie du Pferde liebst.«

»*Touché.*« Er lachte. »Wann hat diese Leidenschaft für Tauben begonnen? Haben die Vögel deines Großvaters auf dem Dachboden oder der hübsche Vogelring, den dein Vater dir geschenkt hat, den Anstoß dafür gegeben?«

Sie schien nachzudenken. »Keins von beidem. Oder vielleicht auch beides. Ich war noch sehr klein, als mein Papa mir den Ring schenkte, und habe mich natürlich wahnsinnig gefreut. Und als ich älter wurde, war ich fasziniert von Großvaters Tauben. Aber im Grunde, glaube ich, entwickelte sich meine Liebe zu den Vögeln durchs Lesen.«

Colin war fasziniert. »Was war das für eine Lektüre? Ornithologie?«

»Wohl kaum.« Ihre Augen funkelten mutwillig. »Ich war damals noch ein Kind, Vogelstudien hätten meinen Horizont bei Weitem überschritten. Nein, wenn mein Unterricht vorbei war, pflegte ich mit meinem Märchenbuch hinauf auf den Dachboden zu den Vögeln zu gehen.« Sie legte ihre behandschuhten Hände ordentlich nebeneinander in den Schoß. »Kennst du ›Die Alte im Wald‹ von den Gebrüdern Grimm?«

Colin hatte nur eine vage Erinnerung daran, dass seine Schwester das Buch besessen hatte. »Erzähl mir davon.«

Sie ließ sich mit leuchtendem Gesicht zurücksinken. »Es war einmal eine junge Frau. Sie und ihre Familie wurden von Wegelagerern überfallen, als sie durch einen Wald fuhren. Die junge Frau wurde aus der Kutsche geschleudert. Sie hatte den Überfall als Einzige überlebt und jetzt wusste sie nicht, wohin sie gehen sollte. Sie war hungrig und müde und untröstlich.«

»Jetzt weiß ich, warum man sie die ›Gebrüder Grimm‹ nannte.« Colin verzog das Gesicht. »Scheint eine ganz schön schreckliche Geschichte zu sein.«

»Schon, aber sie hat ein glückliches Ende.«

Er grinste. »Dann erzähl weiter.«

»Plötzlich erschien dem verlassenen Mädchen eine weiße Taube. Sie trug einen goldenen Schlüssel im Schnabel. Das Mädchen nahm den Schlüssel und die Taube sagte, der Schlüssel könne einen Baum aufschließen, in dem sie etwas zu essen finden würde. Als sie gegessen hatte, wurde sie müde. Da brachte die weiße Taube ihr einen zweiten Schlüssel, der einen Baum öffnete, in dem sie Schutz vor der Nacht fand.

Am dritten Tag brachte die Taube ihr dann einen dritten Schlüssel, den Schlüssel zu einem Baum, in dem sie die schönsten Kleider fand.

Die Zeit verging und die weiße Taube brachte dem verlassenen Mädchen immer, wenn es Hilfe brauchte, einen goldenen Schlüssel. Doch eines Tages bat sie das Mädchen um einen Gefallen: Es sollte das Haus der Alten im Wald aufsuchen. Dort sollte sie den Gruß der Alten ignorieren, das Haus betreten und nach dem Zimmer suchen, in dem sich wunderschöne Ringe befanden. Unter diesen vielen

Ringen mit prächtigen Edelsteinen sollte sie nach einem schlichten Goldreif suchen und ihn der weißen Taube bringen.«

Johannas Gesicht strahlte eine solche Begeisterung aus, dass Colin ihren Anblick ebenso genoss wie ihre Erzählung. »Warum durfte das Mädchen nicht mit der Alten sprechen?«

Sie wich ein Stückchen von ihm zurück und runzelte streng die Stirn.

»Hab doch ein wenig Geduld, das kommt ja gleich.« Johanna strich ihren Rock glatt. »Wo war ich? Oh ja, das verlassene Mädchen machte sich also auf den Weg zum Haus der Alten. Wie die Taube ihr befohlen hatte, ignorierte sie den Gruß der Frau und ging hinein, um das Zimmer mit den schönen Ringen zu suchen. Voller Wut folgte die Alte ihr ins Haus. Als sie merkte, dass sie das Mädchen nicht aufhalten konnte, ergriff sie einen Vogelkäfig und wollte fliehen. Doch das Mädchen entriss ihr den Käfig. Darin saß ein Vogel mit einem schlichten Goldreif im Schnabel. Das Mädchen nahm den Ring und brachte ihn der weißen Taube, die im Wald gewartet hatte, und die Taube wurde zu einem wunderschönen Prinzen. Er erzählte ihr, dass die böse Hexe ihn durch einen Zauberspruch gefangen gehalten hatte, doch das schlichte goldene Band hatte ihn von dem Bann befreit.«

Als sie schwieg, beugte Colin sich vor. »Und dann?«

»Der Prinz nahm das Mädchen natürlich mit in sein Königreich. Dort heirateten sie und lebten glücklich und in Freuden und wenn sie nicht gestorben sind, dann leben sie noch heute.«

Colin ächzte. Das war ein sehr vorhersehbares Ende. Doch dann lächelte er. »Kein Wunder, dass deine Lieblingsfarbe bei Tauben weiß ist.«

Sie nickte und lachte. »Ich gebe zu: Als ich Little Corporal sah, dachte ich an meinen wunderschönen Prinzen.«

Ihr Lachen bezauberte ihn, wie schon früher. Einen kurzen Moment überlegte er, ob Johanna wohl je einem Prinzen begegnet war, den sie retten wollte. Ganz sicher würde sie sich für den Mann, den sie liebte, in die Hütten der bösesten Hexen wagen.

»Woran denkst du?«

Colin merkte, dass er die Stirn runzelte. »Was ich denke?« *Dass ich mich sehr viel mehr zu dir hingezogen fühle, als ich dürfte.* Er rutschte ein wenig auf seinem Sitz hin und her und rückte dabei ein Stück von ihr ab. »Ich glaube, Petit muss eine Ahnung haben, wohin Kepler Jewel bringen will.«

Als er ihren erschrockenen Blick sah, bereute er seinen abrupten Themenwechsel. Doch er durfte nicht an eine andere denken, während er noch nach der Wahrheit von Jewels Gefühlen suchte.

Jetzt rückte Johanna ihrerseits ein Stückchen von ihm ab. »Ich glaube, dass die Amerikaner Männer in Spanien haben, die Kepler und meine Schwester beschatten. Wenn Petit nicht schon weiß, wo sie hingehen, wird er es auf jeden Fall bald herausfinden.« Sie zog die Brauen zusammen. »Wir sollten ihm eine Erklärung dafür liefern, warum wir ihn aus unserem Abteil ausgeschlossen haben. Was könnten wir sagen?«

Colin lächelte humorlos. Wahrscheinlich vermutete der Amerikaner bereits, dass sie beide ein Paar waren, obwohl er das Versprechen, das Colin Jewel gegeben hatte, kannte. »Wir sagen ihm nichts, es sei denn, er fragt.«

»Und wenn er fragt?«

Er winkte ab. »Dann tun wir so, als seien wir sehr verliebt.«

17

Portbou, Spanien, 17. April

Es war bereits sechs Uhr abends, als Colin und Johanna endlich die französisch-spanische Grenze erreichten. Sie verließen die Grenzstadt Cerbère, fuhren durch einen langen Tunnel und langten vor dem kleinen Bahnhofsgebäude von Portbou in Spanien an.

Johanna nahm die Reisetasche, Colin beobachtete die Passagiere beim Aussteigen. Er überlegte, wann sie wohl nach Barcelona weiterreisen konnten. Plötzlich wurde die Abteiltür geöffnet und ein lächelnder Petit stand in der Tür. »Genießen Sie beiden Turteltäubchen Ihre Flitterwochen?«

Colin übersah Johannas Erröten und erwiderte ziemlich barsch: »Unsere Reise von Paris nach Toulouse haben wir in einem engen Abteil mit einem Dutzend anderer Passagiere verbracht. Der Zettel an der Tür war ein Versuch, diese Unannehmlichkeit dieses Mal zu vermeiden.«

»Und er hat funktioniert, wie man sieht.« Petit salutierte kurz. »Aber jetzt sollten wir in die Gänge kommen. Das hier ist der Spurwechsel-Bahnhof. Wir müssen umsteigen.«

Johanna zog die Brauen hoch: »Was ist ein Spurwechsel-Bahnhof?«

»Frankreich und Spanien haben ein unterschiedliches Schienenmaß«, erklärte Colin. »Das heißt, dass wir den Rest der Strecke mit einem spanischen Zug fahren müssen.«

»Und es heißt auch, dass sie unser Gepäck umladen werden.« Petit kam vollends herein und öffnete die Tür nach draußen. »Wollen wir?«

Johanna nahm ihre Reisetasche. Colin ließ sie als Erste aussteigen, sodass Petit das Schlusslicht bildete. Sie gingen den Bahnsteig entlang bis zum Sammelpunkt, wo Träger Überseekoffer, Ledertaschen und Hutschachteln heranschleppten. »Unser Gepäck muss noch durch den spanischen Zoll, dann wird es umgeladen.« Petit blickte nach vorn zum Bahnhofsgebäude. »Ich gehe mal nachsehen, wann der nächste Zug nach Barcelona fährt.«

Colin und Johanna passten auf ihr Gepäck auf, das zusammen mit anderen Gepäckstücken auf einem Wagen hoch aufgestapelt lag. Nach einer Weile kam Petit zurück. »Ich habe leider schlechte Nachrichten. Der letzte Zug nach Süden ist vor fünfzehn Minuten abgefahren. Der nächste geht erst morgen früh um zehn Uhr.«

Colin machte ein finsteres Gesicht. »Warum überrascht mich das nicht?«

»Wo werden wir übernachten?«

Johanna klang müde. Er legte ihr die Hand auf den Arm. »Es gibt bestimmt ein passendes Hotel in der Nähe.« Er sah Petit an.

»Wenn sie unser Gepäck und unsere Pässe geprüft haben, nehmen wir ein Taxi in die Stadt. Sie liegt ein paar Kilometer hügelabwärts.«

»Geprüft?« Johanna war blass geworden. »Werden alle unsere Gepäckstücke geprüft?«

Petit nickte. »Ist das ein Problem?«

Colin sah sie an. Ihre Pässe waren schon unterwegs kontrolliert worden, doch Johannas Reisetasche hatte niemand sehen wollen. »Mrs Mabry mag es nicht, wenn Fremde ihre Sachen durchwühlen.« Er wandte sich an Petit. »In ihrer Tasche befinden sich die ganz persönlichen Dinge einer Frau, verstehen Sie?«

Er hätte beinahe gelacht, als der Amerikaner sichtlich errötete.

»Na ja, ich könnte Ihnen mit der Handtasche und Ihrer Reisetasche ein bisschen helfen.« Petit schob die Hände in die Manteltaschen und spielte hörbar mit ein paar Münzen. »Ein paar *Duros* können Wunder bewirken.«

»Bestechung?« Colins Amüsement verschwand. »Und wenn Ihre Methode nicht funktioniert?«

Petit zuckte die Achseln. Colin war gar nicht wohl. Er blickte zu einem zweistöckigen Gebäude neben dem Bahnhof hinüber und sah den Wagen mit dem Gepäck. »Das ist wohl das Zollgebäude?«

»Ja, und wie Sie sehen, warten die Passagiere schon. Wenn wir vor der Dunkelheit in der Stadt sein wollen, müssen wir uns anstellen.« Petit wandte sich an Johanna. »Was möchten Sie tun, Mrs Mabry?«

Johanna drehte sich zu Colin. »Wie stehst du zu Bestechung?«

Colin wusste, wenn Petits Versuch fehlschlug und die Taube entdeckt würde, wanderten sie alle drei in ein spanisches Gefängnis. Er spielte im Geiste alle Möglichkeiten durch, doch außer Bestechung blieb ihnen nur, den Vogel fliegen zu lassen. Colin wusste, dass Johanna darüber unglücklich wäre, und außerdem hatte er selbst seltsamerweise eine Art Kameradschaft mit der Taube entwickelt.

Als er Johannas flehenden Blick sah, begann sich ein vager Plan in seinem Kopf zu bilden. Schließlich kam er zu einem Entschluss. Er griff nach dem Baumwollbeutel, den er immer bei sich hatte, in dem sich seine Prothesenaufsätze befanden. Er wusste nicht, ob der Plan funktionieren würde, doch seiner Ansicht nach war er besser als Petits Vorschlag, einen spanischen Zollbeamten zu bestechen. Immerhin war es ja möglich, dass sie auf einen ehrlichen Mann trafen. »Einen Augenblick bitte.« Er sah den Amerikaner an. »Wir kommen gleich nach.«

»Lassen Sie sich nicht zu lange Zeit.«

Petit ging in Richtung Zollhaus. Colin wandte sich an Johanna: »Ich möchte kurz mit dir allein sprechen …«

»Ich lasse Little Corporal nicht frei.« Wütende Entschlossenheit war an die Stelle ihres flehenden Blicks getreten.

Er seufzte. »Wenn mein Plan funktioniert, brauchst du das auch nicht.« *Und wenn er fehlschlägt, wandern wir beide ins Gefängnis.*

»Welcher Plan?«

»Mach die Reisetasche auf, dann zeige ich es dir.«

Sie tat wie geheißen, er nahm rasch eine Veränderung vor, dann griff er nach der Tasche und trug sie. Johanna ging neben ihm her. »Bete, dass es klappt.«

Sie biss sich auf die Unterlippe und nickte.

Petit war schon weit vorn in der Schlange. Sie stellten sich neben ihn. Im Zollhaus standen vier Tische, an jedem saß ein Beamter. Petit blickte mit hochgezogenen Brauen auf die Reisetasche, die Colin trug.

»Wir haben beschlossen, dass ich Mrs Mabrys Tasche durch den Zoll bringe, um ihr die Verlegenheit zu ersparen.«

Petit verzog den Mund, doch er sagte nichts. Sie rückten weiter voran. Dann waren sie an der Reihe. Johanna ging als Erste hinein. Sie reichte dem Beamten ihren Pass und ihre Handtasche. Als sie fertig war, wandte Colin sich an Petit. »Gehen Sie als Nächster.«

Einer der vier Beamten, war Colin aufgefallen, hinkte stark. Quer über sein Gesicht, von der Nase bis zum Ohr, zog sich außerdem eine Narbe, die von einem Bajonett stammen mochte, mit dem der Mann als Soldat auf dem Schlachtfeld verletzt worden war. Es war nur eine Vermutung, doch Colin beschloss zu warten, bis der Zollbeamte frei wurde. Als der dunkelhaarige Mann ihm schließlich ein Zeichen gab, an den Tisch zu treten, stellte Colin die Reisetasche zur Inspektion auf den Tisch.

Der Mann hatte die ganze Zeit die Stirn gerunzelt, doch als er Colins Uniform sah, glättete sich sein Gesicht. »Willkommen in Spanien, Leutnant. Sie gehören der britischen Armee an?«

Colin nickte. »Zweite Kavallerie Division unter General Haig.«

Der Spanier strahlte. »Französische Fremdenlegion. Legionär zweiter Klasse.«

Colin lächelte und streckte dem Mann seinen Pass hin. Der Beamte warf einen flüchtigen Blick darauf und reichte ihm das Dokument zurück. »Und die Tasche?«

Colin wollte sie öffnen, hatte jedoch Schwierigkeiten mit dem

Verschluss. Er hielt seine Prothese hoch. »Könnten Sie mir bitte helfen? Ich tue mich da ein wenig schwer.«

Der Beamte sah ihn voll Mitgefühl an. »Es ist mir eine Ehre.«

Rasch öffnete er die Tasche und blickte hinein. Colins Puls raste. Er sah, wie der Mann große Augen machte beim Anblick seiner Hilfsmittel – dem eisernen Haken, der Gabel und dem Stahlpickel.

Schweigend schloss er die Tasche wieder. Sein Gesicht drückte tiefstes Mitgefühl aus. Er trat zurück und salutierte. »Vielen Dank, Leutnant, für Ihren Dienst bei den Alliierten in Frankreich.«

Colins Herzschlag fing an, sich zu beruhigen. Er erwiderte den Gruß. »Ihnen ebenfalls, Legionär.«

Er nahm die Reisetasche und ging zu Petit und Johanna, die ihr Gepäck bereits wiederbekommen hatten. Der Amerikaner zog die Brauen hoch. »Was sollte denn die ganze Salutiererei?«

»Nur ein Austausch zwischen Waffenkameraden.« Colin sah Johanna an. »Können wir in die Stadt fahren?«

Sie nahm ihm die Reisetasche ab und lächelte erleichtert.

Petit kratzte sich am Kopf und sah die beiden an. »Klar. Ich hole ein Taxi.«

Als er fort war, hakte Johanna sich bei Colin ein. »Das war sehr mutig von dir, Colin. Und dazu noch ziemlich clever.«

Er blickte auf ihre Reisetasche. »Zum Glück hat unser kleiner Freund sich benommen.«

Ihr Lächeln vertiefte sich. »Ihr seid beide meine Helden.«

Colin drückte ihren Arm. Ihr Lob tat ihm wohl.

»Draußen wartet ein Taxi.« Petit war zurück. Er griff nach Johannas kleinem Überseekoffer und nahm dann seine eigene Tasche.

Johanna lächelte. »Vielen Dank, Mr Petit. Sie sind sehr freundlich.«

Petit lächelte machte eine abwehrende Handbewegung. »Man sagt mir nach, dass ich durchaus meine ritterlichen Seiten habe.«

Colin schnaubte. Sie nahmen die restlichen Gepäckstücke und gingen hinaus. Petit und der Taxifahrer verstauten das Gepäck, Colin und Johanna stiegen ein. »Mr Petit erweist sich als ziemlich hilfreich auf dieser Reise, findest du nicht?«

»Charmant wie immer.«

Johanna sah ihn misstrauisch an. »Du scheinst seine Bemühungen nicht zu schätzen. Aber du musst zugeben, dass er sich hier auszukennen scheint. Und er hat spanisches Geld.«

»Ich traue ihm immer noch nicht.« Colin wirkte düster. »Er war bereit, die spanischen Beamten zu bestechen!«

»Und du?«

»Ich habe meine Stellung als britischer Offizier zu meinem Vorteil benutzt, aber ich habe niemanden bestochen!«

»Nur ein kleines Täuschungsmanöver durchgeführt.« Sie lächelte. »Aber ganz im Ernst, ich glaube, Mr Petit mag dich und genau das macht dich reizbar.«

Er grinste. »Wie jemand anders, den ich kenne?«

Sie sah ihn mit großen, unschuldigen Augen an. »Keine Ahnung, wen du meinst.«

Er lachte leise, dann wurde er ernst. »Ich weiß nicht, ob Petit es mit unserer Weiterreise morgen früh nicht ein wenig eilig hat. Könnten unsere beiden Freunde nicht auch hier in Portbou sein?«

»Der Gedanke ist mir noch gar nicht gekommen. Fragen wir ihn doch. Vielleicht kann er es herausfinden.«

»Fertig«, rief Petit durch das offene Fenster, dann öffnete er den Schlag und stieg vorn ein.

Colin trug ihm ihre Frage vor. Petit drehte sich um und warf ihm einen anerkennenden Blick zu. »Gut möglich, dass sie noch hier sind. Wenn wir ein Hotel gefunden haben, gehe ich mal zum Fahrkartenschalter und versuche, einen Blick in die Fahrgastlisten zu tun.« Wieder klimperte er mit dem Kleingeld in seiner Tasche. »Es müsste leicht festzustellen sein, ob sie angekommen und auch, ob sie nach Barcelona weitergefahren sind.«

Noch mehr Bestechung. Colin versuchte, sich nicht anmerken zu lassen, wie sehr ihm das gegen den Strich ging. Schließlich war es wichtig für sie zu erfahren, ob Jewel und Kepler noch hier waren.

Petits Geld konnte ihnen diese Information erkaufen und ihnen vielleicht weitere, nutzlose Irrfahrten ersparen.

Der Fahrer stieg ebenfalls ein. Petit wechselte ein paar Worte in einer fremden Sprache mit ihm, dann sah er sich zu Colin und Johanna, die hinten saßen, um. »Der Fahrer sagt, dass es im Passeig de la Sardana, einer Straße in der Nähe des Strands, eine Reihe Hotels gäbe.«

Colin zog die Brauen hoch. »Sie sprechen auch Spanisch?«

Er nickte. »Meine Zweitsprache, schließlich bin ich in Texas aufgewachsen. Aber die Leute hier sprechen Katalanisch, das sich ein wenig vom Spanischen unterscheidet.«

Colin war trotz seines Ärgers beeindruckt von Petits Sprachkenntnissen wie auch von seiner Fähigkeit, sich in einem neuen Land zurechtzufinden. Johanna hatte recht. Die Tatsache, dass er bei ihnen war, verbesserte ihre Chancen, Kepler und Jewel aufzuspüren, beträchtlich. »Also los, fahren wir.«

Petit sprach noch einmal kurz mit dem Fahrer, dann fuhr das Taxi los, fort von dem belebten Bahnhof. Sie passierten eine beeindruckende Kirche und fuhren einen steilen Hügel hinab in die Stadt.

Die sinkende Sonne verlieh den wenigen Wolken am Himmel einen rosa Schimmer und tauchte auch das Mittelmeer in ein zartes Rosé, an dessen Ufer sich terrakottafarbene Dächer dicht an dicht drängten. Viele Gebäude wirkten hier moderner als die Bauten in Toulouse.

Das Taxi hielt vor einem weißen zweistöckigen Haus. Colin betrachtete die schmiedeeisernen Buchstaben über der Tür. Casa a prop del Mar.

»Hier haben wir Glück. Sie haben noch mindestens ein freies Zimmer.« Petit deutete auf das Zeichen im Fenster. »Schauen wir mal, ob wir noch drei Zimmer bekommen. Was meinen Sie?«

Ein korpulenter Mann in weißem Hemd mit schwarzer Fliege begrüßte sie an der Rezeption. *»Bona nit!«*

Petit verhandelte kurz auf Katalanisch mit ihm. Colin war erleichtert, als der Portier sich auf Französisch an sie wandte. »Ich bin

Senyor Vilar. *Bienvenue* in unserem Hotel am Meer. Wie kann ich Ihnen helfen?«

Johanna trat vor. »Wir brauchen drei Zimmer.«

Der Portier holte eine Schachtel mit Schlüsseln hervor. »Ich habe nur noch zwei freie Zimmer.«

Petit mischte sich ein: »Sie beide können hierbleiben, ich finde schon etwas anderes.«

»Das ist sehr freundlich von Ihnen.« Colin versuchte, sich seine Erleichterung nicht allzu sehr anmerken zu lassen. »Sind Sie ganz sicher?«

»Aber ja, kein Problem. Außerdem muss ich sowieso noch einmal hinauf zum Bahnhof und mich nach den Fahrgastlisten erkundigen.«

»Sie geben uns dann Bescheid?«

Petit nickte. »Wenn die beiden noch in der Stadt sind, rufe ich Sie an. Wenn nicht, schicke ich morgen früh ein Taxi, eine halbe Stunde vor Abfahrt des Zuges. Bitte halten Sie sich bereit.«

Als er fort war, trugen Colin und Johanna sich in das Gästebuch ein und Senyor Vilar half ihnen, ihr Gepäck nach oben zu bringen. Er stellte ihre Taschen und Koffer auf den blankpolierten Fußboden zwischen zwei nummerierte Zimmertüren und gab Johanna die Schlüssel. »Sie dürfen wählen, Senyora. Die Zimmer sind identisch, haben allerdings keine Verbindungstür. Das Bad ist hier.« Er deutete auf eine Tür hinten auf dem Flur. »Haben Sie noch Fragen?«

Johanna warf Colin einen Blick zu. »Können wir irgendwo noch etwas zu essen bekommen, Monsieur?«

»*Sí*, mehrere Cafés in der Straße bieten ausgezeichnete katalanische Gerichte an, aber wir haben auch hier im Hotel einen Speiseraum.« Senyor Vilar warf sich in die Brust. »Meine Frau serviert unseren Gästen *Tapas* und Getränke. In einer halben Stunde, wenn Sie möchten.«

Johanna lächelte. »Danke.«

Er nickte und verbeugte sich leicht. »Bitte sagen Sie mir, wenn Sie noch etwas brauchen.«

Als er fort war, streckte Johanna Colin die Schlüssel mit den Nummern 14 und 15 hin. »Welchen möchtest du?«

»Ladys first.«

Sie nahm die 15 und betrat das Zimmer, die Reisetasche in der Hand. Colin trug ihr die übrigen Gepäckstücke hinein, dann brachte er sein Gepäck in das andere Zimmer und sie gingen nach unten.

Das Speisezimmer war klein, aber hübsch möbliert. Es dauerte nur wenige Minuten, dann genossen Colin und Johanna bereits *Escalivada*, in Olivenöl gebratene Gemüse, verschiedene andere Tapas und Senyora Vilars valencianische *Paella*.

Als Colin satt war, lehnte er sich in seinem Stuhl zurück und blickte auf die fast leeren Platten und Schüsseln. »Ich kriege keinen Bissen mehr runter.« Lächelnd rieb er sich den vollen Bauch. »Kein Wunder, dass Senyor Vilar so vergnügt wirkt. Seine Frau ist wirklich eine großartige Köchin.«

»Ja, es war köstlich.« Johanna seufzte befriedigt und legte ihre Serviette neben den Teller. »Ich habe viel zu viel gegessen. Was hältst du von einem Spaziergang an den Strand?«

Er sah aus dem Fenster. Es war dunkel geworden. Hinter der Terrasse warf ein Viertelmond sein weißes Licht über das Meer. Colin hörte die Wellen, die ans Ufer schlugen.

»Es könnte kühl werden.« Er betrachtete ihr leichtes Reisekostüm. »Meine Uniform ist warm genug, aber du solltest dir vielleicht etwas Dickeres zum Überziehen holen.«

Sie erhob sich lächelnd. »Ich hole meinen Wollschal. Bin gleich wieder da.«

18

Als Jo mit ihrem Schal zurückkehrte, wartete Colin bereits an der Tür zur Terrasse. Sie war froh um den Schal, aber ihre Uniformjacke und Hose wären ihr lieber gewesen. Und auch die Stiefel wären in der kühlen Nachtluft eine bessere Wahl. »Ich bin fertig.«

Plötzlich blieb sie stehen, als sei ihr etwas eingefallen. »Oder sollten wir vielleicht hierbleiben, falls Mr Petit anruft?«

»Das hätte er inzwischen schon gemacht.« Colin sah auf die Uhr. »Bestimmt sind unsere Freunde nach Barcelona weitergefahren.«

Jo nickte. »Weißt du, dass es schon eine ganze Weile her ist, seit ich an einem Strand war, ohne Angst zu haben, dass ein U-Boot auftauchen oder Flugzeuge Bomben aus dem Himmel fallen lassen könnten?«

»Das geht mir ganz genauso.« Er lächelte und zog die Brauen hoch. »Bist du auch wirklich warm genug angezogen?«

»Es geht schon.« Sie wickelte sich fester in den Wollschal. Dabei spürte sie ein plötzliches Ziehen an ihrem Kopf. Sie trug keinen Hut mehr, aber eine von den Nadeln, mit denen sie ihr Haar aufgesteckt hatte, hatte sich im Schal verfangen.

Colin bemerkte es. »Lass mich dir helfen.«

Jo nahm seine Berührung mit allen Sinnen wahr. Seine Finger lösten vorsichtig den Stoff aus der Nadel. Dann legte er ihr fürsorglich den Schal wieder um. Sie errötete. »Danke.«

»Gern geschehen.« Seine Augen glitzerten, als er die Terrassentür öffnete und sie als Erste hinausgehen ließ.

Jo war froh um den Schal. Die Luft war wirklich frisch. Der Wind, der vom Wasser her wehte, ließ sie erschaudern.

»Willst du wirklich zum Strand hinuntergehen?«

Sie nickte. »Die Gelegenheit wird nicht wiederkommen. Mr Petit sagte, er wird eine halbe Stunde vor der Abfahrt des Zuges morgen früh um zehn hier sein und dann müssen wir fertig sein.«

»Na gut.« Er bot ihr seinen Arm. »Wollen wir?«

Jo hakte sich bei ihm ein. Sie schlenderten unter den Laternen des Passeig de la Sardana entlang. Sie sah zwei Cafés und ein weiteres kleines Hotel. »Vielleicht ist Mr Petit ja dort abgestiegen.«

»Ja. Ich war froh, dass er in ein anderes Hotel gehen musste.«

Jo sah zu ihm auf. »Ich weiß, du vertraust ihm nicht.«

»Das solltest du auch nicht. Wir wissen noch immer nicht, ob er der Eindringling in deinem Zimmer in Toulouse war.« Er warf ihr einen Seitenblick zu. »Vielleicht erinnerst du dich noch: Er und ich hatten nicht gerade einen guten Start.«

Colin blickte nach vorn. Sie kamen zum Kai und zu den Treppen, die zum Strand hinunterführten. »Außerdem soll er natürlich nichts von Little Corporal erfahren. Je weiter er von der Taube entfernt ist, desto besser.«

»Ich weiß, ich habe uns da in eine etwas heikle Situation gebracht.« Jo nahm seinen sarkastischen Blick wahr. »Nun gut, ich habe für ein veritables Problem gesorgt. Aber wir wissen ja nicht, was uns in Barcelona mit Kepler erwartet. Wenn er meine Schwester tatsächlich gefangen hält, könnte Jewel von Little Corporals Diensten profitieren.« Sie runzelte die Stirn. »Ich weiß allerdings noch nicht genau, wie.«

»Wir werden sie finden, Johanna.« Er drückte ihre Hand. »Glaub daran.«

»Glaub mir, ich versuche es, Colin.«

»Gut.« Er lächelte. »Pass auf, wo du hintrittst.«

Jo griff nach dem Geländer und ging vorsichtig die Stufen hinunter, die zum Strand führten. Unten sanken ihre kurzen, spitzen Absätze sogleich in den Sand ein und sie wäre beinahe umgeknickt. »Vielleicht war es doch keine so gute Idee.« Sie seufzte. »Ich vermisse meine Stiefel.«

Er lachte leise. »Ich habe Stiefel an. Gib mir deinen Arm, wir machen einfach langsam. Wenn du aufs Gesicht fällst, schleppe ich dich wieder hoch auf die Uferstraße.«

»Sehr freundlich von dir.« Jo konnte sein Gesicht, das im Schatten lag, nicht sehen und wusste nicht, wie er auf ihre Neckerei reagierte. Sie lächelte. Wahrscheinlich grinste er.

Als sie näher ans Wasser kamen, wurde der Sand fester, doch Jo klammerte sich trotzdem weiter an ihm fest. Schließlich blieben sie unmittelbar vor dem Wasser stehen. Sie atmete tief die salzige Meeresluft ein. Der kalte Wind blies ihr ins Gesicht und löste ihre Haare aus dem Knoten. Sie ignorierte die Strähnen, die ihr ins Gesicht wehten, und sah zu dem weißen Viertelmond auf. »Es ist so schön hier und so friedlich. Ich würde am liebsten für immer hierbleiben.«

»Wenn wir in einer anderen Zeit lebten, könnten wir einfach zwei Menschen im Urlaub sein.«

Jo blickte auf das Spiegelbild des Monds auf dem Wasser. »Wäre das nicht herrlich? Kein Krieg, nicht täglich die Sorge, ob man genug zu essen bekommt. Kein Warten auf geliebte Menschen, die vermisst werden.«

Er drehte sich zu ihr. »Ich bete, dass du deinen Vater wiedersiehst, Johanna.« Im Licht des Mondes sah sie das Mitgefühl in seinem attraktiven Gesicht. »Wir werden Kepler und Jewel finden und wenn ich mir ihrer Gefühle sicher bin …«

»Wie könnte sie nichts für dich empfinden, Colin?« Jo kämpfte mit den Emotionen in ihrer Stimme. »Sie hat dich vor dem Feind versteckt und ihre mageren Rationen mit dir geteilt. Und hat sie nicht auch deine Wunde versorgt?«

»Ja, all das hat sie getan. Aber die alte Wunde ist irgendwann geheilt, wohingegen diese …«

Er blickte auf die Prothese zwischen ihnen. Sie spürte, wie sie zornig wurde. »Was für ein Unsinn! Du hast der Frau, die du liebst, so viel zu bieten.« Sie wandte den Blick ab. »Schwester oder nicht, wenn Jewel dich gehen lässt, ist sie eine Närrin.«

Er ging schweigend neben ihr her. Nach einer Weile sah er sie von der Seite an. »Hast du jemals jemanden geliebt, Johanna?« Er schwieg kurz, dann fuhr er fort: »So wie eine Frau einen Mann liebt?«

Jo hätte ihm nur zu gern von ihren Gefühlen erzählt, doch ihr Gewissen siegte. »Mein ... die besonderen Umstände meines Lebens in Kilcoole boten mir nicht viele Gelegenheiten, junge Männer kennenzulernen. Und in Frankreich besaßen die einzigen männlichen Wesen, die einen Platz in meinem Herzen fanden, Federn – bis auf André natürlich.«

Er grinste, doch nur ganz kurz. »Wenn du Jewel wärst, könntest du denn jemanden lieben, der sich so ... verändert hat?«

»Wie hat es dich verändert, Colin?« Aus ihrer leisen Stimme sprach Mitgefühl. »Du hast eine Verwundung davongetragen, weil du mutig warst. Und ganz gleich, was du denkst, es ändert nichts daran, wer du bist.«

Ihr Herz schlug schneller. Sie entzog ihm ihren Arm, griff nach seiner behandschuhten Hand, legte sie auf ihr Herz und bedeckte sie mit ihrer eigenen. »Ich würde diesen Mann lieben, ganz gleich, wie er aussieht. Du hast mir gesagt, dass Gott uns alle liebt, erinnerst du dich? Er richtet nicht nach unserer äußeren Erscheinung oder nach unserer Stellung im Leben, sondern nach dem, was in uns ist. Ist es nicht so?«

Sie war sich der Leidenschaft, mit der sie sprach, nicht bewusst, bis Colin eine lose Haarsträhne hinter ihr Ohr schob. Seine Berührung jagte ihr einen Schauer über den Rücken.

»Genau, so ist es.« Seine Stimme war sanft geworden. »Gott sieht unser Inneres.«

Sie betrachtete die beiden Hände, die auf ihrer Brust lagen – ihre aus Fleisch, seine nicht. »Dann wäre der Mann, den ich liebe, in meinen Augen vollkommen. Denn mein Herz würde seine Aufrichtigkeit sehen, seinen Humor, seine Freundlichkeit, seinen Geist. Es würde seine Ehrenhaftigkeit sehen.«

Als sie aufblickte und ihre Hand fortnehmen wollte, schlang er seinen freien Arm um sie und zog sie an sich. Ihre Gesichter waren so nah beieinander, dass sie seinen Atem auf ihrer Haut spürte, bevor der Nachtwind ihn forttrug. Als er den Kopf senkte, hüllte sein würziges Rasierwasser sie ein, und bevor sie die Augen schloss, um die erste, zarte Berührung seiner Lippen auf ihren zu spüren, hörte sie, wie die Wellen an Land schlugen.

Einen Moment später öffnete Jo die Augen. Er sah sie an, eindringlich, das Gesicht wie aufgebrochen. Wieder neigte er den Kopf und diesmal nahm er Besitz von ihrem Mund, in einem hungrigen, fordernden Kuss, als könnten Worte nicht ausdrücken, was er empfand.

Sie hörte auf zu denken und erwiderte seinen Kuss, anfangs noch zögernd, dann ohne Vorbehalt, mit der gleichen Sehnsucht, die sie bei ihm spürte. Sie wusste nicht, wann er sie dichter an sich zog, schmiegte sich einfach nur an ihn und spürte seine wunderbare Wärme, die sie vor der kalten Nachtluft schützte und die ziehende Sehnsucht in ihrer Seele stillte.

Ein paar Sekunden – oder vielleicht auch Stunden standen sie dicht beisammen. Jo hatte jegliches Zeitgefühl verloren. Doch schließlich weckte das Wasser, das in ihre Schuhe drang, sie aus seinem berauschenden Kuss und holte sie zurück in die Gegenwart. Eine weitere Welle ergoss sich über ihre Füße, sie entzog sich ihm.

»Komm, Johanna.«

Sie hörte seine Stimme und spürte, wie er ihren Arm unter seinen zog und sie langsam ein Stück den Strand hinaufführte, fort vom Ufer.

Jo blickte zu ihm auf, halb erstickt von einem jähen Wirbel aus Angst, Scham und Schuld. Was tat sie da? Verführte diesen ehrenhaften Mann dazu, das Gelübde zu brechen, das er Jewel gegeben hatte, ausgerechnet jetzt, wo Jewel sich in Keplers Gewalt befand? Wie konnte sie denken, dass die Gefühle ihrer Schwester für Colin weniger stark waren als ihre eigenen?

Sie blinzelte ihre Tränen fort und war sich nur halb bewusst, dass Colin sie noch immer fest an sich gedrückt hielt. »Du holst dir noch den Tod, wenn du nicht aufpasst.«

Wäre das so schlimm?

»Johanna …«

Sie sah ihn an. »Oh Colin, was haben wir nur getan?«

Die Muskeln an seinem Kiefer spannten sich an, er sah ihr in die Augen. »Du hast gar nichts getan. Die Schuld liegt allein bei mir.«

Sie schüttelte den Kopf und entzog sich ihm. Dabei wäre sie beinahe hingefallen. »Es war ein Fehler. Ich hätte diesen Strandspaziergang nie vorschlagen dürfen.«

Jo warf einen verzweifelten Blick auf den Kai und die hell erleuchtete Terrasse ihres Hotels dahinter. »Ich … ich muss zurück und nach Little Corporal sehen.«

»Lass mich dir helfen.«

»Nein!« Sie hob eine Hand. »Nein, bitte, ich schaffe es schon.« Sie drehte sich um, entschlossen, sich durch den Sand zurück in ihr Zimmer zu kämpfen und sich dort mit ihrer Scham zu verkriechen. Doch sie kam in ihren hohen Schuhen nur langsam voran. Hoffentlich folgte er ihr nicht. Am Kai blieb sie stehen und sah sich kurz um. Zu ihrer Erleichterung stand er noch immer dicht am Ufer. Überwältigt von Schmerz und Schuldgefühlen drehte sie sich um und floh die Straße hinauf ins Hotel.

Colin sah ihr nach. Demütigung, Zorn und ein anderes, tieferes Gefühl, das er lieber nicht näher untersuchen wollte, schlugen über ihm zusammen. Was hatte er sich dabei gedacht? Johanna hatte so leidenschaftlich über Ehe und Integrität gesprochen und er hatte das alles Lügen gestraft, indem er die Situation schamlos ausgenutzt hatte. Kein Wunder, dass sie jetzt davonlief. Er war ein Schuft.

Und was war mit Jewel? Colin musste sich über ihre Lage und ihre wahren Gefühle noch Klarheit verschaffen. Er glaubte noch immer, dass das, was sie in Toulouse zu ihm gesagt hatte, unter Zwang gesagt worden war. Bis er es genau wusste, war er an das Versprechen gebunden, das ihn zurück nach Frankreich geführt hatte: Jewel ein

Heim und eine glückliche Zukunft zu bieten und wiedergutzumachen, was sie für ihn aufgegeben hatte.

Du liebst Johanna. Colins Herz schlug dumpf, als diese Erkenntnis sich auf ihn legte wie ein schwerer Stein. Seine Gefühle für sie hatten nichts mit Pflicht oder Ehre zu tun, nur mit Liebe. Und doch war er an das Versprechen, das er ihrer Schwester gegeben hatte, gebunden.

Da stand er in seinem Elend und sah zu, wie Johanna den Kai erreichte. Sie blickte noch einmal zu ihm zurück, dann lief sie die Straße hinauf. Er folgte ihr in sicherer Entfernung, um sich zu überzeugen, dass sie unbeschadet ins Hotel kam. Als sie durch die Tür ins Haus ging, blieb er unter einer Straßenlaterne stehen. Seine Haut war so taub, dass er den beißenden Wind nicht mehr spürte.

Er würde ihren Kuss nie vergessen. Er hatte ihre Leidenschaft gespürt, als er sie in seine Arme zog. Colin dachte an das, was sie über die Liebe gesagt hatte: dass sie eine Sache des Herzens sei. Ihre anrührende Erklärung hatte eine tiefe Sehnsucht in ihm geweckt.

Wie sollte er ihr morgen gegenübertreten? Er überlegte kurz, hinaufzugehen und sich bei ihr zu entschuldigen, doch wahrscheinlich war sie noch zu erregt, zu aufgebracht und er selbst war noch viel zu aufgewühlt, um jetzt schon hineinzugehen. Stattdessen wanderte er durch die Straßen.

Es war spät, als er endlich ins Hotel zurückkehrte. Senyor Vilar saß an der Rezeption. Sein dunkles Gesicht wirkte besorgt. »Geht es Ihrer Frau gut, Leutnant?«

»Die Nachtluft war ein wenig kalt.« Colin zwang sich zu einem Lächeln. »Morgen wird alles wieder gut sein.«

Der Klang von Stimmen aus dem Speisezimmer ließ ihn aufhorchen. »Sie geben ein Fest?«

»Nein, die Gäste speisen nur.«

Colin nickte. Wie die Franzosen schienen auch die Katalanen sehr spät zu Abend zu essen.

»Sind Sie hungrig, Leutnant?«

»Nein, aber eine Tasse Tee wäre schön, wenn das möglich wäre.«

Der Gastwirt zuckte die Achseln und schüttelte den Kopf.

»Nun gut, dann vielleicht eine Tasse Kaffee mit Sahne?«

»Sí, molt bé.« Diesmal strahlte Senyor Vilar. »Soll ich sie Ihnen nach oben bringen?«

»Ja, danke. Zimmer 14.«

Oben blieb Colin auf dem Weg zu seiner Zimmertür an der Tür von Johannas Zimmer stehen und lauschte einen Moment. Es war nichts zu hören. Wahrscheinlich war sie schon zu Bett gegangen.

Colin war erleichtert. Er hatte befürchtet, dass sie weinte, und wusste, dass er es nicht über sich gebracht hätte, einfach in sein Zimmer zu gehen, ohne sie zu trösten.

Er betrat sein Zimmer und hatte gerade die Mütze abgenommen und die Jacke ausgezogen, als es klopfte. Johanna? Colin riss die Tür auf, doch es war nur die stämmige Frau des Wirts. Sie trug ein Tablett mit seinem Kaffee. *»Bona nit, senyor.«* Sie strahlte ihn an.

Er ließ sie eintreten und den Kaffee auf das Nachttischchen stellen. *»Merci, senyora.«*

Sie knickste. *»De res.«*

Als sie gegangen war, bereitete sich Colin für die Nacht vor. Er nahm den ledernen Prothesengurt und die Armspange ab, an der seine Prothese befestigt war, und seufzte vor Erleichterung, die drückende Klammer los zu sein. Dann zog er seinen Schlafanzug an, stellte den Wecker und griff nach seinem Kaffee. Er setzte sich auf die Bettkante und nippte an dem heißen Getränk. Dabei hatte er ständig Johannas gequältes Gesicht vor Augen. Sein Gewissen fand keine Ruhe. Er wusste noch immer nicht, was er am Morgen tun sollte. Was, wenn Jewel, wenn sie sie gefunden hatten, gestand, dass sie ihn noch immer liebte?

Plötzlich musste er laut gähnen. Eine Müdigkeit hatte ihn überfallen, wie er sie nicht mehr kannte, seit er aus dem Krieg zurückgekehrt war. Aber es war auch wirklich ein anstrengender Tag gewesen. Er stellte die Tasse auf die Untertasse und knipste die Lampe aus. Vielleicht würde morgen früh alles besser aussehen. Er wusste es nicht, aber er musste Vertrauen haben.

19

Nach dem Frühstück am nächsten Morgen ging Jo wieder hinauf in ihr Zimmer und packte ihre restlichen Sachen. Es war noch früh, noch nicht einmal halb neun. Sie hatte also noch über eine Stunde Zeit, bis Petit kam und sie abholte. Um die Müdigkeit abzuschütteln, die sie benommen machte und ihre Augen brennen ließ, musste sie sich jedoch beschäftigen.

Sie trug dasselbe graue Reisekostüm wie am Tag zuvor. Die einzigen Kleidungsstücke, die sie einpacken musste, waren ihr Nachthemd und natürlich der Schal. Sie strich mit der Hand über die dicke Wolle und dachte an den vergangenen Abend, als sie ihn trug, um sich gegen die kalte Luft vom Meer zu wappnen. Colins Kuss hatte ihre Sinne geweckt, mit jeder Faser ihres Körpers hatte sie auf seine Berührung, seinen Duft und die Wärme seiner Lippen reagiert.

Die Sehnsucht, die sie empfand, war wie ein Stich – noch eine Erinnerung an ihre schlaflose Nacht. Sie hatte im Dunkeln wachgelegen und in Gedanken wieder und wieder seinen Kuss gespürt. Jetzt, im hellen Tageslicht, schien es töricht zu denken, einer von ihnen beiden hätte das nicht gewollt, und doch quälten sie Schuldgefühle. Sie hatte ihre Schwester verraten und sich tatsächlich in Colin Mabry verliebt.

Wenn schon Jo sich elend fühlte, wie musste es dann Colin gehen? Gestern Nacht hatte er die Schuld für ihrer beider Tun ganz allein auf sich genommen. Er, ein Mann, der so stolz auf seine Ehrenhaftigkeit war. Ob er jetzt wohl Reue empfand?

Soweit sie wusste, hoffte er noch immer, dass Jewel etwas an ihm lag, und war überzeugt, dass ihre Schwester in irgendeiner Weise in

Keplers Gewalt war. Wieder fragte Jo sich, ob Jewel bedroht wurde. Sie kannte das Gefühl. Es war der Grund, warum sie nicht nach Irland zurückkehren konnte, nicht ohne gejagt und bloßgestellt zu werden.

Mit zusammengepressten Lippen packte sie den Schal in den offenen Koffer auf ihrem Bett. Colin würde sein Wort halten. Er würde ihre Schwester finden und sich Gewissheit über ihre Gefühle verschaffen. Sie selbst hingegen musste ihre Gefühle vergessen.

Als ob das möglich wäre. Sie kämpfte gegen eine immer stärker werdende Traurigkeit an. Mehr denn je brauchte sie jetzt ihren Vater, den einzigen Menschen, der noch lebte, der sie je geliebt hatte. Petit musste wissen, wo in Barcelona sich Kepler und ihre Schwester aufhielten. Je eher sie sie fanden, desto schneller würde Jo ihren Vater finden.

Bevor sie den Koffer schloss, holte sie noch ihre Toilettensachen hinter dem Wandschirm hervor und sah liebevoll auf den kleinen weißen Vogel in seinem Käfig auf dem Boden. »Wir werden unsere Suche fortsetzen, *mon ami.*«

Sie war gerade fertig, als es an der Tür klopfte. Ihr Blick wanderte zu dem Wandschirm, dann ging sie zur Tür. Ihr Herz schlug schneller, während sie überlegte, was sie zu Colin sagen sollte.

»Guten Morgen, Mrs Mabry.«

Sie hatte die Tür geöffnet und sah überrascht, dass Petit im Flur stand. »Mr Petit! Sie sind aber früh dran. Ist etwas passiert?«

»Ich habe Kepler und Ihre Schwester in Portbou gefunden.«

»Sie sind hier?« Überrascht zog Jo die Tür ein wenig weiter auf. »Wo genau?«

»Am Bahnhof.« Er nahm seinen Hut ab und schlug die Augen nieder. »Sehen Sie, ich habe gestern beim Überprüfen der Fahrpläne einen Fehler gemacht. Der nächste Zug nach Barcelona geht um neun. Wir haben also nur noch ein paar Minuten, wenn wir denselben Zug erwischen und ihnen folgen wollen.«

»Du meine Güte!« Ein Schauer der Erregung lief über ihren Rücken. »Ich bin so gut wie fertig. Ich muss nur noch Colin holen.«

»Dafür ist keine Zeit mehr.«

Sie sah ihn mit großen Augen an. »Wie meinen Sie das?«

»Wir müssen den Zug kriegen.«

Jo öffnete die Tür weit und stellte sich mit verschränkten Armen vor ihn. »Colin wird uns begleiten, Mr Petit. Ich gehe nicht ohne ihn.«

Er starrte sie an und murmelte etwas Unverständliches, dann setzte er ruckartig seinen Hut wieder auf. »Holen Sie Ihr Gepäck. Ich gucke nach, ob er fertig ist. Aber wir müssen uns beeilen!«

Jo schloss die Tür, holte ihren Koffer und die Hutschachteln und stellte sie an die Tür. Dann ging sie zu ihrer Taube hinter dem Wandschirm, verabreichte Little Corporal behutsam ein wenig Kamillentee, lauschte dabei auf Petits Klopfen und hoffte, er würde nicht zurückkehren, ehe sie fertig war.

»So ein braver Junge«, redete sie ihrem kleinen Liebling gut zu und setzte ihn wieder in den Käfig.

Als sie die Reisetasche neben das übrige Gepäck stellte, kam Mr Petit zurück. Diesmal ließ Jo ihn herein. »Ist Colin fertig?«

»Der Leutnant lag noch im Bett. Es geht ihm nicht gut. Er sagt, wir sollen vorausfahren, er nimmt den Nachmittagszug. Wir treffen uns dann in Barcelona.«

Jo sah ihn alarmiert an. »Was fehlt ihm denn?«

»Das hat er nicht gesagt. Vielleicht hat er gestern Abend etwas gegessen, das ihm nicht bekommen ist?«

Jo schluckte den Schmerz in ihrer Kehle hinunter. Sie glaubte nicht, dass es am Essen lag. Ganz offensichtlich wollte Colin ihr so bald nach gestern Abend nicht begegnen. Er musste sich schrecklich fühlen. »Ich muss zu ihm.«

Sie ging zur Tür, doch Petit trat ihr in den Weg. »Mrs Mabry … Johanna … wenn wir nicht auf der Stelle fahren, werden wir Ihre Schwester wieder verlieren.«

Warum wurde ihr plötzlich so unbehaglich? Sie sah ihn stirnrunzelnd an. Petit hatte ihnen sehr geholfen, aber Colin traute dem

Amerikaner nicht. Jo dachte an den geheimnisvollen Einbruch in ihrem Zimmer in Toulouse, für den Colin Petit verdächtigte.

Sagte er die Wahrheit? »Ich muss Colin sehen.« Ihre Stimme war hart vor Entschlossenheit. »Es dauert nur eine Minute, Mr Petit.«

Er stieß die Luft aus, ging zur Tür und öffnete sie. »Bitte sehr, Madam.«

Sie traten in den Flur, Jo ging zu Colins Zimmertür und klopfte leise. »Colin? Ist alles in Ordnung?«

Schweigen. Sie sah Petit an.

»Wahrscheinlich ist er wieder eingeschlafen.«

Jo klopfte erneut. »Colin?« Noch immer keine Antwort. Sie biss sich auf die Unterlippe. Vielleicht war er ja wirklich sehr krank? »Ich hole einen Schlüssel von Senyor Vilar.«

»Nicht nötig.« Er griff in seine Tasche und zog einen Satz Dietriche heraus. Keine Minute und er hatte Colins Tür lautlos geöffnet. »Nach Ihnen«, flüsterte er.

Jo spähte hinein. Colin lag schlafend auf dem Bett. Sie überlegte einen Moment, ob sie ihn wecken sollte oder nicht. Aber wenn es ihm schlecht ging? Sie trat zurück auf den Flur.

Petit sprach leise. »Schauen Sie, Mrs Mabry, draußen wartet ein Taxi auf uns. Wenn Sie lieber hierbleiben möchten, habe ich Verständnis dafür. Aber ich muss Ihrer Schwester und Kepler folgen. Vielleicht sollten Sie und der Leutnant zurück nach Paris fahren.«

»Nein! Warten Sie.« Jo runzelte die Stirn, während sie versuchte zu entscheiden, was sie tun sollte. Wenn sie in Portbou blieb, würde sie ihre letzte Chance, Jewel und mit ihr ihren Vater zu finden, verlieren. Trotzdem wollte sie Colin nicht verlassen. »Hat er ganz bestimmt gesagt, dass er mit dem Nachmittagszug nachkommt?«

Petits Gesicht wurde weich. »Ich werde ihn selbst vom Bahnhof abholen.«

»Na gut.« Sie warf noch einen letzten Blick auf den schlafenden Colin, dann schloss sie leise die Tür und ging zurück in ihr Zimmer.

Petit brachte den Großteil ihres Gepäcks nach unten, ihre Handtasche und die Reisetasche trug Jo selbst. Sie bereute, Colin keine Nachricht hinterlassen zu haben, und beschloss, unten um einen Stift und Papier zu bitten, doch der Empfang war nicht besetzt.

»Könnten Sie mir die Tür aufhalten?«

Petit stand im Eingang, beladen mit Gepäckstücken. Jo warf noch einen letzten Blick auf die Rezeption, dann gehorchte sie. Sie wusste, dass das Taxi draußen wartete und Petit sie stehen lassen würde, wenn sie nicht gleich kam.

»Mrs Mabry?«

Sie seufzte frustriert auf, ging hinaus und nahm auf dem Rücksitz des Taxis Platz. Ärgerlich, weil er sie bedrängte – auch wenn sie die Notwendigkeit einsah, sagte sie mit barscher Stimme zu Petit: »Wenn Colin heute Nachmittag in Barcelona eintrifft, werde ich ihn mit Ihnen zusammen am Bahnhof abholen.«

»Natürlich.« Petit schloss die Augen und lehnte den Kopf gegen die Lehne.

Seine Zusicherung besserte ihre Laune ein wenig. Ganz gleich, was gestern Abend vorgefallen war, Jo wollte Colin an ihrer Seite wissen.

Am Bahnhof – es war sehr voll – holte Petit ihre Fahrkarten. Das Gepäck hatte er einem Träger übergeben. Auf dem Bahnsteig hielt Jo Ausschau nach Kepler und ihrer Schwester. Sie wusste, dass Jewel wahrscheinlich wie immer Schwarz trug. »Haben Sie eine Ahnung, in welchem Waggon sie sein könnten? Können wir uns in ihre Nähe setzen?«

»Das sollten wir lieber nicht tun. Kepler darf keinen Verdacht schöpfen.« Dann wurde Petits Gesichtsausdruck wieder weicher. Er lächelte sie an. »Ich schlage vor, wir halten Ausschau nach ihnen, wenn wir in Barcelona aussteigen. Dann folgen wir ihnen und sehen, wo sie absteigen.«

»Eine ausgezeichnete Idee!« Jos Herzschlag beschleunigte sich bei dieser Aussicht. Sie und Petit suchten ihre Plätze im Abteil der dritten Klasse. Sie stellte die Reisetasche auf den Boden zu ihren Füßen, öffnete sie und legte ihren Schal über die Öffnung.

Dann sah sie jeden, der ihren Waggon betrat, genauestens an. Näher würde sie ihrer Schwester im Moment nicht kommen. Mit einem leisen Stich registrierte sie, wie sehr sie Colin vermisste und sich wünschte, dass er bei ihr wäre. Vielleicht mussten sie einfach reden?

Das Pfeifen des Zugs holte sie zurück in die Gegenwart. Die Räder setzten sich in Bewegung. Wieder betrachtete sie die Dutzende lärmender Menschen, die jetzt in ihrem Waggon saßen. Ein paar Frauen trugen Trauerkleidung, doch keine von ihnen war in Begleitung von Kepler.

Sie drehte sich um und flüsterte Petit zu: »Sind Sie ganz sicher, dass sie in diesem Zug sind?«

Er sah sie leicht genervt an. »Ich habe sie zwei Waggons vor uns einsteigen sehen.«

Zufrieden lehnte Jo sich zurück und versuchte, sich zu beruhigen. Es hatte ja keinen Sinn, sich aufzuregen. Sie knetete ihre Handschuhe. Der Gedanke, Jewel endlich zu sehen, versetzte sie trotz aller Selbstbeherrschung in helle Aufregung. Die Fahrt nach Barcelona würde fast zweieinhalb Stunden dauern. Ob sie wohl so lange still sitzen konnte?

Sie blickte auf die Tasche zu ihren Füßen. Hoffentlich konnte wenigstens Little Corporal sich beherrschen.

20

Es kann nicht schon wieder passiert sein! Dieser Gedanke ging Colin durch seinen schmerzenden Kopf, als er im hellen Licht, das durch sein Hotelzimmerfenster fiel, erwachte. Blinzelnd wandte er langsam den Kopf und musterte die verdächtige Kaffeetasse auf dem Nachttischchen. Dabei fiel sein Blick auf den Wecker daneben. Die Zeiger standen auf acht Uhr.

»Nein!« Stöhnend griff er nach seiner Armbanduhr, die neben dem Wecker lag. Sie zeigte neun Uhr. Er hatte verschlafen. *Petit* …

Mit einem Fluch gegen den Amerikaner setzte er sich auf und hielt sich eine volle Minute den Kopf, ehe das Zimmer aufhörte, sich um ihn zu drehen. Dann stand er auf und stolperte zum Waschtisch.

Kurz betrachtete er sein übernächtigtes Konterfei im Spiegel, dann spritzte er sich kaltes Wasser ins Gesicht. Wie war es Petit gelungen, seinen Kaffee mit einem Schlafmittel zu versetzen?

Jetzt hatte er nur noch dreißig Minuten, bis der Amerikaner kommen und sie zum Zug bringen würde. Wenn dieser Schurke überhaupt kam. Er musste sich beeilen. Wenn Petit nicht kam, mussten er und Johanna allein mit einem Taxi zum Bahnhof fahren.

Er verwarf die Idee, sich zu rasieren, und wusch sich in Windeseile. Dann zog er sich so schnell wie möglich an. Die meisten Hemdknöpfe ließ er offen, schnallte nur den Prothesengurt um und zwängte sich in seine Uniformjacke.

Als er in einigermaßen präsentablem Zustand das Hotelzimmer verließ, war es neun Uhr fünfundzwanzig. Er klopfte an Johannas Tür, voller Angst vor der Begegnung mit ihr. Wenigstens hatten seine Kopfschmerzen nachgelassen und er würde bei einigermaßen klarem Verstand mit ihr reden können.

Als Johanna auch nach dem zweiten Klopfen nicht öffnete, überlegte Colin, ob sie vielleicht zum Frühstücken nach unten gegangen war. In der Lobby sah er den Wirt hinter der Rezeption stehen und die Bücher durchgehen.

»Entschuldigen Sie, *senyor*, haben Sie meine … Madame Mabry gesehen?«

Senyor Vilar sah auf und lächelte. »*Bon dia,* Leutnant.« Doch dann meinte er leicht verwirrt: »Aber … ich dachte, Sie seien bei ihnen?«

Colin runzelte die Stirn. »Bei wem?«

»Bei *senyora* Mabry und dem großen Amerikaner, mit dem Sie gekommen sind. Ich sah, wie sie in ein Taxi stiegen, als ich vor einer Stunde aus dem Hinterzimmer nach vorn kam. Ich dachte, Sie seien vielleicht auf dem Weg in eines unserer Cafés, um zu frühstücken.«

Johanna hatte das Hotel verlassen? Mit Petit? Colins Herz fing an zu rasen. »Wissen Sie, wohin sie gegangen sind?«

Vilar zuckte die Achseln. »Der Amerikaner hat gestern Abend bei uns gegessen und um Empfehlungen gebeten, aber ich weiß nicht, für welches Café er sich entschieden hat.«

Petit war gestern Abend im Hotel gewesen? Colin machte ein finsteres Gesicht. Das erklärte, wie der Mann es geschafft hatte, das Schlafmittel in seinen Kaffee zu schmuggeln. Diese Sache würde er mit dem Amerikaner klären müssen, und zwar bald. Aber warum waren sie noch nicht wieder da? Plötzlich bekam er es mit der Angst. »Haben Sie einen Ersatzschlüssel für Zimmer 15?«

Der Gastwirt zog die dunklen Brauen zusammen. Er holte die Schlüsselbox heraus. »Ich begleite Sie nach oben.«

In ihrem Stockwerk schloss der stämmige Mann Johannas Zimmertür auf. Colin trat eilends ein. Alles war fort – ihr Koffer, die Hutschachteln und auch die Reisetasche mit Little Corporal. War sie mit Absicht ohne ihn gegangen?

Colin sah auf die Uhr. Neun Uhr fünfundvierzig. Zorn auf Petit mischte sich mit heftigen Selbstanklagen. Johanna musste beschlossen haben, sich fortzuschleichen und früher mit dem Amerikaner zum Bahnhof zu fahren, um Colin so lange wie möglich aus dem Weg zu gehen, doch er konnte ihr deswegen keine Vorwürfe machen. Er war gestern Abend ein solcher Narr gewesen. Sie musste ja vor ihm weglaufen.

Mit zusammengepressten Zähnen zog Colin ein kleines Bündel Francs aus der Tasche und gab sie dem Wirt. »Nehmen Sie, was Sie für unsere Zimmer bekommen. Ich muss packen. Wenn Sie mir bitte ein Taxi bestellen würden, ich muss den Zehn-Uhr-Zug nach Barcelona erreichen.«

Vilar nahm das Geld, blieb aber stehen. »Es gibt keinen Zehn-Uhr-Zug, Leutnant.«

Colin starrte ihn an. »Was soll das heißen?«

»Der Zug nach Barcelona fährt um neun Uhr morgens. Der nächste geht erst nachmittags.«

Also hatte Petit gelogen. Eigentlich sollte ihn das nicht überraschen. »Rufen Sie mir ein Taxi. Ich fahre auf jeden Fall zum Bahnhof.«

Zehn Minuten später war Colin am Bahnhof und stellte fest, dass der Gastwirt recht gehabt hatte, der Zug ging um neun, nicht um zehn, wie Petit zu ihm und Johanna gesagt hatte. Die Abfahrtszeiten standen an der Wand neben dem Fahrkartenschalter. Der Amerikaner konnte sich also kaum geirrt haben.

Den letzten Stoß versetzte Colin dann die Auskunft, dass ein Paar, das Johannas und Petits Beschreibung entsprach, den Morgenzug bestiegen hatte. Den ganzen Weg zurück zum Hotel plagten ihn Schuldgefühle und Verzweiflung. Johanna hatte ihn verlassen. Colin hatte die Grenzen des guten Geschmacks verletzt – und das auch noch mit Jewels Schwester.

Aber warum hatte Petit seinen Kaffee manipuliert? Hatte Johanna sich gestern Abend, als sie vom Strand zurückkam, mit ihm getroffen? Colin traute Petit nicht, aber Johanna hatte immer wieder darauf hingewiesen, wie sehr er ihnen schon geholfen hatte. *Ha!* Aber … was, wenn sie ihm gesagt hatte, dass sie sich von Colin trennen wollte? Er traute es dem Amerikaner durchaus zu, ihn unter Drogen zu setzen, um mit Johanna zu fliehen.

Wieder im Hotel, war Colins Laune auf einen Tiefpunkt gesunken. Bereits auf der Treppe hinauf in sein Zimmer, kehrte er wieder um und ging stattdessen zum Kai und an den Sandstrand hinunter.

Am Strand starrte er hinaus auf das in der Morgensonne schimmernde Meer. Wieder und wieder quälte sein Gedächtnis ihn mit der Erinnerung an den Kuss, an das Gefühl, Johanna im Arm zu halten. Dann dachte er an den entsetzten Gesichtsausdruck, mit dem sie ihn zurückstieß und davonstolperte, nur weg von ihm.

Er ging ein Stückchen am Strand entlang in nördlicher Richtung, als könnte er sich dadurch von seinen Gedanken ablenken. Dabei bemerkte er geistesabwesend, dass die Flut kam. Die Wellen schlugen rhythmisch an den Strand, doch erst, als sich ein Schwall Meerwasser über seine Schuhe ergoss, blieb er stehen und blickte nach unten.

Auch gestern Abend hatten die Wellen ihren Kuss unterbrochen. Wieder standen ihm die Bilder vor Augen: sie beide, in inniger Umarmung, der zärtliche Kuss, der rasch in Begehren umschlug. Es gab keine Gedanken, nur Gefühle, als Johannas Leidenschaft der seinen entgegenschlug.

Colin verglich seine kostbare Erinnerung mit Johannas Reaktion und sein Herz klopfte schneller. Sie hatte auf ihn reagiert, leidenschaftlich reagiert. Hatte ihre Verzweiflung womöglich eher mit Verlegenheit als mit Zorn zu tun? Hatte sie vielleicht ebenfalls mit ihrem Gewissen gekämpft?

Er fasste wieder Mut. Vielleicht hatte ihr Schuldgefühl und nicht die Aversion gegen ihn sie veranlasst, mit Petit mitzugehen. Das klang plausibel, denn die Frau, die sie beide mit diesem wundervollen, verbotenen Kuss betrogen hatten, war Johannas eigene Schwester.

Aber würde Johanna einfach gehen, ohne ihm auch nur eine Nachricht zu hinterlassen? Nein. Er dachte an ihre gestrige leidenschaftliche Rede. Es war nicht das erste Mal gewesen, dass Johanna so offen mit ihm gesprochen hatte. Es passte auch nicht zu ihr, sich einfach fortzuschleichen, zumal sie ihn aus England hierhergelockt hatte, damit er ihr half. Sie hätte ihm auf jeden Fall irgendetwas hinterlassen: ein Wort, einen Brief. Was also konnte der Grund sein, dass sie das nicht getan hatte?

Voller Unbehagen setzte er seinen Weg am Strand entlang fort. Petit hatte gelogen, was die Abfahrtszeit des Zugs betraf, und er hatte Colins Getränk vergiftet, nun schon zum zweiten Mal. Außerdem verdächtigte Colin ihn, in Toulouse in Johannas Zimmer eingedrungen zu sein. Der Mann war nicht vertrauenswürdig.

Plötzlich kam ihm ein Gedanke, bei dem sein Puls wieder zu rasen anfing. Was, wenn Petits Motive gar nicht mit der aktuellen Situation zwischen ihm und Johanna zu tun hatten? Vielleicht hatte Petit von Anfang an den Plan verfolgt, Colin an der Weiterreise in den Süden zu hindern. Diesem verstörenden Gedanken folgte sogleich der nächste. Ihm wurde eng um die Brust. Steckte Johanna womöglich in Schwierigkeiten? Colin wusste so gut wie nichts über den Amerikaner, nur das, was der Mann ihm erzählt hatte. Petit hatte ihm nicht einmal seinen Pass zeigen wollen.

Jetzt schlug Colins Besorgnis in blanke Angst um. Er blieb am Pier stehen und sah auf seine Uhr. Der nächste Zug nach Barcelona fuhr erst in mehreren Stunden. Aber auch, wenn er ihnen nachreiste, wie sollte er die beiden in Barcelona finden?

Er starrte auf die Fischerboote auf dem Meer, ohne sie wirklich zu sehen. Seine Gedanken überschlugen sich. Er musste doch etwas geben, das er tun konnte! *Lacourt.* Er würde dem Franzosen telegrafieren.

Sogleich machte er kehrt und ging zurück zum Kai. Er würde dem Franzosen von Johanna erzählen und da Lacourt und Petit Freunde oder doch Bekannte waren, würde er vielleicht wissen, wie er den Amerikaner in Barcelona aufstöbern konnte.

Er hatte den Kai fast erreicht und plante bereits sein weiteres Vorgehen, als er einen Mann erblickte, der ihm am Strand entgegenkam. Der Fremde trug dunkle Kleidung und ging mit gesenktem

Kopf, sodass Colin nur seinen Hut sah. Es war derselbe Hut, den der Mann getragen hatte, mit dem er im Le Bibent fast zusammengestoßen war.

Colin kniff die Augen zusammen. Wurde er verfolgt? Als könne er seine Gedanken lesen, blickte der Fremde auf und sah ihn an, dann lief er los, in Richtung Kai. Colin nahm die Verfolgung auf. Beide Männer kämpften mit dem lockeren Sand. Jeder wollte so schnell wie möglich festen Untergrund erreichen.

Der Fremde war zuerst am Kai und rannte los. Colin tat es ihm nach. Während sich die Entfernung zwischen ihnen beiden verringerte, hatte er abermals das Gefühl, dass der Mann vor ihm Hauptmann Weatherford war. Er war dem Hauptmann erst zweimal in London begegnet, doch die Größe, die breiten Schultern und sein weit ausholender Gang kamen ihm bekannt vor.

Am Passeig de la Sardana wandte seine Beute sich nach links. Colin sah gerade noch, wie der Mann an Vilars Hotel vorbei zur nächsten Straßenecke lief. Dort blieb er stehen, blickte sich kurz um und bog scharf rechts ab.

An der Ecke angekommen, sah Colin, wie der geheimnisvolle Mann in einer Gasse auf der anderen Straßenseite verschwand. Er rannte ihm nach, dankbar für die Ausdauer, welche die Monate auf der Farm seines Onkels ihm verliehen hatten.

Die Augen fest auf sein Ziel gerichtet, sprintete Colin durch einen Irrgarten schmaler Straßen, vorbei an bunten Wäschestücken, die zwischen den Häusern in den Gassen aufgehängt waren, und großäugigen Kindern, die in ihrem Hüpfspiel innehielten und den beiden Männern nachblickten.

Colin rannte an einem kleinen Café vorbei, bog in eine weitere Seitenstraße ab und blieb vor einem Laden stehen, vor dem eine alte Frau saß und Fischernetze flickte. Schwer atmend sah er die Straße hinauf und hinunter, doch da war nur die Frau. Er hatte seine Beute verloren. Erschöpft ließ er den Kopf sinken und ging zurück ins Hotel. Dort bat er den Wirt um ein Blatt Papier.

Senyor Vilar holte mehrere Blätter unter dem Tisch hervor, dann gab er Colin sein Wechselgeld und eine Quittung für die Zimmer. »Wollen Sie mit dem Nachmittagszug nach Barcelona weiterfahren, Leutnant?«

»Ich weiß es noch nicht.« Er zögerte. »Ich muss ein Telegramm aufgeben. Meine Weiterfahrt hängt davon ab, wie schnell ich eine Antwort bekomme.«

Oben verfasste Colin eine Nachricht an Lacourt. Er benutzte die gleiche Verschlüsselung wie Hastings. Die Agenten in dem Schloss in Vernon würden den Code kennen. Dann schrieb er an Jack Benningham nach London und informierte ihn, dass seine Rückkehr nach England sich verzögern würde. Diesem Schreiben fügte er noch eine verschlüsselte Anmerkung hinzu: *Glaube deinen Trauzeugen aufgespürt zu haben*. Er hielt kurz inne und dachte über die Formulierung nach. An dieser ganzen Reise hafteten so viele Rätsel und kaum etwas ergab einen Sinn.

Senyor Vilar beschrieb ihm den Weg zum Postamt. Colin gab beide Telegramme auf, dann aß er in einem kleinen Café in der Nähe des Hotels zu Mittag. Er saß draußen auf der Terrasse und suchte während des Essens weiter die Straße nach dem Mann mit dem Filzhut ab.

Der Nachmittag verging, Colins Sorge über Johannas Abreise mit Petit nahm zu. Er lungerte in der Nähe des Postamts herum und sah immer wieder nach, ob eine Antwort von Lacourt eingegangen war.

Oben auf dem Hügel hörte er das Zeichen zur Abfahrt eines Zugs. Er sah auf seine Uhr. Es war der Zug nach Barcelona. Colin seufzte ungeduldig auf und ging wieder ins Postamt, um ein weiteres Mal nachzufragen. Schließlich ging er, mit der Bitte, ihm eine Antwort sofort ins Hotel zu schicken.

Abends, im Bett, dachte er über Jewel und sein allzu kurzes Gespräch mit ihr vor ihrer überstürzten Abreise aus Toulouse nach. Dann dachte er an Petits List und Johannas abrupten Aufbruch.

Entsprach diese Mission wirklich dem Willen Gottes für ihn oder versuchte Colin einfach, seine Schuldgefühle darüber zu beschwichtigen, dass er die Frau, die ihn gerettet hatte, im Stich gelassen hatte? Jewel hatte offenbar kein Interesse mehr an ihm und Johanna war wortlos gegangen. War sie bei Petit in Sicherheit und froh, Colin los zu sein oder war sie in Gefahr?

Müde von der Jagd und erschöpft von den vielen unbeantworteten Fragen, drehte er sich auf die Seite und schloss die Augen. Sein letzter Gedanke war ein Gebet, dass Lacourt ein wenig Licht in seine trostlose Lage bringen möge.

21

Barcelona, Spanien, 18. April

Jo saß rauchend am offenen Fenster des Hotels Coloma in Barcelona und wartete auf Petits Rückkehr. Sie hatte mit ihm zusammen zum Bahnhof gehen wollen, um Colin abzuholen, doch er hatte behauptet, ein Treffen mit seinen Vorgesetzten zu haben, und wollte Colin gleich danach abholen und mit ihm zum Hotel kommen.

Die ganze Zeit beobachtete sie gespannt die Straße unter ihrem Fenster. Die Strahlen der Nachmittagssonne fielen durch die grünen Blätter der Platanen auf beiden Seiten von La Rambla, der belebten Prachtstraße der Stadt. Frauen in dunklen Röcken und hellen Blusen verkauften frische Blumen von ihren Wagen: rote Nelken, purpurne Erika und rosa Wandelröschen. Jo sah Straßenkünstler vor ihren Staffeleien sitzen, Paletten oder Zeichenkohle in der Hand, wie sie Barcelonas berühmte Wahrzeichen festhielten oder Porträts der Touristen anfertigten, die bereit waren, sich malen zu lassen.

Auf der anderen Straßenseite eilten Kellner in schwarzen Jacken hin und her und bedienten die Gäste auf den überfüllten Terrassen vor den Cafés. Jo atmete das köstliche Aroma der katalanischen Küche ein. Ihr Magen knurrte. Wo blieb nur Petit?

Unfähig, noch länger sitzen zu bleiben, stand sie auf und ging zu ihrem Nachttischchen, wo ein metallener Wecker die Zeit anzeigte: ein paar Minuten nach vier Uhr nachmittags.

Neben dem Wecker stand ein schlankes, hohes Telefon. Jo nahm es auf und hob den Hörer ab. Nach ein paar Sekunden hörte sie eine männliche Stimme: »Rezeption. Was kann ich für Sie tun?«

Jo war froh, dass das Hotelpersonal französisch sprach. »Hier ist Madame Mabry aus Zimmer 320. Können Sie mir sagen, ob der Nachmittagszug aus Portbou Verspätung hat?«

Nach einer kurzen Pause war der Portier wieder da. »Der Zug ist fahrplanmäßig vor über einer Stunde angekommen, Madame. Kann ich sonst noch etwas für Sie tun?«

»Nein, danke.« Stirnrunzelnd hängte sie auf. Warum war Petit noch nicht da? War Colin bei ihm oder hatte er beschlossen, noch länger in Portbou zu bleiben?

Eine Sorge, die sie schon den ganzen Tag gequält hatte, ließ ihr keine Ruhe. Was, wenn Colin krank war? Und sie hatte ihn einfach verlassen?

Sie wurde das Schuldgefühl und die Sehnsucht, die ihr schon in der vergangenen Nacht den Schlaf geraubt hatte, nicht los. Nicht nur, dass sie weggelaufen war und Colin alleingelassen hatte, war ein Problem. Sie dachte auch die ganze Zeit daran, dass er und Jewel sich unbedingt noch einmal sprechen mussten.

Sie grübelte noch immer, als es an der Tür klopfte. Erleichtert sprang sie auf. Endlich, da waren sie! »Einen Moment bitte!«

Sie warf einen raschen Blick zu dem angrenzenden Badezimmer, mit dem die Zimmer in diesem Luxushotel ausgestattet waren. Sie war dankbar, einen Raum zu haben, in dem sie ihre Taube verstecken konnte. Dann kniff sie sich in die Wangen, schob sich eine lose Haarsträhne hinters Ohr und ging zur Tür. Sie holte noch einmal tief Luft und öffnete die Tür. Vor ihr stand eine Frau in Schwarz.

»Johanna?«

Jo nickte stumm. Durch den dichten schwarzen Schleier vernahm sie den weichen französischen Akzent der Frau. »Ich bin Jewel. Darf ich hereinkommen?«

»Jewel.« Jo nickte hölzern. Sie ging einen Schritt beiseite und ließ ihre Schwester eintreten. Anmutig, wie ein Gespenst in Schwarz, glitt sie herein und blieb mitten im Zimmer stehen.

Als Jo und Petit in der Stadt eingetroffen waren, hatten sie Kepler und ihrer Schwester vom Bahnhof aus folgen wollen. Doch da so viele Leute ausstiegen und der Bahnsteig von anderen Wartenden, die einsteigen wollten, überfüllt war, hatten sie das Paar in der Menge verloren.

Jetzt starrte Jo die schlanke Frau in Trauerkleidung an. Sie war ein wenig größer als sie selbst. An einer Kette um ihren Hals glitzerte der Silberring, den Colin erwähnt hatte. Wie gebannt schloss sie die Tür. Endlich fand sie ihre Sprache wieder. »Ich … ich kann nicht fassen, dass du wirklich hier bist. Ich habe so lange gewartet.«

»Ich habe gerade erst von deiner Existenz erfahren, aber ich – oh, ich freue mich so sehr!« Ihre Stimme war voller Gefühl. »Colin sagte, du wusstest nichts von mir, bis du mein Tagebuch in Havrincourt gefunden hast. Stimmt das?«

Jo nickte. Ihr Blick fiel erneut auf den Silberring am Hals der Frau. Ihre Brust zog sich schmerzhaft zusammen. So lange hatte sie geglaubt, keine Familie mehr zu haben. Plötzlich standen ihr Tränen in den Augen. Sie räusperte sich. »Darf ich dich sehen?«

»Natürlich, verzeih mir. Ich trage einfach schon zu lange Trauerkleidung.« Sie griff mit ihren behandschuhten Händen nach oben und schlug den Schleier zurück.

Als Jo das goldblonde Haar, so ähnlich dem ihren, und die Wärme in den taubenblauen Augen ihrer Schwester sah, brachen alle Dämme. Sie weinte hemmungslos. »Schwester.«

Jewel fing ebenfalls an zu weinen. Sie streckte die Arme aus und Jo warf sich hinein. »Ich freue mich so, dich endlich gefunden zu haben.« Jos Stimme war nur ein ersticktes Flüstern an der Schulter ihrer Schwester.

»Und ich dich, *ma chère*.« Die Stimme ihrer Schwester zitterte. »Als Colin mir von dir erzählte, war ich völlig überwältigt.«

Sie hielten einander lange fest, wiegten sich langsam vor und zurück, bis Jo endlich losließ und sich die Tränen trocknete. Sie sah in das tränenüberströmte Gesicht ihrer Schwester. Ihre Nase war ein wenig gebogener, als sie erwartet hatte, aber das runde Gesicht entsprach genau Colins Beschreibung. Jewel wirkte geradezu strahlend vor Gesundheit. »Du bist schön.«

Ihre Schwester lächelte sie unter Tränen an. »Du auch, Johanna.«

Jo lächelte, Erregung und Neugier gewannen die Oberhand über ihre wehmütigen Gefühle. »Komm doch, setz dich! Ich will alles wissen. Wie hast du mich gefunden?«

Jewels liebliche Gesichtszüge verzogen sich unsicher. »Ich kann nicht lange bleiben, Johanna. Ich bin Monsieur Outis entschlüpft und muss gleich wieder zurück.«

»Hält er dich gegen deinen Willen fest?«

»Manchmal fühlt es sich fast so an.« Jewel lächelte schwach, dann setzte sie sich auf die Bettkante. »Ich habe dich am Bahnhof mit dem großen Mann gesehen, dem Träger aus dem Hotel in Toulouse. Als ich dein hübsches goldenes Haar sah, dachte ich gleich, dass du Johanna sein musst.«

»Du hast mich gesehen? Mr Petit und ich haben nach dir Ausschau gehalten, aber dich unter den vielen Passagieren nicht entdecken können.«

»Nenn es Zufall!« Jewel lachte. »Ich hatte Glück, dass wir im selben Hotel abgestiegen sind. Ich habe deine Unterschrift gesehen – Madame Colin Mabry – und wusste, dass meine Vermutung richtig war.« Sie lächelte amüsiert. »Aber wo ist Colin? Und warum bist du mit diesem Hotelangestellten gekommen?«

Jo wollte Petits eigentliche Mission nicht verraten, nicht einmal Jewel. »Colin und ich sind euch gefolgt, als ihr Toulouse verlassen habt. Wir wollten eigentlich heute Morgen von Portbou nach Barcelona weiterfahren, aber Colin fühlte sich nicht wohl und sagte, ich solle vorausfahren. Mr Petit war so freundlich, mich zu begleiten. Er will im Urlaub nach Barcelona.«

»Ah, ich verstehe. Ich bin so froh, dass du uns gefolgt bist!«

Jo nickte und versuchte zu lächeln. Sie hasste es, ihre Schwester anzulügen, doch das kleine Märchen schien ihr sicherer zu sein, als die Wahrheit zu sagen. »Und … wo ist Monsieur Outis?«

»Im Moment isst er im Restaurant auf der anderen Straßenseite zu Mittag. Ich habe die Gelegenheit genutzt, zu dir zu kommen.« Sie hielt kurz inne, dann fuhr sie fort: »Wie gut hast du meinen

Vater gekannt? Colin sagte, du hättest ihn nur ein einziges Mal gesehen?«

»Ja, als ich drei war. Er besuchte uns in unserem Dorf in Irland. Ich fand, dass er unglaublich schöne Augen hatte.« Jos Lächeln vertiefte sich. »Und ich erinnere mich, dass er nach Tabak roch.«

Jewel nickte mit leuchtenden Augen. »Vater saß abends oft im Garten hinter unserem Hof in Havrincourt und hat geraucht. Ich habe den Geruch seiner Pfeife auch immer geliebt.«

»Bitte erzähl mir mehr von ihm.«

Jewel streckte die Hand aus. »Setz dich doch zu mir.«

Jo zog den Polsterstuhl vom Toilettentisch heran und setzte sich ihr gegenüber. Jewel blickte auf Jos gefaltete Hände. »Wie ich sehe, trägst du den gleichen Ring wie ich.« Sie hob ihre Kette an.

Jo streckte ihre Hand aus. »Papa hat ihn mir gegeben, als er uns besucht hat.«

Jewel betrachtete die beiden Ringe. »Es wirkt, als gäbe es noch einen mittleren Ring, der zwischen die beiden passt, findest du nicht?« Sie lächelte spitzbübisch. »Vielleicht haben wir noch eine geheime Schwester?«

»Keine Ahnung.« Jo grinste, wurde jedoch gleich wieder ernst und beugte sich vor. »Aber ich weiß, dass ich seit Jahren darauf warte, unseren Papa wiederzusehen, und dass ich mich so sehr freue, dich endlich gefunden zu haben.« Sie griff nach Jewels Hand. »Und ich weiß auch, dass Monsieur Outis in Wirklichkeit Hauptmann Kepler ist.«

Jewel sah sie misstrauisch an und wollte ihr ihre Hand entziehen.

»Schon gut.« Jo hielt sie fest. »Ich habe in deinem Tagebuch gelesen, dass er versprochen hat, dich zu unserem Vater zu bringen, und ich … ich würde gern mit dir gehen.«

Jewel entspannte ihre Hand und sah sie wieder liebevoll an. »Ich kann mir auch nicht vorstellen, dich wieder zu verlassen.«

Gerührt von den Worten ihrer Schwester und in Hochstimmung bei der Aussicht, bei dieser Begegnung dabei sein zu dürfen, stieß Jo einen etwas zittrigen, erleichterten Seufzer aus. »Colin sagte, Kepler hätte dir noch nicht gesagt, wo er ist. Warum eigentlich nicht? Ist es zu gefährlich? Ist Papa in Gefangenschaft?« Sie schüttelte den Kopf. »Egal. Wenn du gehst, komme ich mit.«

»Ma petite sœur.« Jewel beugte sich vor und tätschelte ihr die Wange. »Wir gehen bald. Das ist übrigens einer der Gründe, warum ich gekommen bin. Ich wollte dir sagen, dass du dich bereithalten sollst.«

»Wo gehen wir hin?«

»Nicht in ein Gefängnis.« Jewel lächelte. »Hauptmann Kepler hat versprochen, mich in ein paar Tagen zu unserem Vater zu bringen.«

»Und ich darf dich begleiten?«

»Natürlich. Kepler erfüllt mir jeden Wunsch.« Sie drückte Jos Hand. »Ich will, dass du dabei bist, wenn wir unseren Vater wiedersehen.«

Jo war so glücklich und erleichtert, dass es einen Moment dauerte, bis sie den Widerspruch in den Worten ihrer Schwester erkannte. Wenn Kepler Jewel, wie sie gesagt hatte, jeden Wunsch von den Augen ablas, warum musste diese dann hinter seinem Rücken zu ihr kommen? »Das verstehe ich nicht. Wenn ihr, du und Kepler, euch liebt, warum …«

»Du liebe Güte, nein!« Jewel machte eine abwehrende Handbewegung. »Er liebt mich, deshalb weiß ich, dass er nichts dagegen hat, wenn ich dich mitnehmen möchte.«

»Aber warum hast du ihm dann nicht gesagt, dass du zu mir gehst? Hast du Angst vor ihm?«

»Unsere *relation amoureuse* ist ein bisschen schwer zu erklären.« Ihre Schwester sah sie nachdenklich an. »Kepler kann gefährlich sein, wenn die Dinge nicht so laufen, wie er will. Mir gegenüber ist er sehr aufmerksam, aber ich muss mich in Acht nehmen, wenn ich mit ihm zusammen bin. Ich möchte ihn jedenfalls nicht zum Feind haben.« Sie sah Jo traurig an. »Wie du habe auch ich lange darauf gewartet, unseren Vater wiederzusehen.«

In Jos Mitleid mit ihrer Schwester mischte sich eine leichte Unsicherheit. Empfand Jewel vielleicht nichts mehr für Kepler, weil sie Colin noch immer liebte?

Sie dachte an den Kuss am Strand und das Herz tat ihr weh. Jo musste die Wahrheit wissen. »Liebst du Colin noch genauso wie vor einem Jahr?«

Jewel zog eine Braue hoch, ihre blauen Augen tanzten. »Als ich im Gästebuch den Eintrag *Madame Mabry* gesehen habe, dachte ich, du und Colin seien ein Paar.«

»Oh nein!«, rief Jo. Sie war feuerrot geworden. »Das war nur, weil wir als Ehepaar auftreten, so wie du und Monsieur Outis. Zwischen uns ist nichts vorgefallen, glaube mir. Colin und ich sind nur Freunde.« Sie wusste, dass der letzte Satz gelogen war, doch ihre Schwester sollte sich völlig frei fühlen. »Liebst du ihn noch?«

Jewel seufzte. »Ich habe ihn in Toulouse von seinem Versprechen entbunden. Ich habe keine romantischen Gefühle mehr für ihn.« Sie verzog das Gesicht. »Wenn du also deinem Herz folgen möchtest, hast du meinen Segen.«

Die Freude und Erleichterung, die in Jo aufgestiegen waren, wurden gleich darauf von Zweifeln getrübt. »Aber du hast in deinem Tagebuch Seite um Seite mit Beschreibungen deiner Liebe zu ihm gefüllt, deiner Hoffnung, ihn heiraten und Kinder mit ihm haben zu können. Und von deinem Kummer, als er dich verlassen hat.«

Wie konnte ihre Schwester jetzt so gefühllos sein? Sie war irritiert. Wenn Jewel nichts mehr für Colin empfand, war es dann so, wie Colin befürchtete? Waren die Gefühle ihrer Schwester so oberflächlich, dass sie sich von seiner Handprothese abgestoßen fühlte?

»Was hat deine Gefühle so verändert, Jewel?«, wollte Jo wissen und hob die linke Hand. »Fühlst du dich abgestoßen von seiner Behinderung?«

Jewel lehnte sich überrascht zurück. »Was für ein Unsinn, Johanna. Ich habe seine Verletzung vor einem Jahr versorgt und sie hat mich nicht gestört. Warum sollte sie mich jetzt stören?« Sie hielt kurz inne, dann fuhr sie fort: »Meine Gefühle für Colin haben sich geändert, weil ein ganzes Jahr vergangen ist. Ich empfinde einfach nicht mehr dasselbe für ihn.«

Jo ließ ihren Arm sinken und zwang sich zu einem freundlichen Gesicht. Colin hatte ihr gesagt, dass Jewel sich um eine Schnittwunde in seinem Bein gekümmert hatte, nicht um seine Armverletzung, die erst Monate später erfolgt war.

Die feinen Härchen in ihrem Nacken stellten sich auf. Irgendetwas stimmte nicht. Jo beschloss, ihre Schwester auf die Probe zu stellen. »Bist du je seinem Freund Wyatt begegnet?«

Jewel schüttelte den Kopf. »*Non*. Sein Tod tut mir sehr leid. Keiner der anderen Soldaten war bei ihm, als er aus der Dunkelheit auftauchte und mir praktisch in die Arme fiel. Ich weiß, dass der Mann ein guter Freund von ihm war.«

Jo sah ihre Schwester an. Eine eisige Kälte stieg in ihr auf. »Was ist mit dem Schwan, der Tee trank? Ich habe es in deinem Tagebuch gelesen und überlegt …«

»Warum fragst du mich das alles, Johanna?« Jewel lachte trällernd und stand auf. »Ich fühle mich, als spielten wir Charade.«

Jos Herz raste, doch sie machte ein zerknirschtes Gesicht. »Tut mir leid, Schwester. Ich habe nur so viel im Kopf, was ich dich fragen wollte. Verzeih mir.«

Jewel, die plötzlich angespannt gewirkte hatte, lächelte. »Du brauchst dich nicht zu entschuldigen.« Sie warf einen Blick zur Tür. »Ich sollte jetzt lieber gehen. Kepler wird bald zurück sein.«

»Wie willst du ihm das alles erklären?«

»Mach dir darüber keine Sorgen, *ma chère*. Ich sage es ihm, wenn der richtige Zeitpunkt gekommen ist.« Sie nahm Jos Hand. »Sobald ich weiß, wo unser Vater ist, komme ich zurück und sage es dir.«

Jo sah zu, wie sie den Schleier wieder vors Gesicht schlug, dann begleitete sie sie auf zittrigen Beinen zur Tür.

»Gib gut auf dich Acht.« Jewel strich Jo mit einem behandschuhten Finger über die Wange und schlüpfte hinaus.

Jo blieb bewegungslos stehen, der Schock lähmte sie. Erst langsam wurde ihr klar, dass Jewel sie nicht um die Rückgabe ihres kostbaren Tagebuchs gebeten hatte. Außer für die Töchter von Jacob Reyer war dieses Tagebuch für niemanden von größerem Wert. Papas schöne Zeichnung war auf den Schnittkanten des Buchs versteckt. Und wie Jo hatte auch ihre echte Schwester es wie einen Schatz gehütet.

Und dann die Verletzung, die Colin erst nach Havrincourt erlitten hatte. Und Wyatt war kein Mann, sondern ein Pferd, was Jewel gewusst hatte. All das bedeutete, dass diese Frau in Schwarz nicht ihre Schwester war. Sie war eine Fremde.

Demütigung, Wut, Bestürzung – alles zugleich brach über Jo herein. Sie hatte diese Frau Schwester genannt! Sie hatte sogar in ihren Armen geweint!

Doch Colin war ebenfalls sicher gewesen, dass es Jewel war, auch wenn er ihr Gesicht hinter dem Schleier nicht gesehen hatte. Dafür hatte *sie ihn* erkannt und ihm von ihrer Tante und der schwierigen Situation, allein im besetzten Frankreich zu leben, erzählt. Und sie hatte sogar Jewels Ring an einer Silberkette um den Hals getragen! Einen Ring, der sie mit Jo und ihrem Vater verband. *Warum gibt sie vor, meine Schwester zu sein? Wo ist Jewel?*

Jo legte ihre Arme eng um sich und ging zum Fenster. Woher wusste diese Frau genügend Details aus dem Leben ihrer Schwester, um versuchen zu können, Colin und ihr vorzumachen, sie sei die echte Jewel Reyer?

Das Tagebuch! Natürlich! Das Lesezeichen! War diese Frau in Jewels Zimmer in Toulouse eingebrochen? Wenn sie auch nur einen Teil des Tagebuchs hatte lesen können, erklärte das ihr Wissen um Colins Zeit in Havrincourt und ihre erste Begegnung. Jewel hatte auch über den kleinen Garten hinter dem Haus geschrieben, aber nichts darüber, dass ihr Vater Pfeife rauchte. Hatte die Fremde sich den Rest einfach ausgedacht, wie eine Bühnenschauspielerin?

Aber woher hatte sie überhaupt von dem Tagebuch gewusst? *Petit.* Jo lief ein Schauder über den Rücken. Petit hatte Colin am ersten Abend ein Beruhigungsmittel in den Tee getan, seinen Pass und die Dokumente entwendet und sein Gepäck durchsucht. Später war der

Amerikaner mit ihnen bei dem Jazzkonzert gewesen und hatte dafür gesorgt, dass Colin und sie mehrere Stunden abwesend waren. Er hätte es arrangieren können, dass das Tagebuch aus ihrem Zimmer gestohlen wurde. Und wenn Petit schuldig war, bedeutete das, dass Jo in Barcelona ganz allein auf sich gestellt war.

Sie starrte aus dem offenen Fenster und nahm kaum wahr, dass unten die Straßenbahn vorüberfuhr und auf der Straße spanische Gitarrenmusik erklang. Jetzt fragte sie sich, ob Petit ihr die Wahrheit gesagt und wirklich mit Colin gesprochen hatte. War der Leutnant vielleicht noch in Portbou und fragte sich, warum sie ihn verlassen hatte? Und sie hatte ihm nicht einmal eine Nachricht hinterlassen!

Sie erhob sich von ihrem Fenstersitz und ging rastlos im Zimmer auf und ab. Angst und Ungewissheit drohten sie zu überwältigen. Außer Colin konnte sie niemandem trauen und im Moment musste sie davon ausgehen, dass er noch in Portbou war.

Einen Augenblick erwog sie, im Hotel in der Grenzstadt anzurufen. Doch was sie zu sagen hatte, war zu brisant. Sie durfte nicht riskieren, belauscht zu werden. Stattdessen trat sie an den Schreibtisch und schrieb eine kurze Nachricht an André im Taubenhaus in Vernon.

Als sie fertig war, rollte sie das winzige Papierchen zusammen und holte eine kleine Metallhülse aus ihrer Tasche. Sie steckte die Nachricht hinein und holte ihren geliebten kleinen Vogel aus seinem Käfig. Dann band sie ihm die Metallhülse um das Bein und trat mit ihm an das offene Fenster.

»Ich wünsche dir eine sichere Reise, mein Kleiner«, sagte sie leise, ließ ihn los und sah zu, wie die weißen Schwingen ihn zum Himmel trugen. Als die Brieftaube ihren Augen entschwunden war, neigte sie den Kopf und betete zum ersten Mal in ihrem Leben: *»Du hast Colin schon einmal geholfen, mich zu finden, Gott. Bitte lass es ihm wieder gelingen.«*

22

Früh am nächsten Morgen wachte Jo vom Klingeln des Telefons neben ihrem Bett auf.

Petit? Erwartungsvoll rollte sie sich herum und nahm den Hörer ab. Sie hatte gestern, nachdem die fremde Frau in Schwarz gegangen war und nachdem sie Little Corporal freigelassen hatte, stundenlang auf eine Nachricht von dem Amerikaner gewartet. Doch er hatte Jo gestern Abend lediglich durch die Rezeption mitteilen lassen, dass Colin nicht im Zug gewesen sei und dass er sie heute Morgen zum Frühstück aufsuchen werde.

»Mrs Mabry, guten Morgen! Können Sie zu mir herunterkommen?«

»Mr Petit.« Jo erkannte seinen leutseligen Tonfall. Sie schaute an ihrem Nachthemd herunter.

»Ich brauche noch einen Moment. Eine halbe Stunde. Ist das möglich?«

»Ich warte in der Lobby.«

Jo legte auf, ließ sich aufs Bett zurückfallen und starrte an die weiß getäfelte Decke. Sie überlegte, was sie ihm sagen sollte: *Haben Sie in Toulouse jemanden in mein Zimmer einbrechen und das Tagebuch meiner Schwester lesen lassen? Kennen Sie die Lügnerin in Schwarz, die sich als Jewel ausgibt? Kann ich Ihnen noch trauen, Mr Petit?*

Sie stieß die Luft aus, die sie angehalten hatte, und setzte sich auf. Eine Frage würde sie ihm ganz sicher stellen: Hatte er gestern vor ihrer Abreise in Portbou wirklich mit Colin gesprochen?

Sie setzte die Füße auf den Boden und ging zum Schrank, um ein Kleid herauszunehmen. Da sie nicht viel mitgenommen hatte, wählte sie das dunkelblaue mit passender Stola. Als sie fertig war, ging sie zum Aufzug.

Petit wartete unten an der Rezeption auf sie. »Sie sehen heute sehr hübsch aus, Mrs Mabry. Haben Sie gut geschlafen?«

Jo nickte knapp. »Und Sie, Mr Petit?«

Er lächelte zwar, doch sie sah, dass er gleichzeitig leicht die Brauen hochzog. Vielleicht spürte er ihre Unruhe? Sie überlegte, ob sie erst nach dem Frühstück nach Colin fragen sollte. Das Speisezimmer war jetzt bestimmt voller Gäste.

»Wie ein Murmeltier.« Er lächelte breit, nahm ihren Arm und führte sie ins Restaurant. Der köstliche Duft nach Würstchen, Schinken und frisch gebackenem Brot erfüllte die Luft. Überraschenderweise gab es nur wenige Hotelangestellte. Lediglich drei Kellner huschten durch den Raum. So dauerte es mehrere Minuten, bis sie und Petit an einen Platz geführt wurden. Statt Speisekarten vorzulegen, hatte man ein Büfett für die Gäste aufgebaut.

Jo holte sich *Pernil ibèric*, einen köstlichen geräucherten Schinken, hauchdünn geschnitten, knuspriges Baguette mit Käse und *Pa amb tomàquet*, geröstetes Brot mit Tomate, das Standardfrühstück in der Stadt. Während sie sich aus einem Krug ein Glas frisch gepressten Orangensaft eingoss, erfuhr sie, dass ein Koch, ein Tellerwäscher und zwei Aushilfskellner die Grippe hatten.

Sie erzählte es Petit, als sie wieder am Tisch saß. Er hatte seinen Teller unter anderem mit *Xuixos*, frittierten, mit Puderzucker bestäubten und mit Eiercreme gefüllten süßen Gebäckteilen, vollgeladen. Dazu hatte der Kellner ihnen beiden eine Tasse *Cafè amb llet* gebracht.

Petit steckte sich die Serviette in den Kragen. »Der Portier hat mir schon von den Grippefällen unter den Angestellten erzählt. Wundern Sie sich also nicht, wenn der Zimmerservice nicht funktioniert, wie Sie es gewöhnt sind.«

Jo hatte ihre Handschuhe ausgezogen und griff nach ihrer Gabel. Petit hatte keine Zeit verloren und bereits mit dem Essen angefangen. »Dann muss ich ja froh sein, dass der Zimmerservice gestern funktioniert hat. Da ich völlig auf mich allein gestellt war, wäre ich ansonsten verhungert.«

Petit hielt inne und sah sie an. »Tut mir leid, dass ich gestern nicht gekommen bin, Mrs Mabry. Ich hatte noch geschäftlich zu tun.« Er sah sich in dem Raum um, dann wandte er sich wieder an sie. »Eine vertrauliche Nachforschung, unsere beiden Freunde betreffend.«

Seine Worte beruhigten Jo zwar ein wenig, doch ihr Misstrauen gegenüber Petit und die Ungewissheit über ihre Situation in Barcelona blieben. Sagte er die Wahrheit? Sie beschloss, mit ihren Fragen nicht mehr zu warten. »Sagen Sie mir, Mr Petit: Wie lange wissen Sie schon, dass die Frau in Keplers Begleitung nicht meine Schwester ist?«

Er hatte gerade in ein Plunderstückchen gebissen. Jetzt spuckte er den Bissen auf seinen Teller und bekam einen heftigen Hustenanfall.

Jos Ärger verwandelte sich rasch in Sorge. »Ist alles in Ordnung, Sir?«

Er nickte, griff nach seinem Wasserglas und trank es halb aus. Erst dann war er in der Lage zu antworten. »Entschuldigen Sie, Mrs Mabry, aber was ist das für eine Frage?«

Trotz ihres Herzklopfens sah Jo ihn unbeirrt an. »Eine direkte, hoffe ich.« Seine Überraschung ignorierend, erzählte sie ihm von ihrem Gespräch mit der verschleierten Frau. »Wussten Sie, dass sie eine Betrügerin ist? Und wo ist Colin? Wusste er es auch?«

Sie legte die Gabel hin, legte ihre Hände um die Tischkante und fuhr fort: »Haben Sie gestern vor unserer Abfahrt wirklich mit ihm gesprochen oder war das auch gelogen?«

»Moment mal – langsam, kleines Fräulein.« Petit stellte sein Glas ab. »Ich habe mit Ihrem Leutnant gesprochen und Sie haben doch selbst gesehen, dass er nicht in der Verfassung war zu reisen. Ich habe fest damit gerechnet, dass er mit dem Nachmittagszug nachkommt.«

Petit zerrte die Leinenserviette aus seinem Kragen und warf sie auf den Tisch. »Und was Ihre gestrige Besucherin angeht, ich weiß nichts über sie, aber ich werde ganz bestimmt bei meinen Vorgesetzten nachfragen.« Er beugte sich vor und fixierte sie. »Sie gehen, bis ich zurück bin, auf Ihr Zimmer. Öffnen Sie niemandem. Haben Sie mich verstanden?«

Jo sah ihn mit aufgerissenen Augen an. »Wollen Sie mich einschüchtern?« Sie hatte ebenfalls den Appetit verloren und legte ihre Serviette auf den Tisch.

»Es geht mir nur um Ihre Sicherheit.« Seine dunklen Augen fixierten sie noch immer. »Bitte vertrauen Sie mir, Mrs Mabry. Ich scherze nicht.«

Er wirkte so ernst, dass Jo unsicher wurde. Vielleicht war Petit ja doch nicht für den Einbruch in ihr Zimmer verantwortlich. Konnte es Kepler gewesen sein?

Sie dachte daran, wie der deutsche Spion sie und Colin angesehen hatte, bevor er das Le Bibent verlassen hatte. Kepler hätte eingebrochen sein und das Tagebuch überflogen haben können, während sie und Colin mit Petit auf dem Jazzkonzert waren.

Doch ihre Zweifel ließen sich nicht beschwichtigen. Solange Colin nicht hier war, würde sie gar niemandem mehr glauben. Sie entschloss sich zu einem unbehaglichen Waffenstillstand. »In Ordnung, Mr Petit.«

Obwohl es ihr schwerfiel, lächelte sie ihn an. »Ich mache mir Sorgen um Colin. Hoffentlich hat er nicht diese Grippe, die sich im Moment so rasch auszubreiten scheint. Nach dem Frühstück werde ich erst einmal im Hotel in Portbou anrufen.«

»Lassen Sie mich das erledigen.« Sein Lächeln erlosch, als er sich vorbeugte und leise sagte: »Die Telefone sind nicht sicher, Mrs Mabry, und die Stadt ist voller Spione. Wir müssen vorsichtig sein, wenn wir über die öffentlichen Kanäle sprechen.«

Was Jo nur allzu gut wusste. »Das ist nicht nötig, Mr Petit. Ich werde aufpassen.«

Er starrte sie schweigend an, dann nickte er. »Sehr gut. Wollen wir fertig essen?«

Hochgestimmt ob ihres kleinen Siegs, nickte sie. »Ich glaube, mein Appetit ist zurückgekehrt.«

Seine Augen glitzerten vor unterdrücktem Lachen. »Meiner auch.«

Nach dem Frühstück brachte er sie nach oben auf ihr Zimmer. »Halten Sie sich an das, was ich gesagt habe. Verschließen Sie Ihre Tür.« Er schwieg kurz, dann fuhr er fort: »Und fassen Sie sich kurz bei Ihrem Anruf. Schaffen Sie das, bis ich wieder da bin?«

»Natürlich. Aber vergessen Sie mich nicht wieder.«

Sie schloss die Tür hinter ihm ab und lauschte seinen sich entfernenden Schritten. Dann setzte sie sich auf die Bettkante, rief bei der Rezeption an und bat darum, sie mit dem Hotel der Vilars in Portbou zu verbinden.

Ein paar Minuten später rief der Portier zurück und berichtete, dass er nicht durchgekommen sei. »Soll ich es später noch einmal probieren, Madame?«

Jos Hoffnung fiel in sich zusammen. »Ja bitte. Benachrichtigen Sie mich, wenn Sie jemanden erreichen.«

Sie kehrte zu ihrem Platz am Fenster zurück und blickte hinaus zu den Blumenverkäuferinnen und Künstlern, die wieder ihren Beschäftigungen nachgingen. Pferdefuhrwerke und ein Taxi fuhren vorbei.

Nach etwa einer Stunde drehte sie sich zu ihrem ungemachten Bett um. Petits Kommentar über den Mangel an Zimmermädchen verstärkte ihre Sorge um Colin noch. Was, wenn er wirklich die Grippe hatte? Sie stand auf und rief erneut an der Rezeption an. »Hatten Sie Glück?«

»Nein, Madame. Der Telefonist sagt, die Leitungen seien überlastet. Wir versuchen es weiter.«

Jo hängte auf und fing an, durchs Zimmer zu tigern. Zu ihrer Sorge um Colin gesellte sich die neue Angst wegen Petits Warnung. War sie womöglich wirklich in Gefahr? Sie blieb stehen. Was, wenn Petit dachte, dass Kepler hinter ihr her war, jetzt, da sie die Wahrheit über die verschleierte Frau wusste? Und in all dem Chaos blieb nach wie vor die Frage: Wo war Jewel?

Entnervt und entkräftet ließ Jo sich aufs Bett fallen. Sie griff nach dem Tagebuch, das auf dem Nachttisch lag, und dachte wieder einmal über das Schicksal ihrer echten Schwester nach und darüber, ob sie beide oder eine von ihnen ihren Vater jemals wiedersehen würden.

Sie drehte sich auf die Seite, rollte sich zusammen und starrte blicklos ins Zimmer. Ihre Gedanken waren bei Colin. Sie vermisste seine warme Nähe und sein freundliches Lächeln, seine ruhige Vernunft. Seinen Kuss. Vor allem aber vermisste sie seine Güte und seine Kraft. Wenn er doch nur kommen und sie finden würde!

Ob Gott ihr Gebet gestern erhört hatte? Oder war es, wie sie immer vermutet hatte, dass es für Menschen wie sie keine Wunder gab? Für die unehelich Geborene. *Leanbh tabhartha.* Tränen trübten ihre Sicht, doch dann wischte sie sie energisch fort.

Wenn ich doch nur glauben könnte, was du sagst, Colin. – Das kannst du, Johanna. Glauben heißt vertrauen.

Sie drückte das Tagebuch an ihre Brust und schloss die Augen. Um seinetwillen, nicht um ihretwillen, würde sie für seine Sicherheit und die Sicherheit ihrer Schwester beten.

23

Portbou, Spanien, 19. April

»Ah, Leutnant, *bon dia*. Wie haben Sie geschlafen?« Colin war auf dem Weg zum Frühstück und wollte gleich danach aufs Postamt, als Senyor Vilar ihn unten an der Treppe begrüßte. »Hoffentlich gut.«

Es war eine unruhige Nacht gewesen, doch ohne die üblichen Albträume. *Und ich wurde nicht unter Drogen gesetzt.*

»Ich wollte gerade zu Ihnen heraufkommen und Ihnen das hier geben.« Der Gastwirt streckte ihm einen gelben Telegrammumschlag entgegen. Colins Puls beschleunigte sich. Endlich Nachricht von Lacourt! Er griff nach dem versiegelten Schreiben und wollte es gerade mit den Zähnen aufreißen, als Vilar es ihm wieder abnahm, es für ihn öffnete und ihm zurückgab.

Colin dankte ihm lächelnd und las die kurze Nachricht: *Weiße Taube eingetroffen. Brauche noch eine mit goldenem Schlüssel. Verirrtes Mädchen auf La Rambla.* Mit klopfendem Herzen las er die Nachricht ein zweites Mal. Johannas Märchen aus dem Zug fiel ihm ein, die Geschichte von der weißen Taube, dem einsamen Waisenkind und den goldenen Schlüsseln. Sie war in Schwierigkeiten. Mit zusammengepressten Lippen schob er die Nachricht in die Tasche. »Kennen Sie einen Ort namens La Rambla in Barcelona?«

»Sí!« Der Gastwirt nickte eifrig. »Jeder in Katalonien weiß, dass La Rambla die belebteste Straße in Barcelona ist. Sie beginnt am Hafen und führt in die Stadt hinein.«

Colin stieß die Luft aus und sah auf die Uhr. Kurz nach acht. »Ich muss packen, *senyor.* Ich nehme den Neun-Uhr-Zug nach Süden.« Er fischte nach dem Bündel Francs in seiner Hosentasche. »Ich schulde Ihnen noch den Betrag für eine weitere Übernachtung.«

»Nicht nötig, Leutnant.« Vilar hielt seine Hand fest. »Fahren Sie nach Barcelona und finden Sie sie und möge Gott mit Ihnen sein.«

Colin sah dem freundlichen Mann ins Gesicht. »*Merci, senyor.* Und richten Sie auch Ihrer lieben Frau meinen Dank aus.«

Dann ging er hinauf in sein Zimmer und packte seine wenigen Sachen zusammen. Johannas Worte verfolgten ihn noch immer. Hatte Petit ihr etwas angetan? Sein Magen hob sich, während er sich mehrere makabre Szenen ausmalte: Johanna verletzt oder an einem finsteren Ort gefangen gehalten oder vielleicht sogar im Gefängnis.

Er kämpfte noch mit den Riemen seines Koffers, als es an der Tür klopfte. »Kommen Sie herein, *senyor.*« Er würde Vilar bitten, ihm ein Taxi zu rufen.

Es klopfte erneut, diesmal schärfer.

»Einen Moment!« Er schloss rasch den zweiten Lederriemen, doch dabei zerbrach die Metallschließe. So ein Mist! Er starrte einen Moment auf die Tür, dann ließ er den Koffer liegen und ging öffnen. »Es tut mir leid, *senyor,* ich muss abgeschlossen haben …«

»Guten Morgen, Leutnant.«

Colin starrte den Mann mit dem braunen Filzhut mit offenem Mund an. Er kannte diesen dunklen Trenchcoat. »Hauptmann Weatherford, Sie?«

Der Hauptmann lächelte unter seinem dunklen Schnauzbart. »Sie wirken etwas überrumpelt, Mabry. Ist alles in Ordnung?«

Colin rang um Fassung. »Ja, Sir, es geht mir gut.«

Dann fiel ihm ein, dass er grüßen musste. Der Hauptmann erwiderte den Gruß. »Darf ich hereinkommen?«

»Natürlich.« Immer noch wie betäubt, trat er zurück, um ihn einzulassen. »Sie waren das also wirklich im Le Bibent in Toulouse.

Und gestern am Strand, beim Kai, auch.« Er schloss die Tür. »Warum sind Sie hier, Hauptmann?«

»Dasselbe könnte ich Sie fragen, Leutnant. Warum sind *Sie* hier?«

Der freundliche Ton war wie weggeblasen. Colin trat unbehaglich von einem Fuß auf den anderen. »Nun, Sir, das ist eine lange Geschichte. Ich habe England vor über einer Woche verlassen, auf die Nachricht einer Frau hin, die ich im Krieg kennengelernt habe.«

»Das weiß ich alles«, fiel ihm der Hauptmann ins Wort. »George Petit hat mich informiert. Ich möchte wissen, warum Sie nicht nach Paris zurückgefahren sind. Ihre Anwesenheit hier ist eine große Gefahr für unsere Operation.«

Colin musste diese Information erst einmal verdauen. »Sie arbeiten mit George Petit zusammen?«

Der Hauptmann nickte. Colin sah ihn verwundert an. Petit hatte das nie erwähnt. »Darf ich Sie fragen, Sir, warum Sie mir aus dem Weg gegangen sind? Zuerst in Frankreich und dann gestern?«

»Mein Auftrag ist geheim, Leutnant. Ich hatte gehofft, dass Sie mich nicht erkannt hätten, aber nachdem Sie gestern nicht den Zug nach Norden nahmen, mussten wir Sie konfrontieren.« Er sah ihn streng an. »Sie müssen nach England zurückkehren und dürfen niemandem von unserer Begegnung erzählen.«

Colin richtete sich auf. »Sir, wenn Petit Ihnen meine Geschichte erzählt hat, dann wissen Sie, wie wichtig es ist, dass ich hier bin. Ich schulde es Jewel und ihrer Schwester Johanna, mein Versprechen zu halten. Ich kann nicht nach Hause fahren.«

Er sah auf seine Armbanduhr. Acht Uhr fünfzehn. »Ich muss im Gegenteil in fünfundvierzig Minuten am Bahnhof sein, wenn ich den Zug nach Barcelona erwischen will.«

Der Ton des Hauptmanns wurde milder. »Ich bewundere Ihre Ritterlichkeit, Leutnant. Doch es gibt vieles, das Sie nicht wissen, und der Erfolg unserer Mission ist äußerst wichtig. Sie *müssen* nach Hause fahren.«

Colin wurde es eng um die Brust. Er durfte Johanna nicht im

Stich lassen. »Lassen Sie mich bleiben und Ihnen helfen, Sir. Ich habe bereits alles mit dem MI 6 abgesprochen und erst kürzlich in Toulouse einen wichtigen Auftrag für das Pariser Büro erledigt.«

Ein Mundwinkel des Hauptmanns schien sich fast unmerklich zu heben. Machte er sich über ihn lustig? Er zog das Telegramm aus der Tasche und gab es ihm. »Johanna Reyer ist in Barcelona. Sie ist in Gefahr. Ich muss zu ihr.«

Der Hauptmann überflog die wenigen Zeilen und gab ihm die Nachricht zurück. »Das sagt mir gar nichts.«

»Es ... es ist eine Art Code, den wir verabredet haben.« Colin wollte ihm nicht von Johannas Märchen erzählen. »Ich weiß, dass sie mich braucht, sonst hätte sie Little Corporal nicht zurück nach Frankreich geschickt.«

Der Hauptmann sah ihn misstrauisch an. »Wer ist dieser Corporal?«

Colins Kragen schien plötzlich zu eng geworden zu sein. »Eine Brieftaube, Sir. Johanna hat sie mitgenommen. Sie dachte, wir könnten den Vogel vielleicht brauchen, wenn wir auf Kepler treffen.«

»Um Himmels willen ...« Hauptmann Weatherford starrte ihn an wie vom Donner gerührt. »Johanna Reyer ist auf meinen Befehl hin mit George Petit in Barcelona, Leutnant.«

Colin war erneut völlig überrumpelt. »Auf Ihren Befehl, Sir? Wie ...?«

»Wie ich schon sagte, es gibt vieles, das Sie nicht wissen.« Der Hauptmann presste die Lippen zusammen. »Fahren Sie nach Hause, Leutnant. Zwingen Sie mich nicht, Ihnen einen ausdrücklichen Befehl zu geben.«

Doch Colin, obwohl eingeschüchtert, blieb standhaft. Er straffte die Schultern. »Bei allem Respekt, Sir, ich muss nach Süden. Nicht nur wegen Johanna, sondern auch wegen Jewel. Ich schulde der Frau mehr, als ich sagen kann.«

»Sie ist tot, Leutnant.«

»Was sagen Sie da?«

»Jewel Reyer ist vor ein paar Monaten gestorben.« Colin fiel in sich zusammen. Der Hauptmann seufzte und nahm seinen Hut ab. »Sie hat zwei Tage vor der Schlacht bei Cambrai eine Lungenentzündung bekommen. Während des Rückzugs der Deutschen hat ein amerikanischer G-2-Agent sie in einem Rot-Kreuz-Wagen aus Havrincourt herausgeholt, doch ihr Zustand hatte sich bereits zu sehr verschlechtert. Sie starb kurz nach ihrer Ankunft in Paris.« Seine braunen Augen sahen ihn mitleidig an. »Es tut mir leid, Leutnant.«

Colin griff nach dem Bettpfosten und setzte sich. Er starrte zu Boden. Jewel war also doch tot. Mit zugeschnürtem Hals dachte er an das letzte Mal, dass er ihr schönes, lachendes Gesicht gesehen und ihre Lieder gehörte hatte, die seiner müden Seele Trost geschenkt hatten. Sie hatte ihm so viel geschenkt, hatte ihm sogar ihre Liebe angeboten. Das Herz tat ihm weh, auch wegen Johanna. Sie hatte eine Schwester verloren, die sie nur auf den Seiten eines Tagebuchs kennengelernt hatte. Colin sah zu dem Hauptmann auf. »Wenn Jewel tot ist, wer ist dann die Frau bei Kepler?«

»Eine französische Schauspielerin, die Petit engagiert hat. Die Frau arbeitet gelegentlich mit den Amerikanern hier zusammen.«

Sie hatte so echt, so glaubwürdig gewirkt. Colin schüttelte den Kopf. »Das verstehe ich nicht. Warum muss jemand vorgeben, Jewel zu sein?«

»Das ist geheim, Leutnant. Es muss genügen, wenn ich Ihnen sage, dass unsere Mission scheitern wird, wenn unsere List mit dem Lockvogel auffliegt.«

Colin dachte an den Schleier und die ganz in Schwarz gekleidete Frau. »Sie muss also verborgen bleiben. Deshalb die Trauerkleidung?«

»Ja. Man sieht sie in diesen Zeiten leider allzu oft.«

Er war noch immer verwirrt. »Wie ist diese Schauspielerin an Kepler geraten?«

Der Hauptmann zögerte. »Jewel hatte eine Tante …«

»Madame Rochette.« Colin nickte. »Sie hat Jewel in Havrincourt bei meiner Pflege geholfen. Meines Wissens ist sie Ende letzten Jahres gestorben.«

»Und so kam Kepler ins Spiel. Sein Auftrag war es, den Feind zu infiltrieren und das Mädchen zu schützen. Er sollte sie so bald wie möglich aus Havrincourt herausholen.« Der Hauptmann verzog das Gesicht. »Als Jewel in Paris starb, kam G-2 mit dem Vorschlag, einen Lockvogel zu benutzen.«

»Moment. Kepler ... arbeitet mit den Alliierten zusammen?« Colins Gedanken überschlugen sich. »Aber das französische Büro führt ihn doch als Spion auf der Liste der Feinde.«

Der Hauptmann lehnte sich gegen die Wand. »Der Mann, der als Werner Kepler auftritt, ist ein deutsch-amerikanischer Agent, der mit G-2 in Frankreich zusammenarbeitet. Sein Name steht auf der Liste, weil das seine Deckung verbessert. Leider wurde Kepler, als das Bureau in Toulouse die Anfrage aus Paris erhielt, ebenfalls in der Stadt gesehen. G-2 hatte das örtliche Büro noch nicht detailliert über den neuen Auftrag informiert, deshalb gab ein Angestellter Lacourt die Information und ein Foto, das« – der Hauptmann runzelte finster die Stirn – »er an Sie weitergab.«

Colin konnte ihn nur verwundert anstarren. Kepler war in eine hochgeheime Operation für die Alliierten involviert? Ihm kam ein Gedanke. »Im Le Bibent haben Sie Kepler offenbar eine Nachricht auf der Unterseite der Vase hinterlassen. Danach hat er die Blume in seinem Knopfloch gewechselt. War das das Zeichen, dass er die Nachricht erhalten hat? Ist er deshalb mit Jewel – der Schauspielerin – nach Barcelona gefahren?«

»Sie sind ein guter Detektiv, Leutnant.« Die Augen des Hauptmanns blitzten, als er sich aufrichtete und eine Taschenuhr aus seinem Trenchcoat zog. »Aber Ihre Rolle in dieser Sache endet hier.« Er sah nach der Uhrzeit. »Ich muss meinen Zug erwischen und Sie müssen nach Hause fahren.«

Colin stand auf. »Wohl kaum, Sir. Johanna braucht mich.«

»Ich sagte Ihnen doch, dass Sie bei Petit in Barcelona in Sicherheit ist.«

Beim Anblick des unbewegten Gesichts seines Gegenübers wurde Colin kurz unsicher. Der Hauptmann hatte recht, er hatte vieles nicht gewusst, so zum Beispiel, dass Kepler für die Alliierten arbeitete, oder die Tatsache, dass Jewel tot war und eine völlig Fremde ihren Platz eingenommen hatte. Doch es gab noch viele Fragen. Warum hatte G-2 ein solches Interesse an Jewel Reyer, dass sie sie aus Havrincourt herausholten und nach ihrem Tod ein Double einsetzten, das gesehen werden sollte, aber gleichzeitig nicht gesehen werden durfte? War denn gar nichts mehr, was es zu sein schien, außer Johanna? Sie war echt, der einzige Mensch in dieser riesigen Farce, dem er vertrauen konnte. Colin würde ihr nachfahren. »Ich fahre ebenfalls, Hauptmann.«

Er stellte sich vor seinen Vorgesetzten, den Mann, der zugleich der beste Freund seines künftigen Schwagers war, und sah ihn unbeirrt an. »Der Zug nach Barcelona fährt in zwanzig Minuten und ich werde darin sitzen. Johanna ist irgendwo auf dem Boulevard La Rambla und ich werde jeden Zentimeter dieser Straße absuchen, bis ich sie gefunden habe.«

Die dunklen Augen des Hauptmanns starten ihn an. »Ich könnte Ihnen den Befehl erteilen, Leutnant.«

»Bei allem Respekt, Sir, es wäre mir lieber, sie täten es nicht. Ich werde das durchziehen und habe von Jack – Lord Walenford – die Erlaubnis, nach Paris zu reisen.«

»Dann kehren Sie nach Paris zurück!«

Colin ließ sich nicht einschüchtern. »Sir, ich gehe ins Gefängnis, wenn es sein muss. Wenn das geschieht, müssen Sie noch vor nächster Woche nach London zurückkehren.« Er legte den Kopf schräg. »Die Hochzeit, Sir.«

»Verdammt.«

Der Zorn des Hauptmanns ebbte ab. Er sah aus dem Fenster. Hatte er sein Versprechen vergessen? »Bitte, Hauptmann.« Es war Colin egal, dass er verzweifelt klang. Er musste Johanna sehen. »Ich muss es tun.«

Die Augen des Hauptmanns wanderten zu ihm zurück. Colin

meinte, einen Funken Humor darin zu entdecken. »Ich erinnere mich, dass Jack einmal eine ähnliche Bitte äußerte.« Er holte tief Luft und stieß sie wieder aus. »Wenn ich Sie auf eigene Faust weitermachen lasse, laufen Sie in den sicheren Tod. Das wird Jack mir nie vergeben, weil Ihre Schwester Jack niemals vergeben wird.«

Dann wurde er wieder ernst. »Sie dürfen mich unter einer Bedingung begleiten: Sie gehorchen meinen Anweisungen ohne Widerrede.« Wieder verzogen die Lippen unter dem Schnurrbart sich zu einem kaum wahrnehmbaren Lächeln. »Schaffen Sie das, Mabry?«

Colin führte erleichtert die Hand zum Gruß an die Schläfe. »Jawohl, Sir!«

»Und diese Grüßerei und meinen Titel lassen Sie weg. Spanien wimmelt von Spionen, also nennen Sie mich während unserer Reise einfach Marcus und ich werde Sie Colin nennen. Haben Sie noch andere Kleidung außer der Uniform?«

»Ich habe eine Kellnerlivree. Weißes Jackett, dunkle Hose.«

Marcus sah ihn zweifelnd an. »Das muss wohl genügen. Haben Sie gepackt?«

Als Antwort griff Colin nach seinem Koffer. Immerhin war der eine Riemen geschlossen.

»Sie ziehen sich um, sobald wir in Barcelona sind. Ich leihe Ihnen meinen Trenchcoat, statt des weißen Jacketts.«

Er nahm seinen Hut und ging zur Tür. Colin folgte ihm. »Noch eines, Sir … äh, Marcus.«

Marcus drehte sich ungeduldig um. »Was?«

»Ich habe Jack gestern über die neueste Entwicklung informiert. Ich hatte einen Verdacht, wissen Sie.« Er hielt kurz inne, dann sagte er: »Er weiß, dass Sie hier sind.«

»Na, das ist doch eine lustige Neuigkeit!« Marcus sah ihn finster an. »Hoffen wir, dass wir diesen Auftrag bald zu Ende bringen, bevor ganz Europa Bescheid weiß, was hier vorgeht.«

Der Zug war bereits voll, als die beiden Männer einstiegen, doch sie fanden noch zwei einander gegenüberliegende Plätze ganz am Ende eines Waggons.

Als sie saßen, flüsterte Colin dem Hauptmann zu: »Sir ... Marcus, ich frage mich, ob Jewel ...«

»Nicht hier.« Marcus hob warnend eine Hand. »Sparen Sie sich Ihre Fragen für Barcelona auf.«

Colin nickte und ließ seinen Kopf, in dem sich die Theorien überschlugen, gegen die Lehne sinken. Er konnte seine Vermutungen im Moment nicht überprüfen. Die Reise in den Süden würde mindestens zwei Stunden dauern. Wenn sie dort ankamen, hätte er vielleicht ein paar Fragen für sich geklärt.

In dem Plan der Amerikaner, Jewel zu befreien und dann eine Schauspielerin an ihrer Stelle einzusetzen, hatte offenbar auch Johanna eine Rolle gespielt. Warum? Die beiden Frauen waren sich nie begegnet und Johanna hatte vor dem Fund des Tagebuchs nicht einmal gewusst, dass sie eine Schwester hatte. Sie und Jewel waren in verschiedenen Ländern aufgewachsen und hatten verschiedene Mütter. Die einzige Gemeinsamkeit zwischen den beiden war ihr Vater, Jacob Reyer.

Colin beugte sich vor. *J. Rey*er war der Name, den Jack von der Liste vorgelesen hatte, vor Colins Abreise nach Paris. Jack hatte geglaubt, er bezöge sich auf Jewel, doch Colin hatte ihn dafür ausgelacht. Später hatte er dann irrtümlich angenommen, er hätte sich auf Johanna bezogen. Konnte es sein, dass damit Jacob Reyer gemeint war?

Er wollte sich seinen Verdacht gern bestätigen lassen, doch er hatte versprochen, die Befehle des Hauptmanns zu befolgen. So versuchte er nun, seine Ungeduld zu zügeln, sah stattdessen aus dem Fenster und betrachtete die vorbeiziehende Landschaft Nordspaniens. In der Ferne sah er zerklüftete Hügel aus sonnenverbranntem Fels, betupft mit Pinien, Hainbuchen und Ahornbäumen. Unterhalb der Hügel, im Tal, erstreckten sich frisch bestellte Äcker, Lavendelfelder und das frische Grün knospender Weinberge. Hin und wieder sah man eine Ansammlung kleiner Steinhäuser mit terrakottafarbenen Dächern und einem hohen Kirchturm mittendrin.

Kurz vor dem Ziel schaute Colin über den Gang vor dem Abteil durch das gegenüberliegende Fenster und erhaschte einen Blick auf die Küstenlinie und das glitzernde Blau des Mittelmeers. Die weißen Sandstrände weckten eine schmerzhafte Sehnsucht in ihm. Er dachte an Johanna, wie er sie in seinen Armen gehalten hatte, wie ihr Blütenduft sich mit der Salzluft des Meeres gemischt hatte. Bei der Erinnerung daran, was sie über die Liebe und die Schönheit der Seele gesagt hatte, war er mehr denn je entschlossen, sie zu finden.

Der Zug lief in den Bahnhof in Barcelona ein. Bis er und der Hauptmann ausgestiegen waren, ihr Gepäck geholt und ein Taxi herbeigewinkt hatten, war es fast Mittag. Ein paar Minuten später standen sie in der Rambla, vor einem riesigen, mehrere Stockwerke hohen Gebäude aus hellem Stein. Colin starrte auf die weißen Buchstaben, Gran Hotel de Oriente, über einer prunkvoll mit Bögen und Säulen verzierten Fassade. Jedes Zimmer schien einen eigenen Balkon mit schmiedeeisernem Gitter zu besitzen. »Was für ein erstaunliches Bauwerk.«

»Ich wohne schon seit Wochen hier. Warten Sie, bis Sie das Innere gesehen haben.«

Marcus bezahlte den Fahrer, dann traten die beiden Männer in das Hotel. Das Innere war tatsächlich ebenso kunstvoll. Es war mit schimmernden, weißen Marmorböden und noch mehr Säulen ausgestattet, die das lichte Gewölbe stützten.

An der Rezeption war Colin erleichtert zu hören, dass er ein Zimmer auf dem gleichen Stock wie der Hauptmann bekommen konnte. Der Portier informierte sie, dass sie ihr Gepäck selbst nach oben bringen müssten, weil ein Großteil des Personals wegen Krankheit ausgefallen sei.

»Vielleicht sollten Sie sich im Hotel anstellen lassen, während wir hier sind«, meinte Marcus, als sie die Treppe hinaufstolperten. Colin drehte sich um, um zu sehen, ob er das ernst meinte. Angesichts des amüsierten Gesichtsausdrucks des Hauptmanns lächelte er und war dankbar, dass er ihm offenbar nicht mehr grollte. »Ich nehme an, das ist eine sehr viel besser bezahlte Tätigkeit als mein Job in Hastings.«

Marcus lachte. »Da haben Sie wahrscheinlich recht.«

Auf ihrem Stockwerk angelangt, blieben sie zuerst vor Colins Zimmer stehen. Marcus setzte seinen Koffer ab. »Nehmen Sie den.« Er zog seinen Trenchcoat aus und reichte ihn Colin. »Ich bin in 211. Wir treffen uns dort. In einer Stunde?«

Colin nickte. »Danke.«

Der Hauptmann berührte seine Hutkrempe, dann nahm er seine Tasche und ging weiter, den Flur entlang.

Colin schloss seine Zimmertür auf und ging hinein. Er sah elegante Möbelstücke, ganz anders als in der schlichten Unterkunft in Portbou. Hellgelbe Wände passten hervorragend zu dem breiten Messingbett. Vor den bodentiefen Fenstern, die wahrscheinlich auf einen der Balkons hinausführten, die er von unten gesehen hatte, stand ein mit grünem Brokat bezogener Diwan.

Sein Armstumpf schmerzte vom langen Tragen der Prothese. Colin sehnte sich danach, den Schaft abzulegen. Ihm blieb jedoch nicht viel Zeit bis zu seinem Treffen mit Marcus, deshalb wusch er sich lediglich Gesicht und Hände mit kaltem Wasser und trat dann hinaus auf den Balkon. Dabei sprach er ein rasches stummes Gebet. Er bat, Johanna unten zu sehen.

Er betrachtete die majestätische Linie grüner Baumwipfel und die belebte, kopfsteingepflasterte Promenade. Bauern verkauften frische Milch aus schimmernden Metallgefäßen. In regelmäßigen Abständen standen Buden, an denen man Zitrusfrüchte kaufen konnte. Eine Frau bot Ballons in Rot und Gelb, den Farben Kataloniens, feil.

Colin sog den köstlichen Duft von Essen ein, der zu ihm hinaufdrang. Er beobachtete die vorbeiziehenden Menschenmengen und überlegte, ob Johanna wohl darunter war. Wohnte sie irgendwo in dieser Straße? Vielleicht sogar hier im Hotel? Marcus hatte sie mit Petit hierhergeschickt. Er wusste bestimmt, wo Johanna war.

Entschlossen, Antworten zu finden, ging Colin wieder ins Zimmer und zog die Kellneruniform bis auf das weiße Jackett an, an dessen Stelle er in den Trenchcoat schlüpfte, den Marcus ihm geliehen hatte.

Zum ausgemachten Zeitpunkt klopfte er an der Tür von Zimmer 211. Marcus ließ ihn ein und schloss die Tür. Colin erzählte ihm von seiner Theorie, auf die er im Zug gekommen war. »Der Name *J. Reyer* auf der Liste unserer Feinde bezieht sich auf Jewels und Johannas Vater Jacob.«

»Sie könnten eine Zukunft als Agent der Krone haben, Mabry.« Marcus sah ihn beifällig an. »Aber jetzt setzen Sie sich erst einmal. Ich packe derweilen fertig aus.«

Colin setzte sich auf den Diwan, ähnlich dem in seinem Zimmer. »Als ich Jewels Tagebuch gelesen hatte, nahm ich an, ihr Vater sei ein französischer Soldat gewesen, der sich in einem Kriegsgefangenenlager befand, und dass Kepler wusste, wo er war. Doch wenn das stimmt, warum befinden wir uns dann im neutralen Spanien?«

Marcus schloss die Schranktüren und setzte sich auf die Bettkante. Sein Blick flog zum geschlossenen Fenster, dann sah er Colin an und sagte mit gedämpfter Stimme: »Jacob Reyer ist nicht in Kriegsgefangenschaft und auch nicht in der französischen Armee.« Er beugte sich vor. »Er ist ein deutscher Spion, den wir unter dem Namen Zero kennen. Er will überlaufen.«

»Johannas Vater ist ein feindlicher Agent?« Colin starrte ihn ungläubig an. »Wie kann das sein?«

»Ich möchte nicht ins Detail gehen, aber seine Bedingung war die sichere Rückkehr seiner Tochter. Für Jewels Rückkehr versprach er den Alliierten ein Lösegeld, das eines Königs würdig ist.«

Colin beugte sich vor. »Wie wollen Sie das hinbekommen? Er wird sofort merken, dass die Frau in Schwarz eine Schauspielerin ist.« Plötzlich sprang er auf. »Johanna! Sie haben herausgefunden, dass sie Jacob Reyers Tochter ist, und Sie wollen sie als Köder benutzen.«

»Ganz ruhig, Colin. Setzen Sie sich, dann erkläre ich es Ihnen.«

Colin gehorchte widerwillig. Marcus verschränkte die Hände.

»G-2 wollte die List nach Jewels Tod beibehalten. Sie hofften, Zero würde seine Zusage einhalten und den Preis aus seinem Versteck holen. Die Amerikaner haben ihn seit Monaten von Agenten beobachten lassen. Ihr Plan war, den Preis zu beschlagnahmen, *bevor* er vom Schicksal seiner Tochter erfuhr. Bisher ist dieser Plan fehlgeschlagen, weil Zero sie alle ausgetrickst hat und noch immer im Besitz des Preises ist. Ich selbst weiß erst von Jewels Tod, seit ich vor ein paar Tagen in Toulouse eingetroffen war und mit G-2 gesprochen hatte. Gleichzeitig habe ich dann von der Existenz Johanna Reyers erfahren.« Er schwieg kurz, dann schloss er: »Sie wurde zu unserer einzigen Chance, die Mission zu einem erfolgreichen Ende zu bringen.«

Marcus starrte auf den Boden. »Zero und ich – man könnte sagen, wir kennen uns. Wir sind uns letztes Jahr begegnet. Damals trat er als Journalist auf. Er hat mich in diesen Deal mit einbezogen, weil er mir vertraut. Ich sollte herausfinden, ob Kepler seine Tochter nach Toulouse gebracht hat. Sobald ich die Information bestätigt hatte, wollte er Zeit und Ort der Übergabe festsetzen.«

»Aber Sie haben ihn belogen.«

»Nein, ich habe ihm eine ganz bestimmte Wahrheit gesagt«, seine braunen Augen sahen ihn herausfordernd an, »dass seine Tochter in Toulouse sei.«

Colin runzelte die Stirn. »Aber Sie haben Johanna gemeint, nicht Jewel.«

»Das weiß Zero nicht. Jedenfalls habe ich Kepler den Befehl erteilt, nach Spanien zu kommen.«

»Im Le Bibent.«

Marcus lächelte. »Glauben Sie mir, ich war extrem überrascht, Sie zu sehen.«

»Und Sie haben diese Nachricht unter der Vase mit Veilchen platziert?«

Marcus nickte. »Sobald er mit unserem Lockvogel abgereist war, hat Petit dafür gesorgt, dass Johanna ihnen folgte. Er sagte mir später, dass sie nur gehen wollte, wenn Sie mitkamen. Deshalb hat er Sie in dem Glauben gelassen, dass Sie Jewel folgten.«

»Dieser Schuft hat mich zweimal unter Drogen gesetzt!« Colin beugte sich vor und machte ein finsteres Gesicht. »Zuerst in Toulouse, dann vor zwei Tagen in Portbou, bevor er mit Johanna weitergefahren ist.«

Marcus neigte den Kopf. »Ich entschuldige mich. Ich hatte ihn angewiesen, Ihre Abfahrt nach Barcelona zu verzögern, in der Hoffnung, dass Sie die Jagd aufgeben und nach Hause fahren würden.« Er blickte auf. »Ich hätte es besser wissen müssen. Sie wurden doch nicht verletzt?«

»Nur mein Stolz«, antwortete er knurrend.

Marcus grinste. »Ich weiß, dass die Männer, die für den amerikanischen Geheimdienst arbeiten, die unterschiedlichsten Hintergründe haben. Es sind Spielertypen wie Petit, Tollköpfe oder Stuntmen. Manche haben lange Vorstrafenregister.«

Colin sah ihn mit offenem Mund an. »Die Amerikaner lassen Kriminelle hier arbeiten?«

»Natürlich nicht. Es gibt einen strengen Ausleseprozess. Wer am Ende eingestellt wird, hat ein einziges Ziel: feindliche Spione in Europa zu enttarnen und den Krieg für die Alliierten zu gewinnen. Ihr Hintergrund wird akzeptiert, weil G-2 Männer braucht, die tun, was nötig ist, um einen Auftrag zu erfüllen.«

»Aber ich bin nicht der Feind.«

»Dann können Sie sich glücklich schätzen.« Marcus lehnte sich zurück. »Petit hätte Sie in Portbou als Spion verhaften lassen oder Sie fesseln und unter dem Pier liegen lassen können. Ich würde ihm beides durchaus zutrauen.« Er lächelte. »Ich bin dageblieben, um sicherzustellen, dass Ihnen nichts Ernstliches zustößt. Und um Ihnen zu sagen, dass Sie nach Paris zurückfahren sollen – auch wenn ich keinen Erfolg hatte.«

Colin dachte an seine Begegnung mit Petit im Park in Toulouse. Damals hatte er dem Amerikaner gesagt, dass Johanna Jewels Schwester war, und wenige Stunden später hatte Petit sie im Le Bibent auf Kepler angesetzt, wohl wissend, dass der Agent allein sein würde und dass seine zwei Bluthunde die Fährte verfolgen würden.

Er knirschte mit den Zähnen. Dann richtete sein Zorn sich erst einmal gegen Marcus. »Sie haben zugesehen, wie man mit uns gespielt hat. Johanna und ich waren die ganze Zeit nur Schachfiguren in einem ausgeklügelten Plan.«

»Nennen Sie es, wie Sie wollen.« Marcus' Augen blitzten. »Sie sollten wahrlich wissen, dass wir schon allzu viele gute Männer in diesem Krieg verloren haben. Der Preis, um den es uns geht, wird dem Feind einen Gutteil seines Einflusses nehmen und die Niederlage hoffentlich ganz entscheidend beschleunigen.«

Doch damit war sein Zorn auch schon wieder verflogen. Er seufzte und erhob sich von seinem Platz auf dem Bett. »Vielleicht funktioniert der Plan überhaupt nicht. Es hängt alles davon ab, wie Zero auf den Tod der einen Tochter reagiert und ob er die andere akzeptiert. Wir können nur hoffen, dass er sich an den Deal, den wir ausgehandelt haben, halten wird.«

»Worin besteht dieser Preis?«

»Das darf ich Ihnen nicht sagen, aber glauben Sie mir, er ist mehr als wertvoll. Wir müssen ihn unter allen Umständen in unseren Besitz bringen.«

Während Colin darüber nachdachte, was Marcus gesagt hatte, wurde ihm klar, dass mindestens zwei alliierte Länder diesen Preis ergattern wollten. Und wenn es dazu beitragen würde, das Ende des Krieges zu beschleunigen? »Wann findet das Treffen mit Zero statt?«

»Kepler will Johanna morgen zu ihrem Vater bringen.«

»Hier in der Stadt? Auf dem Boulevard La Rambla?«

Marcus schüttelte den Kopf. »Zero hat den Ort ausgesucht. Die Höhlen von Sant Sever, in der Nähe der Coves del Salnitre bei Collbató. Etwa sechzig Kilometer nördlich von Barcelona.«

Höhlen. Colin wurde abwechselnd heiß und kalt, während er an enge, dunkle Räume dachte. Wie Passchendaele. Er schluckte. »Ich möchte sie zuerst sehen.«

»Ich weiß nicht, wo sie ist.«

Colin sprang auf und starrte Marcus an. »Aber Sie sagten doch, Johanna sei hier!«

»Sie ist hier. Petit weiß bereits Zeit und Ort des Treffens mit Zero. Er und G-2 haben alles mit Kepler abgesprochen.«

»Ich muss mich überzeugen, dass es ihr gut geht, Marcus. Johanna hat mir die Nachricht geschickt.«

»Ich verstehe.« Er sah auf die Uhr. »Ich muss in fünfzehn Minuten bei einem Treffen im Konsulat sein. Danach werde ich Petit treffen. Ich frage ihn, wo sie ist.«

Noch länger warten. Colin zwang sich zu einem Lächeln. »Das weiß ich zu schätzen.«

Marcus lächelte wissend. »Es ist mir nicht verborgen geblieben, dass Ihnen einiges an ihr liegt.« Die beiden Männer gingen gemeinsam zur Tür. »Und glauben Sie mir, es ist in jedermanns Interesse, dafür zu sorgen, dass Miss Reyer in Sicherheit ist.«

»Ja, da haben Sie wohl recht.« Seine Versicherung löste Colins Anspannung etwas, doch Petit war ihm nach wie vor unsympathisch.

Sie gingen hinunter in die Lobby. »Wir sehen uns später.« Marcus eilte davon. Colin folgte ihm langsamer. In seinem Kopf nahm allmählich ein Plan Gestalt an. Er würde nicht in seinem Zimmer sitzen und auf eine Nachricht über Johannas Aufenthaltsort warten, zumal der Hauptmann ihm keinerlei derartige Befehle gegeben hatte.

Die Entschlossenheit beschleunigte seine Schritte. Er lief hinauf in sein Zimmer, um die andere Jacke zu holen. Colin würde die Sache jetzt selbst in die Hand nehmen.

24

Jo hob das Gewehr in Fensterhöhe und entsicherte es, wie Moira es ihr gezeigt hatte. Der Rauch des brennenden Ladengeschäfts drang ihr in die Augen, während sie auf den großen Soldaten zielte. Trotz des Kugelhagels blieb er eisern stehen, wo er stand, das Gewehr auf ihre Mutter angelegt, bereit für einen zweiten Schuss.

Doch dann erblickte er Jo. Langsam richtete er den Lauf auf sie. Ihre Blicke begegneten sich. Mit einem lauten Schrei drückte sie ab. Das Gewehrfeuer um sie herum schien förmlich zu explodieren. Ein wahres Trommelfeuer an Kugeln flog in ihre Richtung. Außer sich vor Angst sank sie an der Wand nach unten, lud panisch ihr Gewehr nach und schob sich langsam wieder gerade so weit nach oben, dass sie einen Blick aus dem Fenster werfen konnte. Der Soldat ging zu Boden. Im gleichen Moment wurde die offene Ladentür unter Beschuss genommen. Moira lag regungslos auf dem Bauch, ihr rauchendes Gewehr noch im Anschlag.

Der Beschuss nahm kein Ende. Jo ließ das Gewehr fallen und kroch zu Moira, die sich ins Innere des Ladens geschleppt hatte und sich gegen die offene Tür lehnte. Wut und Schmerz zeichneten das rußbeschmutzte Gesicht ihrer Mutter. Die Vorderseite ihrer Uniform war blutgetränkt.

»Mama.« Der Schrei klang rau vom Rauch. Jo kämpfte mit einem Hustenanfall, während sie versuchte, ihren Unterrock auszuziehen, um die Blutung zu stillen.

Ihre Mutter streckte eine rotverschmierte Hand aus. »Lass das, Mädchen. Es ist … zu spät.«

Jo starrte auf die Hand. Erinnerungen überfluteten sie: wie ihr Köpfchen gehalten wurde, als sie einschlief. Wie ihre Mutter ihr sanft über den Kopf streichelte, bevor sie zu einem ihrer Geheimtreffen nach Dublin aufbrach.

»Geh.« Moiras Atem kam stoßweise. »Such deinen Vater … in Frankreich.«

Jo stiegen Tränen in die Augen. »Ich will dich nicht alleinlassen.«

»Barrett … am Dock in Kilcoole. Er hat … Geld für dich und Jacobs Adresse. Er bringt dich hinüber.« Moira versuchte zu lächeln, doch die Schmerzen verzerrten ihr Gesicht zu einer gespenstischen Grimasse. »Der Notfallplan für meinen … kleinen Soldaten.«

Die gesamte Vorderseite des Ladens stand jetzt in Flammen. Jo spürte, wie die Hitze ihre Haut versengte. Sie hustete erneut und sah nach hinten, wo es ein geschlossenes Fenster gab. Sie drehte sich wieder zu ihrer Mutter um. »Mama … ich kann nicht …«

Moira ergriff ihre Hand. Ihre grauen Augen waren glasig vor Schmerzen. »Du warst meine erste und meine letzte Liebe, mein Kind. Meine edelste Tat.« Ihr Gesicht schien vor Jos Augen zu zerfallen. »Und jetzt … lauf!«

Die Hand in ihrer wurde plötzlich schlaff, Moiras Kopf sank in seltsam verdrehtem Winkel zur Seite. Ihre Augen waren offen, aber leblos.

Jo erwachte aus ihrem Traum, ein Schluchzen noch in der Kehle. Ihr Herz raste, während sie langsam ihre luxuriöse Umgebung wahrnahm. Dann drückte sie ihr Gesicht ins Kopfkissen und vergoss die Tränen, die sie so lange unterdrückt hatte. Das hatte Colin für sie getan. Er hatte ihr Herz geöffnet, hatte sie schwach gemacht.

Als der Gefühlsausbruch vorüber war, setzte sie sich auf. Die Einsamkeit schien sie verschlingen zu wollen. Ihr Herz schmerzte vor Sehnsucht nach ihrer Mutter, nach einer Familie. Sie dachte an ihre Freunde in Paris, Isabelle und André, und auch an Henri Lacourt. Doch am meisten vermisste sie Colin.

Hatte ihre geliebte kleine Brieftaube den Flug zurück nach Vernon geschafft? Oder wusste außer Petit niemand, dass sie hier war?

Sie stand auf, ging ins Badezimmer und wusch sich das Gesicht. Das Telefon hatte nicht geklingelt, der Telefonist war also noch immer nicht zu Colins Hotel in Portbou durchgedrungen. Ihr Magen knurrte. Es war bereits Spätnachmittag und sie hatte noch nicht gegessen. Wo war Petit?

Ein weiteres lautes Magenknurren lenkte ihren Blick auf das Telefon. Sie dachte an Petits Warnung, die Tür verschlossen zu halten, doch er wollte bestimmt nicht, dass sie verhungerte. Sie würde es ja wohl noch hinkriegen, sich etwas zu essen aufs Zimmer bringen zu lassen, ohne dabei auf einen Trick hereinzufallen. Doch in dem Moment, in dem sie den Hörer abnahm, klopfte es an der Tür und eine gedämpfte Stimme murmelte: »Zimmerservice.«

Petit hatte sie also doch nicht vergessen. Jo ging zur Tür, doch dann zögerte sie. Sollte sie öffnen? Oder lieber den Kellner auf dem Flur warten lassen?

Sie trat dicht an die Tür. »Wer hat das Essen bestellt?«

»Mr Mabry, Madame.«

Jos Herz stand still. Colin? Sie riss die Tür auf und war außer sich vor Freude, als sie ihn erblickte. Er trug die Kellneruniform. Nachdem er das Wägelchen rasch über die Schwelle geschoben hatte, schloss sie die Tür hinter ihm.

»Johanna?« Er drehte sich mit einem unsicheren Lächeln zu ihr um und breitete die Arme aus. Sie warf sich hinein und riss ihn dabei beinahe zu Boden. »Colin!«

Als er sie in die Arme schloss, fing sie an zu weinen. »Schon gut, mein Liebling. Du bist jetzt in Sicherheit.« Er strich ihr sanft über das Haar. Seine tiefe Stimme wirkte wie Balsam auf ihre erregten Gefühle. Sie sah zu ihm auf. »Ich hatte solche Angst, dass meine Gebete nicht erhört würden …«

Er stahl den Rest ihrer Worte mit einem Kuss, so zärtlich, dass sie förmlich dahinschmolz. Sie schloss die Augen und seufzte tief auf, als sie ihrer ganzen angestauten Angst und Liebe freien Lauf ließ.

Er schloss sie fest in die Arme. Seine Lippen schmeckten nach Kaffee und Sehnsucht. Sein vertrauter Duft beruhigte sie. Sie schlang die Arme um seinen Hals. Seine Kraft war wie ein Schutzwall, hinter dem sie sich barg und die Welt und alles, was kommen mochte, vergaß. In seinen Armen geborgen zu sein und zu wissen, dass ihm nichts zugestoßen war, war genug.

»Ich habe dich so vermisst, Mrs Mabry.« Sein zärtliches Flüstern streifte über ihre Wange, als sie sich aus dem Kuss lösten. Er presste seine Stirn gegen ihre. »Ich habe den ganzen Weg gebetet, dich wohlbehalten zu finden.«

Jo, noch ganz schwach von dem Kuss, öffnete die Augen. »Ich habe auch für dich gebetet. Warum hast du so lange gebraucht?«

Er lachte leise, hob den Kopf und sah sie mit leuchtenden Augen an. »Und das von einer Frau, die nicht die leiseste Ahnung hat, was das Wort ›pünktlich‹ bedeutet.«

Sie lächelte, wurde aber gleich wieder ernst, als ihr die Angst und die Schuldgefühle der letzten beiden Tage einfielen. »Ich dachte, du seist in Portbou geblieben, weil du krank warst, aber so war es offenbar nicht.« Sie sah ihn an. Er schien bei bester Gesundheit zu sein. »Dann dachte ich, dass du mir vielleicht aus dem Weg gehst.« Sie errötete. »Nach unserem Erlebnis am Strand.«

Er strich ihr sanft über die Wange und suchte ihren Blick. »Das war anfangs auch meine Angst. Ich dachte, du seist weggelaufen, weil ich mich so flegelhaft benommen hatte.«

»Oh nein, du warst jederzeit ein Gentleman mir gegenüber.« Sie schmiegte sich an ihn, doch dann seufzte sie und löste sich wieder von ihm. »Aber jetzt werfe ich mich dir schon wieder an den Hals und verrate meine Schwester ein zweites Mal.«

»Johanna, quäl dich nicht. Du hast niemanden verraten.« Ein Schatten glitt über sein Gesicht. »Ich muss dir vieles erzählen, aber zuerst einmal musst du essen.«

Er führte sie zu dem Servierwagen, auf dem ein Teller mit kleinen Sandwiches stand. Sie setzte sich auf den Diwan. »Was willst du mir erzählen?«

»Iss zuerst.« Er deutete auf den Teller.

»Na gut.« Trotz ihrer wachsenden Besorgnis war sie immer noch sehr hungrig. »Sag mir doch, wie du mich gefunden hast. Hat Little Corporal seinen Auftrag erfüllt?«

»Ja, ich habe deine Nachricht vom goldenen Schlüssel erhalten.« Lächelnd zog er sich den gepolsterten Stuhl heran, der an dem Toilettentisch stand, und setzte sich ihr gegenüber. »Erinnerst du dich an den Mann mit dem Hut, der im Le Bibent in mich hineingelaufen ist? Das war ein Bekannter von mir aus England, Hauptmann Marcus Weatherford.«

Jo aß langsam ihr Sandwich und hörte zu, während Colin ihr erzählte, dass derselbe Mann gestern in Portbou aufgetaucht war, dass er ihn verfolgt hatte und dass der Mann schließlich am Morgen vor seinem Hotelzimmer gestanden hatte. »Wir sind zusammen nach Barcelona gefahren.«

»Im Moment hält der Hauptmann sich im britischen Konsulat auf. Er meinte, er wolle Petit heute Nachmittag fragen, wo du bist, aber ich konnte nicht mehr so lange warten.«

Sie starrte seine Kellneruniform an. »Hast du einen Job hier im Hotel?«

Er grinste. »Eigentlich hat Marcus mich auf die Idee gebracht. Ich habe die Uniform angezogen und die Rezeptionen der Hotels auf der Rambla abgeklappert und behauptet, ›Mrs Mabry‹ hätte ihren Pass liegen gelassen, als sie auf einer Caféterrasse auf der anderen Straßenseite gefrühstückt habe.«

»Aber du sprichst doch gar kein Katalanisch und noch nicht einmal Spanisch.«

»Ich habe einfach Französisch gesprochen. Das schien niemanden zu wundern. Ich habe es in einigen Hotels versucht. Die Portiers meinten überall, dass bei ihnen niemand mit diesem Namen abgestiegen sei. Dann kam ich hierher und der Portier wollte deinen Pass sehen.«

»Den hattest du doch aber nicht. Was hast du gemacht?«

»Ich habe natürlich darauf bestanden, das wertvolle Dokument selbst zu überbringen. Ich sagte ihm, dass ich mit einem Trinkgeld rechnete.« Er legte den Kopf schief. »Ich habe ihm ein paar *Pesetas* gegeben, damit er mir deine Zimmernummer nennt.«

Sie lachte. »Ein glänzender Plan, auch wenn du ein Schmiergeld benutzen musstest.«

Er wurde rot. »Es war nur sein Anteil an dem Trinkgeld, das ich erwartete.«

Sie legte ihm eine Hand auf den Arm. »Ich bin sehr froh, dass du es getan hast.«

Jo griff nach der anderen Hälfte ihres Sandwiches. »Wie hast du die Sache mit dem Zimmerservice gelöst?«

»Das Hotel ist offenbar geradezu verzweifelt auf der Suche nach Angestellten, wegen der Grippewelle.«

Sie nickte. »Das haben wir heute Morgen beim Frühstück auch gehört.«

»Wir?«

»Mr Petit. Ich habe ihm auf den Kopf zugesagt, dass er mich gestern Morgen, als wir Portbou verlassen haben, belogen hat. Er wollte mir weismachen, er hätte mit dir gesprochen.«

»Er hat wirklich gelogen.« Seine Stimme klang zornig. »Petit wusste, dass ich schlief, weil er mir am Abend zuvor etwas in den Kaffee getan hatte. Ich bin erst aufgewacht, als ihr längst fort wart.«

Jo holte scharf Luft. Petit hatte gelogen? Wütend warf sie ihr Sandwich zurück auf den Teller. »Dieser … dieser …«

»Schurke? Verrückte? Such es dir aus, es stimmt beides.« Er verzog den Mund. »Sobald ich gestern Gelegenheit hatte, über eure hastige Abreise nachzudenken, wurde mir klar, dass angesichts von Petits Ausgebufftheit irgendeine große Sache am Laufen sein musste. Ich machte mir Sorgen um dich und als ich heute Morgen das Telegramm mit deiner Nachricht erhielt, war ich entschlossen, dich auf dem Boulevard La Rambla zu suchen.« Er tippte sich an die Schläfe. »Hat Petit dich, abgesehen von seinen Lügen, irgendwie verletzt?« Er sah sie aufmerksam an. »Was genau ist gestern geschehen?«

Jo erzählte ihm von dem Besuch der Frau in Schwarz. »Sie wusste einiges über Jewel und über dich, aber sie hat auch Fehler gemacht. Als sie wieder fort war, wurde mir klar, dass sie nicht meine Schwester sein konnte, sondern irgendwie in den Besitz des Tagebuchs gelangt war. Erinnerst du dich an das falsch eingelegte Lesezeichen? Natürlich hatte ich Petit in Verdacht, etwas damit zu tun zu haben. Dann verdächtigte ich Kepler.« Sie runzelte die Stirn. »Jetzt bin ich wieder bei meiner ursprünglichen These, dass Petit den Einbruch inszeniert hat.«

Er nickte. »Ich glaube, du liegst richtig. Das würde auch erklären, wie sie mich überzeugen konnte, dass sie Jewel war, als ich ihr das Essen aufs Zimmer brachte.«

Colin beugte sich vor, nahm den Teller aus Jos Schoß, stellte ihn beiseite und griff nach ihrer Hand. Wieder sah sie die Sorge in seinen Augen. Ein ahnungsvoller Schauer lief ihr über den Rücken. »Da ist doch etwas. Was verschweigst du mir?«

»Johanna, deine Schwester ist in Havrincourt sehr krank geworden. Kepler hat sie herausgeholt, aber es kam zu Komplikationen.« Er schwieg kurz, dann fuhr er fort: »Sie ist wenige Tage später in Paris an einer Lungenentzündung gestorben.«

Jo starrte ihn lange an, als wollte sie herausfinden, ob er die Wahrheit sagte. *Jewel ist tot?* »Ich kann es nicht glauben.« Ihre Stimme war nur ein tonloses Flüstern. »Es muss ein Irrtum sein.«

Doch sein bekümmerter Gesichtsausdruck log nicht. Tränen stiegen ihr in die Augen und trübten ihre Sicht. Sie merkte kaum, dass Colin ihre Hand losließ und die Tränen von ihren Wangen strich. Er stand auf, setzte sich neben sie und nahm sie in die Arme.

Sie lehnte sich an ihn, klammerte sich an seine tröstliche Gegenwart. Er hielt sie einfach nur fest. Immer weiter strömten die Tränen über ihre Wangen, obwohl sie gar nicht wusste, warum sie weinte. Sie und Jewel waren einander nie begegnet. Doch auf den Seiten des Tagebuchs hatte sie sie kennengelernt. Jo hatte angefangen, ihre Schwester zu lieben, eine Frau, mit der sie nicht nur Blutsbande verbanden, sondern auch das gemeinsame Wissen, was es bedeutete, ganz auf sich allein gestellt im Krieg zu überleben.

Colin hielt sie immer noch fest, während er ihr behutsam von Keplers Auftrag erzählte, Jewel aus Havrincourt herauszuholen. Dann erklärte er ihr auch, was es mit der Frau auf sich hatte, die nach deren Tod die Stelle ihrer Schwester eingenommen hatte.

Als Jo sich schließlich zurücklehnte und ihm ins Gesicht sah, waren Zorn und Verwirrung an die Stelle ihres Kummers getreten.

»Mr Petit weiß also, dass Kepler für die Amerikaner arbeitet. Und diese Frau wurde angeworben, um als Jewel aufzutreten?«

Er nickte. »Das ist sehr wichtig für die ganze Sache.«

»Welche Sache?« Sie sah ihn verwirrt an. »In was war meine Schwester da hineingeraten?«

»Sie war unschuldig.« Seine Stimme vibrierte vor unterdrückter Leidenschaft. »Ebenso unschuldig wie du. Ihr beide seid einfach Schachfiguren in einem Spiel der Alliierten.«

»In einem Spiel? Colin, sag mir bitte, warum Kepler diese … diese Hochstaplerin nach Spanien gebracht hat. Und warum gibt sie vor, meine Schwester zu sein?«

»Weil dein Vater hier ist. Sie sollte ihn treffen.«

Sie zuckte entsetzt zusammen. »Papa ist hier … in Barcelona?«

»Hier oder ganz in der Nähe.« Abermals strich er ihr zärtlich über die Wange. »Kepler hat deine Schwester nicht angelogen. Er hatte tatsächlich vor, Vater und Tochter wieder zusammenzubringen.« Er legte ihr eine Hand auf die Schulter. »Aber da ist noch etwas, Johanna.«

Wieder spürte Johanna, wie ihr ein Schauer über den Rücken lief. »Es geht um Papa, nicht wahr?« Sie packte seinen Arm. »Ist ihm etwas zugestoßen?«

»Nein, soweit ich weiß, geht es ihm gut. Aber ich muss dir seinen … Beruf nennen.« In seinen Augen schimmerte tiefes Mitgefühl. »Dein Vater hat für die Deutschen gearbeitet, Johanna. Er ist ein Spion.«

Die Kälte, die sie soeben noch empfunden hatte, verwandelte sich in eine Übelkeit, unter der sich ihr ganzer Körper verkrampfte. Jo entzog sich ihm und setzte sich aufrecht hin, während der Raum von ihr fortzugleiten schien.

Das konnte nicht sein. Ihr Vater, der sanfte, gütige Mann, an den sie sich erinnerte, mit den tiefblauen Augen und den starken, geschickten Händen, umgeben von Tabakduft … ein Spion der *Boches? Ich wünsche mir nichts mehr auf der Welt, als dein Papa zu sein.*

Jo hörte nur noch halb zu, während Colin ihr von den Bedingungen erzählte, die ihr Vater im Austausch für ein Pfand gefordert hatte, das die Alliierten dringend benötigten. Sie wandte sich zu ihm und sah ihn an. »Ein deutscher Spion. Bist du ganz sicher?«

Er nickte. »Ich weiß, dass es ein Schock für dich ist.«

Ein Schock? Bitterkeit stieg in ihr auf wie Galle und ihre Übelkeit verstärkte sich, bis sie glaubte, sich übergeben zu müssen. Sie dachte an ihren Traum am Nachmittag, von Moira und ihrem Kampf gegen die Briten. Und jetzt schien ihr Vater ein feindlicher Spion und ein Verräter zu sein. Und was war mit ihr? Sie hatte die Waffe gegen einen britischen Soldaten erhoben, in dem Versuch, ihre Mutter zu schützen.

»… die Amerikaner haben versucht, deinen Vater zu überlisten, ihm dieses Pfand abzunehmen, bevor er erfährt, dass die Schauspielerin nicht deine Schwester ist.«

Sie registrierte, dass Colin noch immer mit ihr sprach, und konzentrierte sich auf seine Worte. »Was für ein Pfand?«

»Ich habe keine Ahnung, aber Marcus sagt, es sei entscheidend, um den Krieg zu einem schnelleren Ende zu bringen. Anscheinend ist es in Zeros Besitz, doch bis jetzt haben sie seine Deckung nicht enttarnen können. Als du nach Toulouse gekommen bist, fing G-2 bereits an, die Hoffnung zu verlieren.«

»Zero? So nennen sie ihn?« Ihr Papa war ein Fremder für sie. Er führte ein geheimes Leben, von dem sicherlich weder Jewel noch Moira gewusst hatten.

Dann drang Colins letzter Satz in ihr Bewusstsein. »Was hat das mit mir zu tun?«

»Als Petit erfuhr, dass du Reyers Tochter bist, beschloss G-2, ihm dich anstelle deiner Schwester anzubieten. Sie hoffen, dass Zero sich dann trotzdem an den Deal hält und ihnen den wertvollen Preis aushändigt.«

»Und deshalb hat Mr Petit mich nach Spanien gebracht.«

Er nickte. »Sie haben beschlossen, dass meine Anwesenheit für ihren Plan unnötig ist, dachten aber, ohne mich würdest du nicht mit ihnen kommen.«

»Da hatten sie recht.« Sie griff nach seiner Hand. »Ich bin so froh, dass du hier bist.«

Er zog sie neben sich. »Ich auch.«

»Diese Schauspielerin hat mir gesagt, dass das Treffen bald stattfinden würde.«

»Ja, es ist für morgen angesetzt, an einem Ort namens Collbató.« Er sah sie an. »Ich weiß, dass ich dich gerade mit einer Menge Neuigkeiten überhäuft habe, aber der Entschluss liegt bei dir, ob du zu diesem Treffen gehen willst oder nicht. Wie auch immer du dich entscheidest, ich trete bei Hauptmann Weatherford für dich ein.« Er war so entschlossen, dass sein Gesicht einen fast wilden Ausdruck annahm. »Und wenn es das Kriegsgericht für mich bedeutet.«

»Nein! Das brauchst du nicht.« Sie legte eine Hand an die harte Unterkante seiner Kinnlade. Die Gefühle drohten sie zu überwältigen: Kummer über eine Schwester, der sie nie begegnen würde; Erregung beim Gedanken, dass sie ihren Vater sehen würde; Angst und Unsicherheit, ob sie die Erinnerung, die sie sich viele Jahre bewahrt hatte, mit einem feindlichen Spion oder Mörder, der im Untergrund lebte, vereinbaren konnte. Die abscheulichen Verbrechen, die er im Krieg begangen habe musste, mochte Jo sich nicht einmal vorstellen. Doch trotz dieses inneren Aufruhrs hatte sie das Gefühl, sich einem Wiedersehen nicht entziehen zu dürfen, auch wenn sie nicht wusste, ob sie es fürchten oder dankbar sein sollte.

Colin wusste, was sie dachte. »Vergiss nicht, Johanna, dein Vater hat sich aus freien Stücken an die Amerikaner gewandt. Er will überlaufen und er will uns etwas geben, das für den Feind ebenso wertvoll ist wie für die Alliierten, ja vielleicht sogar noch wertvoller. Ich glaube, er hat sich Sorgen um Jewel gemacht, nachdem ihre Tante gestorben war, und wollte sie in Sicherheit bringen.«

Er legte ihr den Arm um die Schultern. »Jacob Reyer hat sie geliebt und ich weiß, dass er auch dich lieben wird. Ich glaube nicht, dass ein solcher Mann ein Monster sein kann.« Er schwieg kurz, dann fuhr er fort: »Aber ich habe es ernst gemeint: Die Entscheidung liegt allein bei dir.«

Sie lehnte sich an ihn. »Ich will nicht, dass du meinetwegen deine Stellung verlierst und vielleicht vor einem Erschießungskommando endest.«

»Das spielt keine Rolle. Ich habe versprochen, dich zu schützen. Mir geht es allein um dich.«

Sie sah ihn an, noch immer zerrissen zwischen widerstreitenden Gefühlen. »Dieser ›Preis‹, der sich im Besitz meines Vaters befindet, könnte dazu beitragen, den Krieg zu beenden?«

»Laut Hauptmann Weatherford, ja. Und er ist ein Ehrenmann.«

»Gut.«

Sie stand auf und ging zum Bett, wo noch das Tagebuch lag. »Mein Vater muss meine Schwester sehr geliebt haben.«

Sie griff nach dem Buch und drehte sich zu Colin um. »Ich gebe ihm das morgen, wenn wir uns sehen.« Wieder traten ihr Tränen in die Augen. Sie wischte sie fort und presste das Tagebuch an ihre Brust. »Ein Andenken an die Tochter, die er verloren hat. Und ein Friedensangebot in der Hoffnung, dass er die wiedergefundene Tochter annimmt.«

25

»Ich dachte, wir hätten ein Abkommen: Keine faulen Tricks mehr.« Marcus saß auf einer Parkbank auf Barcelonas belebtestem öffentlichem Platz und sah den Mann an, der neben ihm saß.

»Ich habe keine Ahnung, wovon Sie reden, Hauptmann.« Petit, lässig auf die Bank gelümmelt, hob träge eine Braue.

Poker face. Marcus presste die Lippen zusammen und nahm den Hut ab. Es war warm. Die Wolken hoch oben am Himmel wirkten wie eine Decke, die die Hitze einschloss. Hinter sich hörte er, wie die Wasserspiele duftige Schauer in den Himmel sprühten, die dann mit einem hörbaren Platschen in das riesige Becken fielen. »Ich rede von Johanna Reyer. Warum hat sie wohl eine Nachricht nach Paris geschickt, adressiert an Leutnant Mabry in Portbou, um ihm zu sagen, dass sie in Schwierigkeiten ist?«

Petit beugte sich vor und fluchte leise. »Wie hat sie das gemacht? Ich habe den Portier bestochen, dass er keine Anrufe aus ihrem Zimmer durchstellt.«

»Anscheinend hatte sie eine Brieftaube dabei.«

»Das soll wohl ein Witz sein.«

»Kaum.« Marcus konnte eine gewisse Befriedigung darüber, dass es ihm gelungen war, den Mann zu erschüttern, nicht verbergen. »Erzählen Sie mir, was passiert ist?«

Petit sah auf die andere Seite des Platzes hinüber. Marcus folgte seinem Blick. Eine große Schar Tauben hockte zu Füßen einer alten Frau, die eine kleine Tüte mit Getreidekörnern oder Nüssen in der Hand hielt. Immer wenn sie eine Handvoll des Futters auswarf, flatterten die Vögel in einer Wand grauer Flügel auf, beschrieben ein paar Kreise in der Luft, ließen sich dann neben dem Futter nieder und fingen an, wie verrückt zu picken. Nach einem Weilchen warf die alte Frau eine weitere Handvoll Körner in die Luft und das Spiel begann von Neuem.

»Wahrscheinlich hatte sie den Vogel in der Reisetasche versteckt, die sie immer bei sich hatte.« Petit klang beeindruckt. Er nahm ebenfalls seinen Hut ab und drehte sich zu Marcus um. »Sie hatte gestern Besuch von unserer Schauspielerin, Miss Tremblay. Ich dachte, wenn Odette zu ihr geht und sich als Jewel vorstellt und verspricht, Johanna zu ihrem Vater zu bringen, würde sie sich mehr als begeistert zeigen.« Er ließ den Kopf sinken. »Offenbar ist der Plan fehlgeschlagen. Odette muss irgendetwas in dem Tagebuch übersehen haben. Jedenfalls ist Johanna ganz sicher, dass sie nicht ihre Schwester ist.«

Marcus spürte plötzlich eine sanfte Brise und hörte das Rauschen der Palmen am Rand des Platzes, doch nicht einmal das konnte seinen Zorn besänftigen. »Also müssen wir Johanna jetzt mit Gewalt zu dem Treffen mit ihrem Vater schleppen. Stimmt's?«

Petit sah Marcus mit schief gelegtem Kopf an. »Das ist eine ganz gute Zusammenfassung.«

»Und diese Miss Tremblay? Sie sagten, sie hätte das Tagebuch gelesen?«

Petit nickte. »In Toulouse habe ich den Leutnant und Johanna einen Abend vom Hotel fortgelockt, sodass Odette ins Zimmer schlüpfen und das Tagebuch lesen konnte. Sie hat es dann zurückgelegt, bevor die beiden wieder im Hotel waren.«

»Sie hätte es wohl lieber noch ein bisschen länger behalten sollen.«

»Ja.« Petit lächelte grimmig. »Aber immerhin hatte unsere Schauspielerin genug erfahren, um den Leutnant am nächsten Tag, als er darauf bestand, ›Jewel‹ zu sehen, zu täuschen. Er war nach ihrer kurzen Begegnung überzeugt, dass sie es sei, obwohl er Odettes Gesicht nicht gesehen hatte. Ich sorgte dafür, dass Kepler ins Zimmer platzte, bevor es geschehen konnte. Odette erzählte mir später, sie und Kepler hätten sehr glaubhaft gewirkt.«

»Ich musste ihn mitbringen.«

Petit fluchte erneut. »Also war alles umsonst. Hätten Sie ihm nicht befehlen können, nach Hause zu fahren?«

Marcus lächelte humorlos. »Er ist verliebt. Und nach dem Hilferuf Johannas, den er erhalten hat, musste er einfach kommen und sich selbst überzeugen, dass es ihr gut geht, und wenn er dafür ins Gefängnis wandern würde.« Er warf dem Mann einen Seitenblick zu. »Es geht ihr doch gut, oder, Petit?«

Der Amerikaner erwiderte seinen Blick missmutig. »Ich habe heute Morgen mit ihr gesprochen. Mir vertraut sie noch, Odette natürlich nicht mehr. Ich habe ihr befohlen, in ihrem Zimmer zu bleiben, und sagte, ich würde mit meinen Vorgesetzten über die Schwindlerin in Schwarz sprechen.«

Marcus ließ den Blick über den Platz schweifen. Er betrachtete die schöne, abwechslungsreiche Architektur. Es gab neoklassizistische, neogotische, barocke und Jugendstilgebäude. Der Fußgängerverkehr nahm zu, nicht unüblich um diese Tageszeit. Er bemerkte eine Gruppe beschürzter Frauen mit Wasserkrügen in der Hand vor der öffentlichen Quelle. »Angesichts dieser neuen Komplikation haben wir Glück, dass ich den Leutnant mitgebracht habe. Ich habe ihn bis zu einem gewissen Grad eingeweiht. Er kann mit Johanna über das Treffen morgen sprechen. Wo ist sie?«

»Wir sind im Hotel Coloma auf der Rambla. Sie hat Zimmer Nummer 320.«

»Ich komme mit dem Leutnant hin.« Er sah Petit scharf an. »Ist für morgen alles bereit?«

»Wir sind startklar. Ich war heute Morgen nach dem Frühstück draußen bei den Höhlen und habe das Zeichen aufgestellt. Vor einer Stunde bin ich zurückgekommen.« Er drehte sich zu Marcus um. »Warum mussten es eigentlich die Höhlen sein?«

Marcus zuckte die Achseln. »Zero ist von Beruf Maler. Die Sant-Sever-Höhlen ziehen schon seit Jahren alle möglichen Künstler an, darunter Bildhauer und sogar ein paar berühmte Architekten. Und im Moment müssen wir Zeros Wünsche so weit wie möglich berücksichtigen. Er und ich werden eine Stunde vor der verabredeten Zeit dort sein. Ich möchte, dass Leutnant Mabry Kepler und Johanna begleitet. Andernfalls wird sie wohl kaum freiwillig mitkommen.«

Petit runzelte die Stirn. »Da haben Sie wahrscheinlich recht. Andererseits: Zu viele Köche verderben den Brei.«

»Daran hätten Sie in Toulouse denken sollen.« Marcus drehte sich um und sah wieder zu der alten Frau hinüber, die die Vögel fütterte.

»Weiß der Leutnant von dem Schwarzen Buch?«

»Nein, aber er weiß, dass Zero etwas hat, das wir alle wollen.« Marcus erhob sich und setzte den Hut wieder auf. »Hoffen wir, dass unser Meisterspion diese zweite Tochter anstelle der ersten akzeptiert und dass die Amnestie ihm das Buch wert ist.«

26

»Madame Mabry? Ich bin es, Madame Outis. Darf ich hereinkommen?«

Jo hatte das Klopfen gehört. Jetzt stand sie in Nachthemd und Morgenmantel neben der Tür und überlegte, ob sie die Schauspielerin einlassen sollte oder nicht. Sie war heute Morgen um sieben von Petit geweckt worden, der angerufen und ihr mitgeteilt hatte, dass die Frau ihr in Kürze ein Päckchen bringen würde. Nach allem, was Colin Jo gestern erzählt hatte, grollte sie dieser Person, die vorgegeben hatte, ihre arme Schwester zu sein, noch immer.

»Madame Mabry? Bitte lassen Sie mich ein. Ich will Ihnen nichts Böses.«

Jo stieß resigniert die Luft aus. Schließlich hatte diese Frau wirklich nur ihre Arbeit getan. Und sie hatte recht: Bis jetzt hatte sie weder ihr noch Colin Schaden zugefügt. Also öffnete sie die Tür und sah in dasselbe schöne Gesicht mit der Gloriole aus goldblondem Haar, das sie vor ein paar Tagen gesehen hatte. Doch jetzt wirkte es eher ängstlich. Statt der schwarzen Trauerkleidung trug Madame Outis heute ein hübsches rotes Kostüm. Sie hatte ein in braunes Packpapier eingeschlagenes Paket dabei, das raschelte, als sie es an sich drückte. Jo musterte sie reserviert, doch dann ließ sie sie eintreten.

»Zuallererst möchte ich mich entschuldigen, weil ich Sie getäuscht habe. Ich kannte Ihre Schwester nicht, aber es tut mir sehr leid, dass sie verstorben ist.«

In den sanften blauen Augen schimmerten dieselben Gefühle, die Jo bei ihrem letzten Treffen darin gesehen hatte. »Ich bin Mademoiselle Odette Tremblay vom Théâtre du Châtelet in Paris. Ich arbeite manchmal für die Alliierten in Frankreich. Monsieur Petit sagte mir, dass Sie Bescheid wissen. Sie sind mir doch hoffentlich nicht mehr böse?«

Jo gefiel es zwar gar nicht, dass Petit und Kepler versucht hatten, ihren Vater hinters Licht zu führen, doch sie konnte nachvollziehen, warum sie das getan hatten. Genau genommen hatte sie keine Ahnung, was für ein Mensch aus Jacob Reyer geworden war. Würde er sich freuen, sie zu sehen, oder böse sein, weil sie nicht Jewel war? Nachdenklich drehte sie den Ring an ihrem Finger. Wie auch immer, diese Frau traf keine Schuld. Jo nahm die ihr angebotene Hand. »Ich bin Ihnen nicht mehr böse, Miss Tremblay.«

»Bitte, sagen Sie doch Odette zu mir.«

Sie lächelte und Jo dachte abermals, wie sehr sie doch Colins Beschreibung ihrer Schwester glich. »Was haben Sie denn in dem Paket?«

»Das ist die Trauerkleidung, die ich trug, als wir uns trafen. Sie sollen Sie zu dem heutigen Treffen anziehen.« Odette streckte ihr das Paket hin. »Wenn Sie erlauben, bleibe ich und spiele ein bisschen Zofe.«

Jo brauchte keine Hilfe beim Anziehen und da sie und Odette fast die gleiche Größe hatten, gab es auch keinen Grund für die Annahme, dass ihr die Kleidung nicht passen könnte. Sie wollte gerade ablehnen, da griff Odette nach ihrer Hand. »Bitte, Johanna, ich bestehe darauf. Sie sind eine wunderhübsche Frau und so freundlich. Ich schäme mich sehr, dass ich Sie in einer so persönlichen Sache getäuscht habe.« Sie legte den Kopf schief und lächelte. »Es soll meine Wiedergutmachung sein, *d'accord?*«

Die Sache schien Miss Tremblay sehr wichtig zu sein. Jo hatte das Gefühl, das Angebot auf keinen Fall ablehnen zu können. »Nun gut, vielen Dank, Odette.«

Gemeinsam öffneten sie das Paket und legten die Sachen aufs Bett, dann half Odette ihr, das schwere Seidenkleid über den Kopf zu streifen. Jo schob beide Arme in die engen schwarzen Ärmel und schüttelte den schweren doppelten Rock über der Hüfte zurecht. »Da ist ganz schön viel Stoff dran.« Sie griff nach oben und richtete den mit einem zarten Voile eingefassten Ausschnitt des Mieders. »Haben Sie dieses schwere Ding die ganze Zeit getragen?«

»Ich hatte noch ein zweites, ganz ähnliches«, sagte Odette hinter ihr. »Es war sehr wichtig, dass ich den Blicken der Welt so weit wie möglich verborgen blieb.«

Mit »Welt« meint sie wahrscheinlich meinen Vater. Jo unterdrückte ihre Verbitterung und hielt still, während Odette ihr die breite schwarze Schärpe um die Taille legte und die Häkchen schloss.

Nachdem die Schauspielerin Jo frisiert hatte, trat sie vor sie und setzte ihr einen runden, schwarzen Krepphut mit einem schwarzen Schleier auf, der bis unter ihr Kinn reichte. Der dicke Seidenchiffon war fast undurchsichtig. Jo hob den Schleier und starrte sie an. »Wie sind Sie bloß damit zurechtgekommen? Ich sehe ja praktisch gar nichts.«

Odette lächelte sie bedauernd an. »Ich habe die ganze Zeit direkt vor mir auf den Boden gestarrt. Nicht zuletzt wegen dieses Schleiers bin ich in Toulouse praktisch die ganze Zeit auf meinem Zimmer geblieben. Nicht nur, weil ich Gefahr lief, ständig mit irgendetwas oder irgendjemandem zusammenzustoßen, sondern auch, weil ich ununterbrochen gegen das Bedürfnis ankämpfen musste, mir das Ding vom Kopf zu reißen, um wieder sehen zu können.« Sie seufzte. »Stattdessen habe ich die meiste Zeit damit verbracht, aus dem Fenster zu gucken.«

Jo hatte bisher nicht darüber nachgedacht, wie monoton Odettes Leben hinter dem Schleier gewesen sein musste. »Es war offenbar kein leichter Auftrag für Sie.«

Die Schauspielerin zuckte die Achseln. »Er war nicht schwierig, aber auf jeden Fall der längste. Ich war fast drei Monate mit Hauptmann Kepler zusammen und ganz ehrlich, ich bin sehr froh, dass mein Teil an diesem Auftrag jetzt zu Ende ist.«

»Und nun soll ich diese Kleider also heute tragen, damit es aussieht, als sei alles in Ordnung?«

Odette nickte. »Ich kenne die Einzelheiten Ihres Treffens nicht. Ich weiß nur, dass Sie Ihren Vater sehen werden. Ich glaube, sie möchten ihm die Nachricht vom Tod Ihrer Schwester so schonend wie möglich beibringen.«

Jo legte eine Hand auf den Magen in dem Versuch, ihre flatternden Nerven zu beruhigen. Wahrscheinlich würde sie ihrem Vater sagen müssen, dass Jewel tot war, sobald er den Schleier zurückschlug und sah, dass eine andere daruntersteckte.

Sie nahm die schwarzen Handschuhe und ging zu dem hohen Standspiegel. Bis auf das Mieder, das ein wenig eng war, passte ihr das Kleid gut. Der Rock war lang genug, um die weißen Spitzen ihrer Knöpfstiefelchen zu verbergen. Auch die Farbe schien ihr gut zu stehen.

Sie starrte in den Spiegel und hatte dabei das Bild von Moira vor Augen, wie sie tot in der offenen Tür ihres brennenden Grabes lag. Dann dachte sie an ihre Schwester, die so schnell und still aus ihrem Leben verschwunden war, wie sie eingetreten war, und hatte plötzlich einen Kloß im Hals. Sie hatte fast alle Familienmitglieder verloren.

Eine Woge von Kummer stieg in ihr auf, sie ließ rasch den Schleier fallen, damit Odette ihr Gesicht nicht sah. Jo würde die junge Frau, in deren Adern das Blut ihres Vaters geflossen war, die geliebte Schwester, die sich in den Wirren des Krieges als echte Heldin entpuppt hatte, nie kennenlernen.

»Und jetzt noch das i-Tüpfelchen.« Odette trat hinter sie und legte ihr die lange Silberkette mit dem Taubenring um den Hals. »Damit ihn alle gleich sehen.« Die Schauspielerin trat einen Schritt zurück. »Sie sollen ihn tragen, bis Sie sich mit Ihrem Vater treffen.«

Jo berührte den Ring. Die winzige silberne Taube war identisch mit der an ihrem eigenen Ring, bis auf den Rubin, der sie anstelle des Saphirs in ihrem eigenen Ring aus dem Auge des Vogels anblinzelte.

»Ich muss Sie jetzt verlassen. Hauptmann Kepler wird gleich bei Ihnen sein.« Odette legte den Kopf schief und begutachtete ihr

Werk. »Sie füllen Ihre Rolle bewundernswert aus.« Sie lächelte Jo im Spiegel an. *»Bonne chance.«*

Als sie fort war, nahm Jo Hut und Schleier ab. Colin hatte sie nach seinem gestrigen Besuch angerufen und ihr gesagt, dass sie heute Morgen neun Uhr einen Zug nehmen würden. Das war in einer Stunde. Sie hatte wissen wollen, wohin es ging. Er wollte am Telefon jedoch nicht darüber sprechen, versprach aber, es ihr zu sagen, wenn er käme.

Bis dahin hatte Jo mehr als genug Gelegenheit, weiter über alles nachzudenken, was er ihr erzählt hatte. Was mochte die Zukunft wohl für sie bereithalten? In einem Moment der Unsicherheit war sie versucht zu glauben, dass Colins Gefühle für sie nur ein bequemer Ersatz nach Jewels Tod waren. Doch konnte sie wirklich die wachsende Anziehung leugnen, die sich im Laufe ihrer Suche zwischen ihnen entwickelt hatte, die Zärtlichkeit, mit der er sie im Arm gehalten, und die Sehnsucht, die sie in seinem Kuss gespürt hatte? Die Worte, die er ihr ins Ohr geflüstert hatte, waren echt. Ganz tief innen wusste sie, dass Colins Verhalten frei von jedem Kalkül war. Sein Herz hatte bereits zu ihr gesprochen, als er noch keine Ahnung hatte, dass ihre Schwester tot war.

Doch was war mit ihren eigenen Altlasten? Sie war ein uneheliches Kind. Die Tochter eines Verräterpaares. Es gab so vieles, was sie ihm nicht gesagt hatte. So hatte er zum Beispiel keine Ahnung, wie tief Moira in den Freiheitskampf ihres Landes verwickelt gewesen war, und er wusste auch nichts von Jos Teilnahme am Dubliner Osteraufstand.

Colin war ein britischer Offizier und Jo hatte die Waffe gegen einen solchen Offizier erhoben. Vielleicht hatte Colin den Soldaten sogar gekannt. Würde er nicht die Pflicht über die Liebe stellen – vorausgesetzt, er liebte sie tatsächlich, wie ihr Herz es ihr sagte?

Ein Klopfen riss Jo aus ihren Gedanken. Als sie zur Tür ging, ließen sowohl der Gedanke, ihn gleich zu sehen, als auch die Sorge um ihre Zukunft ihr Herz heftig schlagen.

»Du siehst genau aus wie sie, die Schauspielerin, meine ich.«

Colin stand auf der Schwelle und starrte sie an. Sie blickte an ihrer Trauerkleidung hinunter. »Miss Odette Tremblay. Sie hat mir die Kleidung gebracht. Offenbar sollen wir meinen Vater ein letztes Mal hinters Licht führen.«

Die Bitterkeit in ihrer Stimme war nicht zu überhören. Sie ließ Colin eintreten und schloss die Tür. Er drehte sich zu ihr um, nahm sie in die Arme und küsste sie andächtig. Jo schloss die Augen, dankbar, dass sich seine Sehnsucht mit ihrer eigenen deckte, und hielt sich an ihm fest.

Er sah sie zärtlich und voller Mitgefühl an. »Ich kann nur ahnen, wie schwierig dieses Treffen für dich sein wird, Johanna, aber ich bete, dass ihr, du und dein Vater, bekommt, was ihr euch von der Begegnung erhofft.«

Jo lächelte. Darum hatte sie auch gebetet. Erst jetzt fiel ihr auf, dass auch er sich für das bevorstehende Treffen umgekleidet hatte. Er trug einen braunen Filzhut und einen dunklen doppelreihigen Blazer. Jo trat zurück und betrachtete ihn prüfend. Mit der dunklen Hose und den dunklen Schuhen konnte Colin als Geschäftsmann durchgehen. Nur der große stählerne Haken, den er anstelle der behandschuhten Hand an dem Stumpf befestigt hatte, passte nicht ins Bild.

Er fing ihren Blick auf. »Unser Treffen wird in einer Kalksteinhöhle stattfinden, deshalb dachte ich, dieses Ding könnte uns vielleicht von Nutzen sein.«

Sie freute sich, dass er sich in ihrer Gesellschaft ungezwungen genug fühlte, um eine praktischere Vorrichtung zu tragen als die übliche nutzlose hölzerne Hand. Dann erst begriff sie, was er gesagt hatte. »Höhle?« Sie kniff die Augen zusammen. »War das Mr Petits Idee?«

»Nein, dein Vater wollte es so. Die Höhle entspricht vielleicht seinem künstlerischen Geschmack.«

Das überraschte sie. Aber vielleicht hielt ihr Vater die Übergabe in dieser Umgebung für sicherer.

Colin legte seinen Hut auf das Tischchen und führte Johanna zum Diwan. Als er sich neben sie setzte, öffnete sich seine Jacke ein wenig und sie sah, dass er eine Pistole in einem Halfter an seiner Seite trug. Plötzlich wurde ihr klar, wie geheim, ja gefährlich das bevorstehende Treffen war. Mit vor Aufregung klopfendem Herzen schmiegte sie sich an ihn und fragte hastig: »Wann müssen wir los?«

Er sah auf die Uhr. »Kepler müsste jeden Moment da sein.«

Sie schaute zu ihm auf. »Es ist seltsam, diesen Mann plötzlich so ganz anders zu sehen.« Jo musste erst noch verarbeiten, dass Werner Kepler für die Amerikaner arbeitete. »Bis gestern hielten wir ihn noch für einen deutschen Spion und auf einmal hat es den Anschein, als seien wir alle auf derselben Seite.«

»Wollen wir es hoffen.« Colin lächelte schmallippig. »Unser Treffen heute ist auf zwölf Uhr mittags angesetzt. Die Sant-Sever-Höhlen sind in der Nähe von Montserrat, was ›gezackter Berg‹ bedeutet. Ich denke mal, dass wir auch ein wenig klettern werden müssen.« Er sah ihr schwarzes Kleid an. »Hoffentlich wird die Strecke nicht zu schwierig.«

»Allmählich wundere ich mich über die Verschrobenheiten meines Vaters.«

»Ich auch.«

Sie sah, wie seine Hand sich verkrampfte, und schaute ihn besorgt an. »Die Vorstellung, diese Höhlen betreten zu müssen, macht dir zu schaffen, nicht wahr?«

»Es erinnert mich ein bisschen zu sehr an den Krieg.«

Beim Anblick seines gequälten Lächelns und des über seinem Hemdkragen auf und ab hüpfenden Adamsapfels stieg plötzlich eine tiefe Liebe in ihr auf. Colin nahm all das auf sich und stellte sich seinen schlimmsten Ängsten, nur um ihretwillen. Er hatte versprochen, bei ihr zu bleiben und dafür zu sorgen, dass ihr nichts zustieß.

Jo legte die Hände an seine Wangen. »Du bist der mutigste Mann, den ich kenne, Colin Mabry.«

Sie beugte sie sich vor und gab ihm einen leichten Kuss, doch er nahm sie in die Arme und hielt sie fest. Er erwiderte ihren Kuss, dann sah er ihr in die Augen. »Im Moment fühle ich mich alles andere als mutig.«

»Das heißt, dass du mutiger bist, als du dachtest. Auch die mutigsten Menschen haben manchmal Angst, aber sie denken nicht daran wegzulaufen.«

Eine seiner dunklen Brauen hob sich. Seine Augen glitzerten. »Ich nehme an, du sprichst von Helden wie Bonaparte?«

»Genau!« Sie lächelte ihn an. »Du weißt sicher, dass Napoleon einmal gesagt hat: ›Der Tod bedeutet nichts, aber besiegt und ohne Ruhm zu leben heißt, jeden Tag zu sterben.‹«

Zu ihrer Freude lachte Colin laut auf. »Der Mann war wirklich ein Born der Weisheit. So oft, wie er sich druckreif äußerte, wundere ich mich, dass er noch Zeit hatte, in die Schlacht zu ziehen.«

Sie streckte kämpferisch das Kinn vor. »Er konnte eben beides.«

Doch dann lachte auch sie und er zog sie abermals an sich und küsste sie. »Ach, Mrs Mabry, offenbar genießt du es, einen armen Burschen zu necken.«

Sie lächelte ihn an. Dann klopfte es an der Tür. Beide blickten sich um. Der Gedanke an das, was ihnen bevorstand, dämpfte ihre gute Laune jäh.

Er sah sie an. »Wir müssen öffnen.«

Das Flattern in ihrem Magen war wieder da. »Colin, was ist, wenn … wenn er mich nicht mag?«

Jo hatte das nicht fragen wollen, doch er lächelte sie zärtlich an. Er sprach leise: »Vertrau mir, Johanna: Dein Vater wird dich mögen. Ich mag dich ja auch.« Er beugte sich vor, strich ihr eine Haarsträhne hinters Ohr und sah sie mit leuchtenden Augen an. »Ich glaube, er wird dich geradezu anbeten.« Seine Stimme war kaum ein Flüstern, doch seine Worte ließen sie vor Freude erschauern. Dann ließ er sie widerstrebend los und stand auf. »Ich muss Kepler hereinlassen.«

Colin öffnete die Tür. George Petit stand auf dem Flur. Colins Überraschung wich rasch dem Ärger. »Was wollen Sie denn hier?«

»Ihnen auch einen guten Morgen, Leutnant. Wie ich sehe, sind Sie putzmunter, wie immer.«

»Gestern Abend wurde mein Kaffee ja auch nicht mit Schlafmittel versetzt.«

»Ah ja. Ich muss mich bei Ihnen entschuldigen. Wieder einmal.« Petit schüttelte den Kopf. »Ich habe nur Befehle befolgt.«

Und jede Minute genossen. »Noch einmal: Was wollen Sie hier?«

»Es gab eine kleine Änderung im Plan. Diese Grippe fordert immer mehr Opfer. Jetzt hat sie Kepler erwischt. Der Mann kann sich kaum noch auf den Füßen halten, deshalb nehme ich seine Stelle ein.«

Colin verzog den Mund. »Es liegt nicht vielleicht an etwas, das er getrunken hat?«

Petit lachte. »Wo so viel auf dem Spiel steht? Wofür halten Sie mich?« Sein Lächeln erlosch. »Wirklich, Sie kränken mich, Leutnant.«

Colin schnaubte. »Ich glaube kaum, dass ich Ihre Gefühle verletzen könnte, Petit.«

»Ah, Mrs Mabry, ich schwöre, in dem Kleid könnten Sie Odettes Zwillingsschwester sein.« Mit diesen Worten beendete Petit die Unterhaltung mit Colin und ging an ihm vorbei zu Johanna.

»Mr Petit.« Johannas steife Begrüßung erfüllte Colin mit Befriedigung. Offenbar war er nicht der Einzige, der diesen Mann und seine Tricks nicht leiden konnte.

Doch Petit schien nichts zu bemerken. Er griff breit lächelnd nach ihrer Hand. »Unten wartet ein Taxi. Es bringt uns zum Bahnhof. In etwa einer Stunde sind wir in Martorell. Dort endet die Eisenbahn. Für den Rest der Strecke müssen wir ein Auto nehmen.« Er sah auf die Uhr. »Wir sind spät dran. Wenn Sie bitte Ihren Hut und Schleier holen würden, damit wir gehen können.« An Colin gerichtet, bemerkte er nonchalant: »Wie in alten Zeiten.«

Colin lächelte nicht. Er sah zu, wie Johanna den kleinen schwarzen Hut aufsetzte und den gleichen dichten schwarzen Schleier zurechtzupfte, den die Schauspielerin getragen hatte. Dann schlug sie das dunkle Gewebe gerade weit genug zur Seite, dass sie sehen konnte, nahm das Tagebuch und ihr Portemonnaie und steckte beides in ihre Reisetasche, die auf dem Tisch stand.

Schließlich drehte sie sich zu Colin um. Er sah ihr blasses Gesicht und die scharfen Linien um ihren Mund.

»Das Taxi wartet, Leute.«

Colin ignorierte Petits Drängen. »Willst du es immer noch durchziehen, Johanna?«

»Moment mal …«

Colin hob die Hand, um den Amerikaner zum Schweigen zu bringen, und sah Johanna aufmerksam an.

Ihre Lippen teilten sich leicht, dann nickte sie. »Ja, ich bin bereit.«

Er lächelte ihr aufmunternd zu. »Ich bin die ganze Zeit bei dir.«

Petit atmete hörbar auf und öffnete die Tür. Colin und Johanna folgten ihm zum Aufzug. Unten wartete ein Taxi am Straßenrand.

Es war nur eine kurze Fahrt zum Bahnhof. Sie fuhren in südöstlicher Richtung zum Hafen, vorbei am Kolumbus-Denkmal, von dem der berühmte Entdecker, hoch oben auf einer Felsnadel stehend, aufs Meer hinaus deutete. Als sie den Hafen erreichten, bogen sie in nordöstlicher Richtung ab und fuhren ein Stück am Hafen entlang. Colin betrachtete aufmerksam das lebhafte Treiben: Lastwagen und Kräne, die Lasten zwischen den vertäuten Schiffen und den Hafengebäuden hin und her hievten. Er atmete die Salzluft ein, die durch das geöffnete Autofenster drang, und blickte auf den Kai und auf den Strand dahinter mit seinen Cafés und flachen Häuschen.

Dann waren sie am Bahnhof. Petit kaufte die Fahrkarten, zu dritt gingen sie auf den Bahnsteig. Die Waggons waren bereits überfüllt. Colin und Johanna ergatterten noch zwei Plätze nebeneinander, Petit saß auf der anderen Seite des Gangs. Er kramte in einem Rucksack, den er vor sich zwischen seine Füße gestellt hatte.

Colin drehte sich zu Johanna, die seine Hand genommen hatte. Er konnte kaum ihre Gesichtszüge hinter dem dichten Schleier erkennen, doch ihr fester Griff zeigte ihm, wie aufgeregt sie war. Er beugte sich zu ihr und erwiderte ihren Händedruck. »Es wird gut gehen. Vergiss nur nicht zu atmen.«

»Leichter gesagt als getan.«

Bei diesen Worten wurde ihm eng um die Brust. Er dachte an den ausgemachten Treffpunkt und den Kampf mit seinen eigenen Ängsten. In eine enge, dunkle Höhle hinunterzusteigen, war das Schrecklichste, was er sich im Moment vorstellen konnte.

Er sah erneut zu Petit hinüber. Der hatte die Augen geschlossen. Sein Kopf war nach hinten gegen die Lehne gesunken. Colin überlegte, ob Marcus wohl von der plötzlichen Änderung des Plans, Kepler betreffend, wusste. Es sah dem Amerikaner ähnlich, eine solche Überraschung aus dem Ärmel zu zaubern. Nachdem Colin bereits zweimal von ihm unter Drogen gesetzt worden war, würde er wachsam bleiben.

Er blickte an Petit vorbei aus dem Zugfenster auf die vorüberfliegende Landschaft, ein Sammelsurium an Stadtarchitektur, dann folgten Viertel mit bunten Apartmenthäusern. Schließlich wichen die Wohnhäuser Fabriken und Läden und ganz zum Schluss nackten Feldern.

Colin dachte an das bevorstehende Treffen mit Zero. Was für ein Mann mochte Johannas Vater sein? Er war überrascht gewesen, als Marcus ihn gestern eher gelobt als getadelt hatte, weil er sich allein auf die Suche nach Johanna gemacht und sie zur Mitarbeit bei ihrem Plan überredet hatte. Der Hauptmann war sogar Colins Neugier entgegengekommen und hatte ihm ein paar Fakten über Zero erzählt. Der Deutsche hatte sein ganzes Leben unerkannt in Frankreich verbracht, wollte jetzt aber das Land verlassen.

Zero umgab eine Aura von Täuschung und Gefahr, doch er hatte immerhin große Anstrengungen unternommen, um seine Tochter aus dem besetzten Frankreich herauszuholen. Und nach Johannas einziger Kindheitserinnerung an ihn hatte er auch seine andere

Tochter geliebt. Aber war er auch jetzt, nach allen Jahren, noch immer der liebevolle Vater? Colin und Johanna würden es bald erfahren.

Sie näherten sich dem Bahnhof von Martorell. Die weiten Täler, durch die sie in der letzten Stunde gefahren waren, wichen steil aufragenden grünen und braunen Hügeln. Dann hielt der Zug an, sie stiegen aus. Er und Johanna warteten im Bahnhofsgebäude. Petit kümmerte sich um einen Wagen.

Ein paar Minuten später waren sie wieder unterwegs. Petit fuhr. Die Straße nach Collbató verlief zwischen schroffen Felshängen, die zu beiden Seiten von ihnen aufstiegen und immer näher zusammenrückten, je höher sie kamen.

»Das lang gezogene Felsmassiv dort ist Montserrat.« Petit deutete auf einen Berg mit ungewöhnlich spitzen Graten und pinienbewachsenen Hängen. »Ganz oben auf dem Berg steht ein Kloster. Es ist über tausend Jahre alt.«

Johanna beugte sich vor. »Liegen die Höhlen unter dem Kloster?«

»Nein, sie sind auf dieser Seite des Bergs. In Collbató nehmen wir eine Serpentinenstraße, die zum Anfang eines Bergpfads führt. Dort lassen wir den Wagen stehen.«

Eine Stunde später erreichten sie den Parkplatz hoch oben über der Stadt. Colin blickte zu dem steilen grauen Felsen auf und überlegte, wie weit sie wohl klettern mussten, um zu den Höhlen zu gelangen.

Petit hielt neben einem anderen dunklen Wagen an und stellte den Motor ab. »Der Eingang zu den Höhlen liegt einen guten Kilometer von hier entfernt. Der Weg ist teilweise recht steil, aber nicht allzu anstrengend, hoffe ich.« Er lächelte Johanna an.

»Ja, Colin hat es erwähnt.« Sie starrte auf ihre Schuhe. »Solange meine Füße mitmachen, ist es gut. Schade, dass ich meine Stiefel nicht mitgenommen habe.«

Colin lächelte. »Wir nehmen uns so viel Zeit, wie wir brauchen. Nicht wahr, Petit?«

Der Amerikaner nickte. »Wir haben noch eine Stunde. Das Auto neben uns gehört Hauptmann Weatherford. Er müsste eigentlich schon oben bei Mrs Mabrys Vater sein.«

Colin warf Johanna, die neben ihm saß und die Reisetasche gegen ihre Brust drückte, einen Blick zu. Wieder konnte er ihre Angst nachempfinden: Nach gut einem Kilometer würde er in den Stoff hinabsteigen müssen, aus dem seine Albträume waren: in ein tiefes, dunkles, erstickendes unterirdisches Loch.

Er öffnete die Autotür und half ihr beim Aussteigen. Johanna wandte sich an Petit: »Muss ich bei dem Aufstieg unbedingt den Schleier tragen, Mr Petit? Ich wäre sehr viel schneller, wenn ich etwas erkennen würde.«

Er hob den Blick und schaute zu den Kalksteinwänden über ihnen hinauf. »Ich sehe niemanden, aber wenn es ginge, wäre ich Ihnen dankbar, wenn Sie ihn unten ließen. Nur falls Zero ein Fernglas hat, mit dem er uns beobachtet.«

»Gut.«

Sie gingen los. Colin nahm ihren Arm. »Halte dich an mir fest. Ich bringe dich hinauf.«

Sie folgten Petit auf einem gut sichtbaren Trampelpfad nach oben. Die Luft war kühl, doch Colin wurde beim Aufstieg rasch warm, ja ihm brach sogar der Schweiß aus. Johanna in dem schweren schwarzen Kleid ging es wahrscheinlich noch schlechter.

Nach fünfzehn Minuten keuchte Petit. Er blieb stehen und holte eine Wasserflasche aus seinem Rucksack. Als er sie Johanna hinstreckte, ging Colin dazwischen. »Sie zuerst.«

Petit blinzelte in die Sonne, grinste, öffnete die Flasche und nahm einen großen Schluck. Dann reichte er sie Colin, der sie an Johanna weitergab.

»Danke.« Sie legte ihre Tasche ab, öffnete die Flasche und hob sie unter den Schleier, um ihren Durst zu stillen.

Als sie fertig war, bot sie Colin die Flasche an. Er starrte sie zögernd an.

»Und? Bist du denn nicht durstig?«

Colin biss die Zähne zusammen und nahm die Flasche. Dann

schloss er die Augen, legte den Kopf zurück und trank. Selbstkasteiung brachte einen Menschen nicht aus dem Grab zurück. Richards hatte ihm, warum auch immer, in dem Tunnel das Leben gerettet und Colin war es ihm schuldig, Frieden mit seinem Geschenk zu schließen.

Er verschloss die Flasche, dann setzten die drei ihre Wanderung fort. Unterwegs blieben sie noch zweimal stehen, damit Petit verschnaufen konnte. Colin und Johanna genossen derweil die Aussicht auf die bewaldeten Felsen und das grüne Tal dahinter.

Schließlich standen sie vor dem Eingang der Höhlen, an dem sich eine schlichte, in den Fels eingelassene Holztür befand. Colin sog scharf die Luft ein. Über der Tür hing ein großes Metallschild: *Coves de Sant Sever.*

Er fragte sich, wie groß die Höhle wohl sein mochte. Als sie zur Tür traten, entdeckte er ein weiteres Schild, auf dem auf Französisch und Spanisch geschrieben stand: *Steinschlag. Bis auf Weiteres geschlossen.*

»Wir gehen da nicht rein.« Colin zog Johanna zurück und starrte Petit an.

»Immer mit der Ruhe, Leutnant.« Er deutete auf das Schild. »Dieses Kunstwerk stammt von mir. Ich war gestern hier und habe es aufgestellt, damit wir während unseres Treffens von Wanderern verschont bleiben. Glauben Sie mir, es besteht kein Grund zur Sorge.« Petit ließ den Rucksack von der Schulter gleiten, griff hinein und holte eine Scheibe heraus, an der eine Schlinge befestigt war.

»Was ist das, Mr Petit?«

»Eine Lampe.« Er streckte sie Johanna hin. »Die Deutschen bezeichnen sie als Dynamo, sie benutzen sie im Feld. Man legt sich die Schnur um den Hals und trägt die Scheibe auf Brusthöhe. So.« Er nahm seinen Hut ab, schlüpfte mit dem Kopf durch die Schlinge und zeigte ihnen, wie man die Lampe an- und ausmachte, indem man an einer kleinen, unter der Scheibe angebrachten Kette zog, was eine kleine Glühbirne in der Mitte der Scheibe aufleuchten ließ. Colin kannte dieses Gerät bereits. Petit holte zwei weitere Lampen aus seinem Rucksack und gab sie ihnen. »So haben Sie die Hände frei, Leutnant.«

Colin nahm die Lampe entgegen und dankte Petit mit einem knappen Nicken.

»Gern geschehen.« Petit lächelte mit amüsierter Befriedigung. »G-2 hat die Lampen von Kriegsgefangenen konfisziert.«

Colin, dessen Nerven inzwischen zum Zerreißen gespannt waren, reagierte nicht darauf, doch er war erleichtert, wenigstens seine Hand und den Haken frei zu haben.

Dann öffnete Petit die Holztür. »Wollen wir?«

Colins Haut prickelte. Johanna hob ihre Tasche auf und drehte sich zu ihm um. »Colin, bist du bereit?«

Er traute seiner Stimme nicht und nickte nur. Petit hielt ihnen die Tür auf. Johanna ging als Erste hinein, er folgte ihr.

Colin griff nach der offenen Tür und sah den Lichtstrahlen der beiden Lampen nach, die seinem Blick langsam entschwanden. Seine Füße schienen wie festgeschmiedet, sein Kopf suchte verzweifelt nach den Worten des Psalms, die er damals im Tunnel tagelang gesprochen hatte: *Ich liebe den Herrn, denn er hört, wenn ich rufe.*

»Lieber Gott, bitte hilf mir«, stöhnte er und zwang sich, ins Nichts vor sich zu treten.

27

Barcelona, Spanien

Odette saß am Toilettentisch in ihrem Hotelzimmer und bürstete sich das Haar. Es war erst neun Uhr morgens, doch da sie Johanna Reyer geholfen hatte, die Trauerkleidung anzulegen, und sich dann noch um Kepler in seinem hilflosen Zustand hatte kümmern müssen, blieb ihr nicht viel Zeit, sich frisch zu machen.

Sie strich noch ein paarmal mit der Bürste über ihr Haar und dachte dabei an die junge Frau, die nun bald ihren Vater treffen würde. Odette wusste, dass Johanna ihn, seit sie ein Kind war, nicht mehr gesehen hatte, und hoffte um ihretwillen, dass es eine glückliche Begegnung werden würde.

Odette fand es wichtig, dass eine Tochter solche kostbaren Erinnerungen an ihren Vater hatte. Sie selbst hatte die Zeit, die sie mit ihrem Vater, einem Souschef in Paris, verbracht hatte, immer genossen. Es waren glückliche Stunden gewesen. Beide hatten sie das Kochen und das Kartenspiel geliebt.

Sie lächelte in den Spiegel, während sie daran dachte, wie oft sie und ihr Vater bis zum Morgengrauen Pikett gespielt und dabei versucht hatten, sich gegenseitig zu übertrumpfen. Auch Johanna hatte solche Erinnerungen verdient.

Sie legte die Bürste hin und griff nach dem Döschen mit dem losen Gesichtspuder. Mit der kleinen fedrigen Quaste tupfte sie sich vorsichtig die Feuchtigkeit von der Stirn und glich die Farbe um Nase und Kinn aus. Sie achtete sorgfältig darauf, jeden Abend Cold

Cream zu benutzen, doch mit dem Puder war sie ein wenig nachlässig geworden, weil sie ohnehin meistens den Schleier getragen hatte. Aber jetzt würde sich das wieder ändern. Wieder lächelte sie ihr Spiegelbild an und drehte den Kopf von einer Seite auf die andere, zufrieden mit dem, was sie sah. Gott sei Dank war sie den Schleier los, den sie die letzten drei Monate fast ununterbrochen hatte tragen müssen. Die dicht verschleierten Frauen des Mittleren Ostens, deren Bilder sie in Zeitschriften gesehen hatte, konnten einem wirklich leidtun!

Als sie daran dachte, dass sie früher über ihr starkes Bühnenmake-up geklagt hatte, schüttelte sie den Kopf. Sie vermisste die Schauspielerei sehr und freute sich darauf, auf die Bühne zurückzukehren, wo sie jetzt, wie ihr *Amoureux* ihr versprochen hatte, zum Star aufsteigen würde. Er hatte ihr gesagt, dass sie leben würden, wo immer sie wollte. Mexico City, New York, sogar Buenos Aires hatte er vorgeschlagen. Er würde ihr schenken, was immer sie sich wünschte, und sie wusste, dass sie für das Theater bestimmt war.

Sie schloss die Puderdose, griff nach dem Fläschchen mit dem Fliederwasser und tupfte sich ein paar Tropfen hinter die Ohren. Plötzlich ließ ein schwerer Schlag gegen die Wand den Spiegel erzittern. Sie hielt inne und lauschte. Ein weiterer Schlag traf die Wand, diesmal noch härter. Die Schläge kamen aus Keplers Zimmer neben dem ihren.

Er hatte geschlafen, als sie vorhin nach ihm gesehen hatte, und sie hatte extra nachgesehen, ob das Bitte-nicht-stören-Schild am Türknauf hing. Hoffentlich war ihm nicht weiteres Missgeschick widerfahren.

Wieder ließ ein schwerer Schlag den Spiegel erzittern. Sie stand auf. Er schien um sich zu schlagen. Sie konnte nicht zulassen, dass er sich verletzte. Sie trug ihren Morgenmantel über ihren Kleidern und fasste rasch in beide Taschen. Da war der Schlüssel. Sie ging zur Verbindungstür, zog den Riegel zurück und schloss die Tür zu seinem Zimmer auf.

Er lag wach auf dem Bett und keuchte vor Anstrengung. »Miss Tremblay, Gott sei Dank! Helfen Sie mir! Ich habe den Zug verpasst!«

Sie blieb stehen, die Hände in den Taschen, und starrte ihn an. Er lag mit dem Gesicht nach unten, noch immer in seiner verknitterten Kleidung vom Vorabend. Seine Arme und Beine waren nach hinten gefesselt. Er war verschnürt wie die gebratenen Kapaune ihres Vaters. »Haben Sie Schmerzen, Hauptmann?«

»Was glauben Sie denn?« Er starrte sie an, dann schloss er die Augen und stöhnte. »Verdammt, mein Kopf fühlt sich an wie von einer Granate getroffen.« Wieder kämpfte er mit seinen Fesseln, sodass das Betthaupt noch stärker als die beiden anderen Male gegen die Wand krachte. »Was stehen Sie da herum? Ich muss den Leutnant und Miss Reyer finden und zu dem Treffen gehen!«

Odette hörte die Bedrängnis in seiner rauen Stimme. »Bitte, mühen Sie sich nicht ab, Monsieur. Sie tun sich nur weh. Ich kann diese Knoten nicht lösen.«

»In der Schublade ist ein Taschenmesser.« Er deutete mit dem Kinn auf das Nachttischchen. »Sie können das Seil durchschneiden.«

Odette trat zum Bett, zog die Nachttischschublade auf und spähte hinein.

»Könnten Sie sich vielleicht ein bisschen beeilen?« Er fluchte. »Das ist Petits Werk. Ich weiß es! Ich habe ihn überprüft. Ein Spieler aus Texas. Ha! Er hat die Seiltricks bestimmt beim Viehtreiben gelernt.«

Sie drehte sich zu ihm um, schockiert von seiner Bemerkung. »Sie glauben, Monsieur Petit hätte Ihnen das angetan?«

»Wer sonst?« Wieder kämpfte er mit den Knoten, bis er vor Erschöpfung keuchte. »Odette, bitte … das Messer!«

»Ich muss darauf bestehen, dass Sie still liegen, Monsieur.« Sie schloss die Schublade und drehte sich zu ihm. »Ich werde die Seile nicht durchschneiden.«

»Was?« Er verdrehte den Hals, um sie anzusehen. »Warum nicht?«

»Hm – warum eigentlich nicht?« Sie holte die kleine .41er Derringer aus der Tasche ihres Morgenmantels, ein Geschenk ihres *Amoureux*. »Weil ich diejenige war, die sich die Mühe gemacht hat, Sie damit zu fesseln.«

28

Coves de Sant Sever, Spanien

Hinter dem dünnen Lichtstrahl des Dynamos her ging Colin tiefer in die Höhle hinein. Er hielt sich dicht hinter Johanna und streckte den Arm aus, um sie zu halten, als sie stolperte und beinahe gefallen wäre.

»Dieser verflixte Schleier!« Sie blieb stehen und schlug das dunkle Tuch zurück. »Hier im Dunkeln kann mein Vater uns ohnehin nicht sehen. Ich muss wissen, wo ich hintrete.«

Colin überlegte, ob ein solcher Schleier für ihn vielleicht eher ein Segen als ein Fluch wäre, so ähnlich wie Scheuklappen für Pferde. So würde er die finsteren Nischen und engen Felsspalten nicht sehen, die seinen Puls rasen ließen und ihm das Atmen schwer machten.

»Wie geht's da hinten?«, rief Petit, der jetzt ein paar Meter vor ihnen ging.

Colin starrte Johanna an.

Sie stieß die Luft aus. »Ich bin bereit.«

»Wir sind auf dem Weg.« Er hatte seine Lippen auseinandergezwungen, um die Antwort zu rufen. Johanna, die jetzt besser sehen konnte, ging schneller. Colin folgte ihr verbissen.

Er sah stur geradeaus und versuchte, sich auf den Weg zu konzentrieren. Als er einen Schritt beiseitetreten musste, um einer hervorstehenden Wand auszuweichen, traf der Lichtstrahl seiner Lampe auf Stalagmiten ein Stück weiter vorn. Die langen, drohenden Spitzen, die da aus dem Höhlenboden nach oben wuchsen, wirkten gefährlich.

Der Schweiß, der seine Kleidung durchnässt hatte, ließ ihn in der unterirdischen Kühle erschauern. Sein Herz hörte nicht auf, in wildem Stakkato zu hämmern. Petit hatte gesagt, Marcus und Zero seien schon am Treffpunkt. Colin fragte sich gequält, wie tief sie wohl noch in die Höhlen hineingehen mussten, bis sie sie endlich erreichten.

Ein paar Meter weiter verengte sich der Weg. »Halten Sie sich dicht an der Wand auf der rechten Seite.« Das war Petits Stimme. »Auf der linken Seite ist ein etwas höherer Sims, hinter dem es ganz schön tief runtergeht.«

Als wollte er sich überzeugen, dass der Amerikaner die Wahrheit sagte, blickte Colin über den Felsvorsprung und starrte in den Abgrund hinunter. Sein Puls schoss in schwindelnde Höhe. »Sei vorsichtig, Johanna.«

»Ich gebe mir Mühe.« Sie blieb stehen und drehte sich zu ihm um. »Komm, weiter.«

»Ja.« Er quetschte das Wort zwischen den Zähnen hervor und kämpfte dabei gegen eine Welle der Panik an. »Gehen wir weiter.«

Sie zögerte kurz, doch dann drehte sie sich um und ging dicht an der rechten Felswand entlang vorwärts. Colin tat es ihr nach. Immer wieder wischte er sich mit dem Ärmel den Schweiß aus dem Gesicht. Einzig und allein sein Bedürfnis, Johanna zu beschützen, hinderte ihn daran, sich umzudrehen und zurückzurennen.

Er ließ die Finger über die kalte Höhlenwand gleiten. Den Haken hielt er dicht an die Seite gepresst, bereit, ihn in den nächsten Felsvorsprung zu schlagen, falls er ausrutschen oder das Gleichgewicht verlieren und in den schwarzen Abgrund rutschen sollte. Sein Atem ging in kurzen, hastigen Stößen. *Denn du hast … meine Füße vor dem Ausgleiten bewahrt.*

Sie gingen tiefer in die Höhle hinein. Modergeruch stieg ihm in die Nase – Geruch nach alter Erde, gemischt mit dem tierischer Exkremente und, so kam es ihm vor, modernder Gebeine.

Er hielt seine Uhr in den Lichtstrahl und sah enttäuscht, dass erst zehn Minuten verstrichen waren. Anscheinend hatten sie kaum zweihundert Meter zurückgelegt. Er ging weiter, den Blick fest auf Johanna gerichtet, und versuchte, in den Versen der Psalmen Kraft zu finden. *Ich darf in der Nähe des Herrn sein, solange ich lebe!*

Plötzlich traf sie ein Lichtstrahl, sehr viel heller als ihre eigenen. Petit rief etwas, wahrscheinlich ein Codewort. Beim Klang von Hauptmann Weatherfords Stimme war Colins Erleichterung grenzenlos.

Noch ein paar Schritte und sie standen auf einer breiten und langen Felsplattform, wo zwei Männer in einem kleinen Teich natürlichen Lichts, das durch eine Öffnung in der Höhlendecke fiel, auf sie warteten.

Hinter der Plattform führten drei enge Öffnungen tiefer in die Höhlen hinein. Colins Atem ging etwas leichter, als er das Fleckchen Himmel über sich sah. Er trat zu Johanna, die den Schleier wieder heruntergeschlagen hatte.

Marcus' hohe Gestalt war leicht auszumachen, doch im Moment galt Colins Neugier vor allem dem Mann neben ihm. Er war kleiner als der Hauptmann und von drahtiger Gestalt. Er hatte einen dunklen Schnurrbart und intensivblaue Augen in einem sonnengebräunten, wettergegerbten Gesicht. Das musste Jacob Reyer alias Zero sein.

Johanna hielt sich dicht bei Colin. Er zog ihre behandschuhte Hand unter seinen Arm. Trotz seines Unbehagens, das immer stärker wurde, versuchte er, ihr Kraft zu geben. Der Mann neben Marcus hatte die Bewegung beobachtet. Zeros dunkelblaue Augen sahen ihn prüfend an.

»Leutnant«, grüßte Marcus ihn, dann warf er Petit einen stirnrunzelnden Blick zu. Colin sah es und verspannte sich augenblicklich. Hatte Petit Marcus etwa nicht über Keplers Erkrankung informiert?

Doch Marcus sagte nichts. Zero trat ein paar Schritte auf Johanna zu. Colin drückte leicht ihre Hand. Dies war ihr Moment.

»Tochter?«

Jo sah ihren Vater an. Ihr Herz raste. Sie war froh um das natürliche Licht über ihnen. Ihr Blick wanderte über seine athletische Gestalt, das kurze dunkle Haar, den dicken Schnurrbart und das Gesicht, in dem sie die Linien ihres eigenen wiedererkannte.

Unsicher ließ sie Colins Hand los und reichte ihm ihre Reisetasche. Dabei sog sie zittrig die Luft ein und sprach rasch ein stummes Gebet: *Herr, wenn du zuhörst, bitte mach, dass er mich liebt.*

Sie trat vor, ohne dass sie hätte sagen können, ob sie selbst zu ihrem Vater ging oder hingetragen wurde. Dann stand sie vor ihm. Er betrachtete sie von Kopf bis Fuß, schließlich blieb sein Blick an der Silberkette hängen.

Jo räusperte sich, um ihre Stimme wiederzufinden. »Papa?«

Schlagartig verfinsterte sich sein Gesicht. Er drehte sich um und warf dem großen Mann hinter ihm einen Blick zu. Dann wandte er sich wieder zu ihr, griff nach dem Ring an der Kette und zog mit einem scharfen Ruck daran. Die Kette riss. Jo keuchte auf.

»Nimm den Schleier ab.«

Jos Mut sank, als sie den harschen Ton hörte, so ganz anders als die freundliche Stimme, an die sie sich erinnerte. Sie wandte den Kopf zu dem großen Mann hinter ihm.

»Tun Sie, was er sagt.«

Mit zitternden Händen schlug sie langsam den dunklen Seidenschleier zurück und sah ihren Vater an. Seine Augen weiteten sich. Sie hob das Kinn und nahm den Hut ab, ohne auf ihr Haar zu achten, das ihr jetzt in weichen Wellen auf die Schultern fiel. Erst jetzt konnte sie ihn richtig sehen. Er kam ihr fremd vor. Sein wettergegerbtes Gesicht war gealtert und sichtbar gezeichnet von einem gefahrvollen Leben, dessen Linien sich in das glatte Gesicht, an das sie sich erinnerte, eingegraben hatten. Doch seine Augen waren so blau wie ihre. Im Moment blickten sie zornig.

»Sie haben mich angelogen, Marcus.«

Die grimmige Anschuldigung war an den Hauptmann gerichtet, doch sein Blick haftete auf ihr. »Warum tun Sie etwas so Dummes? Sie kennen doch die Konsequenzen, wenn Sie versuchen, mich zu täuschen.«

Jo sah Hauptmann Weatherford an, dessen Haar und Augen sich

dunkel von seinen wie versteinert wirkenden Gesichtszügen abhoben. »Ich habe nicht gelogen, Zero. Ich war in Toulouse, wie Sie verlangt haben. Und ich habe diese Frau als Ihre Tochter verifiziert.«

Ihr Vater lachte sarkastisch. »Dann haben die Amerikaner offenbar auch Sie hinters Licht geführt.« Sein Gesicht verzog sich zu einer bitteren Grimasse. »Diese Frau ist nicht meine Tochter. Sie ist nicht Jewel.«

»Sie haben recht, es ist nicht Jewel. Es ist ihre andere Tochter, Jacob. Es ist Johanna.«

»Johanna.« Einen Augenblick schien der Schock den Zorn auf dem Gesicht ihres Vaters auszulöschen. Er starrte sie einfach nur an. Dann plötzlich verhärtete sein Gesicht sich erneut und er wandte sich an den Hauptmann. »Kann sie es beweisen?«

Jo ließ den Kopf sinken. Angesichts seines kalten Tons stiegen ihr Tränen in die Augen. Das war nicht das Wiedersehen, von dem sie die ganze Zeit geträumt hatte und das sie sich immer wieder bis ins Detail ausgemalt hatte, um die Einsamkeit ihrer Kindheit und Jugend zu ertragen. So viele Jahre hatte sie die Erinnerung an ihren Vater wie einen Schatz gehütet.

Es war so lange her, dass er sie zum letzten Mal gesehen hatte. Jo war nicht mehr das kleine, scheue Kind, das sie in Kilcoole gewesen war. Doch sie hatte gehofft und gebetet, dass er sie hinter allen Veränderungen erkennen, dass er wenigstens ihre blauen Augen wiedererkennen würde. So wie sie seine Augen erkannte.

Sie hob den Kopf. Dabei fiel eine lose Haarsträhne über ihr Gesicht. Fast unbewusst zog sie einen Handschuh aus und wollte die Strähne hinters Ohr schieben, doch ihre Hand wurde mitten in der Luft abgefangen. Jo zuckte zusammen und sah ihren Vater erschrocken an. Er starrte auf den Silberring an ihrem Finger. Das blaue Saphirauge der Taube glitzerte im Licht.

»Woher haben Sie den?« Sein Adamsapfel hüpfte auf und ab. Er sah ihr abermals forschend ins Gesicht, dann zog er sie ein Stück nach vorn, unter die Öffnung in der Höhlendecke, sodass sie im vollen Tageslicht stand. »Antworten Sie.«

Seine Stimme hatte ihre Schärfe verloren, doch Jo fiel es schwer, Ruhe zu bewahren. »Du hast ihn mir gegeben. Du hast meine Handfläche geküsst und gesagt, dass du dir nichts mehr wünschst, als …«

»… dein Papa zu sein.« Bei ihren letzten Worten hatten sich die harten Züge gelöst. Seine blauen Augen schimmerten verdächtig. »Ich erinnere mich. Mein kleines Blaukehlchen, du bist es wirklich.«

Sie schluchzte erstickt auf. Ihr Vater zog sie in seine Arme und hielt sie fest. Jo weinte stille Tränen an seiner Schulter und er flüsterte ihr französische, deutsche und englische Kosenamen ins Ohr. Sie kostete den Trost seiner festen Umarmung aus und atmete tief seinen Duft nach Tabak und Bay-Rum-Rasierwasser ein und jenen Duft, der ganz einfach ihr Papa war. Irgendwann lockerte er seine Umarmung, ließ aber seine Hände auf ihren Schultern liegen.

»Ich verstehe das nicht. Warum bist du hier, Johanna? Aber ich freue mich so unendlich, dich nach all den Jahren wiederzusehen.« Er strich über ihre nasse Wange. »Du siehst deiner Mutter sehr ähnlich.« Dann schlug er sich vor den Kopf und sah sie erneut von Kopf bis Fuß an. »Wie konnte ich nicht gleich sehen, dass du meine Tochter bist?« Unter dem dichten Schnurrbart zeichnete sich ein Lächeln ab. »Du gleichst mir sehr viel stärker als deine Schwester Jewel.«

Er wandte sich an den Hauptmann, doch jetzt war wieder eine leichte Schärfe in seiner Stimme. »Wo ist meine andere Tochter, Marcus?«

Der Hauptmann nickte zu Petit hinüber. »Das kann unser amerikanischer Freund erklären.«

Jo wagte kaum zu atmen, als Petit ins Licht trat. Es war das erste Mal, dass sie ihn so ernst sah.

»Ihre andere Tochter, Sir …« Er trat unbehaglich von einem Fuß auf den anderen. »Es tut mir sehr leid, Ihnen sagen zu müssen, dass Jewel an den Komplikationen einer Lungenentzündung gestorben ist.«

Jo spürte, wie ihr Vater gegen sie sank, und straffte sich, um ihn zu stützen.

»Wann?« Seine Stimme klang rau.

Petit sah an ihnen vorbei auf Hauptmann Weatherford, dann wieder auf ihren Vater. »Im Dezember, Sir. Unser Mann, der als Hauptmann Kepler auftrat, holte sie aus Havrincourt heraus, bevor die Deutschen sie in die Hände bekamen, doch damals grassierte im Dorf die Grippe.« Er starrte auf den Boden. »Kepler hat sie nach Paris gebracht und wir haben ihr die besten Ärzte verschafft, aber … sie war schon zu schwach.«

Petit hob den Kopf und sah Jo und ihren Vater an. »Sie ist auf dem Père–Lachaise-Friedhof begraben.«

Jo wurde eng um die Brust, während sie zuhörte, wie Petit vom Tod ihrer Schwester erzählte. Die arme Jewel war der Freiheit so nah gewesen, doch sie hatte sie nicht mehr erleben dürfen. Sie drehte sich zu Colin um und sah, dass Petits Worte auch ihn schwer trafen. Ihre Schwester war ihm sehr wichtig gewesen. Jo konnte nachvollziehen, wie ihm Jewels tragisches Schicksal naheging.

»Und dieser Ring?« Ihr Vater stand jetzt wieder aufrecht neben ihr. Er warf den Silberring, den er Jo vom Hals gerissen hatte, in Petits Richtung. »Dachten Sie, mich täuschen zu können, indem Sie ihn Johanna tragen ließen?«

»Nein.« Petit sah Colin an, dann Jo, und leckte sich über die Lippen. »Wir brauchten das Schwarze Buch und fürchteten, dass Sie, wenn wir Ihnen vom Tod Ihrer Tochter erzählten, den Deal platzen lassen würden.«

Jo sah, wie die Gesichtszüge ihres Vaters sich erneut verhärteten, während Petit ihm von Odette erzählte und erklärte, wie die Amerikaner ihn mit einer List zur Übergabe des Schwarzen Buchs bringen wollten.

»Glauben Sie, ich bin blind?«, schnaubte ihr Vater und trat einen Schritt auf Petit zu. »Wie genau wollten Sie in den Besitz des Buchs gelangen?«

Petit erklärte den Plan von G-2, ihm das Buch abzunehmen, wenn er es aus seinem Versteck holte – bevor er die Wahrheit über ihre Schwester erfuhr.

»Sie hätten natürlich trotzdem Ihre Amnestie erhalten.« Petit verzog das Gesicht. »Aber Sie sind ein verschlagener alter Fuchs, der nicht so leicht zu fassen ist.«

»Also haben Sie sich auf die Suche nach meiner anderen Tochter gemacht, in der Hoffnung, auf diese Weise trotzdem noch mit mir ins Geschäft zu kommen?«

»Ehrlich gesagt, hat sie uns gefunden.« Petit sah sie an. »Anscheinend war sie bereits auf der Suche nach Ihnen. Wir haben nur ein wenig nachgeholfen.«

Ihr Vater sah sie mit gerunzelten Brauen an. »Wo ist Moira?«

»Sie starb, Papa, vor zwei Jahren.« Jo zögerte. »Sie hat gesagt, ich solle nach Frankreich gehen und dich suchen.«

Er sah sie reuevoll an. »Und du warst die ganze Zeit allein?«

Als sie nickte, legte er ihr sanft die Hand auf die Schulter, dann wandte er sich an Hauptmann Weatherford. »Wussten Sie das, als wir uns in Barcelona trafen?«

»Ich habe es erst in Toulouse erfahren.« Der Hauptmann rieb sich den Nacken. »Ich habe Sie nicht angelogen, Zero, ich habe nur etwas weggelassen.«

»Ich habe Ihnen vertraut.«

Der Hauptmann richtete sich auf und machte ein finsteres Gesicht. »Das weiß ich. Die Sache mit Ihrer Tochter tut mir sehr leid, aber wir können Sie ihnen nicht zurückgeben und das Buch ist sehr wichtig für uns. Wenn es uns gelingt, es dem Zugriff des Kaisers zu entziehen, könnte das das Leben zahlloser Menschen auf beiden Seiten der Frontlinie retten.«

Er trat einen Schritt auf ihren Vater zu. »Sie, mein Freund, haben noch immer die Chance, das Richtige zu tun, und Sie haben eine Tochter, die Sie liebt und Sie braucht.« Dann blickte er zu Petit hinüber. »G-2 bietet Ihnen Amnestie an. Übergeben Sie uns das Schwarze Buch?«

»Papa?«

Jo sah ihn ängstlich an. Sie wusste, dass dieses Buch für ihren Vater die Freiheit bedeutete. Er erwiderte ihren Blick, dann strich er ihr traurig mit dem Handrücken über die Wange. »Ich wünschte, ich könnte es, Marcus.« Er wandte sich an den Hauptmann. »Aber ich habe es nicht.«

Der Hauptmann kniff die Augen zusammen. »Wer führt jetzt wen hinters Licht, Zero?«

»Es ist kein Trick.« Er seufzte. »Sehen Sie, ich wollte meine Tochter Jewel aus Havrincourt herausholen. Bevor ich in den Krieg zog, gab ich ihr ein Buch. Ein Tagebuch. Ich bat sie, ihr Leben während des Krieges aufzuschreiben, während ich fort war, damit sie es mir eines Tages vorlesen könnte.«

»Was hat das mit dem Schwarzen Buch zu tun?« Petit war laut geworden. Er klang ungeduldig. Ihr Vater ignorierte ihn und sah wieder den Hauptmann an. »Marcus, erinnern Sie sich an das Merkmal eines guten Spions?«

»Dass er sich vor aller Augen versteckt.« Plötzlich schien er zu begreifen. »Sie meinen …«

»Jewel hatte das Schwarze Buch. Die ganze Zeit. Ich war fest überzeugt, dass sie es mitbringen würde, wenn die Amerikaner sie zu mir führen.« Wieder war der noch so neue Kummer ihm deutlich anzumerken. »Aber sie ist tot und ich habe keine Ahnung, wo sich das Buch befinden könnte.«

Jo sah ihren Vater mit großen Augen an. »Ich habe es, Papa. Ich habe ihr Tagebuch.«

Er fragte ungläubig: »Wo … hast du es gefunden?«

»In Havrincourt. Ich ging in das Dorf, nachdem die deutsche Armee sich zurückgezogen hatte. Ich hoffte, ein Foto von dir zu finden oder deine Pfeife oder irgendetwas anderes, noch eine Erinnerung außer dem Ring.« Sie ließ den Kopf sinken. »Aber es war alles zerstört. Dann sah ich einen Jungen in den Überresten der Scheune stehen. Er versuchte, eine Bodentür zu öffnen.«

»Der Keller.« Ihr Vater sah sie staunend an.

»Ich half ihm. Dann stiegen wir beide hinunter. Er sammelte ein, was noch an Lebensmitteln vorhanden war, ich schaute mich um und fand Jewels Tagebuch.«

Sie schüttelte den Kopf. »Aber ich weiß nicht genau, was du meinst, Papa. Ich habe es gelesen. Es enthält nichts Verdächtiges, nur das, was sie aufgeschrieben hat.«

Er wirkte plötzlich hoffnungsvoll. »Du konntest auch nichts sehen, Johanna, weil ich die Geheiminformationen auf das Format eines Mikrofilms reduziert habe. Der Film ist im Buch versteckt. Deine Schwester wusste nicht, dass er da ist. Hast du es bei dir?«

Jo nickte und wandte sich an Colin, der Petit die ganze Zeit aufmerksam im Blick behalten hatte. Er sah ihren Vater und den Hauptmann an, dann wieder sie. Schließlich lächelte er verkrampft. Sie wunderte sich, doch sie streckte die Hand aus. »Gibst du es mir?« Er trat vor. Jo streckte die Hand nach der Tasche aus.

Der heftige Schlag schleuderte sie aus dem Weg, die Tasche wurde ihr entrissen. Jo hörte Colin aufschreien. Sie starrte Petit an. Er hielt die Tasche in der linken Hand, in der Rechten hatte er einen Revolver, der auf ihr Gesicht gerichtet war. »Ganz ruhig oder Zero verliert auch seine zweite Tochter. Es liegt bei Ihnen, Miss Reyer.«

Er machte eine Bewegung mit der Waffe, zeigte ihr, wo sie sich hinstellen sollte. Sie rappelte sich auf, er drückte ihr die Tasche in die Hand, dann legte er von hinten einen Arm um sie und ging mit ihr zusammen rückwärts auf eine der drei engen Höhlenöffnungen zu. »Wir nehmen den rechten Weg.« Er hielt ihr den Revolver an den Hinterkopf. »Wenn uns jemand folgt, schieße ich.«

Ein paar Sekunden lang standen Colin und die beiden anderen Männer wie erstarrt. Petit zerrte Johanna mit angelegtem Revolver in den engen Gang hinein.

Als sie verschwunden waren, zog Colin seinen Colt und wollte hinterher.

»Warten Sie, Leutnant. Was wollen Sie unternehmen? Er sagte, er würde sie töten.« Zero starrte ihn an, sein Gesicht war aschfahl.

»Ich hole sie zurück.« Colin erwiderte seinen Blick. Wut und die

Angst um Johanna ließen ihn alles andere vergessen. Er hatte Lacourt gesagt, er würde sie mit seinem Leben schützen. Er würde sein Wort halten.

»Ich gehe mit Ihnen.«

Colin sah Marcus an. Der Zorn, den er in seinem Gesicht sah, erschreckte ihn beinahe.

»Zero, Sie bleiben hier, falls Petit Freunde hat, von denen wir nichts wissen«, sagte Marcus. »Wir bringen Ihnen Ihre Tochter zurück. Sie braucht Sie.«

Der drahtige Mann nickte. In seinen Augen stand ein seltsames Glimmen, als er einen Revolver unter seinem Mantel hervorholte. »Holen Sie sie, Marcus.« Er sah Colin an. »Sie beide.«

Colin knipste seine Lampe an und ging voraus, durch die enge Öffnung, in der Petit und Johanna verschwunden waren. Marcus folgte ihm. Er hatte ebenfalls eine Lampe.

Den Colt in der Hand, schritt Colin tastend über den unebenen Boden tiefer in die Höhle hinein. Schwärze umgab ihn, stickige Luft, die nach Moder und Exkrementen roch, drang ihm in die Nase. Das Adrenalin ließ sein Herz rasen. Er betete, dass Petit Johanna nicht einfach aus Verzweiflung tötete, weil er sich in die Enge getrieben sah.

Ein Stück vor ihm flackerte ein Licht, reflektiert von einer Ansammlung von Stalaktiten, Kalksteinzähnen, die wie Dolche von der Decke herunterhingen.

»Geben Sie auf, Petit, um Ihrer selbst willen. Sie kommen hier nicht raus!« Das war Marcus, der hinter Colin ging. Seine Stimme hallte in der Höhle wider. Gleich darauf ertönte ein ohrenbetäubendes Gekreisch und plötzlich flatterten Tausende von Fledermäusen von der Höhlendecke herunter, direkt auf Colins Taschenlampe zu. Er warf sich zu Boden, um ihnen auszuweichen, und entkam so um Haaresbreite einer Kugel, die an seinem Kopf vorbeipfiff.

Hinter sich vernahm er einen erstickten Fluch. Er drehte sich um. »Hauptmann, sind Sie verletzt?«

»Mein Bein.« Im Licht seiner Lampe sah Colin, dass Marcus an der Wand lehnte, das Gesicht vor Schmerz verzerrt. Aus der Mitte seines rechten Oberschenkels lief Blut an seinem Bein herunter.

Noch ein Schuss. Colin warf sich auf den Hauptmann und riss ihn mit sich zu Boden. Hinter der Stelle, an der Marcus soeben noch gestanden hatte, war ein Loch im Kalkstein. Winzige Felsstückchen regneten auf sie herunter.

Als der Staub sich gelegt hatte, rollte Colin sich von dem Hauptmann herunter. Er wollte ihm aufhelfen, doch Marcus grunzte vor Schmerz. »Sie müssen ihnen allein folgen.« Er sprach durch zusammengebissene Zähne, sein Atem kam schwer. »Ich weiß, wie viel Ihnen an ihr liegt, Leutnant, aber der Auftrag … ist wichtiger. Holen Sie unter allen Umständen das Buch.«

Colin legte seine Waffe auf den Boden, nahm seine Halsbinde ab, bückte sich und gab sie Marcus. »Für Ihr Bein, Sir.«

Dann hob er seinen Colt wieder auf und ging weiter. Seine Schultern streiften am Fels. Der Gang wurde mit jedem Schritt schmaler. Schweiß lief ihm übers Gesicht, doch er zwang sich weiterzugehen und kämpfte dabei unablässig gegen die Panik an, die ihm die Brust zuschnürte.

Mit einem Mal stand er auf einem Felsvorsprung. Er suchte mit der Lampe nach einem Weg, den er einschlagen konnte, doch er sah nichts als Kalksteinwände und unüberwindliche Stalagmiten. Der Schweiß brannte ihm in den Augen. Sein Atem ging schwer. *Johanna!*

Dann biss er die Zähne zusammen und presste sich seitlich durch eine schmale Öffnung zu seiner Linken. Auf halbem Weg blieb er stecken. Er begann zu hyperventilieren. Er war gefangen.

Colins Albtraum wurde wahr. Er schlug um sich, kämpfte gegen den Fels, der ihn einschloss. In seinem Kopf lauerte die Panik. Er schloss die Augen, versuchte, sich auf den Psalm zu konzentrieren, den er gebetet hatte, als er im Tunnel war. *Ich war schwach, doch er hat mich gerettet.*

Mit einem erstickten Schrei schlug er blindlings mit dem Haken in den Fels. *Oh Gott, hilf mir.* Der gebogene Stahl verhakte sich in der Felswand. Unter Einsatz seiner ganzen Kraft zog Colin sich durch die Öffnung.

Nach Luft schnappend stützte er sich gegen die Wand und versuchte, erst einmal wieder zu Atem zu kommen. Dann richtete er sich auf und sah, dass er sich in einer weiteren Kammer befand. Er tastete sich voran. Plötzlich sah er ein Licht an der Wand vor ihm.

Noch ein zweites Licht wurde sichtbar. Er seufzte erleichtert auf. Johanna!

»Petit, lassen Sie sie gehen – Sie brauchen sie nicht mehr.«

»Colin!«

Schweigend lauschte er auf ihre Stimme. War sie verletzt? »Lassen Sie sie frei, Petit!«, rief er abermals. »Dann geht es nur noch um Sie und mich und das Buch.«

Die Lichter vor ihm bewegten sich nicht mehr.

»Das ist nur fair«, drang Petits Stimme aus einiger Entfernung zu ihm. »Bringen Sie sie zu ihrem Vater.«

Das eine Licht begann, sich wieder zu bewegen. Colin trat vor, in einen etwas weiteren Durchgang hinein, der innerhalb des Bergs nach oben führte. Er ging um eine Ecke und stand vor Johanna. Das Herz klopfte ihm bis zum Hals. »Johanna, hier herüber.«

Halb rannte sie, halb stolperte sie ihm entgegen. Dann war sie bei ihm, warf ihm die Arme um den Hals. »Oh Colin, als er geschossen hat, dachte ich, du seist tot.« Ihre Stimme klang erstickt. Sie hatte den Kopf fest an seine Schulter gedrückt. Er zog sie an sich, fand neue Kraft in ihrer warmen Gegenwart. »Es geht mir gut, mein Liebling, aber Marcus hat eine Kugel im Bein.« Er schob sie leicht zurück und schaute sie im Strahl seiner Taschenlampe an. »Kannst du zu deinem Vater zurückgehen oder bleibst du in der Felsspalte stecken?«

»Nein, ich konnte durchschlüpfen.«

Colin starrte auf ihre schweren Röcke und wunderte sich, dass es ihm so schwergefallen war. »Es gibt keine anderen Ausgänge, du kannst dich also nicht verlaufen.«

»Ich übernehme sie.«

Beide drehten sich um. Hinter ihnen stand ihr Vater, eine Taschenlampe in der Hand. »Ich habe Schüsse gehört und wollte nicht tatenlos bleiben, während meine Tochter vielleicht verletzt wird oder Schlimmeres.«

»Papa!«

Johanna ging zu ihm. Er schloss sie in die Arme. »Bist du verletzt, Kind?«

»Nein, es geht mir gut, wirklich.«

»Ihr beide solltet jetzt gehen.« Colin sah sie an. »Ich muss das Buch holen.«

»Nein, du musst mit uns kommen.« Johanna drehte sich um und blinzelte ins Licht.

»Ich muss es tun, Johanna. Das weißt du.«

Sie sah ihn noch einen Moment an, dann kam sie zu ihm. »Ich weiß. Gott sei mit dir, Colin Mabry.« Sie legte die Hand an seine Wange, stellte sich auf die Zehenspitzen und küsste ihn zart. »Pass auf dich auf.«

Sie und ihr Vater zogen sich zurück. Johanna warf Colin einen letzten Blick zu, dann war sie verschwunden.

Er nahm seine Jagd nach Petit wieder auf. Nach ein paar Metern sah er wieder das Licht vor sich. »Geben Sie auf, Petit. Sie schaffen es nicht.«

Das Licht blieb stehen. »Ich dachte, ich sei Sie losgeworden, Leutnant!«

»Sie kommen hier nicht raus!«

»Es gibt immer einen Ausweg, mein Junge.«

Colin erinnerte sich an die entsetzlichen Tage im Tunnel in Passchendaele. »Manchmal braucht man dazu aber ein Wunder.«

»Wer braucht schon ein Wunder? Ich sagte Ihnen doch, ich war gestern hier, um das Schild aufzustellen. Dabei habe ich ein wenig die Gegend erkundet. Ich bin in San Antonio aufgewachsen. Ich kenne mich mit Höhlen aus.«

»Wir sind hier nicht in Texas, Petit. Ergeben Sie sich, jetzt ist noch Zeit.«

»Oder was? Oder Sie erschießen mich?«

»Führen Sie mich nicht in Versuchung«, knurrte Colin, während er dem Licht von Petits Lampe folgte, das sich weiter vorwärts bewegte. Auf dem Boden der Höhle, zwischen den Stalagmiten, sah er plötzlich verräterische Koddeln. Er richtete seine Lampe nach oben und schauderte beim Anblick der Cluster winziger, dunkler Körper unter der Decke. Noch mehr Fledermäuse.

Der Weg führte in eine weitere kleine Höhle. Zerbrochene Töpferwaren und eine halb verfaulte Strohmatte, die Überreste einer Klause lagen dort herum.

Plötzlich entdeckte er einen Flecken blauen Himmels. Überrascht starrte er auf ein Loch im Fels zu seiner Rechten, das hinaus ins Freie führte. Es besaß einen Holzrahmen und Lederangeln – offenbar hatte sich hier einst eine Tür befunden.

Erleichtert ging er auf die Öffnung zu, den Colt im Anschlag, und schob sich hinaus ins Freie. Draußen sah er sich blitzschnell nach Petit um, doch im selben Moment keuchte er auf und presste sich mit dem Rücken an die Felswand. Er stand auf einem schmalen Grat, neben dem es Hunderte Meter steil in die Tiefe ging, bis ganz nach unten ins Tal.

»Ich muss schon sagen, Leutnant, Sie sind verbissen wie eine Zecke.«

Colin drehte den Kopf. Petit stand einen knappen Meter entfernt, auf einem schmalen Wildpfad, der den Berg hinunter führte. Mit der rechten Hand hielt er die Pistole auf Colin gerichtet, in der anderen hatte er Johannas Tasche.

»Ich finde es wirklich bewundernswert, wie Sie sich durch die Höhle gekämpft haben.« Petit verzog den Mund zu einem schiefen Lächeln.

»Und jetzt, Petit? Erschießen Sie mich jetzt?«

»Wenn es sein muss.« Seine Finger schlossen sich um den Abzug. »Werfen Sie den Colt herüber, ganz lieb und langsam.«

Colin straffte sich und richtete den Lauf des Colts nach unten.

Sein Blick heftete sich auf die Tasche mit dem Tagebuch. »Das kann ich nicht, Petit. Ich brauche das Buch.«

Petit spannte den Abzug. »Wissen Sie, auch wenn Sie es nicht glauben, ich habe angefangen Sie zu mögen. Ich möchte wirklich nicht auf Sie schießen.«

»Wenn eine Freundschaft aufbauen für Sie bedeutet, den anderen unter Drogen zu setzen, dann verschonen Sie mich damit.«

Petit lachte leise. »Ich habe Ihnen doch gesagt, dass das zum Job gehört.« Dann wurde er wieder ernst. »Jetzt lassen Sie die Waffe fallen.«

Zähneknirschend warf Colin seinen Colt in den Abgrund.

»Sehen Sie, das war doch gar nicht so schwer.« Petit schirmte die Augen gegen die Sonne ab. »Wo ist Hauptmann Weatherford?«

»Verwundet. Er liegt noch da, wo Sie ihn getroffen haben.«

»Was für ein Pech.« Er deutete mit der Waffe in den Himmel. »Und hier trennen sich unsere Wege, *Amigo*.«

Petit begann, den Pfad hinunterzugehen.

»Warten Sie!« Colin streckte die Hand aus. »Sagen Sie mir wenigstens, warum Sie das machen, Petit. Sie wissen doch, dass das Schwarze Buch helfen kann, den Krieg zu beenden. Wo ist Ihr Patriotismus geblieben?«

Petit schien über die Frage nachzudenken und machte ein paar Schritte auf Colin zu. »Na ja, G-2 plant seit Monaten, Zero das Buch zu stehlen, warum kann ich es dann nicht vorher stehlen?« Er zuckte die Achseln. »Was den Patriotismus angeht, der ist schön und gut, aber wenn wir von etwas sprechen, das bedeutend mehr wert ist als sein Gewicht in Gold, kommt man ins Grübeln. Mit dem Geld, das ich von jedem Einzelnen der in dem Buch Genannten erpressen kann, kann ich mit meinem kleinen französischen Feuerköpfchen herrlich und in Freuden leben. Vielleicht in Südamerika.«

»Französisches Feuerköpfchen?« Colin starrte ihn an. »Die Schauspielerin? Odette Tremblay macht gemeinsame Sache mit Ihnen?«

»Im Moment sorgt sie dafür, dass Kepler gefesselt im Hotel bleibt.« Sein Lächeln wurde breiter. »Sie kann bessere Knoten binden als die meisten Texaner.«

»Also keine Grippe.« Colin lächelte zornig. »Noch mehr vergifteter Kaffee?«

»Genug geplaudert. Wenn Sie mir folgen, erschieße ich Sie, sosehr mir der Gedanke auch missfällt.«

Petit richtete die Waffe auf ihn und ging rückwärts den steilen Pfad nach unten. Der schmale, unebene Weg führte dicht am Abhang entlang. Colin blieb vor dem Eingang der Höhle stehen, die Hand zur Faust geballt, und blickte ihm nach. Wie konnte er ihn aufhalten, ohne dabei getötet zu werden?

Er sah nach unten. Plötzlich entdeckte er in der Höhlenöffnung neben seinen Füßen ein Paar Schuhspitzen. Einen Moment später erklang auch schon ein Schuss aus dem Innern.

»Runter mit Ihnen!«, zischte Marcus. Colin warf sich zu Boden.

Tausende von Höhlenfledermäusen schossen durch die Öffnung. Mit ohrenbetäubendem Gekreisch flatterten sie an Colins Kopf vorbei und ergossen sich wie eine dicke, schwarze Wolke den Berg hinunter. Unter dem Anflug der Nager schrie Petit auf. Er verlor den Halt und rutschte langsam über die Kante.

Colin kroch zu ihm hin und streckte den Arm nach ihm aus. Er erwischte die ledernen Henkel der Tasche. »Halten Sie sich fest!«

Er lag auf dem Bauch. Seine gesunde Hand hielt die Taschenhenkel gepackt. Der Amerikaner ließ seinen Revolver fallen und klammerte sich nun mit beiden Händen an die Tasche, Hunderte Meter Luft unter seinen Füßen.

»Hauptmann!« Colin sah zu der Höhlenöffnung hinüber und betete, dass Marcus ihm zu Hilfe kommen möge. Schweiß rann ihm in die Augen. Er blinzelte. Sämtliche Muskeln in seinem gesunden Arm schmerzten von der Anstrengung, Petit zu halten.

Der Amerikaner starrte zu ihm hinauf, die Augen vor Angst weit aufgerissen. Plötzlich riss einer der beiden Lederhenkel. Petit schrie auf. Colin streckte ihm den Haken hin. »Greifen Sie meinen Arm!«

Petit griff nach dem Metallhaken, erst mit einer Hand, dann mit der anderen. Mit einem wilden Schrei schleuderte Colin die Tasche mit seiner gesunden Hand hinauf auf den Weg, dann griff er nach Petits Arm. Wieder verkrampften sich seine Muskeln. Der Stumpf unter dem Haken schmerzte unbeschreiblich von dem Druck.

Plötzlich fing der Gurt um seine Brust an, sich zu lockern und der Haken an seinem Handgelenk bewegte sich. Er rutschte weg! *Herr, hilf uns!* Da spürte Colin jemanden neben sich.

»Ich habe ihn, Leutnant.« Marcus lag flach auf dem Weg. Mit zwei starken Händen half er Colin, Petit zurück auf festen Boden zu ziehen.

Ein paar Sekunden lang lagen die drei Männer einfach nur da und keuchten. Dann streckte Marcus die Hand aus und griff nach Johannas Tasche. Mit schmerzverzerrtem Gesicht reichte er Colin seinen Revolver. »Jetzt übernehmen Sie.«

29

»Warum brauchen sie nur so lange?« Jo starrte ängstlich auf die enge Höhlenöffnung, durch die sie und ihr Vater in die Haupthöhle zurückgekehrt waren. Auf dem Rückweg waren sie Hauptmann Weatherford begegnet. Sie hatten ihm helfen wollen, doch er hatte darauf bestanden, Colin zu folgen, und Jo war erleichtert darüber gewesen. Doch dann hatte sie den Schuss gehört – und jetzt wartete sie voller Angst auf die Rückkehr der beiden.

»Dein junger Mann macht mir den Eindruck, als könne er ganz gut auf sich aufpassen.«

Sie errötete. »Er ist nicht mein junger Mann, Papa. Jedenfalls ... hat er noch nichts dergleichen gesagt.«

»Ich habe gesehen, wie er dich anschaut.« Seine Augen blitzten. »Und ich habe gesehen, wie ihr euch in der Höhle geküsst habt. Es besteht kein Zweifel daran, was du für ihn empfindest.«

Jo zog den Kopf ein. Sie überlegte, ob sie ihrem Vater erzählen sollte, warum Colin ursprünglich bereit gewesen war, sie zu begleiten: um das Versprechen zu halten, das er der anderen Tochter ihres Vaters, Jewel, gegeben hatte.

Dann dachte sie darüber nach, was Colin und sie füreinander empfanden. Sie sehnte sich nach ihm. Hatte er sich vielleicht genauso nach ihrer Schwester gesehnt? Er hatte ihr gesagt, er sei zurückgekommen und wolle nach Jewel suchen, weil das die einzige Möglichkeit sei, sich selbst zu erlösen. Aber war das dasselbe wie Liebe?

»Liebst du ihn?«

Erschrocken über die Frage sah sie auf. Dann beschloss sie, ehrlich zu sein. »Ja, Papa. Ich liebe ihn. Aber es gibt ein paar Dinge, die ich ihm noch erzählen muss.« Sie zögerte. »Über meine Vergangenheit.«

»Ich verstehe.« Er legte ihr eine Hand auf den Arm. Ein schmerzlicher Ausdruck flog über sein Gesicht. »Ich habe auch ein paar Geheimnisse, mit denen ich leben muss.«

»Wirst du sie mir erzählen?«

Er lächelte sanft. »Ich glaube nicht. Ich werde dir nicht mehr erzählen, als du ohnehin schon weißt. Es ist Zeit für einen Neuanfang.«

»Was wirst du jetzt tun? Ich meine, wenn das Buch wieder auftaucht und du die Amnestie erhältst?«

»Ich habe den Amerikanern meine Dienste angeboten. Mehr weiß ich im Moment selbst nicht, mein Kind.«

Sie wollte ihm gerade eine weitere Frage stellen, da erschien ein Lichtschein in der engen Öffnung. »Sie sind da!«

Ihr Vater richtete seinen Revolver auf die Öffnung. Jo hoffte, dass es nicht Petit war, denn das würde bedeuten, dass Colin oder dem Hauptmann etwas zugestoßen war.

»Mr Reyer! Ich brauche Ihre Hilfe!«

Colin! Ängstlich sah Jo zu, wie ihr Vater in der Höhle verschwand.

Petit stolperte als Erster heraus, schmutzig, mit zerrissener Kleidung und mit gefesselten Händen. Dicht hinter ihm kam Colin. Er sah ebenso mitgenommen aus. Er hielt eine Waffe auf Petit gerichtet. Von dem Stahlhaken an seinem Handgelenk baumelte Jos Tasche.

Er wirkte unverletzt. Maßlos erleichtert lief sie zu ihm. »Bist du in Ordnung?«

»Ja.« Colin hielt den Blick fest auf Petit gerichtet und streckte ihr die Tasche hin. »Nimm das. Ich muss zurück, Hauptmann Weatherford holen.«

Ihr Vater hatte schon seinen Revolver auf Petit gerichtet. »Ja, holen Sie Marcus, Leutnant.«

Eine Viertelstunde später tauchte Colin mit Hauptmann

Weatherford in der Höhlenöffnung auf. Der Hauptmann bot einen furchtbaren Anblick. Er wirkte stark geschwächt und seine Hose war blutdurchtränkt.

»Also los, gehen wir.« Colin lächelte grimmig. »Hauptmann Weatherford braucht einen Arzt.«

Sie machten sich auf den mühseligen Weg aus der Höhle heraus. Jos Vater ging hinter Petit her. Den Berg hinunter stützten Colin und Jo den Hauptmann.

»Ich kann Marcus in eine Klinik in Collbató bringen«, bot Jacob Reyer an, als sie den Parkplatz erreicht hatten.

Colin sah Zero zögernd an, dann nickte er und wandte sich an Jo. »Kannst du Petits Wagen fahren, während ich ihn auf dem Rücksitz bewache?«

»Natürlich.«

Sie verfrachteten den Hauptmann in sein Auto, dann ging Colin zu Jacob Reyer, um ihm Petit abzunehmen.

Jo nahm ihre Handtasche aus der Reisetasche, die sie anschließend Hauptmann Weatherford reichte, der trotz seiner Schmerzen lächelte. Er griff in seine Tasche, zog eine Karte heraus und gab sie ihr. »Hier sind … Informationen für den Generalstabsoffizier im britischen Konsulat in Barcelona.« Seine Stimme war ganz rau vor Schmerzen. »Colin kann mit ihm reden … sie werden Petit verhaften.«

Jo nahm die Karte. »Wir treffen uns dann in Barcelona.«

Er lehnte sich zurück und stöhnte dabei auf. »Seien Sie … vorsichtig.«

Ihr Vater ging um das Auto herum und schloss die Tür auf der Seite des Hauptmanns, dann nahm er sie noch einmal fest in den Arm. »Wir sehen uns in Barcelona, mein Blaukehlchen.«

Seine Stimme war so sanft, wie sie sie aus ihrer Kindheit in Erinnerung hatte. Überwältigt von ihren Gefühlen, schloss sie die Augen und legte den Kopf an seine Schulter. »Ich freue mich darauf, Papa.«

Die beiden Wagen fuhren hintereinander den Berg hinunter. Ihr

Vater und der Hauptmann bogen nach Collbató ab, sie, Colin und ihr Gefangener fuhren nach Süden. Die Fahrt nach Barcelona dauerte zwei Stunden. Die ganze Zeit über hielt sie das Lenkrad fest umklammert und ertrug das angespannte Schweigen. Colin saß auf dem Rücksitz und hielt die Waffe auf Petit gerichtet, der schlief oder zumindest vorgab zu schlafen.

Jo war erleichtert, als sie endlich beim Konsulat waren. Colin bugsierte Petit aus dem Wagen heraus und warf ihr einen raschen Bick zu. »Warte hier. Es dauert nicht lange.«

Nach einer halben Stunde war er wieder da. Er stützte sich kurz auf die Kühlerhaube, dann glitt er neben sie auf den Sitz. »Der Generalstabsoffizier hat Petit eingesperrt, bis Marcus zurückkommt und G-2 informiert werden kann.«

»Hat Mr Petit noch etwas gesagt?«

Er lächelte leicht. »Er hat mir gedankt, dass ich ihm das Leben gerettet habe. Und dann meinte er, ich solle mich verziehen und aufhängen.« Er schüttelte den Kopf. »Er schien nicht so recht glücklich über seine momentane Situation zu sein.«

Er steckte die Schnur ein, mit der sie Petit gefesselt hatten. »Ist das das Seil?«

Er holte die Schnur wieder heraus und streckte sie ihr hin. Es war gar keine Schnur.

»Dein Hosenträger?«

Er zuckte die Achseln. »Meine Halsbinde hatte ich schon Marcus gegeben, damit er sein Bein abbinden konnte. Ich habe noch den anderen Träger. Es besteht also nicht die Gefahr, dass ich die Hosen verliere.«

Jo lächelte ihn mit hochgezogenen Brauen an. »Eine clevere Improvisation.«

Er grinste und steckte den Träger wieder ein.

»Was wird aus ihm? Petit, meine ich.«

Colin wurde ernst. »Er war zu gierig. Kann sein, dass er vor einem Erschießungskommando endet.« Er runzelte die Stirn. »Aber jetzt müssen wir noch seine Komplizin schnappen.«

»Welche Komplizin?« Jo legte die Hände um das Lenkrad und starrte ihn an. »Wo?«

»In deinem Hotel. Beeil dich.«

Jo tat wie geheißen. Bis sie beim Hotel waren, hatte Colin ihr alles erzählt, was geschehen war, nachdem sie ihn in der Höhle verlassen hatte, einschließlich der Gründe, warum Petit das Buch gestohlen hatte. Er wollte sich mit seiner Komplizin und den Einnahmen, die er sich durch das Buch erhoffte, nach Südamerika absetzen.

»Ich hätte wissen müssen, dass man dieser Schauspielerin nicht trauen darf.« Sie war zutiefst erbost über Odettes falsches Spiel. »Sie hält Kepler wirklich in seinem Zimmer gefesselt gefangen?«

»Das hat Petit gesagt. Das Konsulat schickt einen Militärpolizisten. Wir treffen uns in der Hotellobby.«

Die Lobby war voller Gäste, deshalb dauerte es ein paar Minuten, bis ein kleiner, untersetzter Mann in dunklem Anzug aus der Menge auftauchte und ihnen seinen Konsulatsausweis zeigte. Unter Einsatz desselben Dokuments pflügte er mit ihnen durch die Menge zum Empfangstisch und fragte nach Keplers Zimmernummer und einem Zweitschlüssel.

»Johanna, du wartest auf den Aufzug und fährst hinauf in dein Zimmer.« Colin sah sie streng an. »Ich komme zu dir, wenn das hier erledigt ist.«

Ihr Herz raste. »Bitte sei vorsichtig.«

Er strich ihr eine Haarsträhne hinters Ohr. »Versprochen.«

Colin und der Konsulatsbeamte nahmen die Treppe. Dann standen sie vor Keplers Zimmer. Colin hämmerte gegen die Tür. »Hauptmann, sind Sie da drin?«

Drinnen wurde eine Tür zugeschlagen, dann hörten sie ein ersticktes Stöhnen.

»Schließen Sie auf.«

Der Konsulatsbeamte steckte den Schlüssel ins Schloss. Colin zog Marcus' Revolver aus dem Holster. Sie fanden Kepler bäuchlings auf dem Bett liegend, an Händen und Füßen mit Miss Tremblays Seil gefesselt, ein Taschentuch im Mund.

Colin ließ den Blick durchs Zimmer schweifen, der Konsulatsbeamte trat ans Bett. Wieder hörte man, wie eine Tür zugeschlagen wurde. Kepler gab erstickte Geräusche von sich und deutete mit dem Kinn auf die Verbindungstür. Colin öffnete die Tür, die Waffe im Anschlag, und ging hindurch. Das Nebenzimmer und dessen Badezimmer waren leer.

Er ging zu den beiden Männern in das andere Zimmer zurück. »Miss Tremblay ist entkommen.«

»Sie hat eine Waffe«, stieß Kepler, von seinem Knebel befreit, zornig aus, während der Konsulatsbeamte sich noch an seinen Fesseln zu schaffen machte.

Colin wurde blass. Johanna war auf dem Weg in ihr Zimmer, wo die Schauspielerin schon gewesen war. »Ich bin gleich zurück.« Er lief hinaus, den Gang hinunter, erfüllt von nagender Angst.

Ein Schuss erklang. »Johanna!«

Er wollte die Tür öffnen, doch sie war verschlossen. Er hämmerte gegen das Holz. »Johanna, bist du verletzt?«

Drinnen schrie eine Frau. Colins Adrenalinspiegel schoss in schwindelnde Höhen. Er rannte mit ganzer Kraft gegen die Tür, versuchte, sie aufzubrechen. Vergebens. Verzweifelt schlug er mit seinem Haken auf die Tür ein.

Plötzlich wurde die Tür aufgerissen, sodass er beinahe ins Zimmer fiel. Vor ihm stand Johanna mit einer kleinen Deringer in der Hand. Ihr Haar war noch etwas unordentlicher als sonst. Die Schauspielerin lag zusammengekrümmt auf dem Boden hinter ihr. Colin lief hinein und suchte die Frau nach Blut ab.

»Sie ist nur ohnmächtig.«

Er sah Johanna an, die eher unordentlich als verängstigt wirkte.

»Kann ich mir deinen Hosenträger borgen?«

Er brauchte einen Moment, um den Schock zu verarbeiten, dann trat ein Lächeln auf seine Lippen. Er tat ihr den Gefallen. Zusammen fesselten sie Odette die Hände auf dem Rücken. Kurz darauf trafen Kepler und der Beamte ein. Mit kaltem Wasser weckten sie die Schauspielerin auf, dann nahmen die Männer sie und die Waffe mit.

Colin sah, dass Johanna zitterte. »Komm, setz dich.«

Er führte sie zum Diwan, setzte sich neben sie und nahm sie in die Arme. »Ist dir kalt?«

»N-nein … nur eine schmerzliche Erinnerung.« Sie sah ihn an. »Ich hatte gerade meine Zimmertür aufgeschlossen, da stand plötzlich Odette hinter mir. Sie stieß mich hinein. Ich bin gestolpert. Dann hörte ich, wie sie die Tür schloss und den Riegel vorschob. Ich hielt noch meine Handtasche in der Hand, stand auf und schleuderte sie ihr ins Gesicht.« Johanna schmiegte sich an ihn. »Ich wusste nicht, dass sie eine Waffe hatte.«

Ihm wurde eiskalt. Die Schauspielerin hätte Johanna aus nächster Nähe erschießen können.

»Meine Handtasche hat ihr die Pistole aus der Hand geschlagen. Ich bekam sie zu fassen und richtete sie auf sie. Sie griff mich an, deshalb habe ich dicht an ihrem Ohr vorbeigeschossen, in das Holz des Kleiderschranks. Ich wollte ihr nur Angst machen.«

»Dann ist sie ohnmächtig geworden?«

Sie nickte. »Ich glaube, sie dachte, ich hätte sie getroffen.«

Er rieb ihre Schulter. »Du warst sehr mutig.«

»Unvernünftig trifft es wohl eher.«

Er lächelte. »Du bist eine gute Schützin.«

»Ich habe ein bisschen Übung. Moira hat darauf bestanden, dass ich schießen lerne.«

Das überraschte ihn. »Waren die Hänseleien in der Schule so schlimm?«

Sie straffte sich und sah ihn an. »Erinnerst du dich? Ich habe dir doch erzählt, dass Moira viele Kreuzzüge führte. Einer davon sollte Irland in die Freiheit führen. Sie hat sich … mit dem *Cumann na mBan* eingelassen, dem Bund der Frauen, die die *Irish Volunteers* unterstützen.« Jetzt ließ sie den Kopf sinken und mied seinen Blick.

»Meine Mutter hat auch der irischen Bürgerarmee mit der Gräfin Markievicz angehört. Sie trugen Waffen.«

Eiskalte Angst stieg in ihm auf. Er sah, wie sie die Hände rang. »Und?«

Sie sah ihn an. »Nachdem sie mich aus England nach Hause geholt hatte, erfuhr ich von Geheimtreffen und Kisten voller deutscher Waffen.«

Lieber Gott, nein. Colin schloss die Augen. »Was ist passiert, Johanna?« Die Frage klang barsch. Er öffnete die Augen und betrachtete ihre zusammengepressten Lippen und die blonden Brauen, die über ihren dunkelblauen Augen zusammengezogen waren. Es waren die gleichen Augen wie bei ihrem Vater.

Jo war bei seiner strengen Frage zusammengezuckt, doch sie wusste, dass sie ihre Liebe auf die Probe stellen musste. »Wir waren in Dublin, in einem Laden in der Sackville Street.« Zögernd, immer wieder stockend, erzählte sie ihm von jenem schrecklichen Tag inmitten von Rauch und Zerstörung. »Als ich den Soldaten sah, der auf Moira geschossen hatte, schob ich mein Gewehr durch das Fenster. Er muss es bemerkt haben, denn er richtete sein Gewehr auf mich. Dann drückte ich ab.«

Erst jetzt wagte sie es, Colin anzuschauen. Er war totenblass geworden.

»Und du hast ihn getötet. Einen britischen Soldaten.«

Seine Stimme klang hart. Jo schluckte. »Das Gewehr … es war eine alte Mauser aus einem anderen Krieg. Der Schuss ging daneben, es ist nichts passiert. Ich zog den Bolzen zurück, um ein zweites Mal schießen zu können, doch diesmal klemmte sie. Ich konnte nichts tun. Ich glaube, Moira hat den Soldaten erschossen, nachdem er auf mich geschossen hatte. Ich stürzte mit dem Gewehr in der Hand nach hinten, zu Boden.«

Sie erzählte ihm, wie sie zu ihrer Mutter gekrochen war, die blutend in der Tür lag, und dass Moira ihr im Sterben gesagt hatte, sie solle zu ihrem Vater fliehen.

Sie hatte Tränen in den Augen in der Erinnerung an den Tod ihrer Mutter, in die sich das Wissen mischte, dass sie nun jede Hoffnung auf eine gemeinsame Zukunft mit Colin begraben konnte. Ihr Geständnis hatte mit Sicherheit jede Zuneigung, die er möglicherweise zu ihr empfunden hatte, ausgelöscht.

»Du hast also niemanden erschossen?«

Jo schüttelte den Kopf.

»Johanna, hättest du weitergeschossen, wenn das Gewehr funktioniert hätte?« Er sah sie mit einer Mischung aus Trauer und Zorn an und sie schluckte. Dann hob sie das Kinn. »Ja, ich hätte weitergeschossen. Ich musste sie schützen, Colin. Moira war eine Rebellin und Kämpferin und eine Frau, die ihren eigenen Regeln folgte, aber sie war meine Mutter. Ich hätte nicht zulassen können, dass sie getötet wird.«

»Und du warst siebzehn und hast gegen britische Soldaten gekämpft.« Er schüttelte den Kopf, dann stand er auf. »Ich muss zurück in mein Hotel, nachschauen, ob Hauptmann Weatherford schon da ist.«

Jo stand ebenfalls auf. Sie hielt sich ganz gerade in dem Versuch, einen letzten Rest ihrer Würde zu retten. Doch ihr Herz tat weh. »Natürlich. Vielen Dank für deine Hilfe.«

»Ich glaube, du brauchst keine Hilfe, Johanna.« Er sah sie an. Neben seinem Mund hatten sich tiefe Linien eingegraben. »Wir sehen uns später.«

Sie sah ihm nach und etwas in ihr zerbrach, als sich die Tür hinter ihm schloss. Noch vor wenigen Minuten hatte er versucht, dieselbe Tür einzuschlagen, um ihr zu Hilfe zu kommen. Jetzt war sie ein Paria. Johanna Dougherty Reyer, nicht besser als ihre Mutter und ihr Vater – allesamt Verräter.

Ihre Augen brannten, das Atmen fiel ihr schwer. Er hatte gesagt, sie würden sich später sehen, doch sie glaubte ihm nicht. Jo würde Colin Mabry nie wiedersehen.

Sie irrte sich.

Zwei Tage später saßen Jo und ihr Vater Hauptmann Weatherford gegenüber in seinem Büro im britischen Konsulat in Barcelona. Jewels Tagebuch lag auf dem Schreibtisch zwischen ihnen.

Colin stand in Uniform an der Tür. Jo blickte zu ihm hinüber. Beim Anblick seiner starren Haltung empfand sie denselben Schmerz wie bei seiner ersten Reaktion auf ihr Geständnis. Ihr Vater schien ihre Verzweiflung zu spüren. Er drückte behutsam ihre Hand.

Hauptmann Weatherford saß, den Stuhl etwas seitlich ausgerichtet, hinter dem Schreibtisch. Sein bandagiertes Bein lag auf einem Polsterstuhl. An der Wand hinter ihm lehnte eine Holzkrücke. Er schob das Buch auf dem Tisch zu ihrem Vater hinüber. »Zeigen Sie es mir.«

Ihr Vater nahm das Buch und legte es auf seinen Schoß. Langsam schlug er den Einband auf und ließ den Finger über die Worte gleiten, die in dunkler Tinte auf der ersten Seite standen:

Meine Gedanken und Eindrücke über das Leben und den Krieg
Von Jewel Bernadette Reyer, 23. September 1914

Fast ehrfürchtig breitete er die Hand über die ganze Seite aus. Johannas Unterlippe zitterte, als sie den Kummer in seinem Gesicht sah. Dann legte er das geöffnete Buch auf den Schreibtisch. »Geben Sie mir bitte einen Brieföffner, Marcus.« Seine Stimme war brüchig vor unterdrückten Gefühlen.

Der Hauptmann reichte ihm eine Klinge mit Perlmuttgriff und ihr Vater begann, vorsichtig das Futter von dem Einbanddeckel zu lösen. Dann zog er eine transparente Schutzfolie ab. Jo sah erschrocken, dass sich unter der Schutzfolie Reihen um Reihen winziger, schlüssellochgroßer Quadrate aus Fotopapier befanden.

Der Hauptmann beugte sich vor und betrachtete die Quadrate. Jo spürte, dass Colin hinter ihnen stand. Er beugte sich über die Schulter ihres Vaters und betrachtete ebenfalls die winzigen dunklen Punkte. »Das ist das Schwarze Buch?«, fragte er.

»Das Schwarze Buch.« Ihr Vater drehte sich zu ihm um. »Tausende Namen. Tausende skandalöser Geheimnisse.«

Jo schüttelte den Kopf. »Wie können diese winzigen Papierstückchen ein ganzes Buch sein?«

Ihr Vater lächelte. »Mikrofotografie kann originale Dokumente auf eine winzige Größe verkleinern, sodass Hunderte von Seiten mit Nachrichten auf kleinstem Platz transportiert werden können. Es begann vor achtzig Jahren mit einem Mann namens John Dancer. Etwa um die Zeit meiner Geburt, im deutsch-französischen Krieg, war Paris von jeglicher Kommunikation abgeschnitten. Damals mussten Tauben Nachrichten in die Hauptstadt hinein- und heraustragen. Mit einer speziellen Lampe oder einem Mikroskop wurden die mikrofotografierten Nachrichten dann gelesen. Diese Methode ist auch heute noch üblich.«

Vorsichtig legte er die Schutzhülle wieder über die winzigen Bilder. Unterhalb der Quadrate befand sich ebenfalls eine Schutzhülle. Dieses Sandwich aus Schutzpapieren hob er jetzt ab und reichte es Hauptmann Weatherford. Dann löste er die untere Einbandschicht ab, um ihnen zu zeigen, dass sich darunter nichts weiter befand. »Ich würde das Tagebuch gern behalten«, wandte er sich an Jo, »wenn es dir recht ist, Tochter.«

»Natürlich.« Das Tagebuch mit Jewels Gedanken, Liedern und Träumen war ihm sicher ein Trost in seinem Kummer. Sie sah Hauptmann Weatherford fragend an.

»Ich wüsste nicht, was dagegenspräche.«

»Danke, Marcus.« Die Augen ihres Vaters schimmerten feucht, als er nach dem Tagebuch griff.

»Diese Vögel hast du gezeichnet, nicht wahr?« Sie deutete auf das Buch. »Ich meine die Vorderschnittmalerei.«

Er ließ die Blattkanten durch die Finger gleiten, sodass die zwei Vögel und das Ei in ihrem Nest sichtbar wurden. »Du bist mein Blaukehlchen, Johanna. Jewel war mein Rotkehlchen.«

Es schnürte ihr den Hals zusammen. »Die Ringe. Unsere Geburtssteine.«

»Genau. Zwei Teile eines Hochzeitsringes, den ich von meinen deutschen Vorfahren geerbt habe. Jewels Mutter trug sie bis zu ihrem Tod. Nach deiner Geburt ließ ich die Steine für dich und deine Schwester ändern.«

»Wo ist der dritte Teil des Rings?« Sie dachte an Odettes Bemerkung. »Habe ich noch eine Schwester?«

Er lächelte traurig und schüttelte den Kopf. »Jewel war die einzige.«

Mehr sagte er nicht. Johanna fiel auf, dass er ihre Frage nach dem Ring nicht beantwortet hatte. Doch beim Anblick seines traurigen Gesichts vergaß sie es wieder. Er fischte Jewels Ring aus der Tasche.

»Ja.« Er starrte das Rubinauge einen Moment an, dann reichte er ihn ihr. »Damit du auch eine Erinnerung an deine Schwester hast.«

Jos Hand zitterte, als sie den Ring nahm.

Der Hauptmann beugte sich vor. Sein Stuhl quietschte. »Wo ist das Original des Schwarzen Buchs?«

»Das gibt es nicht mehr, Marcus. Ich habe es verbrannt.« Die Männer sahen sich an. »Ich sagte Ihnen ja bereits, mein Vater war eine Art Sammelbecken für Informationen von anderen deutschen Agenten in Frankreich, die zum Teil auf dem ganzen Kontinent unterwegs waren und im Auftrag des Vaterlands geheimdienstliches Material zusammentrugen. Es war ein ganzes Netzwerk. Mein Vater hat die Namen, Daten, Orte und Ereignisse in ein großes Buch eingetragen, das er unter Verschluss hielt, bis zu den Gelegenheiten, wenn der Kaiser, damals Wilhelm I., es sehen wollte. Als sein Enkel, Wilhelm II., zum Kaiser gekrönt wurde, befahl dieser meinem Vater, seine Arbeit fortzusetzen. Nach dem Tod meines Vaters ging die Aufgabe auf mich über. Ich fügte weitere Informationen hinzu, die finstersten Geheimnisse der reichsten Leute Europas. Dann hörte ich von der Mikrofotografie und befasste mich damit. Irgendwann erwarb ich die nötige Ausrüstung und schließlich wusste ich genug, um Sicherungskopien der Seiten des Schwarzen Buchs anzufertigen.«

Ihr Vater lächelte grimmig. »Ironischerweise habe ich mir Sorgen gemacht, dass ein französischer Agent das Buch in die Finger bekommen könnte. Ursprünglich war es ja mein Bestreben, dieses

Druckmittel des Kaisers unter allen Umständen zu schützen. Bei Kriegsanfang wurde ich einberufen, deshalb versteckte ich die fotografierten Seiten unter dem Futter des Tagebuchs und gab es meiner Tochter.«

Er sah Jo an. »Ich hatte den Buchschnitt in der Hoffnung bemalt, dass deine Schwester das Buch dann höher schätzen würde, und riet ihr, es zu verstecken, damit der Feind es nicht finden konnte.«

Er strich zärtlich über das Deckblatt. »Als ich dann beschloss überzulaufen und die Amerikaner einen Agenten schickten, der Jewel aus dem Dorf herausholen sollte, wusste ich, dass sie das Buch mitbringen würde, wenn Kepler ihr sagte, dass er sie zu mir bringen wolle.«

Jo wurde allmählich klar, welch ein glücklicher Umstand es gewesen war, dass sie das Buch in dem Scheunenkeller gefunden hatte. »Sie war wohl schon zu krank, um es mitzunehmen, als Kepler sie holte.«

»Es ist ein Wunder, dass du es gefunden hast, Johanna.«

»Ich habe ein bisschen was über Wunder gelernt.« Sie lächelte ihren Vater an und sah dann zu Colin hinüber, der auf seinen Platz an der Tür zurückgekehrt war. Er hielt den Kopf gesenkt, deshalb wusste sie nicht, ob er gehört hatte, was sie gesagt hatte. Wie sehr sie sich gewünscht hätte, zu ihrer früheren Vertrautheit zurückzufinden!

»Ein Wunder, in der Tat.« Hauptmann Weatherford runzelte die Stirn. »Der Gedanke, dass ein deutscher Agent auf den Hof in Havrincourt zurückkehren und das Buch hätte finden können, ist erschreckend.« Er trommelte mit den Fingern auf den Schreibtisch. »Sie haben das Schwarze Buch also verbrannt, bevor Sie die Armee verließen?«

Ihr Vater schüttelte den Kopf. »Der Kaiser hatte sich das Buch vor Kriegsbeginn aushändigen lassen. Er verfolgte schon damals eine bestimmte Absicht. Mir wurde befohlen, es seinem speziellen Boten, einem Schweizer Anwalt aus Bern, zu übergeben. Als Kepler verschlüsselte Anzeigen in mehreren europäischen Zeitungen schaltete, um mir mitzuteilen, dass er Jewel aus Havrincourt herausgeholt hatte, erfuhr ich aus diversen Quellen, dass sich das Original des Schwarzen Buchs noch im Büro des Schweizer Anwalts in Bern befand. Falls der Krieg eine schlechte Wendung für die Deutschen nahm, sollte der Schweizer mit den Erpressungen beginnen. Der Kaiser wollte bestimmte Personen, die sehr viel Macht besaßen, erpressen, um im Falle einer Kapitulation möglichst gute Bedingungen für Deutschland auszuhandeln.«

Er lächelte den Hauptmann an. »Deshalb mussten Sie drei Wochen warten, bevor wir uns trafen, Marcus. Ich musste erst den Safe in dem Schweizer Büro knacken, das Buch stehlen, an einen sicheren Ort bringen und verbrennen, Seite für Seite.«

»Das sagen Sie.« Die braunen Augen des Hauptmanns blickten misstrauisch. »Welchen Beleg haben Sie, dass das Buch nicht mehr existiert?«

»Es gibt keinen. Sie müssen sich schon auf mein Wort verlassen.« Er schwieg kurz, dann sagte er: »So wie ich Ihnen vertraue.« Als der Hauptmann daraufhin die Augen zusammenkniff, spottete er: »Kommen Sie schon, Marcus. Sie und G-2 haben alles, was mir lieb und teuer ist. Meine geliebte Tochter« – er griff nach Jos Hand – »und meine Freiheit. Warum sollte ich das aufs Spiel setzen?«

Der Hauptmann runzelte kurz die Stirn, dann seufzte er. »Sie wissen, dass die Agenten des Kaisers Sie suchen. Sie werden bald wissen, dass Sie übergelaufen sind.«

»Papa?« Jos Atem hatte sich beschleunigt. Würden sie ihren Vater jagen?

»Schon gut, Tochter.« Er drückte ihre Hand. »Die Amerikaner bringen mich an einen Ort, den nicht einmal ich kenne. Dort werde ich bis Kriegsende bleiben.«

Jo verabscheute den Gedanken, ihn vielleicht jahrelang nicht zu sehen. Doch wenn ihm das das Leben rettete, würde sie dieses Opfer bringen. Sie wandte sich an den Hauptmann. »Bleibt uns noch ein wenig Zeit, bevor er fortgebracht wird?«

»Ich werde sehen, was ich tun kann.« Der Hauptmann nahm die

transparenten Folien, welche die Mikrofotografien enthielten, und schob sie in einen großen braunen Umschlag. »Ich werde jetzt erst einmal in Erfahrung bringen, was die Amerikaner damit vorhaben. Wer weiß, vielleicht bekommen ja die Franzosen die Informationen. Das würde ihre Vorbehalte Ihnen gegenüber natürlich mildern, Zero.«

»Bitte nicht mehr Zero. Jacob genügt.« Ihr Vater sah ihn zynisch an. »Und was Ihre Ansicht betrifft, die Franzosen könnten mein Friedensangebot annehmen: Ich denke, nicht einmal das Schwarze Buch kann ihren Wunsch nach Rache befriedigen. Die Franzosen sind ein nachtragendes Völkchen.«

30

»Und es macht Ihnen wirklich nichts aus?« Marcus sah Colin zögernd an. »Das hier ist wirklich ein elendes Geschäft. Der Mann ist immerhin mein bester Freund, aber ich kann nicht weg.«

»Überhaupt nicht, Sir.« Colin war noch einmal in das Hotelzimmer des Hauptmanns gekommen, bevor er seine Sachen für die lange Zugfahrt nach Paris packte. »Ich sagte Jack schon, dass es mir eine Ehre sei, sein Trauzeuge zu sein, und heute Morgen habe ich ihm ein Telegramm geschickt und mitgeteilt, dass ich zurückkomme. Die Hochzeit ist nächste Woche. Ich will nicht, dass er sich Sorgen macht, ich könnte womöglich nicht rechtzeitig da sein.«

Marcus seufzte. »Ich wünschte, ich könnte dabei sein, aber ich habe nun einmal Order, hier im Konsulat zu bleiben und die Sache zu Ende zu bringen. Außerdem ist mein Bein noch lange nicht wieder gut.« Er saß auf seine Krücke gestützt auf dem Diwan. »Wahrscheinlich brauche ich hier noch ein paar Wochen. Ich weiß Ihre Hilfe zu schätzen, Mabry.«

»Ich tue es gern, Sir.«

»Wann geht Ihr Zug?«

Colin sah auf die Uhr. »In einer Stunde.«

»Haben Sie sich schon von Miss Reyer verabschiedet?«

Colin errötete und schüttelte den Kopf. Er wusste nicht, was er ihr sagen sollte.

»Hm. Verstehe. Nun, sie ist eine mutige junge Frau, wenn man bedenkt, was sie unternommen hat, um ihre Familie wiederzufinden. Es muss ein Schock gewesen sein, als sie erfuhr, dass ihre

Schwester tot ist und ihr Vater ein feindlicher Spion. Ich kenne Miss Reyer nicht, nehme aber an, dass sie in ihrem Leben schon viel durchgemacht hat, nicht nur auf dieser Reise. Sie ist zu entschlossenem Handeln fähig, genau wie eine bestimmte Dame in England, die ich kenne.« Sein Gesicht wurde weich. »Manchmal denke ich, Gott hat den Frauen ihre ganz eigene Stärke gegeben, damit sie die Herausforderungen des Lebens bewältigen können.«

Colin fragte sich, was Marcus wohl zu Johannas »entschlossen handelnder« Mutter sagen würde, die im irischen Aufstand zu den Waffen gegriffen und sogar ihre Tochter in den Kampf hineingezogen hatte. Er starrte vor sich auf den Fußboden. »Sie haben wohl recht, Sir.«

Nach einem kurzen Schweigen hob Colin den Kopf und begegnete dem verständnisvollen Blick des Hauptmanns. »Pflicht und Liebe, Mabry. Manchmal passen sie einfach nicht zusammen.«

Der dumpfe Schmerz in seiner Brust wurde stärker. Glaubte der Hauptmann, Johannas Vater sei der Grund für ihre Trennung? Seit seinem Gespräch mit Johanna kämpfte Colin mit ihrem Geständnis, dass sie, wenn das Gewehr nicht geklemmt hätte, noch einmal auf den britischen Soldaten geschossen hätte, auf seinen Waffenkameraden.

Sollte Marcus doch denken, was er wollte. »Nein, Sir, sie passen nicht zusammen.« Er versuchte, das Thema zu wechseln. »Wann wird G-2 Zero übernehmen?«

»Zu gegebener Zeit. Ich habe dafür gesorgt, dass Miss Reyer und ihr Vater bis dahin noch ein paar Tage zusammen hier in Barcelona verbringen können. Zero steht unter dem Schutz des Konsulats.«

Colin nickte. Gestern hatte der Spion viele Fragen beantwortet, darunter auch die, warum sich sein Treffen mit Kepler und der Schauspielerin verzögert hatte. Nach einem verpfuschten Sabotageakt für den Kaiser hatte Zero fast drei Monate mit einer Gasvergiftung im Krankenhaus gelegen.

»Was geschieht, wenn Zero Spanien verlässt?«

»Wahrscheinlich wird er eingehend befragt werden und vielleicht erhält er eine Ausbildung.«

»Als Spion für die Amerikaner?«

Marcus zuckte die Achseln. »So könnte man ihn jedenfalls im Auge behalten.«

»Sie trauen ihm nicht, Sir?« Trotz der unterschiedlichen Einstellung der beiden Männer zum Krieg spürte Colin, dass sie einander respektierten. »Glauben Sie, Zero könnte als Doppelagent agieren?«

»Alles ist möglich.« Marcus' braune Augen glitzerten. »Um ihn selbst zu zitieren: ›Ein guter Spion vertraut niemals einem anderen Spion.‹ Solange Krieg herrscht, gibt es vieles, was einen Mann in Versuchung führen kann.«

»Wie wir bei George Petit gesehen haben.«

Marcus verzog das Gesicht. »G-2 ist zutiefst betroffen über Petits Verrat. Einer von ihren eigenen Leuten wurde hier in Europa zum Verräter. Das ist natürlich äußerst peinlich.«

»Ich weiß noch immer nicht, warum er es getan hat. Ich habe Petit nie gemocht, aber er wirkte seriös, zumindest in Toulouse.«

»Geld kann selbst den Ehrlichsten dazu bringen, eine rote Linie zu überschreiten.« Marcus stützte sich auf seine Krücke und stand auf. »Nun, ich muss jetzt gehen. Ich esse unten noch einen Happen, dann fahre ich zurück ins Konsulat.«

Colin richtete sich auf und griff nach seinem Filzhut. »Und ich muss packen.«

»Ich wünsche Ihnen eine sichere Heimreise, Mabry.« Marcus streckte die Hand aus, Colin ergriff sie. »Sie können Jack informieren, aber ansonsten erwarte ich von Ihnen, dass Sie Ihr Schweigegelübde in dieser Sache wahren.« Er lächelte. »Und richten Sie ihm und Ihrer Schwester meine Glückwünsche aus.«

»Das mache ich, Sir. Ihnen ebenfalls alles Gute. Ich hoffe, Sie bald in England wiederzusehen.«

Colin kehrte in sein Zimmer zurück und fing an zu packen. Dabei dachte er darüber nach, was der Hauptmann über Liebe und

Pflicht gesagt hatte, die sich so häufig nicht vertrugen, wie Wasser und Öl.

Sein Herz war schwer. Wenn er Barcelona verlassen hatte, würde er Johanna nie wiedersehen. Sie würde wahrscheinlich ihre Arbeit in dem Taubenhaus bei Paris wieder aufnehmen und versuchen, ein einigermaßen normales Leben zu führen.

Er dachte an sein letztes Gespräch mit ihr. Ihre ehrliche Antwort war ein Schock für ihn gewesen, doch er war ganz sicher, dass sie gewusst hatte, wie er reagieren würde. Und trotzdem hatte sie es ihm gesagt. Sie wollte keine Lügen oder Geheimnisse zwischen ihnen haben.

Colin warf die Kleidungsstücke in den Koffer, wie sie ihm in die Hand kamen. Wie könnte er seinem Land je den Rücken kehren? Allem, wofür er in diesem Krieg gekämpft hatte, wofür er so viel erduldet hatte?

Er kannte Johanna kaum zwei Wochen, doch nach allem, was sie in dieser kurzen Zeit miteinander erlebt hatten, kam es ihm wie Monate vor. Nie würde er die Berührung ihrer Lippen vergessen, die Leidenschaft, mit der sie seinen ersten Kuss erwidert hatte, oder die Sehnsucht, die er jedes Mal empfand, wenn er sie im Arm gehalten hatte.

Er schob die Erinnerungen beiseite und verschloss den Koffer. Er konnte Johanna Reyers Vergangenheit nicht ändern: Sie hatte die Waffe gegen englische Soldaten erhoben und ihre Mutter und ihr Vater waren beide Verräter an England. Ein bitteres Lachen stieg in seiner Kehle auf. Auch ihr Held, Bonaparte, war Englands Feind gewesen.

Er fuhr hinunter in die Lobby, checkte aus und bat darum, ihm ein Taxi zu rufen. Dann trat er mit seinem Handkoffer vor die Tür und genoss die frische Luft, während er am Straßenrand auf das Taxi wartete.

Ein dunkles Auto fuhr heran und hielt neben ihm. Er erkannte die Flagge des britischen Konsulats auf der Kühlerhaube. Offenbar hatte Marcus beschlossen, doch nichts mehr zu essen, sondern gleich ins Konsulat zu fahren.

Doch überraschenderweise stieg der Fahrer aus, ging um das Auto herum und kam zu ihm, um ihm seine Tasche abzunehmen. »Zum Bahnhof, Leutnant Mabry?«

Hatte Marcus das arrangiert? Er gab dem Mann seinen Koffer und wollte den Wagenschlag öffnen, doch dann erstarrte er. Auf dem Rücksitz saß Johanna. Sie trug ein dunkelblaues Kleid und ihren großen Hut. »Hallo, Colin.«

»Johanna.« Mit klopfendem Herzen öffnete er die Tür und setzte sich neben sie. »Ich dachte, du seist bei deinem Vater.«

»Ja, aber ich wusste, dass du heute abreist, und wollte mich verabschieden.«

Ein scharfer Schmerz durchzuckte ihn, als er in ihr schönes, blasses Gesicht blickte. Der Fahrer war ebenfalls wieder eingestiegen und gleich darauf fuhren sie auf der Rambla entlang in Richtung Südwesten, zum Bahnhof.

Schließlich brach Johanna das unbehagliche Schweigen. »Vor allem wollte ich dir noch danken, Colin. Ohne deine Hilfe hätte ich meinen Vater nicht gefunden.«

Er sah, wie sie, während sie sprach, die ganze Zeit ihre Hände verkrampfte und wieder löste. Sie musste bemerkt haben, dass er es beobachtete, denn sie hörte plötzlich damit auf und wandte ihren Blick ab.

»Genießt du die Zeit mit ihm?«

Sie blickte erleichtert auf und lächelte. »Ja, Papa und ich müssen viele Jahre nachholen. Ich bleibe hier, bis er fortmuss.«

»Hat er dir gesagt, warum er … warum er nicht nach Kilcoole zurückkommen konnte?«

»Du meinst, warum er sich nicht mehr um mich gekümmert hat?« Sie hob leicht das Kinn.

Mabry, du bist ein unsensibler Idiot. »Entschuldigung, Johanna. Das hätte ich nicht fragen sollen.«

»Schon gut.« Sie gab ihre defensive Haltung auf. »Ich habe ihn dasselbe gefragt. Er sagte, nachdem meine Mutter ihn nicht heiraten und mit nach Frankreich kommen wollte, war er gezwungen, jegliche Verbindung abzubrechen« – sie warf einen Blick auf den Fahrer –, »wegen seiner Arbeit. Er sei einmal schwach geworden. Das Mal, als er mich besuchte, als ich noch klein war, aber er hatte sich bereits ein Leben in Havrincourt mit Jewel und seiner Schwägerin eingerichtet.« Wieder schlug sie die Augen nieder. »Wenn er mich daran hätte teilhaben lassen, hätte das zu Fragen geführt, die er sich nicht leisten konnte.«

Colin zog die Brauen hoch. *Pflicht und Liebe. Manchmal passen sie nicht zusammen.*

»Es tut ihm leid, dass wir so viel Zeit verloren haben, und er möchte es wiedergutmachen, wenn er kann. Niemand weiß, was die Zukunft bringt.«

Trotz seines Zorns und seiner Enttäuschung über Johannas Handeln in Irland empfand er Mitleid mit dem verlorenen Mädchen, das vaterlos aufgewachsen war, in einem Zuhause voller Streit und Auflehnung.

Colin dachte an seinen eigenen Vater und an die seltsame Unbeholfenheit, die seit seiner Rückkehr von der Farm seines Onkels Brian zwischen ihnen herrschte. Patrick Mabrys verzweifelte Versuche zu kompensieren, was sein Sohn verloren hatte, waren Colin einfach nur auf die Nerven gegangen.

Doch nun erkannte er langsam, dass es sein eigenes Gefühl der Entfremdung und seine Selbstvorwürfe waren, welche die Situation so unerträglich machten. Sein Vater und auch seine Schwester hatten lediglich auf seine seelische Verfassung reagiert.

Er hatte großes Glück mit seiner Familie. Und obwohl Jacob Reyer ein Spion war, war er doch Johannas Vater, und es war gut, dass er wieder in ihrem Leben war. »Wirst du nach deinem Aufenthalt hier wieder deine Arbeit im Château in Vernon aufnehmen?«

»Ja, ich freue mich schon darauf, André und Isabelle wiederzusehen – und meine Vögel.«

Ihr großer Hut war verrutscht. Colin sah, dass eine dicke Haarlocke auf ihre Schulter gefallen war. Er ballte seine Hand an der Seite zur Faust. »Sie freuen sich sicher, wenn du wieder dort bist, vor allem Little Corporal.«

Sie blickte zu ihm auf. Ihre Stimme war sanft, aber das mutwillige Blitzen, das auf einmal in ihren Augen aufleuchtete, gab ihm einen Stich ins Herz: »Haben wir nicht ein wundervolles Abenteuer zusammen erlebt, Leutnant?«

Colin musste plötzlich gegen eine Enge in seiner Brust ankämpfen. »Ja, das haben wir, Johanna.«

Sie waren am Bahnhof angekommen. Der Fahrer stieg aus und ging zum Kofferraum. Colin wollte den Schlag öffnen, doch er hielt inne. Johanna hatte ihm eine Hand auf die Schulter gelegt. Er drehte sich um und sah, wie ihre behandschuhte Hand an seinem Arm hinunterglitt und über seiner Prothese liegen blieb.

»Es gibt absolut nichts, was du nicht meistern kannst, Colin«, sagte sie ruhig und voller Überzeugung. »Du hast deine Pflicht bewundernswert erfüllt und auf dieser Reise Menschenleben gerettet und unzählige weitere, indem du das Tagebuch so mutig sichergestellt hast.« Sie presste kurz die Lippen zusammen. »Und du hast dein Versprechen meiner Schwester gegenüber gehalten. Wenn Jewel jetzt hier wäre, wäre sie sehr stolz auf dich.«

Ein Hauch von Kummer flog über ihr schönes Gesicht und Colin musste den Türgriff mit aller Kraft packen, um die Hand nicht nach ihr auszustrecken. »Auf Wiedersehen, Johanna.« Er stieg aus und nahm seine Tasche. In seinem Innern kämpfte eine wahre Flut widerstreitender Gefühle: Liebe, Zorn, Enttäuschung, Verzweiflung, Liebe …

Der Fahrer stieg wieder ein. Colin blieb vor dem offenen Wagenfenster stehen. Er ließ die Tasche fallen und griff nach ihrer Hand. Dabei suchte er unter dem großen Hut nach ihrem Blick.

»Wo sie deinen Vater auch hinbringen werden, Johanna, du bist nicht allein. Gott ist bei dir. Denk immer daran und vertrau ihm.« Er hob ihre behandschuhte Hand an seine Lippen, schloss die Augen und drückte einen zärtlichen Kuss auf ihre Finger.

»Leb wohl, Colin.« Ihre Stimme war nur ein leises Flüstern, in ihren blauen Augen schimmerten Tränen, als sie ihm ihre Hand entzog. Colin trat einen Schritt zurück. Das Auto fuhr an, sie schaute sich durch das kleine Rückfenster nach ihm um, dann war sie fort.

Er stand da, sein Herz klopfte noch immer von den widersprüchlichen Gefühlen. Er hätte sie so gern in die Arme genommen und die Welt in einem leidenschaftlichen Kuss vergessen, doch er wusste nur zu gut, dass das in ihrer gegenwärtigen Situation nicht möglich war.

Was für ein Leben könnten er und Johanna zusammen haben? Sie könnte nie nach Irland zurückkehren und könnte auch nicht in England leben. Irgendwann würde Moiras oder ihre eigene Vergangenheit sie einholen. Und dann war da noch ihr Vater, ein bekannter Hochverräter, der sich verstecken musste, wenn er am Leben bleiben wollte.

Mit einem Fluch auf den Lippen nahm er sein Gepäck und betrat das Bahnhofsgebäude. Er wurde auf einer Hochzeit erwartet.

31

Stonebrooke, Bedfordshire, England, 1. Mai

»Guten Morgen, Leutnant Mabry. Ist das nicht ein wunderbarer Tag heute?«

Albert Goodfellow stand in der Tür und strahlte Colin an. Als er seine Schirmmütze abnahm, sah man, dass sein widerspenstiges rotes Haar mit viel Pomade glatt nach hinten gestrichen war. Sein Uniformhemd war frisch gebügelt, die Messingknöpfe schimmerten und die Nagelschuhe unterhalb seiner Wickelgamaschen glänzten frisch poliert.

Colin hatte die Tür in halb bekleidetem Zustand geöffnet und Deaton, der überkorrekte Butler des Grafen von Stonebrooke, wandte höflich den Blick ab. »Brauchen Sie noch etwas, Sir?«

»Nein danke, Deaton. Sie können gehen.«

Als der Butler fort war, grüßte Goodfellow ihn mit einem zackigen Salut. Colin erwiderte den Gruß, dann trat er zurück, damit der andere hereinkommen konnte. »Sie sehen schneidig aus, Albert.«

»Danke, Sir.« Goodfellow errötete unter seinen Sommersprossen. »Es ist eine Ehre, zur Hochzeit von Lord Walenford eingeladen zu sein.«

»Sie haben es sich verdient. Sie haben wirklich sehr gute Arbeit geleistet.« Als Colin vor einer Woche aus Paris zurückgekehrt war, hatte er erfahren, dass sein Schützling die Arbeit in Hastings hervorragend bewältigt hatte.

»Deaton sagte, Sie hätten eine persönliche Nachricht für mich?«

Colin warf ihm einen Schulterblick zu. Er war zum Stuhl gegangen und griff gerade nach seinem ebenfalls frisch gebügelten Hemd, das er zusammen mit einer neuen Uniform für den heutigen besonderen Anlass gekauft hatte. In knapp zwei Stunden würde er neben Jack in der Kirche stehen und seine Schwester Grace würde Lady Walenford und irgendwann dann auch die Gräfin von Stonebrooke werden.

»Ja, Sir.« Der Unteroffizier suchte in seinen Taschen. Dabei ruhte sein Blick auf dem Prothesengurt und der Prothese, die noch auf dem Bett lagen. Doch das störte Colin nicht mehr. Er wusste, dass es nur Interesse, nicht Mitleid oder Verachtung waren. Schließlich zog der Unteroffizier eine zusammengefaltete Nachricht aus der Tasche, schüttelte das Papier auf und reichte es Colin. »Hier, bitte, Sir.«

Colin, der Goodfellows freundliche Geste zu würdigen wusste, lächelte. »Danke, Albert.«

Er nahm den Brief. Dabei dachte er an ein Gespräch mit Johanna in Toulouse. Damals hatte sie gesagt, Goodfellow schiene ihr ein passender Name für seinen Adjutanten zu sein. *Johanna.* Colin presste die Lippen zusammen. Er kämpfte noch immer mit den Auswirkungen ihrer Abwesenheit: eine ständige Brustenge und Schmerzen in der Kehle, die nie ganz verschwanden. Immer wieder sah er sie vor sich, die leuchtenden blauen Augen, die weiche, weiße Haut. Lippen wie rosa Rosen. Und ihr goldblondes Haar, das stets ein wenig unordentlich war. Ob sie wohl noch mit ihrem Vater in Barcelona war oder schon wieder bei ihren Tauben in Vernon?

»Schlechte Nachrichten, Leutnant?«

Colin schrak zusammen und blickte auf. Sein Unteroffizier sah ihn bestürzt an. Ihm wurde bewusst, dass er die Stirn gerunzelt hatte. Rasch überflog er den Brief:

Leutnant Mabry,
meinen tief empfundenen Dank für Ihren Einsatz und dafür, dass Sie diese Pflicht an meiner Stelle erfüllen. Falls Sie irgendeine Bitte haben,

ist Sie Ihnen bereits gewährt. Wir besprechen das, wenn ich wieder in England bin. Meine besten Wünsche.

Ihr Freund,

M.

Ein Anflug von Stolz erfüllte ihn, als er die Unterschrift las. Hauptmann Marcus Weatherford, ein Mann, für den Colin allerhöchste Bewunderung empfand, bezeichnete ihn als Freund. »Nein, Albert, alles in Ordnung.«

Plötzlich schlug die große Standuhr in seinem Zimmer. Schon so spät! Er sah auf die Prothese auf dem Bett, dann auf seine Hemdknöpfe. Noch fünfzehn Minuten, bis der Chauffeur des Grafen ihn und Jack zur Kirche fahren würde. Beim Blick auf die Uniformjacke, Halsbinde, Gürtel und Stiefel neben dem Stuhl bereute er, Deatons Angebot, ihm einen Diener zu schicken, der ihm helfen würde, abgelehnt zu haben.

»Kann ich etwas für Sie tun, Leutnant?«

Er starrte in Goodfellows Gesicht, in dem sich sehr wohl seine Nöte spiegelten, und erinnerte sich voller Scham daran, wie er auf das letzte Angebot des Unteroffiziers, ihm zu helfen, reagiert hatte. Er hatte ihm beinahe den Kopf abgerissen.

Doch die unkomplizierte Art, mit der Johanna ihn einfach so angenommen hatte, wie er war, hatte ihm vor Augen geführt, dass er gar nicht so anders war als andere, und in der Höhle in Spanien hatte er festgestellt, dass die Prothese, eine Anomalie, die er gehasst hatte, auch eine Stärke sein konnte.

Heute wusste Colin, dass Goodfellow damals nur hatte freundlich sein wollen, dass es eine Geste gewesen war, die auch er selbst einem anderen, ohne nachzudenken, angeboten hätte. Er sah den Unteroffizier an. »Wenn Sie nichts dagegen haben, den Kammerdiener zu spielen, Albert?«

Goodfellow lächelte: »Aber nein, Sir.«

Nach wenigen Minuten betrachtete sich Colin im Standspiegel.

Er zog seine Uniformjacke straff und glättete die bebänderten Medaillen, die der Unteroffizier ihm über der linken Brusttasche angeheftet hatte, dann richtete er die Riemen des Säbels, der an seiner Seite hing.

Zum Schluss beugte er sich vor, um seine Halsbinde zu inspizieren. »Ein gelungener Knoten, Unteroffizier.«

»Danke, Sir.« Albert musterte ihn. »Sie machen der Uniform alle Ehre, Leutnant.«

Colins Lächeln erlosch. Er dachte wieder an Johanna und die Kluft, die zwischen ihnen lag. Er trat ans Bett und holte den Stahlhaken aus dem Baumwollbeutel, den Haken, der Petit das Leben gerettet hatte. Er schob ihn in die Halterung, nahm die Tasche und reichte sie Goodfellow. »Wenn Sie so freundlich wären, das in Ihre Obhut zu nehmen, Albert. Ich werde sie beim Hochzeitsempfang brauchen.« Er lächelte. »Es ist eine Gabel drin, die ich bei dem Hochzeitsessen benutzen werde. Diesmal gebe ich mich nicht mit einem Teller Suppe zufrieden.«

Goodfellow grinste. »Natürlich, Sir.«

Unten in der Halle schritt Colins Vater zunehmend nervös auf dem mit Teppichen ausgelegten Boden auf und ab, während er auf Grace wartete.

»Ich sehe Sie dann in der Kirche, Sir«, sagte Goodfellow mit einem Blick auf Colins Vater leise.

»Danke für Ihre Hilfe, Albert.«

Der Unteroffizier grüßte lächelnd und ging. Colin schlenderte zu seinem Vater, der weiter auf und ab tigerte. »Du läufst noch ein Loch in den türkischen Teppich seiner Lordschaft, Vater.«

Patrick Mabry sah ihn erschrocken an. »Colin, mein Junge! Ich habe dich gar nicht kommen hören.« Er blieb stehen und musterte seinen Sohn von oben bis unten. »Du siehst sehr gut aus, Sohn.«

»Danke. Du ebenfalls.«

Sein Vater sah an seinem schwarzen Smoking herunter. »Ja, nun – jetzt sollten wir uns aber langsam in Bewegung setzen.« Er verzog das Gesicht und zerrte kurz an seiner Krawatte. »Ich weiß es zu schätzen, dass Lady Bassett deiner Schwester ihre Zofe zur Verfügung gestellt hat, um ihr beim Ankleiden behilflich zu sein, aber es dauert ein bisschen sehr lange.«

Colin lachte. »Um eine künftige Gräfin aus ihr zu machen, bedarf es wohl einiger Vorbereitungen. Und Lady Bassett besteht natürlich darauf zu wissen, was zu tun ist.«

»Ganz recht.« Sein Vater seufzte. »Grace' Glück geht mir über alles und ich weiß schon lange, dass sie tut, was sie will. Es gefällt mir, dass sie sich einen Adligen ausgesucht hat.« Seine Augen leuchteten. »Ich wünschte nur, deine Mutter könnte das miterleben.«

Colin legte seinem Vater die Hand auf die Schulter. Bei seiner Rückkehr aus Paris hatte er sich entschieden, täglich zwischen Hastings und dem Haus seiner Familie in London zu pendeln, jedenfalls in der kurzen Zeit bis zur Hochzeit. Es war eine Chance, wieder vertrauter mit seinem Vater und seiner Schwester zu werden, worauf er seit seiner Rückkehr von der Front bisher nicht viel Zeit verwendet hatte.

»Weißt du, Sohn, du hast dich verändert.« Die haselnussbraunen Augen sahen ihn an. »Du wirkst selbstbewusster … ausgeglichener, im Reinen mit dir selbst und mit uns. Wie schläfst du denn in letzter Zeit?«

»Bestens.« Patrick Mabry sah erleichtert aus. »Ich weiß ja nicht, was da in Frankreich passiert ist, aber ich bin froh darüber.«

Johanna ist mir passiert. Ihm wurde wieder eng um die Brust. Er sah seinen Vater an. »Danke.«

»Was für ein elegantes Vater-Sohn-Gespann!«

Die beiden Männer drehten sich um. Jack Benningham kam die Treppe herunter. Er sah in seinem schwarzen Cut, passenden Hosen und dem weißen Smokinghemd mit champagnerfarbener Weste und Krawatte blendend aus. Dazu trug er weiße Handschuhe und einen schwarzen Zylinder.

»Sie sehen ebenfalls sehr gut aus.« Patrick Mabry lächelte.

»Ich danke Ihnen, Sir. Ich bin erleichtert, dass ich neben Ihrer Tochter bestehen kann.« Jack kam zu ihnen und rückte dabei die rote Rose zurecht, die an seinem Revers steckte. Dann wandte er sich an Colin. »Sag mal, ist das eine neue Uniform?«

Colin blickte an sich herunter. »Ich fand Grace' Hochzeit eine gute Gelegenheit für einen Neuanfang.«

»Ja, ein Neuanfang.« Jack betrachtete den Stahlhaken und lächelte beifällig. »Ich wusste, dass du zu gegebener Zeit bereit sein würdest. Du wirst mir heute die Schau stehlen. Die Mädchen werden alle von Piraten und Abenteuern auf hoher See träumen.«

Patrick Mabry lachte, Colin verdrehte die Augen und grinste. »Ich glaube, du leidest an vorehelichen Halluzinationen.«

»Wohl kaum.« Jack lächelte. »Ich bin ein Fels in der Brandung.«

»Was? Keine Zweifel in letzter Sekunde?« Colins Vater sah ihn amüsiert an.

Jack zuckte die Achseln. »Das mag auf die meisten Bräutigame zutreffen, aber nicht auf mich.« Er neigte den Kopf. »Manche Männer warten ein Leben lang und finden nie die wahre Liebe, aber ich hatte das Glück, die meine zu finden. Und in diesen unsicheren Zeiten werde ich ganz bestimmt auf keine einzige Minute mit Grace an meiner Seite verzichten.«

Colin erlaubte sich, bewegt von den Worten seines künftigen Schwagers, einen Moment von einem Leben mit Johanna zu träumen. Ein Lächeln trat auf seine Lippen. Er dachte daran, wie es in ihren blauen Augen geblitzt hatte, als sie ihn fragte: *Haben wir nicht ein wundervolles Abenteuer zusammen erlebt, Leutnant?*

Ja, seine Zukunft mit ihr wäre eine nie endende Herausforderung gewesen. Dennoch dachte er voller Sehnsucht an ihre erste Begegnung. Johanna hatte Männerhosen und Stiefel getragen, ihr Gesicht war schlammverschmiert gewesen, ihr Haar zerzaust, und doch hatte sie bezaubernder ausgesehen als sämtliche Frauen, die er zuvor je getroffen hatte.

»Entschuldigen Sie, Euer Lordschaft. Ihr Wagen wartet.«

Beim Klang von Deatons Stimme hob Colin den Kopf und kehrte aus seinem Tagtraum zurück. Er sah, dass Jack und sein Vater ihn interessiert musterten, und wurde rot. »Es wird Zeit. Gehen wir?«

Jack zog die Brauen hoch und grinste. »Wenn du so weit bist.«

Seine Röte vertiefte sich. »Ich heirate ja heute nicht.«

Er ging mit steifen Schritten zur Tür. Jack folgte ihm lachend, während Colin sich zu seinem Vater umdrehte. »Wir sehen dich und Grace dann in der Kirche.«

Die Kirche war mit den schönsten Frühlingsblumen geschmückt. Aus goldenen Vasen vor dem Altar quollen weiße und rosafarbene Pfingstrosen, kombiniert mit weißen Lilien und grünem Efeu. Seitlich neben den Kirchenbänken standen kleinere Gebinde aus Tausendschönchen und Efeu. Der Raum füllte sich bereits mit Gästen, die von Kirchendienern an ihre Plätze geführt wurden.

Colin stand zusammen mit Jack, verborgen vor den Augen der anderen, in einem kleinen fensterlosen Nebenraum. Der Pfarrer würde jeden Moment kommen. Das wäre ihr Zeichen, zum Altar zu gehen. Sein Blick wanderte durchs Kirchenschiff zu den Gästen auf der Seite der Braut. Er entdeckte seinen Cousin Dr. Daniel Strom. Er saß neben Großtante Florence, die einen mottenzerfressenen viktorianischen Hut trug.

Hinter ihnen saß Miss Ruthie Simmons, deren ältere Schwester Becky die Chefbäckerin bei Swans und eine von Grace' Brautjungfern war. Im Moment hatte Miss Simmons mit einem kleinen Kind alle Hände voll zu tun, das mit aller Macht versuchte, von ihrem Schloss zu klettern. Die kleine Daisy Danner war die Tochter von Grace' bester Freundin und Trauzeugin Miss Clare Danner.

Colin blickte auf das sich windende Kind und fragte sich, wo wohl ihr Vater war. Er dachte an Johanna, die inmitten von Hohn und Spott vaterlos und geächtet aufgewachsen war. Hoffentlich blieben dem kleinen Mädchen auf Ruthies Schoß diese Erfahrungen erspart.

Neben dem Paar saßen Mr und Mrs George Tillman, die Grace ihm gestern vorgestellt hatte. Offenbar waren sie auf Jacks Anwesen in Kent angestellt. Das Paar hatte Treibhausrosen aus Roxwood mitgebracht.

»Hast du die Ringe?«

Colin drehte sich um. Jack sah mit vor Anspannung grimmiger Miene zu, wie der Pfarrer zum Altar schritt. Colin unterdrückte ein Grinsen. *Ein Fels in der Brandung*. »Hier in meiner Tasche.«

Als der Pfarrer sich umdrehte, ging Colin hinter Jack nach vorn und blieb neben ihm vor den Altarstufen stehen. Als die letzten Gäste Platz genommen hatten, setzte die Musik ein, und plötzlich ruhten aller Augen auf ihnen.

Colin stand hoch aufgerichtet neben dem Bräutigam, an seinem Armstumpf hing der silberne Haken. Er hatte im Krieg seine Schuldigkeit getan, hatte Schrecken überstanden, welche die meisten der hier Anwesenden sich nicht vorstellen konnten, doch er war nicht anders als alle anderen. Er hatte das Recht, hier bei ihnen zu sein und als der Mann gesehen und akzeptiert zu werden, der er war. Er durfte nicht allein nach seinen Kriegsverletzungen beurteilt werden.

Auf einmal spürte er, wie jemand an ihm zog, und sah, dass die kleine Daisy die Finger um den Haken gelegt hatte. Sie schien sehr zufrieden mit sich zu sein und stand ganz entspannt mit dem Bräutigam und dem Trauzeugen hier vorn.

Colin lächelte ihr zu. Als er aufblickte, sah er, dass noch andere Leute lächelten und leise lachten. Ruthie Simmons, das Gesicht so rot wie Jacks Ansteckrose, lief herbei und warf ihm einen entschuldigenden Blick zu. Dann packte sie die Kleine und ging mit ihr zurück auf ihren Platz.

Jetzt stiegen die ersten Takte von Mendelssohns Hochzeitsmarsch bis unter das hohe Kirchendach auf und Colin straffte sich. Ein tiefes Glücksgefühl erfüllte ihn, als er daran dachte, dass seine Schwester und Jack nun Mann und Frau wurden.

Der Hochzeitsempfang fand in Stonebrookes großer Halle statt. Das Essen fiel relativ schlicht aus, aber es gab genügend von allem. Angesichts der aktuellen Rationierungen war die vierstöckige Hochzeitstorte das einzig wirklich Extravagante. Sie teilten sie mit den Verwundeten im Hospitalflügel, den der Graf und die Gräfin von Stonebrooke großzügigerweise in ihrem Haus eingerichtet hatten.

Colin saß auf dem Ehrenplatz neben dem Hochzeitspaar. Er ließ den Blick über die lange Reihe gut gekleideter Adliger am Tisch schweifen, über das schneeweiße Leinen, das Kristall, das silberne Besteck und das Geschirr mit Goldrand. Dann sah er seine Schwester an. Anstelle des weißen Satin-Hochzeitskleids trug sie jetzt ein grünes Dinnerkleid, das zu der Farbe des großen Smaragds an ihrem Finger passte. Colin hatte vor dem Essen die obligatorische Rede gehalten. Jetzt beobachtete er, mit welcher Liebe sie seinen blonden Schwager, der neben ihr saß, anschaute.

Bald würden die neue Lady Walenford und ihr Mann zu einer kurzen Hochzeitsreise nach Schottland aufbrechen. Colin wusste, dass Grace als Gräfin ein aufregendes, ja schwieriges Leben bevorstand, doch er bezweifelte nicht, dass die Liebe zwischen Jack und ihr alles überwinden würde.

Die Liebe ist geduldig und freundlich … Die Liebe wird niemals aufhören. Er dachte an die anderen Verse aus 1. Korinther 13: *Wenn ich einen Glauben hätte, der Berge versetzen könnte, aber keine Liebe hätte, so wäre ich nichts.* Er hatte vor Johanna behauptet, diesen Glauben zu haben, aber was war mit der Liebe?

Wenn man ihr Böses tut, trägt sie es nicht nach. Sie freut sich niemals über Ungerechtigkeit, sondern sie freut sich immer an der Wahrheit. Johanna hatte ihn geliebt, das wusste Colin, und sie war bereit gewesen, diese Liebe für die Wahrheit zu opfern.

Glaube, Hoffnung und Liebe, diese drei bleiben. Aber am größten ist die Liebe. Liebe war das Allerwichtigste. Sie machte das Unmögliche möglich. Warum also widersetzte er sich dem Lied, das sein Herz von der Frau sang, die er auf seiner Reise lieb gewonnen hatte? *Pflicht und Liebe …*

Geistesabwesend starrte Colin zu seinem Vater auf der anderen Seite des Tischs hinüber. Er lächelte stolz. Es war ein glücklicher Tag für Patrick Mabry: seine Tochter verheiratet und sein Sohn endlich heimgekehrt, mit Leib *und* Seele.

Er und sein Vater hatten die Kluft ihrer Entfremdung überwunden, doch Colin hatte keine Lust, den Platz seiner Schwester in Swans Teehaus einzunehmen, und er war dankbar, dass sein Vater diese Entscheidung respektierte.

»Und wer fährt jetzt das Auto?«, fragte Becky Simmons scherzhaft, denn Colins Schwester hatte eine Zeit lang als Chauffeurin für Jack Benningham gearbeitet. Die Gäste lachten. Grace sah ihre Freundin an, ihre grünen Augen leuchteten mutwillig. »Ich natürlich!«

»Das glaube ich aber nicht.« Der Humor in Jacks Stimme strafte seine Aussage Lügen. Er zog sie an sich.

»Ich würde dir nie widersprechen, mein liebster Mann.« Sie schlug die Augen nieder, ein Lächeln auf den Lippen. »Aber ich finde es nur fair, wenn wir abstimmen. Meinst du nicht?«

Das amüsierte ihn. »Aber das kann ja nur unentschieden ausgehen! Wie können wir da einen Kompromiss schließen?«

»Aber verstehst du denn nicht?« Sie strahlte ihn an. »Du hast dich gerade einverstanden erklärt, mir auf halbem Weg entgegenzukommen, und dann ziehe ich dich vollends auf meine Seite.«

Er lachte begeistert auf und nahm sie in die Arme. »Ganz genau, mein liebes Weib. Ich habe gelernt, niemals an deinen Fähigkeiten zu zweifeln.« Er beugte sich vor und küsste sie und die Gäste applaudierten vergnügt. Colin grinste. Ja, Grace und Johanna würden einander mögen.

Noch eine Frau erhob die Stimme, Miss Lucy Young, die mit Grace zusammen im Frauencorps in Kent gearbeitet hatte. »B-besser, sie fährt, Mylord, als sie sitzt z-zu Hause und macht H-Handarbeiten, sonst näht sie sich noch versehentlich in einen Kissenbezug ein.«

Die Frauen am Ende des Tisches lachten übermütig auf und auch Grace musste lachen. Colin blickte zu den fröhlichen Frauen hin, die noch ihre Brautjungfernkleider trugen. Sogar Miss Danner lächelte. Doch gleichzeitig standen Tränen der Trauer in ihren Augen.

Er dachte daran, wie er Johanna zuletzt gesehen hatte, und der Druck in seiner Brust nahm zu. Sie hatte ihm einmal gesagt, dass sie einen Mann wie ihn lieben könnte und dass das, was im Herzen liegt, mehr zähle als das, was die Welt außen sehen könne.

»... brauche einen neuen Geschäftsführer in meinem New Yorker Büro.« Colin drehte sich um. Sein Vater sprach mit einem der Gäste. »Ich habe ein Gratulationstelegramm von meinem Firmenleiter in Amerika, Mr Fowler, erhalten. Die Position ist schon wochenlang unbesetzt. Wir brauchen jemand Kompetentes, der das Büro leitet und die Verantwortung hat, wenn Fowler geschäftlich unterwegs ist.«

Colins Herz klopfte heftig. New York. Amerika, Land der Freiheit. Er sah seinen Vater an und verspürte plötzlich eine Leichtigkeit wie schon lange nicht mehr. *Die Liebe wird niemals aufhören.*

32

Paris, Frankreich, 4. Mai

»Napoleon hat gesagt: ›Wer nicht wagt, der nicht gewinnt.‹« Jo seufzte. Sie saß in dem engen Taubenhaus, eine Taube auf dem Arm. Elf Tage war es her, seit sie sich in Barcelona von Colin verabschiedet hatte, doch ihr kam es vor wie elfhundert.

»Er war mein Zauberprinz, weißt du. So wie Little Corporal für dich.« Sie strich über das glatte graue Köpfchen der Taube. »Deshalb musste ich Colin die Wahrheit über Moira sagen. Ich konnte nicht zulassen, dass es Geheimnisse zwischen uns gibt, auch wenn ich wusste, was es mich kosten würde.«

Sie sprach leise mit dem Vogel und versuchte, den Schmerz in ihrem Herzen zu ignorieren. »Dein Gefährte war übrigens eine große Überraschung, als Colin ihn entdeckte.« Bei der Erinnerung daran trat ein bittersüßes Lächeln auf ihre Lippen. »Aber als er den Schock erst einmal überwunden hatte, war er froh, dass ich Little Corporal mitgenommen hatte.«

Die Taube auf ihrem Arm gurrte leise. »Ja, ich weiß, dein mutiger Gefährte ist wieder einmal in einem Auftrag unterwegs, aber er wird zurückkommen. Er ist über tausend Kilometer von Spanien hierhergeflogen, als ich Hilfe brauchte. Ich bin sicher, dass es ihm gut geht.«

Ganz offensichtlich wollte Jo eher sich selbst als die Taube trösten, denn Little Corporal hatte das Taubenhaus verlassen, bevor sie gestern ihre Arbeit angetreten hatte. Sie war nach einer anstrengenden Rückreise aus Spanien seit zwei Tagen wieder in Paris. Dank

Hauptmann Weatherford hatte sie eine kostbare Woche mit ihrem Vater verbracht. Sie vermisste ihn schon jetzt.

Sie hatten viel geredet: über Jos Leben in Kilcoole, über die schweren und auch die schönen Zeiten, die sie mit ihren Vögeln hatte, über das Internat in England und über den Osteraufstand und darüber, dass sie Moira nicht hatte retten können.

Papa war traurig über den Tod ihrer Mutter gewesen. Er hatte zwar nicht viel von sich selbst gesprochen, doch dafür umso mehr von Jewel. Zum Schluss hatte er nach »ihrem jungen Leutnant« gefragt und sie hatte ihm von Colins Reaktion erzählt, als sie ihm die Wahrheit über ihre Rolle in dem Aufstand gesagt hatte. Danach hatten sie nicht mehr viele Worte darüber verloren. Die Vergangenheit, das wussten sie beide nur zu gut, ließ sich nicht ändern.

Jo presste die Lippen zusammen. Ihr war elend zumute, wenn sie an Colins angespannten Gesichtsausdruck dachte, an den Zorn und die Enttäuschung, die sie in seinen Augen gelesen hatte. Er hatte genauso gequält ausgesehen, wie sie sich gefühlt hatte.

Die graue Taube begann zu zappeln. Sie ließ den Vogel hinauf in sein Nistloch flattern. Dann lehnte sie sich gegen die kalte Steinmauer, schloss die Augen und lauschte dem Rascheln der Vögel über ihr, doch der Kummer ließ nicht nach.

Sie vermisste Colin, sein Gesicht, die klaren haselnussbraunen Augen und die Art, wie seine Oberlippe sich kräuselte, wenn er wusste, dass sie nicht die Wahrheit sagte. Sie dachte an sein Beharren darauf, sie Johanna zu nennen, was sonst keiner tat, und sein seltenes Lachen, das ihr ganzes Inneres hell machte.

Am Tag seiner Abreise von Barcelona hatte Jo überlegt, ob sie ihn wirklich zum Bahnhof begleiten sollte. Doch sie hatte ihn ein letztes Mal sehen wollen, nein sehen müssen, nicht nur, um ihm für alles zu danken, was er für sie und ihren Vater getan hatte, sondern auch, um Frieden mit ihm zu schließen.

Colin war ihr Freund geworden, ihr Partner, und sie achtete ihn. Sosehr seine Zurückweisung sie auch getroffen hatte, sie wollte keinen Groll zwischen ihnen. Sein sehnsüchtiger Blick, als er durch das offene Wagenfenster nach ihrer Hand gegriffen hatte, hatte entsetzlich wehgetan. Colin hatte ihr gesagt, dass sie nie allein sein würde, dass Gott immer bei ihr wäre. Sie wollte das so gern glauben, aber sie wollte auch Colin. In den letzten Tagen und Nächten hatte sie unablässig um seine Rückkehr gebetet. Aber vielleicht hörte Gott ihr ja nicht zu?

»Ich dachte mir, dass ich dich hier finde.« André war eingetreten. Er brachte einen Teller mit Zuckerkeksen. »Die hat Isabelle mitgebracht, etwas Süßes, um dich aufzuheitern.«

Jo versuchte zu lächeln. »*Merci*, André, aber ich habe keinen Hunger.«

»Du igelst dich jetzt in deinen Kummer ein, seit du wieder da bist. Es ist Samstag, die Sonne scheint. Du solltest draußen sein, eine Motorradtour machen. Oder mit Isabelle und mir essen gehen.«

Sein Gesicht wurde weich, als er sah, dass sie den Teller abstellte. »Ich weiß, dass es dir schlecht geht wegen deiner Schwester und deinem Vater, aber du hast doch immer noch Isabelle und mich, oder?«

»Natürlich, André.« Jo drückte dankbar seine Hand. Sie hatte Geheimhaltung geschworen, deshalb durfte sie ihren Freunden nicht erzählen, wie ihre Suche ausgegangen war. Sie hatte ihnen nur gesagt, dass die Frau in Keplers Begleitung nicht ihre Schwester und Jewel schon vor Monaten an einer Krankheit gestorben war.

Auch als André ihr wegen Little Corporals unerwarteter Ankunft mit der kryptischen Nachricht über La Rambla und den goldenen Schlüssel Fragen gestellt hatte, hatte sie nur einen Teil der Wahrheit gesagt: dass sie von Colin getrennt worden war und wollte, dass der Leutnant sie fand. *Genau wie jetzt.*

»Du vermisst deinen jungen Mann, glaube ich.« André las ihre Gedanken. Er setzte sich neben sie. »Willst du mir davon erzählen?«

Jo sah in seine dunklen Augen, die so voller Mitleid waren, und schüttelte den Kopf. Was konnte sie ihm sagen, ohne Geheimnisse aus ihrer Vergangenheit zu verraten, die möglicherweise zu ihrer Ausweisung aus Paris führten?

Sie seufzte. »Es gibt nichts zu sagen, André. Der Leutnant ist mir auf unserer Reise sehr ans Herz gewachsen, aber er erwidert meine Gefühle nicht. Mehr gibt es nicht zu sagen.«

Sie schlug die Augen nieder und flüsterte: »Glaub mir, es ist am besten so.«

»Bah! Wie könnte jemand meine Jo nicht lieben?«, zürnte André. »Ich hätte den Leutnant für vernünftiger gehalten, aber offenbar habe ich mich geirrt.«

»André, bitte, es ist nicht seine Schuld.«

»Wessen Schuld dann?«

Die Tür war abermals aufgegangen, Isabelle kam herein. Sie sah Jo fragend an.

André sagte: »Leutnant Mabry hat unser armes Mädchen sitzen lassen.«

»Papa, hör auf, sie aufzuregen!« Isabelle warf ihrem Vater einen strengen Blick zu, dann setzte sie sich vor Jo auf den Boden und sah sie mitfühlend an. »Du liebst ihn, *ma chère amie*, und nichts, was wir sagen, kann daran etwas ändern, stimmt's? Du brauchst Zeit.« Sie lächelte »Vielleicht hilft dir ein nettes Essen im Café in der Stadt, dich besser zu fühlen?«

Jo lächelte beide an, dankbar für ihre Freundschaft. »Geht ihr beiden. Wenn ihr wollt, könnt ihr mir ja ein Sandwich mitbringen. Ich bleibe hier und gucke nach dem Rechten. Wenn doch nur Little Corporal endlich zurückkäme.«

»Immer machst du dir Sorgen um diesen Vogel.« André blickte seufzend zu den leeren Klappen oben im *Pigeonnier* auf. Die kleinen Glocken an den Klappentüren hatten schon länger nicht mehr geklingelt.

»Er ist schon so lange fort.« Jo sah ihn an. »Wo hast du ihn hingeschickt?«

»Mach dir keine Sorgen, *ma petite*.« Er stand von der Bank auf. »Der Pilot in Orly meinte, er würde höchstens ein paar Tage unterwegs sein.«

»Orly ist der Flughafen.« Ihr Puls beschleunigte sich. Sie stand ebenfalls auf. »Wurde Little Corporal mit einem Fallschirm über feindlichem Gebiet abgeworfen?«

»Möglich.« André wurde rot. »Ich habe einen Fallschirm mitgenommen.«

Jo hörte nicht mehr zu. Sie stellte sich ihren Vogel irgendwo im besetzten Belgien oder Frankreich vor. Der Korb konnte sich in einem Ast oder in einem Busch verfangen haben. »Was, wenn er in einer Falle sitzt und …«

»Ganz ruhig, Jo.« Isabelle legte einen Arm um sie. »Deiner Taube geht es gut, ganz bestimmt. Sie hat doch gerade erst große Teile Frankreichs überflogen, um deine Nachricht zu überbringen.«

Jo sah ihre Freundin stirnrunzelnd an. »Little Corporal hat die Reise in nicht einmal einem Tag geschafft, Isabelle. Jetzt ist er schon viel länger unterwegs.«

»Sorge dich nicht, *mon amie.*« Isabelle nahm sie in die Arme und drückte sie. »Er tut nur, wofür er ausgebildet wurde. Alles wird gut.«

Als sie fort waren, ging Jo zur Leiter und starrte hinauf zu den Klappen im Taubenhaus. Was, wenn ihre Taube nicht zurückkam? Eine altbekannte Einsamkeit senkte sich über sie, noch verstärkt durch ihre Sehnsucht nach Colin. Wieder dachte sie an seine Versicherung, dass Gott immer bei ihr wäre. Aber hatte sie denn nicht die ganze Zeit versucht, mit ihm zu sprechen, seit Colin fortgegangen war? *Vertraue auf ihn, Johanna.*

Sie schloss die Augen und ließ die Sekunden verstreichen, während sie das Gebet sprach, das sie schon seit Tagen betete. *Gott, ich wünsche mir Colins Glauben. Du weißt, wie sehr ich ihn liebe und vermisse. Aber ich möchte auch meine Taube nicht verlieren. Es ist nur ein kleines Ding, ich weiß, aber ich bitte dich, sie mir zurückzubringen.*

Als Jo die Augen aufschlug, hörte sie nur das Gurren der Tauben über sich. Vielleicht war es töricht, um etwas so Triviales zu bitten. Aber vielleicht fand sie auch nicht die richtigen Worte und Gott hörte ihre Gebete deshalb nicht?

Sie wollte gerade zu der Bank zurückgehen, als plötzlich das Glöckchen an einer der Klappen erklang. Sie drehte sich um, blickte hoch und sah flatternde weiße Flügel. »Little Corporal!« Sie lachte laut auf vor Erleichterung. Er war in Sicherheit, endlich.

Noch ganz überwältigt von diesem wundersam pünktlichen Erscheinen, griff Jo nach dem Einholkorb, hängte ihn sich über die Schulter und begann, die Leiter hochzuklettern. Hatte Gott ihr tatsächlich zugehört?

Oben angelangt, sah sie die winzige Silberkapsel am Fuß ihrer Taube. »Little Corporal, wo bist du nur gewesen?«, schalt sie ihn sanft, öffnete die Klappe und setzte ihn in den kleinen Korb. »Ich habe mir solche Sorgen gemacht.«

Etwas Goldenes blitzte auf, als sie den Korbdeckel schloss. Sie hangelte sich mit der Leiter zurück und kletterte vorsichtig hinunter. Dann setzte sie sich wieder auf die Bank, stellte den Korb neben sich, nahm die Taube heraus und starrte auf das Gold, das sie vorhin gesehen hatte. Der Ring, ein schlichter goldener Reif, war mit einem weißen Band an der Schwanzfeder des Vogels befestigt.

Jos Herz klopfte wild. Sie löste das Band, nahm den Ring in die Hand und sah dabei, dass er sehr viel größer als ihre eigenen Finger war. Mit stockendem Atem betrachtete sie die Silberkapsel an Little Corporals kleinem Fuß und entfernte sie. Dann ließ sie ihn in sein Nest hinauffliegen.

Normalerweise hätte Jo die kleine Metallhülse zu den diensthabenden Agenten gebracht, doch diesmal öffnete sie den winzigen Behälter selbst und nahm die Nachricht heraus. Hoffnung und Furcht zugleich stiegen in ihr auf, als sie instinktiv den Absender erkannte:

An mein verlorenes Mädchen im Maison des Oiseaux, Vernon, Frankreich

Denk an dein Liebesversprechen! Triff mich an Napoleons Grab, 5. Mai, 15 Uhr. Du bist meine letzte Hoffnung. C.M.

Euphorie erfüllte sie, während sie seine Worte wieder und wieder las. Ihr freudiges Auflachen löste eine Kakofonie flatternder Federn und allgemeinen Gurrens aus. Freudentränen liefen ihr über die Wangen. Sie schloss die Augen, presste die kostbare Nachricht an ihre Brust und sprach ein stilles Dankgebet. Gott hatte sie also doch erhört! Er hatte ihr mehr Wunder geschenkt, als sie je erträumt hatte. Morgen, um 15 Uhr, würde Jo endlich ihren Prinzen sehen.

33

Hatte Johanna seine Nachricht erhalten? Colin blickte zum wiederholten Mal auf die Uhr. Er stand im Dôme des Invalides, an dem Geländer, das Napoleons Grab umgab. Es war fünfzehn Minuten nach der vereinbarten Zeit. Sie konnte einfach spät dran sein, was nichts Ungewöhnliches war. Aber vielleicht hatte die kleine Taube ja auch ihre Aufgabe nicht erfüllen können?

Er klammerte sich lieber an die erste Möglichkeit, als über die Unvernunft seines Plans nachzudenken. Nachdem er beim Hochzeitsempfang in Stonebrooke das Gespräch seines Vaters mit dem Gast mit angehört hatte, war er am folgenden Nachmittag nach Hastings zurückgefahren und hatte Lacourt ein Telegramm geschickt, in dem er eine weiße Taube vom Taubenhaus in Vernon anforderte. Sie sollte zum Flughafen Orly vor Paris gebracht werden. Er hatte Goodfellow gebeten, das Telegramm zu unterzeichnen, damit der französische Agent Miss Moreau oder ihrem Vater nichts von Colin sagte.

Er hatte drei bemerkenswerte Tage verbracht, angefangen mit der langen Autofahrt mit seinem Vater von Bedfordshire nach London, auf der beide ausgiebig Gelegenheit hatten, miteinander zu reden. Die meiste Zeit hatte er selbst geredet. Was Zero und das Schwarze Buch betraf, hatte er Geheimhaltung geschworen, aber er hatte seinem Vater erzählt, warum er nach Paris gefahren war und dass er dort Johanna statt Jewel getroffen und ihr geholfen hatte, ihre Familie wiederzufinden. Und er hatte ihm verraten, dass er sich im Laufe dieser zwei Wochen verliebt und sich seine ganze Welt verändert hatte.

Da er halb damit gerechnet hatte, dass sein äußerst praktisch veranlagter Vater ihn verspotten oder doch zumindest seine Gefühle abtun würde, war er zutiefst dankbar, als Patrick Mabry, nachdem er seinem Sohn ruhig zugehört hatte, ihm von seiner eigenen stürmischen Romanze mit Colins und Grace' Mutter vor vielen Jahren erzählte. Voller Hoffnung und insgeheim betend, dass sein Vater zustimmen würde, hatte er ihm dann sein Projekt vorgetragen, England zu verlassen und nach Übersee zu gehen.

Colin wandte sich zum Eingang um und hielt Ausschau nach Johanna. Es war Sonntag, der Dôme war überfüllt. Die meisten Besucher waren Frauen in Trauerkleidung, die meist zu zweit unterwegs waren. Ein paar hatten kleine Kinder an der Hand. Doch er sah auch mehrere ältere Männer, deren fadenscheinige Uniformen von schweren Zeiten an der Front und vielleicht noch schwierigeren Zeiten zu Hause zeugten.

Er lockerte seine Krawatte, dann knöpfte er die Jacke seiner brandneuen Uniform auf. Wieder dachte er an die Risiken, die er eingegangen war, um der Frau, die er liebte, eine gemeinsame Zukunft anzubieten. Und gleichzeitig dachte er daran, wie sein Glaube in den letzten Tagen einen großen Sprung vorwärts gemacht hatte.

Er sah auf die Uhr. Weitere fünf Minuten waren vergangen. Vielleicht kam sie ja gar nicht. Er starrte auf Bonapartes roten Sarkophag. Sein Herz klopfte heftig. Hier, an diesem Ort, hatte Johanna ihm Mut gemacht, nachdem Lacourt ihn als Begleiter für die Suche nach Jewel abgelehnt hatte. Sie hatte ihm gesagt, dass er sich auf seinem Weg nicht von der Meinung anderer aufhalten lassen dürfe.

In diesem besonderen Fall war das jedoch unmöglich, weil er Johanna an seiner Seite brauchte, um seine Träume zu verwirklichen. Doch sie war nicht da. Johanna hatte ihm nicht vergeben.

»Napoleon hat einmal gesagt: ›Selten sieht man große Männer in ihren gefährlichsten Unternehmungen scheitern.‹«

Colins Herz macht einen Satz. Ganz kurz schloss er die Augen, dann drehte er sich langsam um. Sie stand hinter ihm, eine Vision in Rosa. Mit ihren silbernen Schuhen und ihrem kleinen rosa Hut mit der schwarzen Feder trug sie exakt dieselbe Kleidung wie im Le Bibent in Toulouse, was allerdings schon ein ganzes Leben her war, so schien es ihm.

Er sah das Funkeln in ihren Augen und lächelte. »Ich bin es wirklich müde, ständig auf Sie zu warten, Miss Reyer.« Dann wurde er ernst. Er tat einen Schritt auf sie zu. »Du siehst wunderschön aus, Johanna.«

Sie hob das Kinn, ihre Wangen hatten sich gerötet. »Ich habe eine dringende Botschaft erhalten. Und das.« Sie öffnete eine behandschuhte Hand. Er sah den Goldring, den er ihr geschickt hatte.

Colin hatte sich so viele Szenarien mit ihr ausgemalt: amüsante Neckereien über das Märchen, das sie ihm erzählt hatte, praktische Unterhaltungen über die Zukunft, gemeinsames Pläneschmieden. Er hatte ihr erklären wollen, warum er seine Meinung geändert und beschlossen hatte zurückzukommen.

Doch als er in ihre leuchtend blauen Augen sah, war er plötzlich wieder der Mann unter der Erde, der verzweifelt kämpfte, um an die Oberfläche zu kommen. Mit einem leisen Stöhnen streckte er die Arme nach ihr aus und zog sie an sich. Er senkte den Kopf und legte seine Wange an ihre. Dann hielt er sie einfach fest und der Knoten in seiner Kehle löste sich.

Sie zitterte in seinen Armen, ihre stummen Schluchzer erstickten an seiner Schulter. Colin schloss die Augen. Der Schmerz, den er ihr bereitet hatte, tat ihm unendlich leid. »Bitte verzeih mir, mein Liebling«, flüsterte er ihr ins Ohr. »Du hast mich einmal gerettet, aber ich muss wohl wieder und wieder gerettet werden. Ein Leben lang, wenn du mich haben willst.« Er küsste sie zart auf die Wange und schmeckte die salzige Nässe ihrer Tränen. »Liebe mich, Johanna, für immer, und werde meine Frau.«

Sie klammerte sich fester an ihn. Er hielt sie. Keiner von ihnen achtete auf die neugierigen Blicke der Vorübergehenden. Schließlich beugte sie sich zurück und sah ihn an. Colin wartete mit angehaltenem Atem auf ihre Antwort. Vielleicht hätte er niederknien sollen?

Ihre Augen waren rot und geschwollen, ihr Hütchen saß schief.

Eine Locke ihres blonden Haars hatte sich aus ihrer Frisur gelöst und fiel auf ihre Schulter, doch ihr Lächeln war strahlend. »Ja, ja und ja.«

Erleichterung und Seligkeit erfüllten ihn. Er hob sie hoch und wirbelte sie herum. Johanna lachte vor Freude. Er beugte sich vor, um sie zu küssen, zuerst sanft, dann legte er die ganze Liebe und Sehnsucht, die er empfunden hatte, seit er sie in Barcelona verlassen hatte, in seinen Kuss.

Sie erwiderte ihn und schlang ihre Arme um seinen Hals. Dann stellte er sie wieder auf ihre Füße und zog sie erneut an sich. Sie seufzte glücklich auf. Colin hielt sie fest im Arm. Sie hatte den Bann gebrochen. Er war frei. Er würde sie nie mehr gehen lassen.

Epilog

Hafen von New York, Ende Mai

»Da ist sie, Colin, und sieht genauso hübsch aus wie ihre kleinen Schwestern in Paris.« Sie stand neben ihrem frischgebackenen Ehemann an Deck der USS Huron, deutete auf die Freiheitsstatue und sog tief die salzige Meeresluft ein. Die Atlantiküberquerung hatte viele Tage gedauert. Sie hatten dabei in ständiger Angst vor einem Angriff durch ein deutsches U-Boot gelebt, doch durch Gottes Gnade waren sie gesund und wohlbehalten in New York angelangt.

Sie drehte sich zu ihm um. »Endlich. Wir sind da. In Amerika!«

»Ein neues Abenteuer für uns beide, Mrs Mabry.« Er lächelte sie an. Sein zärtlicher Gesichtsausdruck ließ sie dahinschmelzen. Sie lehnte sich an ihn, er legte den Arm um ihre Schultern und sie beobachteten zusammen die Schlepper mit den hohen Schornsteinen, die schwefligen Rauch ausstießen, während sie die Schiffe in den Hafen geleiteten.

Die letzten Wochen kamen ihr wie ein Traum vor. Sie hatte den Mann geheiratet, den sie liebte, und war mit ihm übers Meer an einen Ort gereist, an dem sie beide ganz neu anfangen konnten.

Sie und Colin hatten in aller Stille in einer kleinen Pariser Kirche geheiratet. Isabelle, Henri und André waren dabei gewesen. Und während Isabelle bei dem Gedanken an Colins romantische Geste, seiner Liebsten durch eine weiße Taube einen Goldring zu schicken, schwärmerisch geseufzt hatte, hatte Jos frischgebackener Ehemann bis dahin gar nicht gewusst, dass André ausgerechnet Little Corporal für die Aufgabe ausgesucht hatte.

Da ihr Vater nicht anwesend sein konnte, hatte Jo André gebeten, sie ihrem Bräutigam zuzuführen. Vor allem freute sie sich, dass Colins Vater überraschenderweise nach Paris zu ihrer Hochzeit gekommenen war. Ihr Schwiegervater und sie hatten sich auf Anhieb gemocht und schon nach wenigen Tagen hatte Patrick Mabry seinem Sohn gesagt, wie sehr Johanna ihn an seine Tochter erinnere.

Eine Woche später waren Jo und Colin durch die Vermittlung des amerikanischen G-2-Büros in Frankreich an Bord eines heimkehrenden Kriegsschiffs gegangen, das von Saint-Nazaire nach Amerika abgelegt hatte.

Jetzt, während sie sich dem belebten New Yorker Hafen näherten, bemerkte Jo, dass ihr Mann aufmerksam die großen Marineschiffe beobachtete, die in den Hafen hinein- und herausfuhren, und wunderte sich wieder einmal über seinen Entschluss, den Militärdienst aufzugeben.

»Bereust du es?« Sie suchte seinen Blick. »Es ging alles so schnell. Ich mache mir Sorgen, dass es dir vielleicht leidtut, aus dem Dienst für die Krone ausgeschieden zu sein.«

»Aber nein, gar nicht, ich schwör's dir.«

Er zog sie an sich. Der goldene Ring an seiner Rechten blitzte im Sonnenlicht. »Ich wollte eigentlich schon aus dem britischen Expeditionscorps austreten, als ich von der Front heimkam. Dann hat Jack mir die Stellung in Hastings angeboten. Deshalb behielt ich meinen Rang, obwohl der aktive Dienst für mich nicht mehr infrage kam.«

Sie lächelte ihn spitzbübisch an. »Aber du hast trotzdem ein paar Abenteuer erlebt, oder nicht?«

Er grinste und gab ihr einen Kuss. »Vom ersten Moment an, da ich dir begegnet bin, meine liebste Frau.«

»Und du bist wirklich zufrieden damit, hier in einem Büro zu arbeiten?« Jo hatte ihn das schon mehr als einmal gefragt, aber sie wollte ganz sicher sein, dass er die richtige Entscheidung für sich getroffen hatte. »Ich habe mit dem amerikanischen Kriegskorrespondenten an Bord gesprochen. Er hat mir gesagt, dass das Leben hier sehr temporeich ist. Werden der Lärm und die vielen Menschen dir nicht unangenehm sein?«

Er sah zum Festland hinüber. Jo folgte seinem Blick. Sie sah die vielstöckigen Backsteinbauten und hohen Wolkenkratzer, aus denen die Stadt zu bestehen schien. Darunter ragten ein paar hohe Kirchtürme empor. Auch die Stahlbögen einer Brücke waren zu erkennen.

Nicht nur der Hafen, auch die Straßen summten vor Leben: Sie sah Autos und Busse, Lastwagen und Pferdekutschen. Über dem Motorendröhnen ihres Schiffes war der Lärm auf dem Land zwar nicht zu hören, doch sie konnte sich das wilde Hupen sehr gut vorstellen.

Colin drehte sich zu ihr, sein attraktives Gesicht wirkte entschlossen. »Als ich von der Stellung hier in Amerika erfuhr, sah ich plötzlich eine gemeinsame Zukunft für uns.« Sein Gesicht wurde weicher. »Ich möchte den Rest meines Lebens mit dir verbringen, Mrs Mabry. Wird unser Leben sich verändern? Natürlich. Und ebenso natürlich werden wir immer wieder vor großen Herausforderungen stehen.« Er beugte sich vor und lehnte seine Stirn gegen ihre. »Aber mit Gottes Hilfe werden wir sie gemeinsam bewältigen.«

Vor innerer Bewegung konnte sie nichts sagen. Sie nickte nur und lächelte. Gott hatte sie mit diesem wunderbaren, mutigen Mann wirklich gesegnet.

Dann legte das Schiff an. Als Erstes wurden die Verwundeten an Land gebracht, dann die Fracht. Jo und Colin warteten noch an der Gangway, als ein Mann in Uniform auf sie zutrat. Jo erkannte den Zahlmeister des Schiffs.

»Guten Tag, Mr und Mrs Mabry.« Der Mann lächelte sie an. Er hatte ein Klemmbrett und ein kleines braunes Paket in der Hand. »Das Päckchen ist für Sie, Mrs Mabry. Ich brauche nur Ihre Unterschrift.«

»Für mich?«, fragte Jo mit großen Augen. »Von wem ist es?«

»Ein Zollbeamter in Frankreich hat es an Bord gebracht. Ich sollte es Ihnen geben, sobald wir in New York sind.«

Sie sah Colin an, dann nahm sie das Klemmbrett und unterschieb. Der Mann gab ihr das Päckchen. »Danke.«

»Viel Glück Ihnen beiden.« Er trat zurück und nickte grüßend, dann verschwand er wieder im Bauch des Schiffs.

»Was ist drin?« Colin trat vor, während sie das braune Papier entfernte.

Das Päckchen enthielt eine kleine Ringschatulle. Jo sah ihren Mann an. War das eine Überraschung von ihm? Aber sie trug doch bereits den wunderschönen diamantbesetzten Hochzeitsring seiner Mutter.

»Es ist nicht von mir.« Er hatte ihre Gedanken gelesen. »Mach auf.«

Sie hob den Deckel der Schatulle und sog scharf die Luft ein. Ein großer, eiförmiger, in Silber gefasster Diamant lag darin.

Colin pfiff leise. »Wenn das nicht …«

»Ja.« Tränen traten ihr in die Augen. Sie nahm den Ring heraus und reichte ihm die Schachtel. Dann zog sie ihren Handschuh aus, zog die rubin- und saphiräugigen Taubenringe ab und steckte das glitzernde Ei zwischen sie.

»Hier ist eine Nachricht.«

Sie blinzelte die Tränen zurück, nahm die Schatulle, die er ihr hinhielt, und holte ein zusammengefaltetes Stück Papier heraus.

Mein kleines Blaukehlchen,
das ist für dich. Ich wünsche dir von Herzen Glück in deiner Ehe und eine eigene Familie. Im Moment, meine Tochter, sind wir durch einen Ozean voneinander getrennt, aber mein Herz ist immer bei dir.
In Liebe, Papa

Sie reichte Colin den Brief. Er las ihn, dann sah er sie an und sagte leise: »Vielleicht kommt er eines Tages nach Amerika.«

Jo holte tief Luft und nickte. Sie blickte zurück, in die Richtung, aus der sie gekommen waren, und stellte sich vor, sie könnte weit über das schimmernde Wasser sehen, wo ihr Vater war. »Du hast mir einmal gesagt, ganz gleich, wo mein Vater sei, ich sei nie allein.« Dann sah sie ihn lächelnd an. »Und du hast gesagt, Gott sei immer bei mir. Jetzt weiß ich, dass er mein ganzes Leben bei mir gewesen ist, auf mich aufgepasst hat und mich gelehrt hat, stark zu sein. Durch die Trauer über Moiras Tod hat er mich zu dem Tagebuch geführt und damit zu meinem Vater.« Sie bewunderte die Gimmel-Ringe an ihrem Finger, die jetzt vollständig waren.

»Und er hat mich zu dir geführt, Colin.« Sie sah zu ihm auf. Ihr ganzes Herz lag in diesem Blick. »Du hast mir geholfen, an die Liebe und an Wunder zu glauben.«

»Das ist dasselbe, mein Liebling.« Er nahm sie in die Arme und küsste sie. »Heute, morgen und für immer.«

Nachwort der Verfasserin

Liebe Leserinnen, liebe Leser,
ich hoffe, dass Ihnen dieses Buch gefallen hat. Ich habe hier die Geschichte von Colin Mabry erzählt, der am Ende von *Eine Feder für den Lord* verwundet und des Lebens müde aus dem Krieg heimkehrt und sich in seiner Welt nicht mehr zurechtfindet.

Das Buch ist ein Roman, doch ich habe dabei an unsere heutigen Soldaten und Soldatinnen gedacht, die nach ihrem Dienst im Ausland nach Hause zurückkehren. Ich wollte zeigen, wie Johannas Liebe zu Colin und ihre Fähigkeit, hinter den Narben das Wesen des Mannes zu sehen, zu seiner Heilung beitrugen. Er konnte sich selbst annehmen und mit dem neuen Menschen, der er geworden war, versöhnen.

Ich wollte aber auch etwas über Brieftauben schreiben. Bei Recherchen für ein früheres Buch stieß ich auf einen Artikel, in dem es um die bemerkenswerten Leistungen dieser Tiere im Ersten Weltkrieg ging. Ich war fasziniert, als ich las, dass ihr Einsatz als Boten auf die Zeit des alten Ägyptens zurückging und dass Taubenrennen in vielen Ländern noch heute ein Sport sind, bei dem es um hohe Summen geht.

In Westeuropa hielt der Einsatz von Brieftauben in Kriegszeiten im deutsch-französischen Krieg von 1870 Einzug. Paris war in der Hand des Feindes. Die Tauben hielten den Kontakt zu den anderen Landesteilen aufrecht. Trotz großer Verluste durch feindliche Gewehre, natürliche Feinde und extreme Wetterbedingungen hatten sie dabei beachtlichen Erfolg. Ein neuer Weg militärischer Nachrichtenübertragung hatte sich etabliert.

Im Ersten Weltkrieg erhielt der britische Leutnant Col. A. H. Osman, ein Taubenzüchter und Vogelkenner, die Leitung über ein Brieftaubenprojekt für Kriegszwecke. Er setzte die Vögel nicht nur für Marine- und Luftwaffenoperationen ein, sondern auch in der Spionage.

Es gibt zahlreiche Berichte über die Heldentaten dieser kleinen Vögel. Die berühmteste Brieftaube im Ersten Weltkrieg war Cher Ami. Im Oktober 1918 brachte das außergewöhnliche kleine Tier trotz Schussverletzungen an der Brust und an einem Bein einen Hilferuf des »verlorenen Bataillons« zur amerikanischen Armee an die Front und rettete so das Leben von fast zweihundert amerikanischen Soldaten, die hinter den Linien der Deutschen eingekesselt waren. Andere Brieftauben legten erstaunliche Entfernungen zurück, und das unter gefährlichsten Bedingungen. Aufgrund der Nachrichten, die sie überbrachten, konnten Schiffskapitäne, ganze Mannschaften und abgestürzte Piloten gerettet werden. Und immer wieder gelangten die Alliierten auch an militärisch wichtige Informationen. Im nächsten Weltkrieg vollbrachte die Brieftaube G.I. Joe ganz ähnliche Heldentaten. So rettete sie unter anderem ein ganzes italienisches Dorf und die britischen Truppen, die das kriegsgeplagte Dörfchen eingenommen hatten, vor einem Luftangriff.

Eine weitere Inspiration für das vorliegende Buch waren Berichte über den amerikanischen Geheimdienst G-2, der im Ersten Weltkrieg in Frankreich operierte. Laut Thomas M. Johnsons Buch *Dunkle Wege Amerikas im Weltkrieg* existierte tatsächlich ein Schwarzes Buch mit skandalösen Geheimnissen über die mächtigsten Führer und berühmtesten Persönlichkeiten in Europa und Amerika. Mithilfe eines deutschen Agenten namens Zero konnten die Amerikaner 1918 den Plan des deutschen Kaisers vereiteln, diese Geheimnisse zu verraten, um bessere Bedingungen für die Kapitulation Deutschlands auszuhandeln.[1] 1929, als Johnsons Buch veröf-

[1] Thomas M. Johnson: *Dunkle Wege Amerikas im Weltkrieg. Enthüllungen/Spionagegeschichten aus dem amerikanischen Geheimdienst.* Dieck, Stuttgart 1930

fentlicht wurde, behauptete der Verfasser, das Schwarze Buch sei wieder verschwunden und niemand wisse, wo es sich befinde. Ich liebe solche geheimnisumwitterten Geschichten.

Eine gängige Praxis war auch die Ansiedlung feindlicher Spione in einem fremden Land. Der Leiter des deutschen Geheimdiensts, Wilhelm Stieber, errichtete als Erster »feste Posten« in Frankreich.[2] Diese »Posten« siedelten sich als Händler, Ladeninhaber, Kellner oder Barmixer in französischen Ortschaften an. Ihre Beschäftigungen brachten sie in häufigen Kontakt mit den Menschen ganz allgemein, aber auch mit dem Militär. Sie erschlichen sich das Vertrauen der Einheimischen und konnten Informationen sammeln, die sie an Kontaktleute weitergaben. Ich bin überzeugt davon, dass die Weltmächte diese Methode noch heute nutzen.

Ich persönlich liebe es, Geschichte durch Geschichten kennenzulernen, deshalb strebe ich in meinen Romanen nach größtmöglicher historischer Genauigkeit. Dennoch muss man sich manchmal auch literarische Freiheiten herausnehmen. Ich tat das bei den Sant-Sever-Höhlen bei Collbató, dem Treffpunkt von Johanna und Zero. Da ich in der betreffenden Szene sehr ins Detail gehen wollte, sind diese Höhlen Fiktion, obwohl ich mich natürlich an den realen Coves del Salnitre in dieser Gegend orientiert habe. Und noch ein Beispiel: Als Johanna Little Corporal zurück nach Vernon fliegen und ihren Hilferuf überbringen lässt, ist es später Nachmittag, doch Colin erhält die Nachricht von Lacourt bereits am nächsten Morgen. Es ist zwar unstrittig, dass eine ausgebildete Taube eine Entfernung von achthundert Kilometern in acht oder zehn Stunden zurücklegen kann, doch Tauben fliegen in der Regel nicht nachts, also hätte Little Corporal nach Vernon etwas länger gebraucht. Doch ungeachtet dieser Freiheit, die ich mir nahm, fand ich in der entsprechenden Literatur Belege dafür, dass vom Militär ausgebildete Tauben im Zweiten Weltkrieg »Meisterleistungen vollbrachten, manchmal so-

---

[2] Melville Davisson Post: *The Invisible Army*. Saturday Evening Post, 10. April 1915, S. 3-5

gar gegen ihre natürlichen Verhaltensweisen. Von einer heißt es sogar, dass sie nachts geflogen sei.«[3]

Ich würde Ihnen gern noch viel mehr über die Geschichte des Ersten Weltkriegs erzählen, doch da das an dieser Stelle nicht möglich ist, hoffe ich, dass Sie vielleicht selbst ein wenig tiefer in diese Materie eindringen und eigene Recherchen betreiben werden. Ein letztes, vielleicht überraschendes Detail möchte ich Ihnen jedoch nicht vorenthalten: Die Nähe von Hastings und überhaupt East Sussex zum Kampfgebiet »bedeutete, dass der Lärm der großen Artillerie-Geschütze und der Explosionen immer wieder auch bis über den Kanal drang«.[4] Die Bombardierung von Paris durch die Belagerungsgeschütze, die Colin bis nach Hastings hört, war eine *Tatsache* des Ersten Weltkriegs.

K.B.

---

[3] Linda Lombardi: *Pigeons: Unsung Heroes of War.* Vetstreet, 21. Mai 2013, http://www.vetstreet.com/our-pet-experts/pigeons-unsung-heroes-of-war (abgerufen am 21.01.2020)

[4] Chris Kempshall: *The Sound of Guns.* East Sussex WW1, http://www.east-sussexww1.org.uk/sound-guns/ (abgerufen am 21.01.2020)

Fragen

1. Leutnant Colin Mabrys Suche beginnt, als er eine dringende Nachricht erhält, die ihn an ein Versprechen erinnert, das er ein Jahr zuvor gegeben hatte. Ursprünglich weiß er nicht, ob er dieses Versprechen an Jewel halten kann. Waren auch Sie selbst schon einmal unsicher wegen eines Versprechens, das Sie einem anderen gegeben hatten? War diese Unsicherheit berechtigt oder ging alles gut aus?
2. Colin reagiert bei seiner Ankunft in Paris sehr heftig auf die Explosionen der Granaten von den Artillerie-Geschützen der Deutschen. Da er selbst an der Front war, leidet er unter einer Kriegsneurose, die unter die posttraumatischen Belastungsstörungen fällt. Heute wird diese Diagnose auch bei vielen Menschen gestellt, die nicht im Krieg waren. Kennen Sie jemanden, der unter dieser Erkrankung leidet? Konnten Sie ihm helfen oder haben Sie vielleicht Vorschläge, wie man diesen Menschen helfen könnte, wieder gesund zu werden?
3. Am Anfang des Romans möchte Colin nichts mit seiner Prothese zu tun haben und auch nicht daran erinnert werden. Er spricht von der »behandschuhten Hand«, die er so gut wie möglich vor den Blicken der Menschen verborgen hält. Möglicherweise haben wir, wenn auch in geringerem Ausmaß, alle mit solchen Selbstbild-Problemen zu kämpfen. Wollten auch Sie selbst schon immer irgendetwas an sich ändern? Konnten Sie dieses Problem lösen?
4. Johanna ist ihrer Schwester nie persönlich begegnet. Sie kennt sie nur durch ihr Tagebuch. Haben auch Sie sich schon einmal

mit Ihrem Stammbaum beschäftigt und Details über Ihre Vorfahren herausgefunden, die Ihnen halfen, sie besser kennenzulernen?

5. George Petit ist ein Texaner, der für den amerikanischen Geheimdienst in Frankreich arbeitet. Er scheint Colin und Johanna auf ihrer Reise immer wieder Hindernisse in den Weg zu legen, doch sein wahres Ich zeigt er erst ganz am Ende. Es heißt, dass G-2 bei der Militärpolizei tatsächlich solche »Joker« einsetzte. Hatten Sie anfangs irgendwelche Vorbehalte gegen Petit? Hätten Sie gedacht, dass er sich so entpuppt?
6. Tagebücher werden schon seit Jahrhunderten geführt, anfangs nur, um die Ereignisse des alltäglichen Lebens festzuhalten, in jüngerer Zeit, um die eigene Wahrnehmung dieser Ereignisse zu dokumentieren. Haben Sie jemals Tagebuch geführt? War es hilfreich für Sie? Inwiefern?
7. In Toulouse erzählt Colin Johanna von seinem Glauben an die Liebe Gottes und sagt, der Glaube könne ihr helfen, die Wunder Gottes zu sehen. Hatten Sie schon einmal Gelegenheit, mit einem Menschen über Ihren Glauben zu sprechen? War das auch für Sie eine positive Erfahrung?
8. Johannas uneheliche Geburt ließ sie zum Opfer von Tratsch und kleingeistiger Grausamkeit in dem irischen Dorf werden, in dem sie aufwuchs. Mobbing ist auch heute noch ein großes Problem. Beschreiben Sie, inwiefern Mobbing vor allem in unserem digitalen Zeitalter in Schulen und anderswo bekämpft werden kann.
9. Jacob Reyer, so stellt sich heraus, hatte ein Geheimnis, das keine seiner Töchter kannte. Kennen Sie eine Anekdote über ein Familienmitglied, von früher oder aus der Gegenwart, die Sie überrascht hat? Können Sie die Einzelheiten erzählen?
10. Wenn die Geschichte fortgesetzt würde, über welche Gestalt würden Sie gern mehr wissen? Warum?

Dank

Eine Geschichte zu schreiben, die den Lesern Freude macht, gehört immer wieder zu den bei Weitem aufregendsten, erfüllendsten und herausforderndsten Erfahrungen meines Lebens. Ich danke in erster Linie Gott für die Gabe des Schreibens und dafür, dass er mich inspiriert, mich jeden Tag an die Arbeit zu setzen und zu schreiben. John, mein Mann, liebt und unterstützt mich, insbesondere in den langen Nächten, die sich manchmal bis in die frühen Morgenstunden hinziehen. Er ist ein großartiger Erstleser meiner Texte. John, du bist mein Romanheld im wirklichen Leben.

Wie immer gilt meine tiefe Zuneigung und Dankbarkeit meinen kritischen Partnern, Mentoren und Freunden: Anjali Banerjee, Carol Caldwell, Darlene Panzera, Debbie Macomber, Elsa Watson, Krysteen Seelen, Lois Dyer, Patty Jough-Haan, Ramona Nelson, Rose Marie Harris, Susan Wiggs und Sheila Roberts. Sie waren jederzeit bereit, mir ihre Zeit zu schenken sowie kluge und inspirierende Ratschläge zu geben.

Insbesondere danke ich Núria Nieto und Doriane Bertrand für ihre unschätzbare Hilfe mit dem Katalanischen und dem Französischen in meinem Roman. Und ich danke den Taubenzüchtern Jim Novak und Mike Smith, dem Taubentrainer Ed Schmidt (schon im Zweiten Weltkriegs tätig und 101 Jahre jung, als ich ihn interviewte!) sowie Karen Clifton von der American Racing Pigeon Union. Sie ließen mich an ihrem immensen Wissen über diese wahrhaft heroischen und liebenswerten Vögel teilhaben und machten mich zu einer ihrer lebenslangen Bewunderinnen dieser Arbeit.

Sämtliche Fehler, die sich dennoch in den Text eingeschlichen haben, gehen allein auf das Konto der Verfasserin.

Meiner Agentin, Linda S. Glaz, meinen Lektorinnen, Raela Schoenherr, Rochell Glöege, Elisa Tally, und allen anderen Mitarbeitern von Bethany House, die mir geholfen haben, kann ich gar nicht genug dankbar sein für ihren Rat, ihre Ermutigung und ihre Unterstützung.

Über die Autorin

Kate Breslin stammt ursprünglich aus Florida. Sie war viele Jahre lang Buchhändlerin, ist Preisträgerin des Carol Award und gehörte zu den Finalisten des RITA und des Christy Award. Kate lebt mit ihrer Familie bei Seattle, Washington. Besuchen Sie sie auf ihrer Website www.katebreslin.com.

Kate Breslin

Eine Feder für den Lord

Frauenrechtlerin Grace will Kriegsdienstverweigerer Jack öffentlich an den Pranger stellen. Gegen jede Vernunft fühlen sie sich zueinander hingezogen. Doch Jack ist nicht der gutaussehende Lebemann, für den er sich ausgibt. Jane Eyre trifft Downton Abbey!

Paperback, 14 x 21,5 cm, 384 Seiten
Nr. 395.704, ISBN 978-3-7751-5704-9
Auch als E-Book e

SCM
Hänssler